Emma

简·奥斯汀全集

爱玛

［英］简·奥斯汀◎著

汪　燕◎译

华东师范大学出版社

·上海·

图书在版编目（CIP）数据

爱玛/（英）简·奥斯汀著；汪燕译. —上海：华东师范
大学出版社，2023
　（简·奥斯汀全集）
　ISBN 978 - 7 - 5760 - 3707 - 4

Ⅰ.①爱…　Ⅱ.①简…②汪…　Ⅲ.①长篇小说-英国-
近代　Ⅳ.①I561.44

中国国家版本馆 CIP 数据核字（2023）第 042880 号

爱玛

著　　者　[英] 简·奥斯汀
译　　者　汪　燕
策划编辑　彭　伦
责任编辑　陈　斌　许　静
责任校对　庄玉玲　时东明
装帧设计　卢晓红

出版发行　华东师范大学出版社
社　　址　上海市中山北路 3663 号　邮编 200062
网　　址　www.ecnupress.com.cn
电　　话　021 - 60821666　行政传真 021 - 62572105
客服电话　021 - 62865537　门市（邮购）电话 021 - 62869887
地　　址　上海市中山北路 3663 号华东师范大学校内先锋路口
网　　店　http://hdsdcbs.tmall.com

印　刷　者　上海颛辉印刷厂有限公司
开　　本　889 毫米×1194 毫米　1/32
印　　张　16.25
字　　数　358 千字
版　　次　2023 年 6 月第一版
印　　次　2023 年 6 月第一次
书　　号　ISBN 978 - 7 - 5760 - 3707 - 4
定　　价　78.00 元

出版人　王　焰

简·奥斯汀（Jane Austen, 1775—1817）

名为《新娘礼服》（1816）的肖像画，与爱玛的形象较为相符。

致

尊贵的

摄政王殿下

此书

蒙殿下恩准

由尊贵的殿下

忠诚

恭顺

谦卑的仆人

以最高的敬意

呈献

作者①

---

① 简·奥斯汀在扉页中将《爱玛》献给当时的摄政王和威尔士王子乔治，即后来的乔治四世
（1762—1830）。摄政王乔治是奥斯汀的仰慕者，他在自己的每处住所都收藏了奥斯汀当时
发表的所有作品。1815 年，乔治让他的图书管理员詹姆士·斯塔尼尔·克拉克邀请当时
在伦敦的奥斯汀参观他的私人藏书室。参观过程中詹姆士向奥斯汀提出，她可以随意将未
来的任何作品献给摄政王。奥斯汀和当时的大多数英国人一样，很不喜欢乔治奢靡放纵的
生活方式，尤其不满他对妻子卡洛琳公主的疏离和拒绝让她当王后的决定，曾在 1813 年 2
月 16 日写给玛莎·劳埃德的信中写道："可怜的女人，我会尽力支持她，因为她是个女
人，也因为我恨她的丈夫。"然而虽然心里并不情愿，她还是答应了摄政王的要求。
　　因此，许多评论家认为简·奥斯汀在致辞中的赞美和自谦过于夸张，有讽刺调侃
之意。

目　录

译者序

简·奥斯汀（1775—1817）堪称英国乃至世界文坛上最著名的作家之一。美国著名作家与文学评论家埃德蒙·威尔逊（1895—1972）将简·奥斯汀媲美莎士比亚，认为他们是一百多年来仅有的两位"从未受到时尚变化影响"的作家。著名英国奥斯汀评论家玛丽莲·巴特勒（1937—2014）虽不完全赞同这番评价，但也认为"简·奥斯汀的确已经加入了让现代文学评论家们一致崇拜的已故作家行列"。

跨越两百多年时空的奥斯汀作品在中国也是极受欢迎的经典之作。南京大学文学院教授余斌在三联中读的"重返文学的正典时代"栏目这样提到奥斯汀："实话实说，我们贴上'古典'标签的大多数作家，已不再被自发的阅读，他们或是在书架上供瞻仰，因'百闻'而如雷贯耳而知其存在，却难得'一见'，少有真正自发的阅读行为发生，只是略知其内容，大多是通过各种改编，要不就是出于专业的需要，作为研究对象出现。经典作家中当然也有流行款，有的甚至是爆款，比如简·奥斯汀，不过这种情况不多见。"

简·奥斯汀出身于中产阶级家庭，父亲乔治·奥斯汀是当地的教区长，母亲卡桑德拉·利·奥斯汀来自一个富裕的乡绅家庭，受过良好的教育。奥斯汀的家中共有八个孩子，六男二女，她本人排行第七。姐姐卡桑德拉比她大两岁，排行第五，是她的密友与知己。姐妹二人虽各自有过情感经历，但都终身未婚，一生相伴，在分开的日子里保持密切的书信来往。奥斯汀的几位哥哥都有不错的经济基础，让奥斯汀姐妹和母亲在她的父亲去世后生活没有陷入困窘。其中被过继到别人家，继承了大笔财富的三哥爱德华给母亲和两个妹妹提供了一定的经济资助和稳定住所；四哥亨利和简最为亲密，不仅资助她，还经常为她的小说提出建议，成为她事实上的经纪人，为奥斯汀小说的出版做出了很大贡献。

《爱玛》出版于1815年12月，是简·奥斯汀发表的第四部小说，也是她在有生之年发表的最后一部小说。此前的三部作品分别为《理智与情感》（1811），《傲慢与偏见》（1813）和《曼斯菲尔德庄园》（1814）。1817年5月简·奥斯汀因病离世，在亨利的努力下，早在1803年就交付出版却被束之高阁的《北怒庄园》（《诺桑觉寺》）和她最后创作的《劝导》于当年12月出版。

在1814年9月9日写给侄女安娜·奥斯汀的信中，简·奥斯汀为侄女创作中的小说做了如下点评："现在你将你的**人物**愉快地聚集在一起，让他们恰好进入一种我所喜爱的场景——一个乡村中的三四户人家是最好的写作对象。"当时简·奥斯汀正在创作《爱玛》，而"一个乡村中的三四户人家"最能体现这部小说的内容与场景。《爱玛》的写作开始于1814年1月21日，完成于1815年3月29日。这部在长度上仅次于《曼斯菲尔德庄园》的长篇小说，也是她写作效率最高的一部小说，仅比1815年8月至

1816 年 8 月创作的《劝导》用时更久，而《劝导》的长度几乎只有《爱玛》的一半。

在创作初期，简·奥斯汀曾说："我想写一个除了我自己，谁也不会很喜欢的女主角。"奥斯汀非常喜欢爱玛并直接以她来命名小说，却很担心爱玛能否得到读者的喜爱。她多次将爱玛与《傲慢与偏见》的女主角伊丽莎白·班尼特比较，认为爱玛可能不像伊丽莎白那么有吸引力。在她写于 1815 年 11 月 15 日至 1816 年 4 月 1 日的八封信中，每封信都提到了《爱玛》：询问摄政王乔治的图书管理员詹姆士·斯塔尼尔·克拉克该怎样**理解**可随意将未来的任何作品献给摄政王而无需任何**担忧**的**许可**；告诉刚做母亲的好友安娜·勒弗罗伊"我非常想见**你的**杰迈玛，我相信你也想见到**我的**爱玛"；告诉出版商约翰·默里也许这本献给摄政王的书会使印刷更加迅速准时，感谢约翰·默里对致词的合理安排……

《爱玛》的早期评价的确不尽人意：奥斯汀的一位朋友认为这部现实主义小说太过自然，以致毫无趣味；著名作家玛利亚·埃奇沃思（1767—1849）常与奥斯汀相互品鉴作品，然而她只勉强读到"喝粥"，就再也读不下去；许多读者也和埃奇沃思感受相似，认为小说没有故事性。

沃尔特·斯科特爵士（1771—1832）认为，对平常生活细致入微的描写，让《爱玛》成为奥斯汀所有作品中褒贬最多的小说。也正是寻常生活中的细节这样的"缺点"，使《爱玛》开创了一种适合现代社会的新小说风格。雷金纳德·法雷尔在 1917 年的 228 期《季度评论》中，对《爱玛》和《傲慢与偏见》做出如下对比：

> 对《傲慢与偏见》的十二次阅读会给你十二段重复的快乐；对《爱玛》同样次数的阅读也让你快乐，但不仅是重复，而是随着每次的思考不断调整，让你在每段新的阅读过程中得到全新的感受，并发现自己从未遇见过能像这样不断拓宽阅读快乐的作品。

《爱玛》开门见山地介绍了女主角，这段话似乎决定了各类同名影视作品轻松活泼的主基调，如由道格拉斯·麦克格兰斯导演、格温妮斯·帕特洛主演的 1996 版电影，或由奥特姆·代·怀尔德导演、安雅·泰勒-乔伊主演的 2020 版电影等。

> 爱玛·伍德豪斯漂亮、聪明、富有，有舒适的家和愉悦的性情，似乎结合了人生中一些最美好的祝福。她在这个世界上生活了将近二十一年，几乎没遇见让她伤心或烦恼的事。

然而读者很快会发现爱玛五岁就失去了母亲，由家庭教师带大（所幸是慈母般的泰勒小姐），她的父亲与她年龄相差太大而根本无法与她做伴，也不懂得怎样与她交谈，这样的爱玛很难称得上结合了人生中一些最美好的祝福。简·奥斯汀以惯常的小说开端方式，从开始就提醒读者注意她最擅长的"讽刺"话语风格，而贯穿全文的讽刺手法也是《爱玛》的每次阅读都能带来全新感受的重要原因。

二十一岁的爱玛·伍德豪斯小姐和她的家庭教师泰勒小姐相亲相爱地共同生活了十六年。她的家是海伯里的哈特菲尔德。海伯里是个人口众多的大村庄，几乎算得上一个镇，而伍德豪斯是此处首屈一指的家庭。四年前，爱玛怀着慷慨无私的友情撮合泰勒小姐和韦斯顿先生，最终将泰勒小姐变成了韦斯顿太太。然而，这却让她面临着生活与思想上的孤独，因为她老迈的父亲无法真正与她做伴。婚礼当晚，奈特利先生前来拜访，给他们原本孤寂的夜晚带来了欢乐。奈特利先生是附近当维尔庄园的主人，爱玛姐夫的哥哥，也是看着她长大，且唯一能指出她缺点的人。不久，当地女子学校的校长戈达德太太为爱玛带来了寄宿生哈丽特。哈丽特是个漂亮的私生女，性情温柔头脑简单，很快成为爱玛的女伴。欣喜的爱玛打算将哈丽特嫁入上流社会，她说服哈丽特拒绝了理智正直的农夫罗伯特·马丁的求婚，并为她物色合适人选。爱玛首先想到当地牧师埃尔顿先生，却没料到一直刻意讨好的埃尔顿先生所有的殷勤只是为了她自己。埃尔顿先生在圣诞夜向爱玛求婚被拒，恼羞成怒的他很快从巴斯娶回一位无知自大、自私浅薄，拥有近一万英镑财产的太太。几个月后，韦斯顿先生的儿子弗兰克·邱吉尔第一次来到海伯里。弗兰克的母亲，来自名门望族的邱吉尔小姐曾经不顾家庭反对嫁给了韦斯顿上尉，却在结婚三年后去世，弗兰克很快被过继给舅舅舅母，并能继承一笔丰厚的财产。爱玛因为喜爱韦斯顿太太而对弗兰克心怀幻想，在两个星期的交往中几乎以为自己爱上了弗兰克。然而在弗兰克离开后，爱玛经过仔细思考确定自己不爱弗兰克，并故态复萌地在心里将弗兰克配给了哈丽特。没过多久，弗兰克再次回到海伯里。然而哈丽特根本不喜欢弗兰克，她在爱玛的不断鼓励中变得自信大胆，在一次舞会中出于感激之情，竟然爱上了当维尔庄园的主人奈特利先生。接着弗兰克霸道的舅母去世，爱玛得知一直同她公开调情的弗兰克早就与和她同岁，美丽优雅的简·费尔法克斯小姐秘密订婚。她后悔又给哈丽特配错了对象，却在听到哈丽特的一番表白后，猛然意识到自己一直深爱着奈特利先生。奈特利先生听说弗兰克订婚的消息赶来安慰爱玛，却因情况的变化产生了希望。他向爱玛表达了爱意，使万分沮丧的爱玛瞬间变得万般幸福。最终，在奈特利先生的暗中撮合下，始终爱着哈丽特的罗伯特·马丁再次向她求婚并成功。哈丽特和爱玛相继在埃尔顿先生的主持下与心上人结为夫妻，简·费尔法克斯和弗兰克将在舅母的三个月重孝期满后举行婚礼，去往遥远的恩斯库姆开始新生活。

小说刚开始，爱玛四年前就一心撮合的泰勒小姐和韦斯顿先生终于结婚，令她骄傲不已。紧接着，爱玛打算把私生女哈丽特配给牧师埃尔顿。在第一卷第九章，爱玛自认为哈丽特与埃尔顿先生感情已经取得进展，便得意洋洋地想起"真正的爱情从来不会一帆风顺"，认为哈特菲尔德版本的莎士比亚会给这段话加上长长的注释，因为由她推动的两段爱情似乎都那么顺理成章。这段话出自《仲夏夜之梦》，讲述了一个淘气的小精灵用带魔法的花汁乱点鸳鸯谱，最终在魔法消失后，让有情人都终成眷属的喜剧爱情故事。而爱玛也像个乱点鸳鸯谱的小精灵，只是在错误中不经意地将自己变成了海伯里爱情剧中的女主角。

在这段过程中，爱玛为了让哈丽特进入上流社会而做的所有努力，似乎都变成了一场无事生非的闹剧。此外，伍德豪斯先生和他的女婿约翰·奈特利先生关于圣诞雪夜该如何回家，以及因为伍德豪斯先生说起佩里先生不赞成约翰·奈特利全家的骚桑德之行，从而引发的一场家庭危机，也会让人忍俊不禁地联想起莎翁喜剧《无事生非》。小说中，奥斯汀通过大量细致的情境与对话塑造人物形象，展现人物性格，不难看出来自莎士比亚的巨大影响。

《爱玛》中出现了六场婚姻，在这一点上堪称奥斯汀最浪漫的小说。家庭教师泰勒小姐温柔明理，和爱玛亲如母女，情同姐妹，她与韦斯顿先生的婚姻给了她未来的保障。虽然韦斯顿先生有些沉迷社交缺乏原则，但他性情开朗，为人善良，两人的婚姻堪称幸福。埃尔顿先生和太太虚伪自负，为了各自的目的迅速走到一起，然而他们的婚姻绝不会给二人的性情带来提升，也让爱玛意识到上流社会并不代表上流的品性。迪克逊先生的婚姻选择体现了在理想与现实的矛盾中，财富与贫穷可能对最终的抉择产生的影响。

三位几乎同时结婚的年轻小姐也有着不同的境遇。私生女哈丽特相貌甜美、单纯可爱，她在一年中认真地爱上了三位男子，对爱情的执着与变化给小说增添了许多趣味。嫁给马丁显然是最适合她的选择，不仅因为地位，更因为马丁是个理智可靠的人。爱玛在奈特利先生的呵护与管教下长大，对他喜爱又敬畏。爱玛因为哈丽特而惊恐地意识到自己深爱着奈特利先生。而多年来一直守护着爱玛的奈特利先生也终于有机会向爱玛诉说了自己的情感，如兄如父的奈特利先生与天真活泼的爱玛的爱情既出乎意料又在情理之中，不仅得到了朋友们的祝福，也令读者感到欣喜。和爱玛同岁，很小就成为孤儿的简·费尔法克斯美丽优雅，多才多艺，性情矜持，敏感细腻。她与弗兰克·邱吉尔私订终身，为他忍辱负重，却在忍无可忍之时毅然解除婚约，宁愿去做家庭教师。此时弗兰克霸道的舅母去世，弗兰克公开婚约，简·费尔法克斯即将嫁入上流家庭，他们的婚姻也得到了所有人的祝福。

乔斯林·哈里斯[①]认为简·费尔法克斯很可能是夏洛特·勃朗特发表于1847年的《简·爱》主角原型。勃朗特常常公开表示讨厌奥斯汀，她在1850年4月12日写给读者 W. S. 威廉斯的信中批评《爱玛》没有任何强烈的语言，也不知激情为何物。也许柔弱的简·费尔法克斯让勃朗特忍无可忍，促使她以浪漫主义风格创造出一个矮小、不美却无比强大的简，并让她驯服了有撒旦潜质的爱德华·费尔法克斯·罗切斯特。爱（Eyre）与差错（err）同音，可理解为错误的简，或者这才是正确的简。然而简·奥斯汀却在闲聊中说过，简·费尔法克斯将在结婚九到十年内死去。甜言蜜语的弗兰克对简·费尔法克斯的爱更多来自她出众的美丽，他极度自我的性情和婚后的生育是身体柔弱的简即将面临的巨大风险。勃朗特笔下几乎拥有超能力的简·爱，恰恰在本质上印证了现实主义风格中另一个简的无奈命运。

---

① Harris, Jocelyn. "Jane Austen, Jane Fairfax, and Jane Eyre". *Persuasions*, 29 (2008): 99 - 109.

理查德·詹金斯①将《傲慢与偏见》比作一架美妙的机器，同时认为在写作技巧、情节的流畅度与人物的发展上，《爱玛》更胜一筹。同时，《爱玛》中无处不在的讽刺话语风格，极少明示却至关重要的社会背景也增添了小说的阅读深度。爱玛和父亲相依为命，父女情深。在父亲的劝说下，爱玛打定主意永远不结婚，始终陪伴父亲，将来做个有钱的老姑娘。然而按照当时的继承法，未婚的女子既无权继承财产，也不能获得丰厚的嫁妆，只会落得贫困交加。当维尔庄园的主人奈特利先生在小说开始就向韦斯顿太太诉说了对爱玛的担忧，他不知道爱玛将来会怎样，因为她似乎对谁都没有兴趣，附近也没有合适的年轻男子能够吸引她。故事接近尾声时，奈特利先生在爱玛对贝茨小姐的无礼冒犯后毫不留情地训斥了爱玛，让读者得知贝茨小姐也曾家境殷实，令人敬重。在她的父亲去世后，她与母亲失去了财产，最终落魄至此。奈特利先生（Knightley—Knightly 谐音"骑士"）的求婚拯救了爱玛，否则老态龙钟的伍德豪斯先生去世后，单身的爱玛也会失去庇护，陷入同样的困境。詹金斯毫不客气地将爱玛称作"哈特菲尔德的囚徒"，将伍德豪斯先生斥为奥斯汀作品中最隐蔽的恶棍，也是奥斯汀笔下最持久、最成功的坏人，一个极度自私自利的人。

伍德豪斯先生虽然尚未年迈，却已老态龙钟。他几乎从不离开家，一年四季都要升起火炉取暖。爱玛已经二十一岁，她在五

---

① Jenkyns, Richard. *A Fine Brush on Ivory: An Appreciation of Jane Austen*. Oxford: Oxford University Press, 2004.

岁时失去母亲，有个比她大七岁、已经出嫁的姐姐。由此可以推测伍德豪斯先生失去妻子十六年，算来大约六十岁的年纪。海伯里有一位同样失去妻子的人——韦斯顿先生。韦斯顿先生的妻子邱吉尔小姐来自名门望族。她因为婚后境遇的变化郁郁寡欢，在生了孩子后久病不起，结婚三年就死了。韦斯顿先生听从邱吉尔夫妇的提议，将孩子交给他们照料，作为他们未来的继承人，接下来的二十年独自一人过得逍遥自在。他在爱玛的撮合下与泰勒小姐结婚并有了女儿，整天忙于社交，乐乐呵呵。相比韦斯顿先生，丧妻之痛对伍德豪斯先生的影响显然大得多。

在第二卷第七章末尾，爱玛即将应邀去柯尔夫妇家做客，临行前她与父亲的相互叮嘱情深意切、令人动容。伍德豪斯先生总是近乎神经质地担心爱玛的身体；他固执地反对泰勒小姐结婚，反对女儿们结婚，反对所有人结婚，除了自私地希望有人陪伴，很可能也因为他在婚姻中早早失去聪慧的妻子带来的恐惧和打击。爱玛在韦斯顿太太分娩前多次为她深感担忧，可以想象，在每个小生命诞生前，父女俩都会长时间担惊受怕，直到一切平安。简·奥斯汀本人终身未婚，有三位哥哥失去了难产的妻子。她在1817年3月25日写给侄女范妮的信中表达了对身边几位女子的同情，对于已经连路都走不动的安娜，奥斯汀写道："可怜的人啊，她不到三十岁就会垮掉——我同情她。"这位坚决反对婚姻的自私老人，或许也是因为害怕再次失去最亲的人。从这个方面来说，理查德·詹金斯对伍德豪斯先生的批评可能过于苛刻。

在写作风格上，《爱玛》堪称奥斯汀作品中角色最多、最轻松幽默的小说，几乎每个人都为读者贡献了一些欢乐。爱玛的天真，哈丽特的多情，埃尔顿先生的做作，贝茨小姐的滔滔不绝，弗兰克的甜言蜜语，韦斯顿太太的乱配鸳鸯谱，奈特利先生的嫉妒；即使从未正式出场的佩里医生也引起了"蛋糕事件""马车事件"等，因为时常出现在海伯里居民的交谈中而拥有了鲜明生动的形象。

"一个乡村中的三四户人家"的生活平淡亦热闹纷呈，简单亦见大社会，比如爱玛虽然未能让私生女哈丽特嫁入所谓的上流社会，而柯尔家的发迹却显示出在十九世纪初的英国，因为工业革命的影响，阶级变革已经发生。让奥斯汀喜爱又担心的爱玛，奈特利先生"最可爱最出色，虽有缺点却依然完美的宝贝"，最终与伊丽莎白·贝内特共同成为奥斯汀作品中最受欢迎的女主角，而《爱玛》也成了许多评论家与读者心中最杰出的简·奥斯汀小说。

本人是华东师范大学外语学院教师，于 2017 年 9 月至 2018 年 9 月期间获国家留学基金委奖学金，在加拿大滑铁卢大学英语系作为访问学者，师从弗雷泽·伊斯顿教授（Fraser Easton）进行简·奥斯汀研究。访学期间我遇见时任滑铁卢大学孔子学院中方院长的周敏教授，在她的指引下走上了奥斯汀翻译之路。感谢群岛图书出版人彭伦老师，以及华东师范大学出版社许静和陈斌老师的帮助、鼓励与认可。感谢华东师范大学出版社对我的信任，同时感谢给我帮助、支持与鼓励的师长、家人、同事和朋友们！

译文的章节、段落划分与黑体着重标记（原版为斜体）以"牛津世界经典丛书"的"Emma"（2008）为标准，破折号和注释也以此书为重要参考。希望此译本能够得到读者的喜爱与认可。

最后，愿《爱玛》能让亲爱的读者们享受美好的奥斯汀世界！

汪燕

2021 年 9 月 24 日

第一卷

第一章

爱玛·伍德豪斯漂亮、聪明、富有，有舒适的家和愉悦的性情，似乎结合了人生中一些最美好的祝福。她在这个世界上生活了将近二十一年，极少遇见让她伤心或烦恼的事。

她是两个女儿中的小女儿，父亲对她们非常慈爱，极为娇宠。因为姐姐结了婚，她很小就成为家中的女主人。爱玛的母亲去世太早，让她对母亲的爱抚只剩下一点儿模糊的记忆。母亲的位置由一位贤淑的家庭教师①替代，对她的疼爱不亚于真正的母亲。

泰勒小姐在伍德豪斯先生家住了十六年，与其说是家庭教师，却更像是朋友。她非常喜爱两个女儿，尤其是爱玛。在**她们**之间有着姐妹般的亲密感情。即使在泰勒小姐名义上还是家庭教师时，她就因为性情温柔，几乎从未约束过爱玛。这层师生关系早已消失，她们如同相亲相爱的朋友般生活在一起。爱玛想做什么就做什么，她非常尊重泰勒小姐的意见，但总的来说都按自己的想法行事。

的确，爱玛处境上的最大问题就在于她能随心所欲，又有些

---

① 奥斯汀时代的中产阶级女性通常只有结婚和做家庭教师两种选择。家庭教师的经济与社会地位都很低下，这一点从下文中简·费尔法克斯小姐对当家庭教师的恐惧，以及夏洛特·勃朗特（1816—1855）的《简·爱》（1847）等文学作品中均可看出。

自命不凡，这些不利因素可能会妨碍她享受许多快乐。不过这些危险目前尚未被察觉，对她来说还根本算不上不幸。

伤心事到来了——有一些伤心——但绝非以令人不快的方式出现——泰勒小姐结婚了。失去泰勒小姐让爱玛第一次感到悲伤。就在这位亲爱的朋友结婚当天，爱玛第一次坐下来难过了一阵子。婚礼结束，新娘走了，只有爱玛的父亲和她留下一起吃饭，再也没有第三个人来为这漫长的夜晚带来一些欢乐。晚餐后她的父亲平静下来，像往常一样去睡觉。她只能一个人坐在那儿，想着自己失去了什么。

这件事一定能给她的朋友带来幸福。韦斯顿先生人品出众，拥有轻松获得的财产；他年纪合适，举止令人愉快。她想到自己一直怀着怎样慷慨无私的友情期待并促成了这桩婚事，不禁有些得意。然而对她来说，这个早晨很不开心。每天的每时每刻她都会感到对泰勒小姐的思念。她想起泰勒小姐从前的善良——十六年来的善良与慈爱——她是怎样从她五岁起就教她学习，陪她玩耍——她健康时，她是如何尽心尽力地陪在她身边逗她开心——她小时候生病了，她又是怎样地悉心照料她。想到这儿爱玛满心感激；然而在过去的七年里，因为伊萨贝拉出嫁后只剩下她俩做伴，她们平等相待，无话不说，让这段回忆倍感亲切，更觉温馨。泰勒小姐是难得的朋友和伴侣：聪慧、理智、能干、温柔，对家中的一切了如指掌，对所有的事情都很用心，尤其对她最为关注，在意她的每一次快乐和每一个小心思——她能向泰勒小姐倾诉心里的任何想法，泰勒小姐对她那样情深义重，让她无可挑剔。

她该如何承受这样的变化？——的确，她的朋友离他们只有半英里，不过爱玛明白在半英里外的韦斯顿太太和住在家里的泰勒小姐肯定不一样。虽然她性格开朗，家境优渥，但她现在很可能面临着思想上的孤独。她深爱自己的父亲，可他根本无法与她做伴。他不懂得怎样与她交谈，无论正经说话还是开开玩笑都不行。

他们年龄相差太大（伍德豪斯先生结婚较晚），又因为他的身体状况和性情，使得差距更为严重。他一生都体弱多病，不愿动脑也不肯活动，虽说尚未年迈，却已老态龙钟。虽然无论在哪儿他都因为和善与好脾气而受人喜爱，但他从未拥有过令人称道的才华。

爱玛姐姐出嫁的地方并不远，在伦敦，只有十六英里，但平时也无法来往。爱玛只能在哈特菲尔德熬过十月和十一月的许多漫漫长夜，直到圣诞节时，伊萨贝拉和丈夫带上年幼的孩子们热热闹闹地回到家中，让她再次得到愉快的陪伴。

海伯里是个人口众多的大村庄，几乎算得上一个镇。哈特菲尔德虽然有自己的草坪、灌木和名字，其实却属于这里，可在这儿爱玛还是找不到同伴。伍德豪斯是此处首屈一指的家庭，所有人都仰慕他们。她在这儿有许多熟人，因为她的父亲对谁都客气；可是爱玛却找不到一个人来取代泰勒小姐，无论和谁一起待上半天都无法忍受。这是个令人难过的变化，爱玛只能为此叹息，期待着不可能发生的事，直到她的父亲醒了，让她不得不做出高兴的样子。父亲总是需要精神安慰。他神经紧张，容易沮丧；喜欢自己熟悉的每一个人，讨厌与他们分开；厌恶任何一种变化。婚姻，因为会带来变化，总是令他不满，他至今还根本无法接受自己女儿的婚姻。虽然两人完全因为真爱而走到一起，可他每次说起女儿都满是同情。现在他又被迫与泰勒小姐分开，他性情温和却习惯自私，且从不认为别人的感受会与他不同，所以非得认为泰勒小姐这样做，对自己的影响和对他们一样糟糕。要是她往后的日子都待在哈特菲尔德，一定会比现在幸福得多。爱玛尽量微笑着，快乐地说着话，打消他这样的念头。可到了吃茶点时，父亲还是把晚餐时说过的话一字不差地又说了一遍：

"可怜的泰勒小姐！——我希望她能再回来。真遗憾韦斯顿先生竟会想到要娶她！"

"我不同意你的想法，爸爸；你知道我不能同意。韦斯顿先生性情和悦，讨人喜欢，是个出色的男人，他完全应该娶个好妻子——你总不能让泰勒小姐一辈子和我们住在一起，忍受我的怪脾气吧，她能拥有自己的房子不是更好吗？"

"她自己的房子！——她自己的房子有什么好？我们的房子有她的三倍大——而且亲爱的，你从来没有怪脾气。"

"我们可以经常去看他们，他们也能来看我们！——我们应该常常在一起！**我们**必须先开始，我们应该尽快去拜访这对新人。"

"亲爱的，那么远的路我怎么去得了？兰德尔斯太远了，我连一半的路也走不动。"

"不，爸爸，没人想让你走路。我们当然得乘马车去。"

"马车！可是詹姆士才不愿为这么一点路套上马车呢——我们拜访的时候，那些可怜的马儿待在哪里？"

"它们会被安顿在韦斯顿先生的马厩里，爸爸。你知道这个问题已经解决了。昨天晚上我们就好好地和韦斯顿先生聊了这件事。至于詹姆士，你放心他肯定愿意去兰德尔斯，因为他的女儿在那儿当女仆。我只怀疑他还愿不愿意送我们去别的地方呢。这都多亏了你，爸爸。你给汉娜找了份好差使。在你提到她之前，谁也没想到汉娜——詹姆士对你多感激啊！"

"我很高兴我果然想到了她。这一点很幸运，因为我无论如何不想让詹姆士感觉自己受了怠慢；而且我肯定汉娜会是个好仆人：她懂礼貌又会说话，我对她很有好感。每次我见到她，她总是很有礼貌地向我行个礼问声好。你让她来这儿做针线活的时候，我发现她总能好好地打开门锁，从不弄得砰砰响。我相信她会是个好仆人，对于可怜的泰勒小姐来说，身边能有个熟悉的人也是很大的安慰。你知道，詹姆士每次过去看他女儿时，她都能得到我们的消息。他能告诉她我们大家的情况。"

爱玛竭力维持这些比较愉快的想法，希望能借助双陆棋①让父亲的这个夜晚过得不太差，也能让她不必为自己的烦恼以外的事情心烦。双陆棋摆好了，但紧接着来了位客人，就不用下棋了。

奈特利先生是个理智的人，三十七八岁，他不仅是伍德豪斯家的亲密老友，还和这个家有一层特殊的关系，是伊萨贝拉丈夫的哥哥。他住在离海伯里一英里的地方，是这儿的常客，总是很受欢迎。此时他的拜访比往常更受欢迎，因为他刚从伦敦他们共

---

① 一种棋类游戏，以掷骰子的方式决定两边棋盘上棋子的移动。

同的亲戚家回来。他出去了好些天，回到家很晚才吃了顿饭，然后步行到哈特菲尔德，告诉他们布伦斯威克广场①一切都好。这是个令人愉快的消息，让伍德豪斯先生兴奋了一会儿。奈特利先生性情开朗，这一点向来对他颇有好处。伍德豪斯先生关于"可怜的伊萨贝拉"和孩子们的问题都得到了极为满意的回答。谈话结束后，伍德豪斯先生感激地说："奈特利先生，你这么晚还来拜访我们真是太好了。我担心在这个时间走到这儿来，一定特别糟糕吧。"

"完全没有，先生。月色很美，天气也暖和，所以我还得离你的熊熊大火炉远一点。"

"可你一定觉得路上潮湿又泥泞。希望你不会感冒。"

"泥泞？先生，瞧瞧我的鞋，一个泥点都没有。"

"是吗？真让人惊讶，我们这儿最近下了不少雨。早餐时雨下得特别大，足足下了半个小时。我都想让他们推迟婚礼了。"

"对了——我还没向你们道喜呢。我很清楚你们两人会感到怎样的欢喜，所以不急着送上我的祝福。不过我希望婚礼进行得还算顺利。你们都表现得怎么样？谁哭得最厉害？"

"啊，可怜的泰勒小姐！这件事真让人伤心。"

"请允许我说一声'可怜的伍德豪斯先生和小姐'，但我可说不出'可怜的泰勒小姐'。我非常尊重你和爱玛，不过至于独立自主还是依赖他人的问题！——无论如何，取悦一个人总比取悦两个人好过些。"

---

① 位于如今的伦敦中北部，是建造于1795—1802年的一个时尚区域，以当时摄政王的妻子卡洛琳的故乡布伦斯威克命名。

"尤其当其中的**一个**是个爱幻想的讨厌家伙时!"爱玛调皮地说,"我知道你心里就是这么想的——要是我父亲不在这儿,你一定会说出来。"

"我相信的确如此,亲爱的,千真万确,"伍德豪斯先生叹了口气说,"恐怕有时我很爱幻想,让人讨厌。"

"我最亲爱的爸爸!你不会认为我在说**你**或以为奈特利先生是指**你**吧?多么可怕的想法!不不!我只是在说我自己。你知道奈特利先生最爱挑剔我——当然是开玩笑——全都是玩笑。我们之间总是想说什么就说什么。"

事实上,奈特利先生是为数不多的几个能看出爱玛·伍德豪斯缺点的人,也是唯一会告诉她的人,虽然爱玛本人并不特别喜欢这样。她知道父亲更不喜欢如此,她也不希望父亲真的怀疑,竟然并非每个人都觉得爱玛完美无缺。

"爱玛知道我从不恭维她,"奈特利先生说,"但我没想说谁不好。泰勒小姐本来要取悦两个人,现在只用取悦一个就够了。看来她一定是个获益者。"

"好吧,"爱玛很愿抛开这个话题,"你想听听婚礼的事,我很乐意告诉你,因为大家都表现得非常好。每个人都准时到场,个个都是最好的状态:没有眼泪,也几乎看不到拉长的脸。哦,不。我们都觉得只隔着半英里的路,我们肯定每天都能见面。"

"亲爱的爱玛对什么事都能想得开,"她的父亲说,"不过奈特利先生,她失去泰勒小姐难过极了,我相信她**会**比预想的更思念她。"

爱玛转过头去,含着眼泪又带着微笑。

"爱玛肯定无法不想念这样的伙伴，"奈特利先生说，"要是我们以为她不想念泰勒小姐，先生，我们就不会像现在这么喜爱她了。不过她知道这场婚姻对泰勒小姐多么有利多么合适，知道对于这个年龄的泰勒小姐来说，能够拥有自己的家，有个舒适的生活保障是多么重要，所以不会让自己的伤心多于快乐。泰勒小姐的每个朋友都应该为她结了这门好亲事而高兴。"

"你忘了一件令我高兴的事，"爱玛说，"一件非常重要的事情——这是我本人做的媒。你知道，四年前我做了媒，这件事做成了，而且事实证明很正确，当时那么多人都说韦斯顿先生不会再结婚。这对我来说就是最大的安慰。"

奈特利先生对她摇了摇头。她的父亲慈爱地说："啊，亲爱的，我希望你别再做媒或预言什么了，因为你说的事情总会发生。请不要再给谁做媒了。"

"我保证不为自己做媒，爸爸，但我必须为别人做媒。这是世界上最好玩的事了！尤其在获得这样的成功后！——人人都说韦斯顿先生不会再结婚。哦，天啊，绝对不会！韦斯顿先生丧妻这么多年，似乎没有妻子也过得很快活，不是忙着去城里①做生意就是在这儿和朋友聚会，他到哪儿都受欢迎，总是开开心心——韦斯顿先生要是喜欢，一整年也不用独自待上一个夜晚。哦，不！韦斯顿先生肯定不会再结婚。有人甚至说这是他给临终妻子的诺言，还有人说他的儿子和那个舅舅不让他结婚。他们对这个问题一本正经地说着各种废话，可我根本不相信。自从那一

---

① 原文为"town"，指到城里去。下文中的"城里"均指去伦敦，尤其是伦敦西部的商业和娱乐中心。

天（大约四年前），我和泰勒小姐在布罗德韦巷遇见他，因为天开始下起毛毛雨，他那么殷勤地飞奔出去，去米切尔农夫家为我们借了两把伞，我就对这个问题打定了主意。我从那时起就计划着给他们做媒，现在已经大获成功。亲爱的爸爸，你不会以为我该就此罢手，不再做媒了吧？"

"我不懂你说的成功是什么意思，"奈特利先生说，"成功意味着努力。如果过去的四年你一直在努力促成这桩婚事，那么你的时间用得合理又巧妙。这是值得年轻小姐思考的事情！不过假如，我只是猜想，你的做媒正如你所说，只意味着你计划了这件事，你在闲来无事的一天对自己说：'我想要是韦斯顿先生和泰勒小姐结婚，对她来说会很好。'之后你常常这样对自己说——那你谈什么成功呢？你做了些什么？——你有什么可骄傲的？——你只是侥幸猜中而已，**那**就是你能说出的全部。"

"那你从没体会过侥幸猜中的快乐与骄傲吧？——我同情你——我以为你会更聪明呢——请相信，幸运的猜测绝不仅仅靠运气，总有一些天分的。至于你和我争执的我那可怜的'成功'一词，我不明白为何就完全没我的份呢？你描绘了两幅漂亮的画卷——但我觉得还能有第三幅——介于什么都不做和什么都做之间。要不是我促使韦斯顿先生常常来我家做客，给了他许多小小的鼓励，解决了许许多多的小问题，也许就不会有结果。我想以你对哈特菲尔德的了解，你不会不明白那一点。"

"像韦斯顿那样直爽坦率的男人和像泰勒小姐那样理智真诚的女人，大可放心由他们自己管自己的事。你的干涉反而更会伤害你自己，而不是给他们带来好处。"

"爱玛要是能为别人做些什么，就从来想不到自己，"伍德豪斯先生只听懂了一点，便又说道，"不过亲爱的，拜托你别再做媒了。这都是些傻事，会拆散家庭，让人伤心的。"

"再做一次，爸爸，只为埃尔顿先生。可怜的埃尔顿先生！你喜欢埃尔顿，爸爸——我必须为他找个妻子。在海伯里没有谁能配得上他——他来这儿一整年了，把他的房子收拾得那么舒适，真不该再让他单身下去——我觉得他今天为那对新人牵手时，看上去好像真希望给自己也来个同样的仪式！我很喜欢埃尔顿先生，这是我唯一能为他效劳的事情了。"

"埃尔顿先生是个很好看的年轻人，当然，也是个很好的年轻人，我很看重他。不过亲爱的，你要是想对他表示关心，就让他哪天来和我们一起吃饭吧。那样做倒是更好。我相信奈特利先生一定很乐意见见他。"

"我非常乐意，先生，随时可以，"奈特利先生笑着说，"我完全赞同你的意见，这样做好得多呢。爱玛，请他来吃饭，把最好的鱼和鸡肉留给他，不过让他为自己选择妻子吧。放心，一个二十七岁的男人能够照顾好他自己。"

第二章

韦斯顿先生是海伯里本地人,生在一个体面的家庭。他家族的前两三代人逐渐发迹,拥有了财产和地位。他受过良好的教育,但因为很早就继承了一小笔遗产,便不屑于从事他兄弟们做的普通职业,而是加入了本郡的民兵团[①]并被组编,满足了他活泼开朗的天性和喜欢交际的性情。

韦斯顿上尉人见人爱,他在参军的日子里遇见了约克郡一家名门望族的邱吉尔小姐,而且邱吉尔小姐还爱上了他,这件事谁也没觉得惊讶,除了小姐的哥哥和他的妻子。他们从未见过他,却骄傲自大,自以为是,觉得这门亲事冒犯了他们的尊严。

然而邱吉尔小姐已经成年,还完全掌握着她的财富[②]——虽然她的财产和家中资产完全不成比例——她不听劝告,硬是结了婚,让邱吉尔夫妇恼火不已,以得体的方式同她断绝了关系。这门亲事很不般配,也没带来多少幸福。韦斯顿太太本该能多感受一些幸福,因为她的丈夫心地善良,性情温和,为了报答她爱上自己的大恩,凡事都为她着想。然而她虽然有些勇气,却不能勇

---

① 1793 年英国向法国宣战,也是小说中韦斯顿先生服役的大致时期。因为正规军大多被派往海外殖民地,当时国内组建了许多民兵团以抵御法国的侵袭。
② 十八、十九世纪时,年轻女子通常没有财产控制权。然而可以猜测邱吉尔小姐的父母在临终前给她单独指定了一笔钱财作为嫁妆,可以在她结婚时直接变成她丈夫的财产。

往直前。她毅然决然地不顾哥哥反对追求自己的想法，却不能不为哥哥无理的恼怒感到无端的懊悔，也无法不怀念从前家中的奢侈生活。他们过着入不敷出的日子，但还是完全无法和恩斯库姆的生活相比：她并非不爱自己的丈夫了，只是她既想做韦斯顿上尉的妻子，又想当恩斯库姆的邱吉尔小姐。

在别人看来，尤其在邱吉尔家人的眼中，韦斯顿上尉高攀了一门了不起的亲事，其实他却倒霉透顶。他的妻子结婚三年就去世了，他比结婚前更穷，还要抚养一个孩子。然而，没过多久他就不用再支付孩子的花销。这个男孩与他久病辞世的母亲实在令人心软，反倒促成了一种和解。邱吉尔夫妇自己没有孩子，亲戚中也没有这样的小孩可以照料，他们在韦斯顿太太去世不久后便提出全权照看小弗兰克。这位丧妻的父亲必定有些顾虑和勉强，又被其他的考虑打消了。孩子交给了邱吉尔夫妇，享受他们的照管与财富。他只用寻求自己的安逸，尽量改善自己的处境。

是时候彻底改变生活了。他退出民兵团，做起了生意。他的兄弟们已经在伦敦干得不错，给他提供了良好的开端。那是个小商行，刚好能让他有足够的事情做。他在海伯里还有个小房子，大多数的闲暇日子他都待在那儿。他辗转于有益的工作和愉快的社交之间，接下来的十八、二十年里过得很愉快。那时，他已经攒了一小笔钱——足够在海伯里附近购置一小块产业，这是他一直以来的想法——足以让他娶回像泰勒小姐这样没有财产的女人，也让他能按照自己爱交朋友喜欢交际的性格，自由自在地生活。

泰勒小姐开始对他的计划产生影响已经有一段时间，但这并不是年轻人对年轻人那种无法抗拒的影响，也没有动摇他买不到兰德尔斯就不会安顿下来的决心。他早就等着兰德尔斯被出售，只是带着这个目标坚定地向前，直到实现了这个心愿。他赚了钱，买了房子，娶了妻子，开始了人生的新阶段，完全会比过去的任何时候都更加幸福。他从来不是不开心的人，他本身的性格就决定了这一点，即使在第一段婚姻中也是如此；不过这第二段婚姻一定让他意识到，娶一位通情达理、真正和蔼可亲的女人是多么令人喜悦，并以最愉快的方式向他证明了自己选择而非让人挑选、令人感激而非感激别人，这种感觉可是好得多了。

在这个选择中，他只需让自己开心：他的财产全都属于他自己；至于弗兰克，他们不仅达成默契，把弗兰克作为舅舅的继承人抚养，而且已经公开声明等他长大成人后就改姓邱吉尔，因此他几乎不可能想要父亲的帮助。他的父亲对此毫不担心。那位舅母是个任性的女人，完全控制了她的丈夫。不过以韦斯顿先生的性格来看，他无法想象怎样的任性才会影响到如此亲爱的人，影响到他认为最值得爱的人。他每年都去伦敦看望自己的儿子，为他感到骄傲。他深情地夸赞儿子是个很出色的年轻人，让海伯里也为他感到某种骄傲。他足以被看作属于海伯里，他的优点和前途成了大家共同关心的事情。

弗兰克·邱吉尔先生成了海伯里的骄傲，人人都好奇地想见到他。然而这番恭维并没有得到回报，他长这么大还没去过那儿。人们常说起他会来看看父亲，却始终没有做到过。

现在，因为他父亲的婚事，人们理所当然地又关注起这个问题，个个都主张他这次总该来拜访了。无论在佩里太太来和贝茨太太小姐喝茶时，还是在贝茨太太小姐回访时，对于这一点完全没有异议。弗兰克·邱吉尔先生现在应该来到他们中间了。当得知他为此事给继母写了一封信，大家就更加期待。几天来，海伯里早晨的每一次串门都会提到韦斯顿太太收到的那封得体的来信。"我想你听说过弗兰克·邱吉尔先生写给韦斯顿太太的那封信了吧？我知道那一定是封很得体的来信。伍德豪斯先生告诉我的。伍德豪斯先生看到了那封信，他说他这辈子还没见过那么得体的信呢。"

这的确是一封珍贵的来信。韦斯顿太太当然对这个年轻人产生了很好的印象，如此令人愉快的关注无疑证明他十分通情达理。她的婚事得到了许多人的各种祝福，而这封来信更加令她欢喜。她觉得自己是最幸运的女人；活到这个年纪，她应该知道自己在别人的眼中有多么幸运。唯一的遗憾是不能一直和朋友们在一起，她对他们的情谊从未冷淡过，知道他们舍不得与她分开。

她知道自己会时常被想念；想到爱玛因为没有她的陪伴而失去一点点快乐，或忍受一个小时的无聊，她都无法不感到痛苦。不过亲爱的爱玛并非性格软弱之人，比大多数女孩都能更好地适应自己的处境。她有理智，有活力，也有热情，应该能轻松愉快地度过这些小困难与小失意。兰德尔斯和哈特菲尔德距离这么近，也是个很大的安慰，即使一个女人独自走这段路都可以①。

---

① 当时的年轻女子通常不单独出门，需要结伴而行。在这个段落中奥斯汀使用了她开创的"自由间接话语"进行叙事，将第一与第三人称相结合，仿佛由一个可以洞悉人物内心的第三者帮助其说出内心独白。

从韦斯顿先生的性格与情形看来，在即将到来的季节里，她们每个星期一半的晚上都待在一起也完全没有问题。

她总是不停地说着成为韦斯顿太太的感激，偶尔才提到她的遗憾；而她的满足——不仅是满足——她愉快的享受是那样合情合理、显而易见，因此爱玛虽说很了解自己的父亲，有时也会因为他还在同情"可怜的泰勒小姐"而感到惊讶。这种情况可能发生在他们离开无比温馨的兰德尔斯，把她一个人留在家中时；或是看着她晚上回家，被她快活的丈夫送进她自己的马车里。每次她离开时，伍德豪斯先生总要轻声叹口气说：

"唉，可怜的泰勒小姐！她其实很乐意留下来。"

可是泰勒小姐回不来了——似乎也无法不可怜她，不过几个星期后伍德豪斯先生总算有些释然。邻居们不再向他道喜；没有人再为这件伤心事祝他快乐，借此戏弄他；那个让他十分苦恼的结婚蛋糕也被吃完了。他自己的胃受不了油腻的东西，他也从不相信别人会和他不一样。对他来说不健康的食物，他就认为对每个人都不合适。于是他诚恳地劝说大家不要做结婚蛋糕，结果没有用，他又热切地阻止所有人吃蛋糕。他不辞辛苦地就这个问题请教了药剂师佩里先生。佩里先生是个有智慧又有绅士风度的人，他常常拜访伍德豪斯先生，是他生活中的一个安慰。听到这个问题，佩里先生只得承认（虽然他似乎心里并不认可）结婚蛋糕可能一定不适合许多人——也许是大部分人，除非吃得适量。这个观点刚好印证了他自己的想法，于是伍德豪斯先生希望借此说服每位来给这对新人贺喜的宾客，可人们照样吃着蛋糕。直到蛋糕被吃完，他那慈爱的神经才终于不再紧张。

海伯里流传着一个奇怪的谣言，说是有人看见佩里家每个小娃娃的手中都拿了一块韦斯顿太太的结婚蛋糕，但伍德豪斯先生说什么也不肯相信。

第三章

　　伍德豪斯先生总爱以自己的方式社交。他非常喜欢让朋友们来看望他。因为种种原因，比如他长期居住在哈特菲尔德又性情和善，因为他的财富、房子和女儿，所以大部分时候他都能按照自己的心愿安排小圈子里的人来他家做客。他和这个圈子以外的任何家庭都没有交往。他讨厌弄得太晚，又厌恶大型宴会，所以除了按照他的要求来拜访他的客人外，他不适合与其他任何熟人打交道。幸好对他来说，海伯里，包括同一个教区的兰德尔斯，还有相邻教区奈特利先生的当维尔庄园已经有了不少合他心意的人。他常常在爱玛的劝告下，邀请由他选择的最佳宾客同他一起用餐；不过他更喜欢晚餐时间，要不是他随时可能幻想自己受不了有人做伴，否则爱玛每天晚上都能为他安排一张牌桌。

　　韦斯顿夫妇和奈特利先生一直真心敬重伍德豪斯先生，所以常来拜访。埃尔顿先生是个单身的年轻人，但并不喜欢独处。用任何一个独自空虚寂寞的夜晚来换取伍德豪斯先生家客厅里的优雅与社交，还有他可爱女儿的微笑，这样的特权埃尔顿先生绝不会错过。

　　还有另外一些人，来得最勤的是贝茨太太、贝茨小姐和戈达德太太，这三位女士几乎每次收到哈特菲尔德的邀请都会赶来。她们频繁地乘着马车来来回回，让伍德豪斯先生觉得这对于詹姆士和他的马儿来说完全不成问题。要是她们一年只来一次，那才会让他抱怨呢。

贝茨太太是海伯里前教区牧师的遗孀，已经很大年纪，除了喝喝茶打打夸德里尔牌[①]，她几乎无事可做。她和独身的女儿过着清苦的日子，作为一个与人为善的老妇人，生活又如此不幸，她得到了此种境遇可能激起的所有关心与敬意。她的女儿既不年轻也不漂亮，没有财产又没结过婚，却出乎意料地受人欢迎。贝茨小姐因为众人的关注而处于世界上最尴尬的境地；她没有过人的智慧来弥补本身的缺陷，也不会吓唬那些讨厌她的人，让他们至少表面上尊重些。她从未拥有过美貌或智慧。她的年轻时代过得平平淡淡，到了中年便尽心尽意地侍奉年迈的母亲，努力让一小笔收入多派上些用场。但她是个快乐的女人，谁都会说她好。正因为她善良与满足的性格才带来了这样的奇迹。她爱每一个人，关心每个人的幸福，总能很快发现每个人的优点；她觉得自己无比幸运，拥有这样一位好母亲，这么多的好邻居和好朋友，家里什么也不缺。她简单愉悦的天性与满足感恩的心灵不仅让她受人喜爱，也是她自己的幸福源泉。她极爱聊天，有着说不尽的琐事与无伤大雅的闲话，正合伍德豪斯先生的心意。

戈达德太太是一所学校的校长——这儿可不像什么神学院或教育机构，用冗长文雅的废话标榜自己采用了新原则新体系，将文学修养与美德教育结合——让年轻的小姐们支付了高昂的学费却弄坏了身体还培养了虚荣心——这是一所真正的、实实在在的

---

① 四个人打四十张牌。打牌者通常不讲究牌技，随心所欲地玩。

老式寄宿学校，能以不高的学费换得适当的教育。女孩们被送出家门，勉强接受些教育，完全不担心回去后变成奇才①。戈达德太太的学校很有声望——也名副其实，因为人们都觉得海伯里是个非常有益身心健康的地方：她有一座大房子和一个大花园，给孩子们足够的健康食物。她在夏天时让孩子们在外面奔跑，冬天亲手为她们包扎冻疮，难怪星期天总有四十个女孩排成两列跟着她去教堂。她是个慈母般的朴素女人，年轻时努力工作，觉得现在能偶尔放个假，串串门子喝喝茶了。伍德豪斯先生以前对戈达德太太关照不少，因此她特别在乎他的邀请，一有机会便心甘情愿地离开她挂满工艺品②的整洁客厅，在他的火炉旁赌上六个便士。

这是爱玛常常能请到的几位女士，她为父亲庆幸自己有这样的能力，虽然对她来说，这根本无法弥补韦斯顿太太的离开。爱玛很高兴看到父亲舒心的样子，也很满意自己能把事情安排得妥妥当当。可是这三个女人安静乏味的闲聊让她觉得，这样度过的每个夜晚，不正是她所担心的一个个漫漫长夜吗？

一天早晨爱玛坐在家中，等着以同样的方式结束这一天，却收到来自戈达德太太的便笺。信中以最恭敬的话语请求允许她带上史密斯小姐，这个请求大受欢迎。史密斯小姐十七岁，爱玛见过她很多次，因为她长得漂亮早就对她有了兴趣。宅子的可爱女

---

① 奥斯汀时代的女性教育以文学、历史、礼仪、艺术为主，以便在家中做个合格的女主人。智力教育通常被视为毫无作用，甚至起反作用。
② 指针线活，或针织品等装饰性艺术品，很可能由女学生所做，挂在戈达德太太的客厅里作为装饰品及学生的才艺展示。

主人回了一封情真意切的邀请函，不再担心这个夜晚令人难熬了。

哈丽特·史密斯是某人的私生女。几年前某人把她送到戈达德太太的学校，某人最近又把她从普通学生升级为寄宿生，这是人们知道的关于她的全部信息。除了在海伯里结交的几个朋友外，没见过她有别的朋友。她最近去乡下看望了几位和她同学的女孩，待了好一阵子，刚刚回来。

哈丽特是个很好看的女孩，她的美恰好是爱玛特别欣赏的那种。她身材矮小，丰满白皙，容光焕发，蓝色眼睛，浅色头发，五官端正，神情非常甜美。晚上还没结束，爱玛就对她的举止和对她的容貌一样喜欢，决心同她继续交往。

爱玛倒没看出史密斯小姐的言谈展现了什么睿智，但觉得她总的来说讨人喜欢——她没有害羞得令人别扭，也不寡言少语——她毫不冒昧，得体顺从，似乎因为来到哈特菲尔德既愉快又感激，天真地对在这儿见到的每件了不起的物品感到惊讶不已，这说明她一定明白事理，值得鼓励，也应该给予鼓励。她那双蓝眼睛和天生的风度不该被浪费在海伯里和附近的下等人当中。她所结交的朋友都配不上她。她刚刚离开的那些朋友虽然都是好人，但一定会对她不利。那是一个叫作马丁的家庭，爱玛知道这家人租了奈特利先生的一大片农场，住在当维尔庄园的教区里——她相信他们非常正派——她知道奈特利先生对他们评价很高——不过他们一定粗里粗气，没有教养，对于这个再多一点学识和一分优雅就很完美的女孩非常不合适。**她**会关注她，提高她；她会把她与那些不体面的熟人分开，带着她同体面人交往；

由她来塑造她的观点和举止。这将是很有趣，当然也很善意的举动，很适合爱玛本身的生活状态，以及她的闲暇与能力。

爱玛忙着欣赏那双温柔的蓝眼睛，忙着说话与倾听，在此期间又制订了所有的计划，所以这个夜晚过得飞快。聚会结束前要吃夜宵，通常爱玛都坐在那儿等着时间，而这次餐桌已经在火炉旁摆好了她都没注意。爱玛做事一向妥帖认真，喜欢按照自己的善意想法行事，今天更是兴致勃勃。她盛赞所有的食物，热情推荐客人们吃碎鸡肉和烤牡蛎，她知道时候还早，客人们又顾虑着礼节，她的催促肯定很受欢迎。

在这种时候，可怜的伍德豪斯先生总会陷入悲哀的纠结中。他喜欢桌上铺起桌布，因为这是他年轻时的风尚；可如今他坚信夜宵对健康很不利，所以不愿看到桌布被摆上食物；虽然他很好客，想欢迎客人样样都吃，可因为担心客人的身体，看到他们真在吃东西又令他烦恼。

他顶多只会带着自我陶醉的心情，推荐客人和他一样再喝一小钵稀粥。然而看着女士们津津有味地扫荡着美味时，他虽然想克制，但还是会说：

"贝茨太太，我劝你大胆地吃一只鸡蛋吧。煮得很嫩的鸡蛋不伤身体。赛尔的鸡蛋比谁都煮得好。我可不推荐其他任何人煮的鸡蛋——不过别担心——这些鸡蛋很小，你瞧——我们的一颗小鸡蛋不会对你不好的。贝茨小姐，让爱玛帮你拿一**小块**馅饼吧——**很小**的一块。我们的都是苹果馅饼，你不用担心里面有不健康的果酱。我不建议你吃蛋奶沙司。戈达德太太，要不要来**半杯葡萄酒**？**小半杯**——兑上一杯水怎么样？我想你不会不喜欢的。"

　　爱玛由她的父亲说去，自己却以让客人更满意的方式招待她们。在这个晚上把她们愉快地送走，也让她特别高兴。史密斯小姐的快乐没有辜负她的好意。伍德豪斯小姐是海伯里的这样一个大人物，能被引荐给她让史密斯小姐既高兴又惶恐——这个卑微又感激的小女孩离开时满心欢喜，伍德豪斯小姐整个晚上对她那么亲切，最后竟然还和她握了手①，让她开心不已。

———————————————

① 在奥斯汀时代，握手表示亲密关系，而非正式的问候。

第四章

哈丽特·史密斯很快就和哈特菲尔德建立了亲密关系。爱玛行事干脆果断，便不失时机地邀请她、鼓励她，告诉她要常常来玩。她们越来越熟悉，对彼此也越来越满意。爱玛早就料到她会是个散步的好伙伴。在那一点上，失去韦斯顿太太是个重大的损失。爱玛的父亲从未走到过灌木林外面，里面的两块空地已经足够让他进行或长或短的散步，而他散步的距离也在一年年地改变；自从韦斯顿太太结婚后，爱玛的行动就受了很大限制。一次她鼓起勇气独自走到兰德尔斯，然而很不愉快。有了哈丽特·史密斯，爱玛能随时叫她一起散步，这让她又多了一项有用的特权。不过随着交往的增加，爱玛觉得哈丽特各方面都不错，就更坚定了自己所有的善意安排。

哈丽特当然并不聪明，然而她的性格甜美温顺、懂得感恩、毫不自负，只想得到自己崇拜的任何人的指点。哈丽特很快就对爱玛产生了依恋，爱玛对此很高兴。哈丽特想要好的同伴，懂得欣赏优雅与聪明的人，说明她不乏品位，但理解力还有待加强。总的来说，爱玛确信哈丽特·史密斯正是她想要的年轻朋友——也正是她家中缺少的那个人。韦斯顿太太那样的朋友本身就难能可贵，想得到两个她根本不可能。她是完全不同的一类人——感情独立自主。韦斯顿太太本来就受人尊重，也值得感激与尊重。

爱玛将作为一个能够帮助哈丽特的人来喜欢她。和韦斯顿太太一起爱玛什么也不用管；而在哈丽特的身边她样样都得考虑。

爱玛想为哈丽特做的第一件事情是弄清她的父母，可哈丽特也不知道。她愿意说出知道的一切，不过在这个问题上怎么问她也没有用。爱玛只能幻想着她喜欢的样子——但她绝不相信要是在同样的处境下，**她**会弄不清真相。哈丽特没有洞察力。她满足于听信戈达德太太选择说给她听的话，根本不去多想。

戈达德太太、老师、女孩们和学校的各种事情自然而然成了谈话的主要内容——要不是因为哈丽特认识阿比-米尔农场的马丁一家，就只能谈学校了。不过她常常想着马丁一家；她和她们共度了非常愉快的两个月，所以很喜欢说起在那儿的开心事，描述那儿的很多舒适与神奇之处。爱玛鼓励她滔滔不绝地讲下去——她被另一类人的那种生活场景逗乐了，也喜欢听年轻单纯的哈丽特兴高采烈地说起马丁太太有"**两间**起居室，两间非常棒的起居室，真的；一间简直和戈达德太太的客厅一样大；她有个上等女仆，已经和她一起住了二十五年；他们有八头奶牛，两头奥德尼牛，一头韦尔奇小奶牛，真是特别好看的韦尔奇小奶牛；马丁太太说既然她那么喜欢，应该把它叫做**她的**奶牛；他们的花园里有个很漂亮的凉亭，明年的什么时候他们要一起在那儿喝茶——一个非常漂亮的凉亭，容得下十二个人呢。"

有一阵子爱玛听得很开心，也没有多想。不过随着她对这个家庭了解的增加，她产生了一些别的念头。她一开始弄错了，以为在那个家里母亲、女儿、儿子、儿媳都住在一起。不过看来在谈话中经常被提起的那位马丁先生，那位常被夸赞脾气极好，乐于助人的马丁先生是个单身汉；没有年轻的马丁太太，他尚未娶妻；这时爱玛真切地从所有的热情好客中，觉察到她这位可怜的小朋友面临的危险——要是没人关照哈丽特，她也许会应他们的请求而永远降低身份了。

有了这样一个激动人心的念头后，爱玛的问题变多了，也增添了一些意味。她特意让哈丽特多谈谈马丁先生——哈丽特显然没有任何不高兴。她喜滋滋地说起他们一起在月光下的散步和愉快的晚间游戏；一遍遍地说他脾气极好，非常热情。有一天他来回跑了三英里只为给她带些核桃，因为她说过自己很喜欢核桃——在每件事情上他都那么热心。一天晚上他特意把牧羊人的儿子带到客厅为她唱歌。她很喜欢唱歌，他自己也会唱一点。她认为他特别聪明，什么都懂。他有个非常棒的羊群，她在他家的日子里，他的羊毛卖出的价钱是村里最高的。她觉得人人都说他好。他的母亲和妹妹们都特别喜欢他。有一天马丁太太对她说（她说着便红了脸），没有哪个儿子能比马丁强，所以她相信如果马丁结了婚，肯定是个好丈夫。倒不是做母亲的**想要**他结婚。她一点都不着急。

"干得不错啊，马丁太太！"爱玛心想，"你知道自己在做什么。"

"她走了以后，马丁太太还特别好心地给戈达德太太送了一只漂亮的鹅——戈达德太太从没见过那么漂亮的鹅。戈达德太太在一个星期天杀了鹅，把纳什小姐、普林斯小姐和理查德逊小姐三位老师全都请来，和她一起共进晚餐。"

"我想马丁先生除了自己的本行外，不懂别的吧？他不读书吧?"

"不,他读书!——嗯,不是——我也不知道——我相信他读了不少书——但不是你看重的那种书。他读《农业报告》,还有他放在窗台上的一些别的书——所有**那些**他都会独自看。不过有时在我们晚上打牌前,他会大声朗读一段《美文集》——很有趣。我知道他读过《威克菲尔德的牧师》。他没看过《森林奇遇》和《修道院的孩子》①。我说起这些书之前他听都没听过,可他决心尽快弄到这些书。"

下一个问题是:

"马丁先生长得怎么样?"

"哦!他不帅——一点也不帅。我开始觉得他太平常,可我现在不觉得他那么平常了。你知道,一段时间后感觉会变化的。不过你从没见过他吗?他经常来海伯里,他每个星期骑马去金斯顿都会路过这儿。他常常从你身边路过。"

"那倒可能——也许我已经见过他五十次,却根本不知道他的名字。年轻的农夫,不管骑马还是步行,都最不可能引起我的好奇心。正是自耕农这个层次的人让我觉得与他们毫无关联。要是再低一两层,相貌还算体面,我可能还会有些兴趣;也许我会想帮他们的家庭做些什么。不过农夫用不着我的帮助,所以从某种意义上来说,他们既不需要我注意,也不值得我注意。"

---

① 《美文集》由瓦西姆斯·诺克斯(1752—1821)选编,最早发表于十八世纪八十年代,在十九世纪早期多次重印;《威克菲尔德的牧师》是奥利弗·戈德史密斯(1728—1774)于1766年发表的言情小说;《森林奇遇》是安·拉德克里夫(1764—1823)于1791年发表的哥特小说;《修道院的孩子》是瑞吉娜·玛利亚·罗奇(1764—1845)于1798年发表的哥特小说。

"当然。哦，是这样！你根本不可能注意他——但他真的很熟悉你——我是指面熟。"

"我毫不怀疑他是个很体面的年轻人。我的确知道他是这样的人，所以我希望他一切都好。你猜他有多大年纪？"

"他今年6月8日满二十四岁，我的生日在23日——只隔了十五天！真是很奇怪！"

"才二十四岁。这时成家太早了。他的母亲不着急非常正确。他们现在似乎过得很舒适，要是她煞费苦心地让他结婚，说不定会后悔呢。再过六年，要是他能遇见一位和自己身份相当，有些财产的好女孩，那倒可能很不错。"

"再过六年！亲爱的伍德豪斯小姐，那时他都三十岁了！"

"嗯，对于生来经济并不独立的男人，他们大多到了那个年纪才能结得起婚。我想马丁先生的财产全得靠自己挣——总不可能超在所有人的前面。不管他的父亲去世后他分得多少家庭财产，我肯定都要派上用场，全得用在他的农场上。虽然靠着勤奋和运气，有一天他也许会成为有钱人，但他现在几乎不可能有什么积蓄。"

"一点不错，真是这样。不过他们的日子过得很舒适。他们没有在家中做事的男仆①——除此之外什么都不缺。马丁太太说打算明年雇个男孩。"

"我希望你不要陷入困境，哈丽特，不管他什么时候结婚——我是说，关于你和他妻子的交往——因为虽然他的妹妹们

①　雇用男仆在当时是一种经济与社会地位的象征。

受到了很好的教育，我并不反对你们交往，但这并不意味着他结婚的对象一定值得你关注。你出生不幸，所以得特别当心与谁结交。你肯定是位绅士的女儿，所以你要尽自己所能证明这一点，否则许多人会以贬低你为乐。"

"是的，的确如此，我想会有这样的人。不过伍德豪斯小姐，我能来到哈特菲尔德做客，你又对我这么好，我不担心会有谁想对我做什么。"

"你很清楚地位的影响力，哈丽特；可我要让你在上流社会站稳脚跟，甚至不用依靠哈特菲尔德和伍德豪斯小姐。我想看到你永远和上层人交往——因此你要尽量减少一些古怪的熟人。所以我说，要是马丁先生结婚后你还在这个村子里，我希望你不要因为和他的妹妹们关系亲密，就去结识他的妻子。她可能只是个农夫的女儿，没受过教育。"

"那当然。是的。倒不是我认为马丁先生一定得娶个受过教育——很有教养的人。但我不想反对你的看法——我肯定不想结交他的妻子。我会永远敬重马丁小姐们，特别是伊丽莎白。放弃和她们的交往我会很难过，因为她们和我一样受过好的教育。不过要是他娶了一位无知、粗俗的女人，我只要能够做到，最好还是别去看她。"

爱玛注意着哈丽特说这番话时的情绪波动，没有发现令人不安的恋爱迹象。这个年轻人是哈丽特的第一个爱慕者，但她认为没有别的问题。至于哈丽特这边，爱玛相信不存在什么大的障碍，让她非得反对自己的好心安排。

就在第二天，她们在当维尔路上散步时遇见了马丁先生。马丁当时在步行，他先是恭恭敬敬地看了看爱玛，然后带着由衷的满意神情望着她的同伴。爱玛并不介意有这样一个观察机会，两人说话时爱玛向前了几步，很快就用她敏锐的双眼把罗伯特·马丁先生看了个清楚。他外表整洁，像是个理智的年轻人，但除此以外没什么别的优点。要是拿他和绅士们比较，爱玛觉得他肯定会很快失去在哈丽特心中赢得的那一点好感。哈丽特并非不在乎风度，她会满心崇拜地惊叹爱玛父亲温文尔雅的举止。马丁先生看上去似乎不懂得什么叫作风度。

他们在一起只待了几分钟，因为绝不能让伍德豪斯小姐等待太久；随后哈丽特笑着地向她跑来，伍德豪斯小姐则希望她能尽快平复兴奋不已的心情。

"想想吧，我们刚好碰见了他！——真是太奇怪了！他说正巧他没有从兰德尔斯绕过去。他根本没想到我们会走这条路。他以为我们大部分时候都往兰德尔斯走呢。他还没弄到《森林奇遇》那本书。他实在太忙，上次去金斯顿把这件事忘了，不过他明天还会去。真奇怪我们竟然能碰见！伍德豪斯小姐，他和你想象的一样吗？你认为他怎么样？你觉得他长得很一般吗？"

"毫无疑问他相貌平平——非常普通——不过那一点和他彻底没有教养相比算不了什么。我无权期待过高，也没有太多期待，但我真没想到他会如此粗笨，毫无风度。我承认，我本以为他多少会文雅些。"

"当然，"哈丽特羞愧地说，"他不像真正的绅士那么文雅。"

"我想，哈丽特，自从你和我们熟悉以来，你常常能与一些真正的绅士交往，一定能感到马丁先生的差距。在哈特菲尔德，你见过一些受过最好的教育、最有教养的年轻人。要是见到他们后你还能和马丁先生在一起，竟然认识不到他是怎样的下等人——也不奇怪自己以前怎么会觉得他讨人喜欢，我真是非常惊讶。你到现在还没感觉到吗？你没有受到一丁点儿触动？我相信你一定注意到他尴尬的神情和唐突的举止了——他的声音那么粗鲁，我站在那儿时，听上去很刺耳。"

"当然，他不像奈特利先生。他没有奈特利先生那么文雅的气质和优雅的步伐。我能清楚地看到这两个人的差距。不过奈特利先生是多么高雅的人啊！"

"奈特利先生的风度非常文雅，拿马丁先生和**他**相比很不公平。在一百个人当中也找不到一个像奈特利先生这样真正的**绅士**。但他可不是你近来常常见到的唯一绅士。你觉得韦斯顿先生和埃尔顿先生怎么样？拿马丁先生和**他们**中的任何一位比一比。比比他们的气质，走路的姿态，说话和沉默时的样子。你一定能看出他们的区别。"

"哦，是的！——区别大着呢。韦斯顿先生都快成老头了。韦斯顿先生一定有四五十岁了。"

"所以他的风度才更加可贵呢。哈丽特，人年纪越大，他们的风度就越重要——吵吵嚷嚷，粗鲁笨拙，就会愈发显眼，令人讨厌。就算年轻时说得过去，老了肯定会令人嫌恶。马丁先生现在就这么笨拙唐突，等他到了韦斯顿先生的年纪，会成什么样子呀？"

"这的确不好说。"哈丽特很严肃地答道。

"可这并不难猜。他会变成一个粗俗不堪的农夫——完全不修边幅，一心只想着盈利和损失。"

"他真会那样吗？那可太糟糕了。"

"想想他连你推荐给他的书都忘了去找，他有多在乎做生意就太显而易见了。他满脑子想着赚钱，想不到别的事——不过想发财的人就该这样。他要书有什么用？我毫不怀疑他将来**会**发财，变成很有钱的人——不用因为他没有教养，举止粗鲁而让**我们**烦恼。"

"我也奇怪他怎么把书给忘了。"哈丽特只回答了一句，听上去很不高兴，爱玛觉得这个话题应该到此为止，于是沉默了一会儿。她的下一个话题是这样开始的：

"一方面来说，也许埃尔顿先生的风度比奈特利先生或韦斯顿先生更好。他的气质更加文雅，可能更适合作为榜样。韦斯顿先生坦率、机智、几乎有些直言不讳，大家都喜欢**他**这个样子——因为他的脾气也特别好——可那是学不来的。而奈特利先生直率、果断与威严的风度虽然非常适合**他**，他的身材、相貌和身份似乎允许他这样，可要是哪个年轻人贸然去模仿他，那真让人受不了。相反，我觉得年轻人完全可以把埃尔顿先生当作榜样。埃尔顿先生幽默风趣、性情愉悦、乐于助人、温文尔雅。他最近似乎变得特别温柔。哈丽特，我不知道他是否存心用他的温柔来讨好我们当中的谁，但我的确觉得他的举止比以前温柔多了。他真要有什么打算，那一定是针对你的。我有没有告诉你他那天说你什么了？"

爱玛重复了那天她从埃尔顿先生嘴里套出来的热情赞扬哈丽特的话，现在这些话就变得合情合理。哈丽特红着脸微笑着，说她一直觉得埃尔顿先生讨人喜欢。

埃尔顿先生正是被爱玛看中，并打算用他把年轻的农夫从哈丽特的脑子里赶出去的那个人。爱玛认为这两人非常般配，可惜这太轻而易举、自然而然、顺理成章，她就算计划了也没什么功劳。她担心每个人肯定都会这么想这么猜。不过谁也不会像她这样早早就开始了计划，因为哈丽特第一次来到哈特菲尔德的那个晚上她就已经想到了这一点。她越是考虑，心里就越急切。埃尔顿先生的情况太合适了，他本人就很绅士，没有身份低微的亲戚，也没有家人会因为哈丽特身份不明而反对。他能为她提供一个舒适的家，爱玛认为他有充足的收入，因为虽然海伯里算不上很大的教区，但大家都知道他有些独立的财产。爱玛很看重他，觉得他是个脾气温和、心地善良、受人尊重的年轻人，完全不缺乏理解力，或是对人情世故的认识。

埃尔顿认为哈丽特是个漂亮姑娘，爱玛已经对此感到很满意。她相信他们那么频繁地在哈特菲尔德见面，这一点对他来说肯定是个重要基础。对哈丽特来说，能得到他的青睐无疑是件很有分量的重要事情。他的确是个讨人喜欢的年轻人，只要不挑剔的女人都会喜欢她。大家都觉得他很英俊，也称赞他的人品，除了爱玛，她总觉得他的相貌少了几分优雅——不过那个因为罗伯特·马丁骑着马为她找核桃就心满意足的女孩，一定能被埃尔顿先生的爱慕征服。

第五章

"我不知道你会怎么看，韦斯顿太太，"奈特利先生说，"爱玛和哈丽特·史密斯之间那么亲密，但我觉得这是一件坏事。"

"一件坏事！你真认为是件坏事吗？为什么？"

"我认为她俩谁对谁都没有好处。"

"你真让我惊讶！爱玛一定对哈丽特有好处，而哈丽特给爱玛提供了一个新的关注对象，可以说对爱玛也有好处。我看到她俩这么亲密真是满心欢喜。我们的感觉太不相同了！——不认为她俩对彼此有任何好处！奈特利先生，这一定会成为我俩因为爱玛产生的各种争执的开端。"

"也许你认为我知道韦斯顿先生不在家，知道你得孤军奋战，所以故意过来和你争执的。"

"韦斯顿先生要是在这儿，一定会支持我，因为他对这件事的看法和我完全相同。我们昨天还说起这件事，一致认为爱玛太幸运了，能在海伯里结识这样的女孩。奈特利先生，我看在这件事情上你可算不上公正。你太习惯一个人生活了，所以不知道有个伴侣多么重要。也许男人都不懂得女人在习惯一直有人陪伴后，能从一个女伴的身上得到多少安慰。我能想象你为何不喜欢哈丽特·史密斯。爱玛的朋友应该是个有身份的人，而她不是。不过另一方面，爱玛希望她能长点见识，这会促使她自己多读书。她俩将会一起读书。我知道她有这个打算。"

"爱玛从十二岁开始就一直打算多读书。我见过她在不同时期列了许许多多的书单，打算定期阅读，直到读完——都是很好的书单——精心挑选的书目，整整齐齐地排列着——有些按字母顺序，有些按其他顺序。她十四岁时列的那张书单——我记得能看出她很有眼光，还保存了一阵子。我想她现在可能又列了一张好书单，但我再也不指望爱玛会持之以恒地读书了。她永远不肯做任何需要勤奋和耐心的事，她爱想入非非却不愿认真思考。泰勒小姐没能促成的事情，我肯定哈丽特·史密斯也无能为力。你从来没法劝她读上一半的书。你知道你做不了。"

"我相信，"韦斯顿太太笑着答道，"我**当时**是那么想的——可自从我们分开后，我根本记不起爱玛有哪一次没做到我想让她做的事情。"

"我真不愿回想**那样**的记忆，"奈特利先生激动地说，他很快平静下来，"可我从没觉得她有那样的可爱之处，还得去看、去听、去回忆。爱玛作为家中最聪明的孩子被宠坏了。她十岁时，就不幸能答出她十七岁的姐姐都答不上的问题。她总是反应敏捷、充满自信，而伊萨贝拉反应迟钝又不自信。从十二岁起，爱玛就成了家中你们所有人的女主人。她的母亲去世早，让她失去了唯一能管束她的人。她继承了母亲的智慧，本该能听她的话。"

"奈特利先生，假如我要离开伍德豪斯先生的家，去找个别的职位，想指望**你的**推荐可就麻烦了。恐怕你不会对任何人说一句我的好话。我相信你一直觉得我不称职。"

"是的，"他笑着说，"你在**这儿**更合适。你很适合做太太，一点也不适合当家庭教师。不过在哈特菲尔德的日子里你一直在为当个好太太做准备。你似乎有能力让爱玛得到完整的教育，也许没有做到，但你却从**她**那儿得到了很好的教育，正好为婚姻所需：放弃自己的意愿，按照吩咐的去做。要是韦斯顿先生让我帮他推荐个太太，我肯定会说泰勒小姐。"

"谢谢。给韦斯顿先生这样的人当个好太太，没什么了不起。"

"哦，说实话，我担心你的能力全都被浪费了。你那么愿意忍耐，却没什么可忍耐。但我们可别泄气。韦斯顿说不定会因为过得太舒适而发脾气，或者他的儿子会给他找些麻烦。"

"我不希望**那样**——不太可能。不，奈特利先生，不要预言那样的烦恼。"

"我真没有。我只是说一些可能性。我不想假装有爱玛那样预言猜测的能力。我真心希望这个年轻人有韦斯顿的品行和邱吉尔的财富——可是哈丽特·史密斯——我对哈丽特·史密斯的看法还没说完一半呢。我认为她是爱玛所能得到的最糟糕的伙伴。她自己一无所知，又以为爱玛无所不知。她对她百般逢迎，更麻烦的是这并非刻意所为。她的无知是对爱玛时时刻刻的抬举。当哈丽特是这副令人满意的低声下气的样子时，爱玛怎么可能认为自己需要学点什么呢？至于哈丽特，我肯定**她**从这段交情中也得不到收获。哈特菲尔德只会让她自以为是，不喜欢所有与自己身份相符的地方。她学到的那点优雅会让她在同自己出身地位相似的人在一起时感到很不自在。我才不相信爱玛的教导能够陶冶她的心性，或是能让一个女孩理智地适应生活中的各种境遇——只会让她看起来文雅些罢了。"

"也许我更相信爱玛的理智，或更担心她现在的安适，反正我不会抱怨她俩结交。她昨晚看起来多漂亮啊！"

"哦！你更愿意讨论她的相貌而不是她的心智，是吗？很好，我不想否认爱玛很好看。"

"好看？应该是漂亮吧。你能想象出有谁像爱玛这么完美吗——无论脸蛋还是身材？"

"我想象不出，我承认难得看见谁的脸蛋和身材比她更加迷人。但我是个偏心的老朋友。"

"多美的眼睛啊！——真正的淡褐色——那么明亮！五官端正，面容开朗，还有她的肤色！哦！绽放出无比的健康与活力，个子身材恰到好处，亭亭玉立！她的健康不仅体现在肤色上，还体现在她的气质、思想与神情上。人们常听说孩子是'健康的化身'，如今爱玛总让我觉得她就是健康成年人的完美化身。她是可爱的化身。奈特利先生，难道她不是这样吗？"

"我认为她的相貌无可挑剔，"他答道，"她完全是你描述的样子。我喜欢看着她，我还要加上这条优点：我觉得她没有因为自己的相貌而自负。想想她这么美，却似乎对此毫不在意；她的自负体现在别的方面。韦斯顿太太，我还想接着说我为何不喜欢哈丽特·史密斯，还有我担心这段交往对两人都没好处。"

"奈特利先生，我有同样的信心，认为这段交往不会给她们带来任何坏处。虽然亲爱的爱玛有各种小缺点，她还是棒极了。我们在哪儿才能得到更好的女儿，更亲密的姐妹，更真诚的朋友呢？不不，她有值得信任的品质；她从来不会真正将谁领入歧途；她绝不会一错再错；爱玛每错一次，都要正确一百次。"

"很好，我肯定不会再来折磨你。爱玛会是个天使，而我将把怨气闷在心里，直到圣诞把约翰和伊萨贝拉都带回家。约翰对爱玛的爱比较理性，不是盲目溺爱，而伊萨贝拉总是和他想法一致。他们的区别只在于约翰不会对孩子那么大惊小怪。我相信他们会同意我的观点。"

"我知道你们都真心爱她，不会对她不公正或不善意。请原谅，奈特利先生，如果我这样说有些冒昧（你知道，我认为自己多少拥有一些爱玛母亲的特权），可我不认为和哈丽特交往没什么好处这件事，值得你们过多地讨论。原谅我，但是假如这段亲密关系真会带来任何小问题，只要爱玛自己觉得高兴，谁也不能指望她停止这段交往。她只听她父亲的话，而她的父亲对此又完全赞成。这么多年我的责任就是给她提意见，所以你不会惊讶我再提出这一点想法。"

"完全没有，"他叫道，"我很感谢你的意见。这个意见非常好，而且会比你通常的意见有着更好的命运，因为这个意见肯定会被听从。"

"约翰·奈特利太太容易惊慌，也许会因为妹妹的事而不高兴。"

"放心吧，"他说，"我可不会大惊小怪。我会把我的不快放在心里。我真心在乎爱玛。伊萨贝拉并不更像我的妹妹，她从未引起我过多的兴趣，也许我几乎没有这样在乎过她。可对于爱玛我总是担心又好奇。我不知道她将来会怎样！"

"我也是，"韦斯顿太太温柔地说，"的确如此。"

"她总是宣称永远不会结婚，当然这只是说说而已。可我真不知道在她认识的男人中她在乎过谁。她真要爱上一个合适的人倒也不是件坏事。我希望看到爱玛爱上谁，却又弄不清对方的感受，这会对她有好处。可是这附近谁也吸引不了她，她又很少离开家。"

"的确，目前似乎没有什么能诱惑她打破决心，"韦斯顿太太说，"既然她在哈特菲尔德这么快乐，我也不希望她产生感情，给可怜的伍德豪斯先生带来很多麻烦。我现在并不建议爱玛结婚，你放心，这绝不说明我不看重婚姻。"

她说这番话的一部分意思，是为了尽量掩饰她自己和韦斯顿先生对这件事的某个称心的想法。在兰德尔斯有些关乎爱玛命运的心愿，但最好别让外人怀疑。奈特利先生很快便平静地以"韦斯顿觉得天气怎么样？会下雨吗？"改变了话题，让她相信关于哈特菲尔德他没什么好说，也没什么可猜测了。

第六章

　　爱玛毫不怀疑已经把哈丽特的幻想引上了正确的方向，并把她自负的年轻朋友的感激之情引向了很好的目标。她发现哈丽特比以前明显注意到埃尔顿先生的相貌特别英俊，行为非常友好。她毫不犹豫地通过令人欢喜的暗示，增加他的爱慕之情。她抓住一切机会，很快就相信也让哈丽特产生了同样的好感。她确信埃尔顿先生即使尚未坠入爱河，也正在步入爱河的路上。她对他没有丝毫怀疑。他总是谈论哈丽特，热情洋溢地赞美她，爱玛觉得除了还需要一点时间，其他什么也不缺。他注意到哈丽特自从来到哈特菲尔德，在举止上的进步非常明显，这一点和许多其他事情一样，都可喜地证明了他的爱慕之情在逐渐加深。

　　"你给了史密斯小姐她需要的一切，"他说，"你让她变得优雅又大方。她刚到你这儿时已经很漂亮了，但在我看来，你给她增添的魅力远远胜过她的天生丽质。"

　　"我很高兴你认为我对她有所帮助；不过哈丽特只需变得开朗一些，用不着什么点拨。她本身就性格甜美，天真可爱。我没做什么。"

　　"如果能允许我反对小姐说的话。"殷勤的埃尔顿先生说道。

　　"也许我让她的性格变得果断了些，教会她思考一些以前没有想过的问题。"

"正是如此，那就是我最大的感受。她的确果断多了！调教她的那只手真够灵巧的！"

"我很荣幸，真的。我还没见过谁的性情能比她更令人愉悦呢。"

"我对此毫不怀疑。"埃尔顿先生有些兴奋地叹息道，像极了恋爱中的人。有一天爱玛突发奇想，打算给哈丽特画一幅肖像，埃尔顿先生连声赞同的样子也令她非常满意。

"哈丽特，有人给你画过像吗？"爱玛说，"你有没有画过像？"

哈丽特正要离开房间，她停了一下，很天真可爱地说：

"哦！天啊，没有，从来没有过。"

她刚走出视线，爱玛就大声说道：

"她的肖像要是能画得好，该是一件多么精美的收藏品啊！不管多少钱我都愿意要。我几乎希望自己能长得和她一样。我想你肯定不知道，两三年前我非常喜欢画像，还给几个朋友画过，总的来说大家觉得我的眼光还不错。但因为某些原因，我就讨厌画画了。不过说真的，要是哈丽特肯让我画，我几乎愿意试一试呢。给她画像一定是件特别开心的事情！"

"让我请求你，"埃尔顿先生叫道，"这一定会非常开心！伍德豪斯小姐，让我请求你，为你的朋友施展你那迷人的才华吧。我见过你的画。你怎么会以为我不知道呢？这间屋子里不是有很多你的风景画和花卉画吗？韦斯顿太太在兰德尔斯的客厅里不是有几幅你那无与伦比的人物画吗？"

是的，真是个好人！——爱玛心想——可那些和肖像画有什么关系？你对绘画一窍不通。别假装为我的画着迷了。把你的痴迷留给哈丽特的脸蛋吧。"埃尔顿先生，我想我会试一试。哈丽特的五官非常精致，想画得像可不容易。不过她眼睛的形状和嘴唇的线条很特别，应该能够画得出来。"

"一点不错——眼睛的形状和嘴唇的线条——我毫不怀疑你能画得好。求你了，求你试试吧。要是你愿意画，结果肯定会如你所言，是一幅精美的收藏品。"

"不过埃尔顿先生，我担心哈丽特不愿画像。她对自己的美貌不以为然。你注意到她是怎么回答我的吗？意思明明白白，'为何给我画像？'"

"哦！是的，我向你保证，我注意到了。我没错过这一点。可我不相信没法说服她。"

哈丽特很快就回来了，这个建议几乎立刻被提起；她虽然有些顾虑，却经不住那两位好几分钟的热情劝说。爱玛想马上开始，便拿出画夹，里面有她以前尝试的各种肖像画，却没有一幅是完成的，但也许能决定哪种尺寸最适合哈丽特。爱玛的那些刚刚开始的画作被展示出来，迷你画、半身画、铅笔画、蜡笔画、水彩画全都轮流尝试过。她总是什么都想做，就她愿意付出的那一点努力而言，她在绘画和音乐上的进步比许多人大得多。她又弹琴又唱歌——还尝试了几乎每种绘画风格，可总是缺乏恒心；她没有在任何一件事情上达到过自己想要的状态，这都不是因为她做不到。她知道自己没有画家或音乐家的才华，可如果别人弄不清，或是高估了她的才华与造诣，那她既不会介意，也不会难过。

每幅画都有优点——画得最少的那一张也许优点最多；她的

风格很活泼；不过要是优点比现在少得多，或是多十倍，她那两位同伴的喜爱与赞美也会和现在一样。两人都欣喜若狂。肖像画本来就人人喜爱，伍德豪斯小姐的画肯定是一流的。

"你们看不到很多面孔，"爱玛说，"我只能画自己的家人。这是我的父亲——这张也是我父亲——可他一想到画像就特别紧张，我只能偷偷给他画；所以这两张都不太像。这张是韦斯顿太太，这张也是，还有这张，你看。亲爱的韦斯顿太太！任何时候都是我最好的朋友。不管我什么时候想给她画像她都愿意。这是我的姐姐，这正是她娇小玲珑的身材！——脸也说不上不像。要是她能待得久一些，我本来可以画得很像。可她急着让我给她的四个孩子画，总是不耐烦。接下来，这就是我竭尽全力给她四个孩子中的三个画的像——在那儿，亨利、约翰和贝拉，从画纸的一边到另一边，哪一个都和其他两个长得差不多。她太想让我给他们画了，我也没法拒绝。可你知道根本没办法让三四岁的孩子站着不动；想把他们画得像也很不容易，除了神态和肤色，除非他们的五官比所有的小宝贝都粗糙些。这是我画的第四个孩子，是个小宝宝。他在沙发上睡觉时我给他画的，他帽子上的花结画得像极了。他刚好趴在那儿睡的，这张非常像。我真为小乔治感到骄傲。沙发的角也画得很好。这是我的最后一张，"——她打开一幅漂亮的小型素描，是一位先生的全身画——"我最后也是最好的一幅画——我的姐夫约翰·奈特利先生——这幅画完成得差不多时我把它搁在一边，并发誓再也不画像了。我真是太生气了；我花了那么多功夫，画得这么像——（韦斯顿太太和我一致认为画得**非常**像）——只是太英俊——太完美——但这都是好的不足呀——就这样，可怜的伊萨贝拉却来了这么一句冷冷的附和——'是的，有点像——但说实话不像他本人。'我们费了多少口舌才勉强说服他画个像，好像他帮了我多大的忙；总而言之我忍无可忍；所以我永远不会完成这幅画，再每天早晨向布伦斯威克广场的客人道歉说画得不好——正如我所说，我当时的确发誓再也不给任何人画像了。不过为了哈丽特，或是说为了我自己，既然这件事目前不牵扯任何丈夫妻子，我现在就打破我的决定。"

这个想法似乎让埃尔顿先生激动又高兴，他重复道："**目前**的确不牵扯任何丈夫妻子，正如你所言。千真万确。没有丈夫和妻子。"他的关注点实在有趣，让爱玛开始考虑立刻把他俩单独留在一起是否会更好。可她现在想画画，所以表白的事必须稍微等一等。

她很快确定了画像的尺寸与类型。就按照约翰·奈特利先生的那张，画一幅全身水彩画。只要她自己满意，这幅画注定能在壁炉上方占据个体面的位置。

开始作画。微笑的哈丽特满脸通红，担心不能保持姿势与表情，在艺术家专注的目光中呈现出非常甜美的青春姿态。埃尔顿先生在爱玛的身后坐立不安，盯着她的一举一动，让她无法落笔。她让他找个能自由观看又不让人心烦的地方，却又得叫停，请他再换个地方。随后她想到可以让他读书。

"要是他①愿意为她们读书，那真是太好了！能给她消遣，减

---

① 简·奥斯汀的小说有很强的戏剧性，此处为"说书人"的话语。

轻她的困难，还能让史密斯小姐不感到太厌倦。"

埃尔顿先生高兴不已。哈丽特听着，爱玛安静地作画。她必须依然允许他时常过来看看，否则对于一个情人来说太不够了。只要画笔稍作停顿，他马上会跳起来看看进展如何，并为之倾倒——有这样的鼓励者，绝对不会令人不快，因为他在几乎不可能的时候，就已经因为爱慕之情看出了相似。爱玛瞧不上他的眼力，然而他的爱意和殷勤却是无可挑剔。

画像总体进行得非常令人满意；爱玛很喜欢第一天的草图，愿意继续下去。她画得一模一样，姿态选得很好。她打算在身材上做些改进，增加一点高度，多赋予一些优雅，她确信这幅画完成后从各个角度看都会很漂亮，把它挂在壁炉上注定的那个位置，是对她们二人的肯定——对一个人的青春美丽、另一个人的娴熟技艺，和两人之间友情的永久纪念；埃尔顿先生很有希望的爱慕之情，也增添了许多别的愉快联想。

哈丽特第二天还要来画像，埃尔顿先生理所当然地提出请求，希望允许他再来为她们读书。

"当然可以。我们很高兴把你当成我们的一分子。"

在第二天的整个作画过程经历了同样的礼貌与殷勤，同样的成功与满意，画得又快又开心。每个见到画的人都很高兴，不过埃尔顿先生一直欣喜若狂，对任何挑剔都加以辩护。

"伍德豪斯小姐为她的朋友弥补了她唯一美中不足的地方，"韦斯顿太太对他说，完全没料到她是在和一个情人说话，"眼神画得很到位，可是史密斯小姐没有这样的眉毛和睫毛。没有这些是她脸上的缺憾。"

"你这样认为吗?"他答道,"我不同意。在我看来所有五官都一模一样。我这辈子还没见过这么像的画呢。你知道,我们必须考虑阴影的效果。"

"你把她画得太高了,爱玛。"奈特利先生说。

爱玛知道是这样,但不愿承认;埃尔顿先生又热切地说道:

"哦不!当然没有太高;一点都不太高。想想吧,她坐着呢——看上去当然不同——简而言之就会让人有这种感觉——你知道这个比例必须保持。比例,提前缩短——哦,不!这样刚好能让人明白史密斯小姐的高度。分毫不差!"

"很漂亮,"伍德豪斯先生说,"画得真好!亲爱的,你的画总是这么好。我不知谁能画得和你一样好呢。我只有一点不太喜欢,她好像坐在外面,只在肩上披了条小围巾——让人觉得她一定会冻感冒的。"

"可是我亲爱的爸爸,这应该是夏天,一个温暖的夏日。你看树的样子。"

"但是坐在外面从来都不安全,亲爱的。"

"先生,你怎么说都行,"埃尔顿先生叫道,"可我必须承认,我认为把史密斯小姐放在户外是最令人愉快的想法。这棵树画得多逼真!换个环境就很难体现性格了。史密斯小姐的天真举止——还有,总的来说——哦,画得太好了!我简直挪不开自己的眼睛。我从没见过这么像的画。"

下一件事是把画像装裱起来,有这样几点困难:这件事必须马上办;必须在伦敦装裱;必须找个聪明又有品位的人经手去办;平时都会找伊萨贝拉,但这次可不行,因为已经十二月,伍德豪斯先生无法忍受让她冒着十二月的大雾出门。不过这些麻烦刚告诉了埃尔顿先生就迎刃而解。他随时准备献上殷勤。"这件事能不能放心托付给他，要是能让他去办他会喜不自胜！他随时可以骑马去伦敦。要是能让他办这件事情，他简直会高兴至极。"

"他真是太好了！——她实在于心不忍！——她说什么也不能让他做这种麻烦事。"这些话带来了预期的反复请求和保证——几分钟后这件事就定了下来。

埃尔顿先生将把画像带到伦敦，选择画框，指点如何装裱。爱玛觉得她可以这样包装，既安全又不给他增添太多麻烦，可他似乎最担心的是增添的麻烦还不够多。

"多么珍贵的收藏品啊！"他接过来时轻声叹息道。

"这个男人殷勤得几乎不像在恋爱，"爱玛心想，"我可以这么说，但我猜想恋爱的方式也许有一百种。他是个出色的年轻人，正适合哈丽特；就像他说的那样'一点不错'；不过，他的确又是叹息又是烦恼，还那么刻意恭维，假如我是主要对象，真会受不了。作为次要对象，我也得了不少恭维。但他是为了哈丽特而感激我的。"

第七章

　　埃尔顿先生去伦敦的那天，爱玛又得到一个能为她朋友效劳
的机会。早餐后不久，哈丽特像往常一样来到哈特菲尔德；过一
会儿她回了家，然后再过来吃晚餐。她比原定的时间回来得早一
些，神情有些激动慌张，声称有件非同寻常的事想要告诉爱玛。
半分钟后她说出了一切。她刚回到戈达德太太那儿，就听说马丁
先生半小时前来过。他见她不在家，也不知道她什么时候能回
来，就留下他妹妹送给她的一个小包裹后离开了。她打开包裹，
发现除了她借给伊丽莎白抄写的两首歌曲，还有一封给她自己的
信；信是他写的，来自马丁先生，他在信中直截了当地向她求
婚。"谁能想到呢？她惊讶得不知该如何是好。是的，的确是封
求婚信，一封很得体的信，至少她是这样认为的。从内容看，他
似乎真的非常爱她——可她却不知道——所以她就匆忙赶来，想
问问伍德豪斯小姐她该怎么办。"——爱玛见她的朋友看上去那
么兴高采烈又犹豫不决，不禁有些为她感到羞愧。

　　"说实话，"她叫道，"这个年轻人问都不问你，他是打定主
意什么都不失去呀。只要他问你，他就能把自己的想法说清楚。"

　　"你愿意读读信吗？"哈丽特叫道，"拜托你读一下。我希望
你能读一读。"

　　爱玛不介意被催促。她读了信，感到很惊讶。信的风格出乎

她的意料。不仅没有语法错误，文笔堪称绅士之作。语言虽然朴实，但热情不做作，表达的情感显出作者是个体面人。信很短，却展现了他的理智、爱慕、慷慨、得体，甚至感情的细腻。她看着信愣了一会儿，哈丽特则焦急地等待她的评价，嘴里说着，"嗯，嗯，"最后鼓足勇气问道，"这封信写得好不好？是不是太短了？"

"是的，的确，非常好的一封信，"爱玛慢吞吞地答道，"哈丽特，这封信写得太好了，从各方面来看，我想他的哪个妹妹一定帮了他。我很难想象，要是全靠自己，我那天见到的和你说话的那个年轻人，怎么可能这么好地表达他的想法。但这也不是女人的风格。肯定不是，这封信刚劲简洁，不像女人的信件那么拖沓。毫无疑问他是个理智的人，我猜他有些天赋——思想坚定清晰——当他握着笔时，能够自然而然地想到合适的表达。有些男人就是这样。是的，我理解这种思维。热烈、果断，情感适度又不粗俗。哈丽特（她将信递回），这封信比我预料的写得好。"

"那么，"还在等待的哈丽特说，"那么——嗯——我该怎么办呢？"

"你该怎么办？哪个方面？你是指关于这封信吗？"

"是的。"

"你还在怀疑什么？你当然得回信——尽快。"

"好。可我该说些什么呢？亲爱的伍德豪斯小姐，你一定要给我建议。"

"哦，不不！这封信最好都由你自己写。我相信你能很恰当地表达自己。你不会说不清自己的想法，这是第一点。你的意思一定不能模棱两可；不困惑，不犹豫：要得体地表达感激之情，对给他带来的痛苦表示关心，我想这些话会自然而然涌入**你的**脑海里。**你**不必因为他的失望而在信中显出伤心的样子。"

"那你认为我应该拒绝他。"哈丽特低下头说。

"应该拒绝他？我亲爱的哈丽特，你是什么意思？你对此还有怀疑吗？我以为——不过很抱歉，也许是我错了。如果你对回信的**意图**还感到困惑，我一定是误解你了。我以为你只是想问我该怎么措辞呢。"

哈丽特沉默了。爱玛略带矜持地继续说道："我猜，你是想给个肯定的答复。"

"不，不是；我是说，我没有打算——我该怎么办呢？你想让我怎么办？拜托了，亲爱的伍德豪斯小姐，告诉我应该怎么做吧。"

"哈丽特，我不会给你任何建议。这件事和我毫无关系。你必须根据自己的感觉做出决定。""我根本不知道他会那么喜欢我。"哈丽特盯着信说。爱玛坚持沉默了一小会儿，却又开始担心信中的花言巧语太有诱惑力，觉得最好这样说：

"哈丽特，我将这一点作为基本原则，如果一个女人**怀疑**自己该不该接受一个男人，那她一定应该拒绝他。如果她对说'是'感到犹豫，她就应该直接说'不'。带着疑惑的心情，怀着半颗心，是不能安全进入这种状态的。我想，作为比你本人年长的朋友，我有责任对你说这些。但别以为我要影响你。"

"哦，不，我知道你对我太好了，不会——不过只要你能建议我最好该怎么做——不不，我不是这个意思——正如你所说，一个人在心里应该很确定——不能心存犹豫——这是一件非常严肃的事情——也许说'不'更安全——你认为我最好说'不'吗?"

"我才不会给你任何建议呢。"爱玛优雅地笑着说,"只有你最清楚自己的幸福。如果你觉得马丁先生比任何人都好,如果你觉得他是你最喜欢相伴的人,为何还要犹豫?你脸红了,哈丽特——这样的定义是否让你想起别的某个人?哈丽特,哈丽特,不要欺骗你自己;不要被感激与同情左右。此时你在想着谁?"

情况看上去不错——哈丽特没有回答,而是困惑地转过头,站在炉火旁沉思。虽然信还在她手中,现在却被她毫不在乎地扭成一团。爱玛焦急地等待着结果,心里却并非不抱着强烈的希望。最后,哈丽特有些犹豫地说:

"伍德豪斯小姐,既然你不愿给我意见,我必须自己尽力而为。我现在已经很有决心,真的几乎已经打定主意——要拒绝马丁先生。你认为我做的对吗?"

"太好了,完全正确,我最亲爱的哈丽特;你就应该这样做。只要你还心存疑惑,我就必须把我的感觉藏在心里。可现在你已经完全做出了决定,我会毫不犹豫地支持你。亲爱的哈丽特,我对此太高兴了。不能和你做伴我会很伤心,而这将是你和马丁结婚的必然结果。如果你还有一丝动摇,我什么也不会说,因为我不愿影响你,但我可能会因此失去一位朋友。我一定不会去拜访阿比-米尔农场的罗伯特·马丁太太。现在我能永远拥有你了。"

哈丽特没料到自身的危险，然而这个想法令她大为震惊。

"你不能来拜访我！"她惊恐地叫道，"是的，你肯定不能来，可我以前从没想到过。那真是太可怕了——好险啊！——亲爱的伍德豪斯小姐，我无论如何也不愿放弃和你亲密相伴的快乐与荣幸。"

"说真的，哈丽特，要是失去你，我会很伤心；但也只能这样。你将抛开自己和所有体面人交往的机会。我也必须放弃你。"

"天啊！——我怎么能受得了！要是永远不能再来哈特菲尔德，简直会要我的命啊！"

"我亲爱的宝贝！——**你被流放到阿比-米尔农场**！——**你一辈子被困在没文化又粗鲁的人中间**！我真好奇这个年轻人怎么会有勇气提这个问题。他一定自我感觉太好了。"

"总的来说，我不觉得他自以为了不起，"哈丽特说，她从良心上不同意这样的批评，"至少，他性情温和，我将永远感激他，非常敬重——可这完全不同于——你知道，虽然他可能喜欢我，但并不意味着我必须——当然我必须承认自从来这儿做客后我见到了别人——真要对他们进行比较，比如相貌和风度，那根本没有可比性，**一个**非常英俊，和蔼可亲。不过，我的确认为马丁先生是个很和蔼的年轻人，我对他特别有好感；他竟然这么爱我——写了那样一封信——但要说离开你，我无论如何也不愿意。"

"谢谢你，谢谢你，我可爱的小朋友。我们不会分开的。一个女人不会只因为被求婚，或是他爱她，而且信写得不错，就必须嫁给那个男人。"

"哦，不——而且只是一封很短的信。"

爱玛觉得她的朋友太没品位，只说道："的确如此。也许他粗笨的模样每天的每时每刻都会让她心烦，可要是知道她的丈夫信写得很好，对她也是个小小的安慰"。

"哦！是的，太对了。谁也不在乎一封信；重要的是，要永远和令人愉快的同伴开心地在一起。我已经决定拒绝他了。可我该怎么做？我该说什么呢？"

爱玛安慰她回信一点都不难，建议她马上写。这个建议被立即采纳，同时希望能得到她的帮助。虽然爱玛仍然表示不需要她的帮助，其实每句话都是照着她的意思写的。为了回复，哈丽特把信又读了一遍，立刻变得非常心软，所以很有必要用斩钉截铁的话语使她振作起来。哈丽特想到会让他不高兴而非常忧虑，不知他的母亲和妹妹们会怎么想怎么说，特别担心他们会认为她忘恩负义，甚至让爱玛相信，要是这个年轻人此时出现在哈丽特的面前，肯定能够求婚成功。

不过这封信还是被写完，封上，寄出。事情结束，哈丽特安全了。她整个晚上情绪低落，可是爱玛能够体谅她的惋惜之情，有时和她谈谈自己的情谊，有时向她说起埃尔顿先生，让她得到一些安慰。

"我永远不会再被邀请到阿比-米尔做客了。"她很伤心地说。

"可你要是被邀请了怎么办？我的哈丽特，难道我忍心和你分开吗？你对哈特菲尔德太重要了，我不想放你去阿比-米尔。"

"我肯定再也不想去那儿了，我只有在哈特菲尔德才会感到开心。"

过了一会儿她又说道："我想要是戈达德太太知道发生了什么，一定会非常惊讶。我肯定纳什小姐会的——因为纳什小姐认为她自己的妹妹嫁得很好，其实只是个布商。"

"哈丽特，一个教员①是不会有太多自尊和教养的。我肯定纳什小姐会羡慕你有机会嫁给这样的人。在她看来，即使能赢得这样的欢心也很了不起。至于对你来说更好的选择，我想她肯定一无所知。我想某人的殷勤现在还不太可能成为海伯里的热门话题，所以大概只有你我二人才能从他的神情举止中看出个究竟。"

哈丽特红着脸笑着，说真奇怪人们怎么会这么喜欢她。想到埃尔顿先生当然令她开心，可过了一会儿，她又对被拒绝的马丁先生感到心软。

"现在他已经收到我的信了，"她柔声说，"我不知道他们都在做什么——他的妹妹们知不知道——他会不会不开心，他们也会不开心的。我希望他不要太介意。"

"让我们想想那些正在别处开开心心地为我们效劳的朋友吧，"爱玛叫道，"也许此时埃尔顿先生正把你的画像给他的母亲和姐妹们看，告诉她们本人还要漂亮得多，在被追问了五六次后才说出了你的名字，你本人的芳名。"

"我的画像？——可是他把我的画像留在邦德街②了。"

"他会这样吗？——那我真弄不懂埃尔顿先生了。不，我亲爱的谦虚的小哈丽特，相信我，他明天上马之前才会把画像送到

①当时的社会仍然以获得世袭财产，无需工作为荣，如教师、医生、律师等职位都被视为较为低下的工作。
②一条时尚的商业购物街。

邦德街。你的画像整个晚上都会陪伴着他，是他的安慰他的快乐。你的画像让他的家人明白了他的心思，让她们认识了你，激起了她们心中最大的欢喜、强烈的好奇和柔情的喜爱。他们此时的想象力该有多么愉快、多么活跃、多么好奇、多么丰富啊！"

哈丽特又笑了，笑得更开心了。

第八章

　　那天晚上哈丽特在哈特菲尔德过夜。过去的几个星期她大部分时间都待在那儿，渐渐有了一间属于自己的卧室。爱玛认为总的来说，现在最好让哈丽特尽量和他们在一起，这样最安全也最妥帖。哈丽特第二天要去见戈达德太太一两个小时，不过她会和太太说好，得返回哈特菲尔德住些日子。

　　哈丽特离开后奈特利先生过来拜访，同伍德豪斯先生和爱玛坐了一会儿。伍德豪斯先生之前已经打算出去散步，他的女儿劝他不要拖延。虽然他本人担心这样不够礼貌，但经不起二人的恳求，便打算离开奈特利先生自己去散步。奈特利先生根本不讲究礼节，他干脆利落的回答和另一位的反复道歉与礼貌推辞形成了有趣的对比。

　　"嗯，我想，要是你能不见怪，奈特利先生，如果你不觉得我这样做很不礼貌，我就听从爱玛的建议到外面走上一刻钟。既然出太阳了，我觉得最好还是趁着能走的时候走上三圈。我这样对你太不礼貌了，奈特利先生。我们这些年老体弱的人会觉得自己享有一些特权。"

　　"亲爱的先生，请不要对我见外。"

　　"我让女儿替我留下。爱玛一定会很高兴招待你。所以我想请你见谅，让我出去走三圈——我的冬日散步。"

"这样再好不过了，先生。"

"我本来想要请你做伴，奈特利先生，可我走得太慢了，我的步伐会让你厌烦的。而且，你还有很长一段路要走，要回当维尔庄园。"

"谢谢，先生，谢谢你；我马上就走了，我觉得**你**还是尽快去吧。我来帮你拿大衣，打开花园门。"

伍德豪斯先生终于出去了，不过奈特利先生没有立即离开，而是坐了下来，似乎想再聊一聊。他开始谈起哈丽特，主动说了不少赞美的话，爱玛从没听他这样说过。

"我不像你这样觉得她是个美人，"他说，"但她是个好看的小姑娘，我觉得她的性情应该不错。她的个性取决于她和谁在一起，不过要是能够好好调教，她会变成一个让人器重的女人。"

"我很高兴你这样想；我认为她目前不缺能好好调教她的人。"

"好啦，"他说，"你就想听到表扬，所以我要说你确实让她有了长进。你治好了她那种女学生的傻笑，她的确给你争了光。"

"谢谢。要是我觉得自己什么也帮不了她，一定会很懊恼。不过，即使有条件，也不是每个人都愿意夸奖别人。你就难得夸我。"

"你说她还会来？今天早上？"

"随时会到。她出去的时间已经比之前说好的久一些了。"

"可能被什么事耽搁了，也许有人去看她。"

"海伯里的流言！——讨厌鬼们！"

"哈丽特也许不像你这样觉得每个人都讨厌。"

爱玛知道没法反驳这句话，就什么都没说。他很快微笑着继续说道：

"我不敢肯定时间或地点，但我必须告诉你我有充分的理由相信，你的小朋友很快会听到和她有关的好消息。"

"真的？怎么会？哪种消息？"

"很严肃的那种，我敢肯定。"他还在笑。

"很严肃？我只能想到一件事——谁爱上了她？是谁把这个秘密告诉你的？"

爱玛很希望是埃尔顿先生给过一些暗示。奈特利先生朋友多，也常常给人建议，她知道埃尔顿先生很敬重他。

"我有理由相信，"他答道，"哈丽特·史密斯很快会被人求婚，来自一个无可挑剔的人——正是罗伯特·马丁。她今年夏天去阿比-米尔做客，似乎促成了这件事。他疯狂地爱上了她，想和她结婚。"

"他真是太好了，"爱玛说，"可是他确信哈丽特想和他结婚吗？"

"好吧，好吧，想向她求婚。这样行吗？他前天晚上来到我的庄园，特意和我商量这件事。他知道我非常看重他和他的家人，而且我相信，他把我当成了他最好的朋友。他来问我是否觉得他想这么早结婚过于轻率；我会不会觉得她年纪太小；总之，我是赞成他的选择；他也许顾虑她似乎比他身份更高（尤其在**你**把她调教得这么好之后）。我对他的话很满意。我从没听谁说话能像罗伯特·马丁那样明白事理。他说话总是切中要点：坦诚、直率、言之有理。他什么都和我说了；他的情况和计划，家人说他应该怎样筹备婚礼。他是个优秀的年轻人，作为儿子和兄长都很出色。我毫不犹豫地建议他结婚。他告诉我他结得起婚，这就再好不过了。我也称赞了这位漂亮的小姐，总而言之让他非常高兴地离开了。就算他以前从不在意我的想法，那时肯定会很看重我的话。我相信，他离开时一定觉得，从来没有过比我更好的朋友和能给他出主意的人。这是前天晚上的事，现在，我们可以合理地猜测一下，他肯定很快就会和那位小姐谈一谈，因为他昨天似乎没有开口，所以很可能他今天在戈达德太太那儿。哈丽特也许被那位客人耽搁了，但一点也不觉得他讨厌。"

"请问，奈特利先生，"爱玛说，她听这段话的大部分时候都在暗自发笑，"你怎么知道马丁先生昨天没有开口呢？"

"当然了，"他惊讶地答道，"我根本不知道，但也能猜到。她不是一整天都和你在一起吗？"

"好吧，"她说，"你对我说了这么多，我也告诉你一些事。他昨天的确求了婚——也就是说，他写了信，然后被拒绝了。"

她不得不再说一遍，才让对方相信了她的话。奈特利先生又惊讶又生气，脸都涨红了。他愤然起身说：

"那么她比我想的还要傻。这个傻女孩究竟想干什么？"

"哦！当然，"爱玛叫道，"男人都觉得女人竟然可能拒绝求婚，真是不可思议。男人总认为女人随时都准备接受任何人的求婚。"

"胡说！男人没有这么想。可这到底什么意思？哈丽特·史密斯拒绝罗伯特·马丁？果真这样的话，她是疯了。但我希望是你错了。"

"我看到了她的回信！——千真万确。"

"你看到她的回信？——信也是你写的吧？爱玛，这是你干的事。你劝她拒绝了她。"

"如果这是我做的（不过，我绝不承认），我也不认为我做错了。马丁先生是个体面的年轻人，但我觉得他和哈丽特不相配，我真惊讶他竟然有勇气向她求婚。正如你所说，他的确有些顾虑。真可惜这些顾虑竟然被打消了。"

"和哈丽特不相配！"奈特利先生激动地高声叫道。他冷静了一会儿，接着说，"不，他的确和她不相配，因为他不论在理智还是身份上都比她强得多。爱玛，你对那个女孩的迷恋蒙蔽了你的眼睛。哈丽特·史密斯究竟在哪个方面高过了罗伯特·马丁？出身、性格、教养，还是别的方面？她不知道谁的私生女，也许身无分文，当然更没有体面的亲戚。人们只知道她是一所普通学校的寄宿生。她不是个理智的女孩，也没有见识。她没学到有用的知识，她太年轻太简单，也没能力。她在这个年龄还没有经验，凭她这点头脑，可能永远不会再有人向她求婚。她长得好看，脾气好，仅此而已。我向他建议这桩婚事时唯一的顾虑就是，这对他而言配不上他，是糟糕的联姻。我认为从财产而言，他完全能找到一位好得多的女孩；至于说理智的伴侣或满意的帮手，也不可能比她更差。可是我无法和一个恋爱中的人理论这些，只能相信和她在一起也没有坏处。以她的性格，如果得到他这种人的调教，很容易被引上正确的方向，最终变得很好。我认为这桩婚事完全对她有利，毫不怀疑（现在也同样）人人都会觉得她特别幸运。我甚至深信**你也会**满意。我立刻想到你不会因为你的朋友离开海伯里而感到遗憾，因为她得到了这么好的婚姻。我记得对自己说：'即使爱玛，虽然她那么喜爱哈丽特，也会认为这是一桩好亲事。'"

"我真奇怪你怎会这么不了解爱玛，竟然说出那样的话。什么？认为一个农夫（除了他的理智和优点外马丁先生一无是处）对于她的好朋友会是桩好亲事？因为她要和一个我永远不想结识的人结婚，我就不会因为她要离开海伯里而难过？真奇怪你怎么会觉得我能有这样的想法。告诉你，我的想法完全不同。我认为你的话一点也不公平。你对哈丽特的评价很不公正。这些在别人和我的眼中会和在你眼中很不一样；马丁先生可能财产多一些，可他的社会地位毫无疑问比哈丽特低——她的社交圈比他高得多——嫁给他就是降低身份。"

"无知的私生女嫁给体面智慧、像个绅士的农夫，是降低身份？"

"至于她的出身，虽然从法律上说她身份低下，但从常理上并非如此。不能让她为别人的过错付出代价，认为她比抚养她的人地位低——她的父亲无疑是个绅士——一个有财产的绅士——她有充足的生活费，为了让她长进，过得舒适，从来都是要什么都可以——在我看来，她毫无疑问是位绅士的女儿；她和绅士的女儿们交往，我想这一点谁也不会否认——她高于罗伯特·马丁先生。"

"无论谁是她的父母，"奈特利先生说，"不管谁抚养了她，好像他们并没有打算让她进入你所说的上流社会。她接受了一些无关紧要的教育，然后被交到戈达德太太手中任其发展——简而言之，走戈达德太太的路，结识戈达德太太的熟人。显然她的朋友们认为这样对她很好，**也的确**不错。她自己也没有想要更多。在你和她结交以前，她并不反感身边的人，也没什么奢望。她在夏天和马丁一家过得特别开心。当时她毫无优越感。如果说她现在有，那是你给她的。你根本算不上哈丽特·史密斯的朋友，爱玛。罗伯特·马丁要不是相信她对自己心有所属，绝对不可能走到这一步。他太情真意切，绝不会只因一点自私的感情就向女人求婚。至于自负，他是我认识的人当中最不自负的一个。他肯定是得到了鼓励。"

对于爱玛来说，最好不要对这番话做出正面回复；她选择按照自己的思路继续这个话题。

"你是马丁先生的热心朋友，不过，就像我刚才所说，对哈丽特不公平。哈丽特有权结一门好亲事，根本不像你说的那么低下。她不是个聪明女孩，但比你想象的理智，不该这样鄙视她的领悟力。然而，除去那一点，假如她正如你所说，只不过好看些，脾气不错，那么我来告诉你，就她在这两方面的程度而言，这在世人眼中可不是微不足道的优点。因为，她其实是个漂亮女孩，人们几乎百分之百都会这样认为。既然男人似乎对于美貌比人们通常认为的更加通达，所以除非他们真正爱上了聪明的头脑而不是漂亮的脸蛋，像哈丽特这么可爱的女孩一定会被仰慕被追求，所以能从众多的追求者中进行挑选，最终结成一门好亲事。她的好脾气也并非无足轻重。想想吧，她的性情举止那么甜美，那么谦卑，那么容易对人产生好感，要是男人不觉得这样的美貌和性情是女人最重要的品质，那我可就大错特错了。"

"说实话，爱玛，听你这样狡辩，我几乎快要同意你的看法了。就算不聪明，也比你这样乱讲道理好。"

"当然！"爱玛调皮地叫道，"我知道**那**就是你们所有人的想法。我知道像哈丽特这样的女孩正是每个男人喜欢的类型——既迷惑他的感官，又让他满意于自己的判断。哦！哈丽特可以挑选。就算你自己想结婚，她也正是适合你的那个女人。她才十七岁，刚刚进入生活，才开始为人所知，她不接受第一次求婚有什么好惊讶的？不——让她有时间到处看看吧。"

"我一直觉得你们之间的亲密很愚蠢，"奈特利先生立即说道，"虽然我总是把这个想法放在心里。然而现在我发现这对哈丽特来说会很不幸。你总是夸她漂亮，说她可以怎样，让她忘乎所以，很快她会对和自己相当的人一个也看不上。头脑简单的人一旦自负，什么傻事都做得出。没有什么能比让年轻小姐产生不切实际的幻想更容易了。哈丽特·史密斯小姐虽说是个漂亮女孩，也不见得会被成群的求婚者追逐。理智的男人，不管你怎么说，都不想要没头脑的妻子。有身份的男人不会很愿意和她这样身份不明的女孩结婚——最谨慎的男人会担心一旦她父母的身份秘密被揭露，可能会将他们卷入麻烦和耻辱。如果嫁给罗伯特·马丁，她将永远安全体面又幸福。可你要是非得怂恿她高攀，教她一定要嫁个有身份又有财产的人，她也许一辈子只能待在戈达德太太的寄宿学校了——或至少（因为哈丽特·史密斯总要结婚），等她绝望了，再心甘情愿地嫁给一个老习字教员的儿子。"

"我们对这一点的看法完全不同，奈特利先生，所以怎么讨论也不会有结果。我们只会让彼此更加生气。不过至于要我**让她**

嫁给罗伯特·马丁，这是不可能的事。她已经拒绝了他，在我看来还那么坚决，所以一定不会再有第二次求婚。她必须接受拒绝他的后果，不管会是怎样。至于拒绝这件事本身，我不想假装一点都没影响她，可你放心无论是我还是别人都做不了什么。他的相貌那么难看，举止那么粗鲁，即使她曾经喜欢过他，现在也不会了。他是她朋友的哥哥，他又费尽心思讨好她；总而言之，因为没见过更好的人（这一点可帮了他大忙），所以在阿比-米尔时她可能没觉得他讨厌。不过现在情况不同了。如今她知道什么是绅士，所以只有有教养、举止文雅的绅士才可能和哈丽特在一起。"

"胡说，彻彻底底的胡说八道！"奈特利叫道，"罗伯特·马丁理智、真诚又和气，他的举止很得体；他的思想有着真正的文雅，超出了哈丽特·史密斯的理解力。"

爱玛没有回答，努力装作高高兴兴、满不在乎的样子，不过心里已经很不自在，很想让他赶紧离开。她不后悔自己做的事；她依然认为自己在女人的权利和教养问题上比他更有发言权；可她总的来说已经习惯于尊重他的判断，所以不喜欢和他产生这么大的分歧；见他怒气冲冲地坐在自己对面，她感到很不舒服。在这令人不快的沉默中几分钟过去了，爱玛只试着谈论了一下天气，可他没有回答。他在思考。他思考的结果最终体现在这几句话里：

"罗伯特·马丁没什么损失——只要他能这么想；我希望他很快就能这样想了。你的想法只有你自己最了解；不过既然你毫不掩饰自己喜欢做媒，所以很容易猜出你的想法、计划和方案——作为朋友我只想提醒你，如果埃尔顿是那个人，我认为你所有的努力都将白费。"

爱玛笑着否认。他又说道：

"请相信，埃尔顿根本不可能。埃尔顿是个好人，也是海伯里很受欢迎的牧师，但他绝对不会草率结婚。他比谁都懂得丰厚收入的价值。埃尔顿也许凭感情说话，但他会理智行事。他很清楚自己想要什么，就像你知道哈丽特想要什么一样。他知道自己长相很英俊，到哪儿都很受欢迎；当只有男人在场，从他平时直言不讳的话语中判断，我相信他从没想过随便结婚。我记得他兴致勃勃地说起自己的姐妹和许多年轻小姐关系密切，她们每人都有两万镑的财产。"

"我很感谢你，"爱玛说着又笑了起来，"要是我曾经打算让埃尔顿先生和哈丽特结婚，你能让我看清楚情况真是太好了；不过现在我只想把哈丽特留给自己。我真的不想再做媒了。我也不能期待再做个像兰德尔斯那么成功的媒人。我还是见好就收吧。"

"再见。"他说着起身，突然离开了。他非常恼火。他感受到那个年轻人的失望，为自己赞成他的想法，给了他鼓励而觉得懊恼；他相信爱玛肯定插手了这件事，这一点让他极为愤怒。

爱玛也很气恼，然而她气恼的原因不如他那么明确。她不像奈特利先生那样总是对自己完全满意，确信自己的想法完全正确，而对方的想法是错误的。他离开的时候自信满满，而她不是这样。不过她还没有陷入真正的沮丧，只需一点时间，等哈丽特回来，就能让她恢复心情。哈丽特在外面待了那么久，已经开始让她感到不安。想到那个年轻人可能早上去了戈达德太太那儿，见到了哈丽特并为自己辩解，让她有些惊慌。她害怕就这么失败了，这是她不安的主要原因。哈丽特回来了，她心情愉快，也没解释为何出去这么久，爱玛很满意，也不再担心。这让她相信，不管奈特利先生怎么想怎么说，她所做的一切都是因为女人之间的情谊和女人的感觉，这没有错。

他说起埃尔顿先生有点吓了她一跳，但她认为奈特利先生不可能像她这样观察过他，而且（她必须让自己这么想，虽然奈特利先生很自负）在这个问题上不可能像她自己这么有洞察力，所以只是在气愤中匆忙说出了口。她相信，他只是说出了他不希望成真的事情，但他对此事一无所知。他当然可能听埃尔顿先生说起过比她能听见的更加直言不讳的话，埃尔顿先生对于钱的问题可能不会那么轻率不在意；他当然会在意这些事；可是，奈特利先生没有想到在和各种利益考虑发生冲突时，强烈的爱情会产生怎样的影响。奈特利先生没能看出这份情感，当然想不到它的作用；可她看出了强烈的爱意，所以毫不怀疑能够克服合理的谨慎带来的迟疑。她相信埃尔顿先生的理智不会超出合理、正常的范围。

哈丽特愉快的神情和举止让她也愉快起来：她回来了，没有想着马丁先生，而是谈起了埃尔顿先生。纳什小姐告诉她一些事，她就立刻兴致勃勃地说给爱玛听。佩里先生去戈达德太太那儿看望一个生病的孩子，纳什小姐见到了他，他告诉纳什小姐他昨天从克莱顿大宅回来，遇见了埃尔顿先生。他惊讶地发现埃尔顿正往伦敦去，打算明天再回来，而当天正是惠斯特俱乐部之夜，还从没听说他缺席过。佩里先生责备了他，告诉他这样做太不厚道，牌打得最好的人竟然主动缺席，并使劲劝他把行程只推迟一天，可是不行。埃尔顿先生已经下定决心要去，还一副**极不寻常**的样子，说他要做的事任何诱惑都不可能让他推迟。这是件非常令人羡慕的差使，他带着一件无价之宝。佩里先生不太理解他的话，但肯定这件事与某位**小姐**有关，还对他这么说了。埃尔顿先生只是害羞地笑了笑，便兴高采烈地骑马而去。纳什小姐把这些都告诉了她，还说了半天埃尔顿先生，并且意味深长地看着她说："她不想假装明白他可能在做什么，但她只知道被埃尔顿先生爱上的任何女人，在她眼中一定是世界上最幸运的女人；因为，毫无疑问，埃尔顿先生的英俊与和蔼无人能比。"

第九章

　　奈特利先生可以和爱玛争吵，但爱玛不会和自己争吵。他太生气了，比平时多过了很久才又来到哈特菲尔德；不过真见面时，他严肃的神情表明她还没有被原谅。她很抱歉，但不后悔。相反，从接下来几天的总体情况看，她的计划和行动似乎越来越合情合理，让她越来越心生欢喜。

　　埃尔顿先生回来不久，那幅装裱精美的肖像画便被安全送到，挂在了客厅的壁炉架上。他起身看着，理所当然地发出几声不成句的赞叹；至于哈丽特的感情，则在她的年龄与心智允许的范围内明显变得强烈又稳定。爱玛很快就十分满意地发现，哈丽特真要想起马丁先生时，也只是因为他和埃尔顿先生形成了鲜明的对比，后者完全胜出。

　　爱玛想通过大量的有效阅读和谈话提高她这位小朋友的心智，但从来只是读不了几章便打算明天再读。闲聊比学习轻松得多，让她凭着想象来安排哈丽特的命运，比起辛辛苦苦地提高她的心智再运用到实际问题上，也愉快得多。目前唯一能吸引哈丽特的文学追求，她为晚上时间准备的唯一精神食粮，就是收集和抄写她能遇到的各种谜语。她将谜语抄在她朋友准备的一本薄薄的热压四开本①上，还画上密码和奖品作为装饰。

---

① 热压纸是以热铁压平的精致纸张。这是一本精美的剪贴写字簿。

在这样的文学时代，如此大规模的作品收集并不奇怪。戈达德太太学校的主管教师纳什小姐已经抄写了至少三百首谜语；哈丽特从她那儿得到灵感，并希望在伍德豪斯小姐的帮助下，抄写的数量远远胜过她。爱玛帮她一起创作、回忆和筛选；因为哈丽特的字写得很好看，所以这本谜语集不论在形式还是在数量上，都很有可能成为上乘之作。

伍德豪斯先生对这件事几乎和女孩们一样感兴趣，常常努力回忆值得她们收录的谜语。"他年轻时知道那么多绝妙的谜语——他怎么会想不起来了！不过他希望以后能想得起来。"最后他总要说一句"基蒂，一个漂亮而冷漠的姑娘①"。

他和他的好朋友佩里谈起这个话题，可是佩里现在也想不出任何谜语。不过他让佩里随时留意，因为佩里走的地方多，也许能因此得到一些谜语。

他的女儿根本没打算向海伯里所有的聪明人征询谜语。她只需埃尔顿先生一个人的帮助。他应邀为她们提供他能想到的任何好谜语、好字谜或其他难题；她高兴地见他专心致志地忙于收集；与此同时，她还注意到，他小心翼翼地确保自己口中说出的话没有一句不殷勤备至，也没有一句不是赞美女人的。她们最文雅的两三条谜语都是他想出来的；他最终想起那首众所周知的字谜时欣喜若狂，并声情并茂地背诵起来：

我的前半意为苦恼，

---

① 由作家大卫·加里克（1717—1779）编写的谜语，最早发表于 1757 年，谜底是"扫烟囱的人"（a chimney-sweeper）。

我的后半注定会感受到

我的整体是最好的解药

能减轻并治愈那苦恼——①

她只得抱歉地承认她们在前几页已经抄过了。

"你为什么不自己为我们写一首呢，埃尔顿先生?"她说，"只有那样才能确保是新鲜的内容;对你来说再简单不过了。"

"哦，不! 他从来没写过，这辈子几乎没写过那样的东西。他太笨了! 他担心即使伍德豪斯小姐，"他停了一下，"或是史密斯小姐也激不起他的灵感。"

可是第二天就有迹象表明他有了灵感。他来了一会儿，只为在桌上留下个纸条。他说里面是个字谜，是他的一个朋友献给他爱慕的一位年轻小姐的。不过从他的神情看来，爱玛立刻相信这一定是他自己写的。

"这不是让史密斯小姐收集的，"他说，"因为是我朋友的谜语，我无权以任何形式将它公开，可也许你不会反对看一看。"

这话更多是说给爱玛而不是哈丽特听的，爱玛能够明白。他很不自在，觉得与她目光相对比和她的朋友对视更加容易。他很快就走了。又过了一会儿——

"拿着，"爱玛笑着把纸条塞给哈丽特，"这是给你的。拿去吧。"

可是哈丽特颤抖着不敢碰;爱玛凡事都爱抢先，便自己打开

——————————————

① 谜底是"女人"（woman—woe＋man）。

看了。

致某小姐

字谜

我的前半显示了帝王的财富与气派
　　大地之王！奢侈又自在。
我的后半是男人的另一面
　　瞧他，大海上的君主！

但是啊！合并后变成了怎样的颠覆！
　　男人夸耀的权势与自由，全都飘走；
天地之主，他俯身为奴，
　　而女人，可爱的女人，独自主宰。

你才思敏捷能即刻将答案破解，
　　愿你温柔的双眸闪耀恩准的神采。

　　她瞧了瞧字谜，想了想，明白了意思，又读了一遍确认没有错，领悟了字里行间的含义，然后将纸条递给哈丽特，坐在那儿高兴地微笑着。哈丽特看着纸条苦苦思索，满心期待，却怎么也想不出来。爱玛自言自语道："很好，埃尔顿先生，真是太好了。我读过更糟糕的字谜。**求爱**——非常不错的暗示。值得夸奖。这是你的感觉。这等于在明明白白地说——'拜托，史密斯小姐，请允许我向你表白。你要一眼就认可我的字谜，并且明白我的心意。'"

愿你温柔的双眸闪耀恩准的神采!

正是哈丽特。温柔这个词最适合指她的眼睛——在所有的词语中,这是能找到的最恰当的一个词。

你才思敏捷能即刻将答案破解。

哼——哈丽特才思敏捷!那倒好了。说实话,只有热恋中的男人才会这么描述她。啊!奈特利先生,你要是能这样该有多好;我想这下总能说服你了吧。这辈子你终于有一次不得不承认自己错了。真是个绝妙的字谜!目的明确。这下很快就要到关键时刻了。

她满心欢喜地想着,本来可以一直这样想下去,不过哈丽特急切地问了一连串问题,打断了她的思绪。

"会是什么呢,伍德豪斯小姐?——答案会是什么?我一点也不知道——我根本猜不出来。究竟会是什么呢?伍德豪斯小姐,一定要使劲想出答案。拜托你帮帮我。我从没见过这么难的字谜。是王国吗?那个男人是谁呀——那位年轻的小姐又是谁?你觉得这个字谜好吗?答案会是女人吗?

而女人,可爱的女人,独自主宰。

会是海神吗？

瞧他，大海上的君主！

会不会是三叉戟？或是美人鱼？或者鲨鱼？哦，不对！鲨鱼只有一个音节①。这个字谜一定很巧妙，否则他不会拿来。哦！伍德豪斯小姐，你说我们到底能猜得出来吗？"

"美人鱼和鲨鱼！胡说！我亲爱的哈丽特，你在想什么呢？他把他朋友编的关于美人鱼或鲨鱼的字谜带给我们干什么？给我纸，听好了。

致某小姐，读史密斯小姐。

我的前半显示了帝王的财富与气派
大地之王！奢侈又自在。

那是**宫廷**②。

我的后半是男人的另一面
瞧他，大海上的君主！

_____

① 鲨鱼的英文是单音节词"shark"，因此不可能由两部分合成。
② 原文为"court"。

那是**轮船**①——显而易见——现在是精华所在。

但是啊！合并后，（**求爱**②，你知道的）变成了怎样的颠覆！

男人夸耀的权势与自由，全都飘走；

天地之主，他俯身为奴，

而女人，可爱的女人，独自主宰。

多么恰当的恭维！——接下来是用意，我想，我亲爱的哈丽特，你明白这一点不会太困难。自己好好读吧。毫无疑问，这个字谜为你而写，也是写给你的。"

哈丽特无法抵抗如此令人愉快的劝说。她读了结尾几行，便心花怒放，快乐无比。她说不出话来。不过她也用不着说话，只需用心感受足矣。爱玛替她说了。

"这番恭维有着明显而特别的意思，"她说，"所以我毫不怀疑埃尔顿先生的意图。你是他的目标——很快你就能得到完完全全的证明。我想一定是这样的。我觉得我肯定错不了；不过现在，情况很明白；他的想法清晰又坚定，和我自从认识你以来就期待的事完全吻合。是的，哈丽特，我期待已久的事情终于发生了。我永远说不清你和埃尔顿先生之间的爱慕究竟算是最理想还是最自然。这件事的可能性与可行性真是不相上下。我非常高

———————————————

① 原文为 "ship"。
② 原文为 "courtship"。

兴。我亲爱的哈丽特，我全心全意地祝贺你。一个女人完全可以因为促成这段感情而骄傲。这段姻缘只会带来好处。能带来你需要的一切——体贴、独立、舒适的家——让你在所有真正的朋友中间安顿下来，离我和哈特菲尔德这么近，能确保我们永远亲密无间。哈丽特，这样的姻缘永远不会让你我感到一丝遗憾。"

"亲爱的伍德豪斯小姐！"——"亲爱的伍德豪斯小姐！"哈丽特一次次温柔地拥抱着她，开始时只能一遍遍地说着这句话。最后她们终于能交谈了，爱玛清楚地发现哈丽特该看、该感受、该期待、该记住的事情都做到了。埃尔顿先生的优势已经得到了充分的认可。

"你的话总是对的，"哈丽特叫道，"所以我认为，我希望，我期待一定会这样；可如果没有你，我连想都不敢想。我远远配不上他呀。埃尔顿先生，他想娶谁都可以！关于**他**不会有别的看法。他那么高贵。想想那些甜蜜的诗句吧——'致某小姐，'天啊！多么巧妙！——这真可能是为我写的吗?"

"我不会提，也不想听这样的问题。这是确信无疑的。相信我的判断。这是戏剧的前奏，章节的开篇；紧接着便是实实在在的文章。"

"谁也想不到会发生这样的事。我确信，一个月前，我自己想都没想过！——奇怪的事情的确会发生!"

"像史密斯小姐和埃尔顿先生这样的人认识后——的确会发生——也真是奇怪，如此显而易见，天造地设的姻缘——本该需要他人的撮合，却这么快就走上了正道，这就非同寻常了。你和埃尔顿先生有缘走到一起，你们两个家庭那么门当户对。你们的婚事可以和兰德尔斯相媲美。似乎哈特菲尔德的空气真有些奇妙，让爱情朝着正确的方向发展，让有情人终成眷属。

真正的爱情从来不会一帆风顺——①

哈特菲尔德版本的莎士比亚会给这段话加上长长的注解。"

"埃尔顿先生果真会爱上我——我？在这么多人当中！过米迦勒节②的时候我还不认识他，没和他说过话呢！他是最英俊的人了，每个人都仰慕他，简直像奈特利先生一样！大家都喜欢和他在一起，人人都说只要他愿意，他不用独自在家吃一顿饭；他每个星期收到的邀请比一周的日子还要多。他在教堂的样子多迷人呀！自从他来到海伯里，纳什小姐把他所有的布道都抄在了本子上。天啊！想想我第一次见到他的情形！我根本没想到会这样！——听说他会路过，我和两位阿伯特小姐跑到前厅，透过百叶窗偷偷看他，可是纳什小姐走过来，把我们训斥了一通赶走，自己却留在那儿看；不过她很快就把我叫回去，让我一起看，真是太好了。我们都觉得他太漂亮了！他当时和柯尔先生挽着手。"

"这段姻缘无论怎样，无论是谁——不管你的朋友做什么，只要他们有些常识，肯定会喜欢；我们用不着把我们的行为解释给傻瓜听。如果他们急于见到你进入**美满**婚姻，这儿就有个和蔼可亲的人，能保证你生活幸福——如果他们希望你在同一个村子同一个社交圈安顿下来，这也可以成真；如果他们的目标只是，

---

① 选自莎士比亚（1564—1616）的《仲夏夜之梦》。
② 原文为"Michaelmas"，基督教节日，在每年的 9 月 29 日。

简单来说，希望你嫁得**好**，现在就有不错的财产和体面的住所，能提升你的地位，一定能让他们满意。"

"是的，非常正确。你说得真好，我就爱听你说话。你什么都懂。你和埃尔顿先生一样聪明。这个字谜！——我就算学上一年，也想不出这样的字谜。"

"从他昨天拒绝的方式看，我就觉得他想试试这个本领。"

"我的确认为，这是我所读过最好的字谜，无人能比。"

"我当然也没读过这么目的明确的字谜。"

"这也和我们以前抄的字谜几乎一样长。"

"我倒不觉得这个字谜的长度有什么特别。这种字谜通常不能太短。"

哈丽特专心想着字谜，没听见爱玛的话。她的脑海中闪现了令她最为满意的比较。

"一方面，"她很快说道，双颊绯红，"要是一个人只以寻常的方式拥有他们的理智，就像其他任何人一样，想到要说的话，就坐下来写一封信，只用三言两语把必须说的话写下来，这是一回事；但能写出这样的诗词和字谜，又是另外一回事。"

爱玛觉得对马丁先生的信再没有比这更强烈的批评了。

"多么美妙的诗句！"哈丽特接着说，"瞧这最后两句！——可我该怎样把纸条还给他，或是告诉他我已经知道答案了呢？——哦！伍德豪斯小姐，我们该怎么办？"

"都交给我。你什么也不用做。我肯定他今晚要过来，我会把纸条还给他，再和他说些废话，你不用参与——你可以选择时机让你温柔的双眸绽放光芒。交给我吧。"

"哦！伍德豪斯小姐，真可惜我不能把这么优美的字谜抄到我的册子上！我还没哪一首能有这一半好呢。"

"去掉最后两行，没理由不能把它抄在你的册子上。"

"哦！可那最后的两句——"

"是整首的精华。同意——只为私下的欣赏；只能为私下的欣赏保留这两句。不会因为你将它们分开，整个字谜就不好了。字谜还是字谜，意思也没有改变。去掉这两句，所有的**特别致意**都不见了，只留下一首殷切的字谜，适合任何收藏。相信我，他不希望他的字谜被冷落，更不愿别人轻视他的情感。恋爱中的诗人要么在两方面都得到鼓励，要么两方面都不要给。把册子给我，让我把它抄下来，就不会指向你了。"

哈丽特听从了爱玛的话，虽然她在心中几乎无法将这两个部分分开，以便能明确她的朋友并非只在抄写一个爱情宣言。这像是极为珍贵的表白，完全不可以公开。

"我永远不会让那本册子离开我自己的手中。"她说。

"很好，"爱玛答道，"这是最自然而然的情感；持续得越久，我就越高兴。不过我的父亲来了，你不会反对我把这字谜读给他听吧？这会让他特别高兴！这种类型的东西他都喜欢，尤其是赞美女人的。他对我们每个人都最温柔殷勤！——你必须让我读给他听。"

哈丽特看上去很严肃。

"我亲爱的哈丽特，你可不能对这个字谜太过用心——要是你太在意太敏感，好像知道了言外之意，或者甚至明白了所有的意思，你会不得体地暴露自己的感情。别只因为这一点爱慕之情就无法忍受。他要是真想保密，也不会当着我的面留下纸条；可他却把纸条塞给了我，而不是你。我们不要对这件事太认真。他有足够的勇气继续，用不着我们只因这首字谜就吐露真心。"

"哦！不——我希望不会因为这件事而惹人笑话。你想怎么做就怎么做吧。"

伍德豪斯先生走了进来，很快又挑起这个话题，问起他常问的那句话"嗯，亲爱的，你们的谜语集进展得怎样？——有没有得到一些新内容？"

"是的，爸爸。我们给你读一段，很新的内容。今天早晨桌上有张纸条——（我们猜是仙女丢下的）——里面有个很好的字谜，我们刚刚抄下来。"

爱玛读给父亲听，就按照他喜欢的样子，读得又慢又清晰，还读了两三遍，一边读一边解释每部分的内容——他非常高兴，而且正如爱玛预料的那样，特别喜欢结尾的赞美。

"啊，写得真好，真的，说得很有道理。一点不错。'女人，可爱的女人。'亲爱的，这真是个好字谜，我能轻松猜到这是哪个仙女带来的——谁也写不了这么好，除了你，爱玛。"

爱玛只是点头微笑——想了一会儿，他轻声叹口气，又说道，

"啊！完全不难看出你像谁！你亲爱的母亲最擅长所有这些！要是我有她的记性该多好！可我什么也记不起来——甚至那首你常听我说起的谜语都记不住；我只能记住第一节，有好几节呢。

　　　　基蒂，漂亮却冷漠的姑娘，

　　　　　　点燃至今令我悲叹的激情，

　　　　我请求那位淘气的男孩相助，

　　　　虽然担心他的靠近，

　　　　　　只会破坏我的追求。

　　那就是我能够记起的全部内容——但从头至尾都很巧妙。不过我想，亲爱的，你说已经有这个字谜了。"

　　"是的，爸爸，就抄在我们的第二页。我们从《美文集》上抄的。你知道，是加里克编的。"

　　"啊，太对了——我希望能记得更多的内容。"

　　　　基蒂，漂亮却冷漠的姑娘，

这个名字让我想起可怜的伊萨贝拉，她洗礼时差点就随祖母的名字叫凯瑟琳①了。我希望她下个星期就能回来。你想过没有，亲爱的，你把她安顿在哪儿——她的孩子们住哪间屋子？"

　　"哦！是的——她当然住在自己的房间，她一直住的那间——孩子们就在幼儿房——和往常一样，你知道——为何需要改变呢？"

　　"我不知道，亲爱的——可她太久没有回来了！——上次回来还是复活节②的时候，而且只住了几天——约翰·奈特利先生

当律师真是太不方便了——可怜的伊萨贝拉！——真难过她被从我们所有人的身边带走了！——她回来却见不到泰勒小姐，该有多难过！"

"她至少不会惊讶，爸爸。"

"我不知道，亲爱的。第一次听说她要结婚时，我真是感到非常惊讶。"

"伊萨贝拉回来时，你一定要请韦斯顿先生和太太来吃饭。"

"是的，亲爱的，如果有时间的话——不过——（语气十分沮丧）——她只回来一个星期。什么事情都来不及做。"

"可惜他们不能多住些日子——可那也是没办法的事。约翰·奈特利先生 28 日必须回到城里。爸爸，我们应该感激，他们所有的时间都住在乡下，不会去庄园待上两三天。奈特利先生已经承诺这个圣诞节不用他们过去了——虽然他们离开他的日子和离开我们的日子一样久。"

"说真的，亲爱的，要是可怜的伊萨贝拉不能一直待在哈特菲尔德，我会特别难过。"

伍德豪斯先生从来不让奈特利先生请他的弟弟去，或让任何人请伊萨贝拉走，只有他自己能这样做。他坐着沉思了一会儿，然后说道：

"可我不知道为何可怜的伊萨贝拉非得那么快回去，虽然他要走。我想，爱玛，我们可以试着说服她和我们多住些日子。她和孩子们可以留下来。"

"啊！爸爸——可你从来做不到这一点，我想你永远都做不到。伊萨贝拉受不了让她的丈夫先走，自己留下来。"

这话千真万确，无法反驳。虽然不愿意，伍德豪斯先生也只能发出一声无奈的叹息。爱玛见他的心情因为女儿对丈夫的依恋受到了影响，便立刻想到一个能让他振作起来的话题。

"姐姐姐夫在这儿的时候，哈丽特必须尽量陪着我们。她肯定会喜欢孩子们。我们很为孩子们骄傲，不是吗，爸爸？不知道她会觉得哪个最好看，亨利还是约翰？"

"啊，我也不知她会怎么想。可怜的小宝贝们，他们来到这儿该有多高兴。他们很喜欢待在哈特菲尔德，哈丽特。"

"我相信一定如此，先生。谁不会这样呢？"

"亨利长得很好看，不过约翰很像他的妈妈。亨利大一些，随我的名字，而不是他爸爸的名字。约翰是老二，名字随他爸爸。我相信有人会惊讶，大孩子竟然没有随爸爸，不过伊萨贝拉想叫他亨利，我觉得她真是太好了。他的确是个很聪明的孩子。他们都特别聪明，有很多讨人喜欢的地方。他们会过来站在我的椅子旁说：'外公，你能给我一段绳子吗？'有一次亨利向我要一把小刀，我告诉他刀子只能给外公用。我觉得他们的父亲常常对他们太粗暴了。"

"在你看来他有些粗暴，"爱玛说，"因为你自己太温和了。可你要是把他和别的爸爸比较，你就不会觉得他粗暴。他希望孩子们活泼勇敢；如果他们做了错事，会时不时训斥他们几句；不过他是个慈爱的父亲——约翰·奈特利先生当然是个慈爱的父亲。孩子们都喜欢他。"

"还有他们的伯父，一进屋就把他们往天花板上抛，真吓人！"

"可是孩子们喜欢，爸爸；没有什么比这更让他们开心了。他们开心得不得了，要不是他们的伯父定下规矩让他俩轮流，先到的孩子根本不会给另一个让位。"

"唉，我无法理解。"

"我们都是这样，爸爸。世界上一半的人无法理解另一半人的快乐。"

上午晚些时候，小姐们准备分手，打算四点时一起用晚餐①，这时那位无与伦比的字谜男主角又走了进来。哈丽特转过身去，可是爱玛还能带着平时的微笑迎接他。她敏锐的双眼很快从他的眼中看出他知道自己已经推进了一步——掷出了骰子；爱玛觉得他是来看看结果如何的。不过他宣称的理由是来问问晚上伍德豪斯先生家的聚会没有他行不行，或者哈特菲尔德有没有一丁点用得着他的地方。如果需要他，其他的一切事情必须让位；不然，他的朋友柯尔一直说想请他吃饭——还那么郑重其事，他答应可能的话会过去。

爱玛谢过他，但无论如何不能让他为了他们使朋友失望；一定会有人和她的父亲玩牌。他再次请求——她再次谢绝；他似乎打算鞠躬离开，她拿起桌上的纸条，还给了他：

"哦！这是你好心留给我们的字谜，谢谢你让我们看。我们特别喜欢，所以我冒昧把它抄在了史密斯小姐的册子里。我希望你的朋友不会见怪。当然我只抄了前八行。"

---

① 简·奥斯汀时代通常一天吃两顿饭，早餐（breakfast）在 9 到 10 点，晚餐（dinner）在 3 点到 6 点半之间。通常穷人或延续旧习惯的人家吃得更早，而时髦的富人吃得较晚。随后可能有茶点（tea）和夜宵（supper）。

埃尔顿先生显然不知该说些什么。他看上去很是怀疑——满心困惑。他说了些关于"荣幸"的话——瞧了瞧爱玛，又瞧瞧哈丽特，见册子打开了放在桌上，就拿起来仔细端详。为了打消这番尴尬，爱玛笑着说：

"你一定要代我向你的朋友道歉，但这么好的字谜不该只让一两个人看。他写得如此多情，一定能博得每个女人的赞赏。"

"我能毫不犹豫地说，"埃尔顿先生答道，虽然他说话时犹豫了很久，"我能毫不犹豫地说——至少如果我的朋友和**我**感受相同的话——我一点也不怀疑，要是他像**我**一样看到他的小诗被夸赞，（他又看了看册子，把它放回桌上），他会将此视为他生命中最骄傲的时刻。"

说完他尽快离开了。爱玛倒没觉得太快，因为虽然他有许多讨人喜欢的方面，但他说话时那副郑重其事的样子很容易令她发笑。她跑到一旁笑个痛快，留下哈丽特沉浸在温柔美妙的幸福之中。

第十章

虽然现在已是十二月中旬，天气还没冷到让年轻的小姐们无法进行一些日常活动。爱玛第二天要去看望一户生病的穷人家，他们住在离海伯里不远的地方。

要去那座孤零零的小屋需要经过牧师巷，这条巷子与海伯里宽阔但并不整齐的主路垂直，不难推测埃尔顿先生的福邸就在此处。她们先走过几栋较为简陋的房子，牧师住宅就在进入巷子后大约四分之一英里的地方。这是一座旧房子，不算很好，紧挨着路边。房子本身没什么值得称道的地方，却被如今的主人认真修缮了一番。即便如此，两位朋友路过时还是忍不住放慢脚步打量了几眼——爱玛这样说道：

"在那儿。用不着多久你和你的谜语集就会去那儿了。"哈丽特说：

"哦，多可爱的房子啊！多么漂亮！那是纳什小姐特别喜欢的黄色窗帘。"

"**现在**我不常走这条路，"她们往前走时爱玛说，"不过**以后**就有来这儿的理由了，我会逐渐熟悉海伯里这一带所有的树篱、大门、池塘和大树。"

爱玛发现哈丽特从未去过牧师住宅，所以特别想进去看一看。考虑到房子的外观和里面可能的样子，爱玛只能将这一点当作爱的证明，就像埃尔顿先生觉得哈丽特才思敏捷一样。

"我希望我们能想个办法，"她说，"可我找不出任何像样的借口到里面去——我不想向他的管家打听哪个仆人——我的父亲也没让我捎个口信。"

她沉思了一会儿，还是想不出来。两人沉默了几分钟后，哈丽特又开始说道：

"我真是好奇，伍德豪斯小姐，你竟然不结婚，也没打算结婚！你长得多迷人啊！"

爱玛笑着答道：

"哈丽特，长得迷人还不足以诱使我结婚；我必须觉得别人也迷人——至少有一个这样的人。我不仅现在不想结婚，也几乎没打算在任何时候结婚。"

"啊！真的吗？可我无法相信。"

"我必须见到一个比我认识的所有人都优秀很多的人，才会动心；埃尔顿先生，你知道，（她想了想），是不可能的：我不愿和任何这样的人交往。我宁愿不为谁动心。我实在无法做出更好的改变。要是我结婚，一定会后悔的。"

"天啊！听一个女人这样说话真是奇怪！"

"我没有女人通常想要结婚的理由。当然，如果我爱上了谁，那就是另外一回事了！但我从来没有爱过谁；这不是我的方式，也不是我的性格；我想我永远都做不到。而且，既然没爱上谁，我觉得要是我想改变现在的处境，那真是个傻瓜。我不缺财产，不用工作，也不求高位：我相信结了婚的女人没有几个能在丈夫的房子里做个真正的女主人，还不及我在哈德菲尔德一半的地位；我永远、永远无法期待能被如此真心喜爱，被如此看重；在任何男人眼中，我都不可能像在我父亲的眼中那样永远是第一位，永远都正确。"

"可是，你最后会变成老姑娘，就像贝茨小姐那样。"

"那是你能描述的最可怕的情形了，哈丽特。要是我觉得自己真会变成贝茨小姐那样：那么傻——那么满足——那么满脸笑容——那么无聊乏味——那么平淡无奇，随遇而安——那么喜欢告诉所有人和我相关的任何事，我明天就会结婚。可我相信在**我**们之间不会有任何相似之处，除了不结婚这一点。"

"但你还是会成为一个老姑娘的！那多可怕呀！"

"没关系，哈丽特，我不会成为一个贫穷的老姑娘。对于宽厚的众人来说，只有贫穷才会让独身变得可鄙！独身的女人，如果收入微薄，一定会变成个可笑、讨厌的老姑娘！男孩女孩们嘲弄的对象。不过有钱的独身女人总会很体面，能像任何人那样通情达理，受人喜爱。这个区别并不像乍一听上去那么有失公平，不合情理；因为微薄的收入容易使人变得心胸狭窄、性格怪僻。那些勉强为生的人，那些不得已而生活在狭隘卑微的人群中的人，常常会变得吝啬暴躁。不过，贝茨小姐不是那样；她只不过脾气太好人又太傻，所以不适合我。但总的来说，她虽然独身，虽然很穷，倒是很受每个人的喜爱。贫穷一定没有让她变得心胸狭窄：我真的相信，要是她的手中只有一个先令①，她很可能会把六个便士分给别人；谁也不害怕她：那是很迷人的一点。"

---

① 1先令＝12便士；1英镑＝20先令；1畿尼＝21先令。

"天啊！可你该做什么呢？你老了以后能够做些什么？"

"如果我了解我自己，哈丽特，我思想活跃、爱动脑筋，有很多自己的想法；我不相信为何到了四十岁或五十岁就会比现在更加无事可做。女人现在能用手用心做的事，我那时一样做得了，不会有多大变化。要是我少画画，我就多读书；如果不学音乐，我就织毯子。至于能感兴趣的事，可以疼爱的人，那确实是使人卑微的重要方面，不结婚的人的确应该避免的困境。我会过得很好，因为我那么喜欢和疼爱姐姐的所有孩子。他们应该会常常陪在我的身边，填补我晚年生活需要的各种情感。那些足以回应我的每一个希望和每一种恐惧；虽然我对他们的爱无法和父母相比，但那样的感情不会太热烈太盲目，我倒觉得更好。我的外甥和外甥女们！——总能有个外甥女常常来陪伴我。"

"你认识贝茨小姐的外甥女吗？嗯，我知道你肯定已经见了她一百次——可你们熟悉吗？"

"哦，是的！每次她来海伯里，我们总是不得不彼此熟悉。顺便说一句，**那**几乎足以让人打消所有对外甥女的骄傲。天啊！至少我告诉别人的关于奈特利家所有孩子的事，也不及她说的关于简·费尔法克斯事情的一半。让人听到简·费尔法克斯的名字就心烦。她的每封信都要被读上四十遍，她对所有朋友的问候被一次次地转达；要是她真给她的姨妈寄来个胸兜图案或是为她的祖母织一双吊袜带，那么你一整个月只能听到这件事。我祝福简·费尔法克斯，可她真把我烦死了。"

这时她们走近小屋，便停止了所有的闲谈。爱玛满心同情；穷人的不幸总能得到她的关心与怜悯，她的安慰与耐性，让她解囊相助。她理解他们的方式，体谅他们的无知与诱惑，对于那些没受过多少教育的人，她不会浪漫地期待他们的高尚品德；她带着油然而生的同情心，总是凭借她的智慧与善意帮助他们。现在，她看望的是贫病交加的人；她尽可能在那儿多待一会儿，给他们安慰与劝告。小屋里的情景令她感慨不已，她离开后边走边对哈丽特说：

"哈丽特，看看这些情景会对人有好处。这让其他的一切显得多么微不足道！——我现在觉得我今天会一直想着这些可怜的人，别的什么也不会想；可是，谁知道这些情景多快便会从我的脑海中消失呢？"

"的确如此，"哈丽特说，"可怜的人啊！让人无法去想别的事。"

"是啊，我觉得这些印象不会很快消失的，"她们穿过矮树篱，摇摇晃晃地走过小屋花园的一条又窄又滑的小径，再次回到大路时爱玛说，"我认为不会的。"她停下脚步再次看了看那座破旧的小屋，回想起屋里更加凄惨的情景。

"哦！天啊，不会的。"她的同伴说。

她们继续往前走。巷子稍稍拐了个弯，走过那个弯道后，埃尔顿先生立刻出现在眼前；因为离得太近，爱玛只得继续说下去：

"啊！哈丽特，现在忽然出现了一件考验我们思想稳定性的事。嗯（微笑着），我希望能这样想：如果同情心已经为受苦的人带来了帮助与安慰，它已经做到了真正重要的事情。如果我们同情受苦的人，只要尽力帮助他们就足够了，其他都是无意义的同情，只会让我们自己难过。"

哈丽特只答了句，"哦！天啊，是的。"那位先生就加入了她们。不过，她们见面后谈的第一件事便是那个可怜家庭的需要和痛苦。他正打算去看望他们。现在他打算推迟看望，但他们津津有味地谈了谈能做些什么和该做些什么。埃尔顿先生接着转身陪她们一起走。

"为了这样的事情不期而遇，"爱玛想，"为了帮助别人而相遇，这会大大提升双方的爱意。我简直不怀疑这能带来表白呢。要是我不在这儿一定可以。真希望我在别的地方。"

她急着让自己尽量离两人远一些，很快便走上巷子一边稍稍凸起的一条狭窄步道，让那两人一起走在主路上。可她在步道上走了不到两分钟，就发现哈丽特因为已经习惯依赖她模仿她，也走了上来。简而言之，两个人都紧紧跟在她的身后。这可不行。她马上停下，假装调整半筒靴的鞋带，弯下身来占据了整条步道，并拜托他们先走，她很快会跟上来。他们照她的意思做了；到了她觉得应该弄好靴子的时候，她高兴地得到了继续耽搁的理由。小屋里的一个孩子按照吩咐提着她的壶，准备去哈特菲尔德取些肉汤，这时赶了上来。和这个孩子并排走，同她说话问她问题，是世界上最自然而然的事；或者说如果爱玛当时没有存心这么做，那本该是最自然的事情。这样一来，那两人仍然能一起走在前面，不用等她。但她还是身不由己地赶上了他们：孩子的步伐很快，他们走得很慢；两人显然在谈论一个彼此都感兴趣的话题，让爱玛越发着急。埃尔顿先生兴致勃勃地说着，哈丽特愉快又认真地听着；爱玛打发孩子自己往前走，接着开始考虑自己怎样才能再退后一点，这时两人都转过头来，她只得和他们一起走。

埃尔顿先生还在说话，还在专心讲述一些有趣的细节。爱玛发现他只是给他的漂亮同伴说他昨天去朋友柯尔家吃饭的事，不禁有些失望。她自己过来后听到了斯提尔顿奶酪、北威尔特郡乳酪、黄油、芹菜、甜菜根和所有甜食。

"当然，这很快会引起更好的话题，"她自我安慰地想着，"恋人们会对什么话题都感兴趣；任何事情最终都会让他们互诉衷肠。我要是能离开他们再久一些该多好！"

现在他们一起安静地走着，直到看得见牧师住宅的围篱。这时爱玛忽然下定决心至少要让哈丽特进屋看看，于是她再次发现靴子出了问题，再次远远地落在后面整理靴子。她把鞋带拽断并灵巧地扔进沟里，然后不得不请求他们停下，承认自己实在没办法好好走回家。

"我的鞋带断了一截，"她说，"我不知该怎么办。我真是你们两人最麻烦的同伴了，但我希望自己并非常常这么添乱。埃尔顿先生，我只能请求在你家歇一歇，向你的管家要一小截丝带或细绳，或是随便什么能把靴子系上的东西。"

埃尔顿先生听到这个提议欣喜不已；他小心翼翼、殷勤备至地将二人领到他的家中，尽量让一切看上去妥妥帖帖。她们被领进他最常使用的房间，朝着前面；后面紧接着另一个房间；中间的门开着，爱玛跟着管家走了进去，舒舒服服地接受她的帮助。她只得让门照常开着，但很希望埃尔顿先生把门关上。可是门没有关，还是开着；爱玛滔滔不绝地和管家说着话，希望这样就能让他在隔壁房间谈论自己的话题。十分钟了，她只听见自己的声音。没法继续拖延了。她只好结束，走了过去。

这对恋人一起站在窗户前。这真是太好了，有那么半分钟，爱玛得意洋洋地以为自己的计划已经成功。可是不行，他还没说到重点。他特别和蔼，特别高兴；他告诉哈丽特自己看见她们走过去，便有意跟着她们；还有些别的小殷勤小暗示，但没什么严肃的内容。

"谨慎，太谨慎了，"爱玛想，"他一寸寸地前进，没有十足的把握就不愿冒险。"

不过，虽然她的巧妙安排没有带来结果，她还是安慰自己这让两人有机会享受了现在的快乐，一定能引导他们成就将来的大事。

第十一章

埃尔顿先生现在只能靠他自己。爱玛已经无法监督他的幸福或加快他的行动。因为姐姐一家很快就要到来，她满怀期待又忙着安排，这成了她最感兴趣的事情。他们住在哈特菲尔德的十天里肯定不能指望她——她自己也没指望能为这对恋人做些什么——除了零星偶尔地为他们帮点小忙。可要是他们愿意还是能够迅速发展，不管他们想不想都一定会有些进展。爱玛几乎不希望给他们花更多的时间。有些人，你为他们做的越多，他们为自己做的就越少。

约翰·奈特利夫妇没来萨里郡的日子比以往更久些，自然让人格外兴奋。在今年以前，他们结婚后的每个长假都在哈特菲尔德和当维尔庄园度过；可是这个秋天的所有假期都用来带孩子们去海边了，所以相比以往，他们已经好几个月没和萨里郡的亲人们见面，伍德豪斯先生更是从未见过他们。他即使想念可怜的伊萨贝拉，也说什么都不愿去伦敦那么远的地方，所以现在，他紧张不已又无比担忧，幸福地惦念这太过短暂的来访。

他想到很多她在旅途中可能遇到的麻烦，不知他自己派到半路迎接的马儿和车夫会不会太劳累。其实他大可不必担心，十六英里的旅途非常愉快，约翰·奈特利夫妇，连同他们的五个孩子和足够的保姆都安全抵达了哈特菲尔德。此番到来引起了一阵喧闹与快乐，要和这么多人说话，又是欢迎，又是鼓励，再将一行人分别安顿下来，所有一切带来的噪音与混乱让他的神经在其他任何情况下都无法承受，即使现在也不能承受太久。约翰·奈特利太太非常尊重哈特菲尔德的方式和她父亲的感受，虽然从母亲的角度她希望小家伙们马上就能开开心心、自由自在、受人照料、有吃有喝、能睡能玩，孩子们肯定也迫不及待想要这样，但她绝不允许孩子们长时间地打扰外公，不仅不让孩子们自己打扰，也不能在孩子的外公面前没完没了地照料他们。

约翰·奈特利太太是个漂亮优雅的娇小女人，举止文雅安静，性情极其和蔼可亲；她一心只想着她的家庭，是个贤惠的妻子和宠溺的母亲。她深爱着她的父亲和妹妹，要不是因为这些更高级别的关系，想要超越这份爱几乎不可能。她永远看不到他们任何人的缺点。她不是一个有见解或反应快的女人，自己体弱多病，也过度担心孩子们的身体。她常常担忧，总是紧张，对自己城里温菲尔德医生的喜爱程度不亚于她的父亲对佩里先生。父女俩还有别的相似之处，都心地善良，总是特别看重每一个老朋友。

约翰·奈特利先生是位个子很高、风度优雅、非常聪明的男人；事业蒸蒸日上，关心家庭，品行正派。可因为他态度拘谨，有时还会发发脾气，所以不太受人喜爱。他不是个坏脾气的男人，不会常常无端发火，也不该受到如此责备，但脾气的确不是他的完美之处。说实话，有这样一位对他满心崇拜的妻子，很难不加重他与生俱来的任何缺点。她那极致温柔的性情必定会伤害他的性格。他完全具备她所缺乏的领悟力与敏锐度，有时会举止无礼，或是说话严厉。他不太受他那位漂亮的小姨子喜欢。他的缺点都逃不过她的眼睛。她能迅速感受到对伊萨贝拉的小伤害，而伊萨贝拉自己从来感觉不到。要是他懂得讨好伊萨贝拉的妹妹，也许她还能少在意些，可他只是一副冷静的姐夫和朋友的样子，不会夸她，也不盲目。不过，对她怎样的赞美也很难让她无视他犯下的最严重的错误：他对她的父亲缺乏尊重和包容。他常常不够耐心。伍德豪斯先生的怪癖与烦躁有时会惹得他以理相劝，或是同样不客气地厉声反驳。这不常发生，因为约翰·奈特利先生的确很尊重他的岳父，通常也明白自己应该怎样做，不过在大多数情况下还是需要爱玛的宽容。尤其在他虽不至于冒犯的情况下，她依然时常承受着担惊受怕的痛苦。然而，每次拜访之初大家都情真意切，既然只住短短几天，总希望在这期间不要生出嫌隙。他们平心静气地坐下后不久，伍德豪斯先生便忧伤地摇摇头叹了口气，向女儿说起自从她离开后哈特菲尔德发生的悲哀变化。

"啊，亲爱的，"他说，"可怜的泰勒小姐——这真是一件伤心事。"

"哦，是的，先生，"她立刻同情地叫道，"你一定很想念她！还有亲爱的爱玛！——对你们来说是多么可怕的损失啊！——我真为你们感到难过——我无法想象没有她你们该怎么办——这真是个伤心的变化——但我希望她过得很好，先生。"

"很好，亲爱的——我希望——很好——我不知道，不过那个地方她还算喜欢。"

这时约翰·奈特利轻声问爱玛兰德尔斯有没有什么情况。

"哦！没有——一点也没有。韦斯顿太太从来没有看上去比现在更好——从来没有这么好过。爸爸只是在表达他自己的遗憾。"

"如此对双方都是最好的。"很漂亮的回答。

"你还算能经常见到她吗，先生？"伊萨贝拉用悲伤的语气问道，恰好符合她父亲的心情。

伍德豪斯先生犹豫着——"不常见，亲爱的，比我希望的差远了。"

"哦！爸爸，自从他们结婚后我们只有一整天没能见到他们。每天上午或晚上，除一天之外，我们总能见到韦斯顿先生或太太，通常两个人都能见到，不在兰德尔斯就在附近——你能猜得出，伊萨贝拉，更多是在这儿见面。他们常常过来实在太好了。韦斯顿先生真是和她一样好。爸爸，你要是用那种伤心的样子说话，会让伊萨贝拉对我们所有人都产生误会。每个人都清楚泰勒小姐一定会被想念，可是每个人也应该放心，因为韦斯顿先生和太太的确想方设法不让我们想念她，简直和我们自己期待的一样——这是完完全全的事实。"

"本该如此，"约翰·奈特利先生说，"这正是我读了你的信后期待的情形。毫无疑问她希望能够关心你们，而他闲散又爱交际，一切就变得很容易。我一直对你说，亲爱的，我认为这个变化不会给哈特菲尔德带来你所担心的实际影响；现在你听爱玛说了，我希望你会感到满意。"

"哦，当然，"伍德豪斯先生说，"是的，当然——我无法否认韦斯顿太太，可怜的韦斯顿太太，的确常来看我们——可是——她总得再次离开。"

"要是她不离开，可就苦了韦斯顿先生，爸爸——你差点把可怜的韦斯顿先生忘记了。"

"我的确认为，"约翰·奈特利愉快地说，"韦斯顿先生有些小小的权利。爱玛，你和我都在袒护那位可怜的丈夫。我是个丈夫，你还没成为妻子，我们很可能会同样在意丈夫的要求。至于伊萨贝拉，她结婚太久，自然乐意尽量把所有的韦斯顿先生们搁在一边。"

"我？亲爱的，"他的妻子只听见部分内容，也没完全理解，"你在说我吗？——我相信谁也不能，也不可能比我更赞成婚姻。要不是因为她离开哈特菲尔德的痛苦，我一定会觉得泰勒小姐是世界上最幸运的女人。至于冷落韦斯顿先生，那么好的韦斯顿先生，我觉得没什么是他配不上的。除了你自己和你哥哥，我不知道谁还能有他的好脾气。我永远忘不了去年复活节，他在那样的大风天里给亨利放风筝——自从去年九月他好心好意地在半夜十二点给我们写信，特意让我们放心科巴姆①没有流行猩红热，我就认定世上没有比他更热心、更善良的人了——要说谁能配得上他，那一定是泰勒小姐。"

"那个年轻人在那儿？"约翰·奈特利说，"他为这件事来了吗——还是没来？"

"他还没来，"爱玛答道，"大家都很盼望他在婚礼后很快过来，可是没有。我最近没听人说起他。"

---

① 原文名"Cobham"，萨里郡的小村庄，位于伦敦西南方向，距离伦敦二十英里。

"可你应该和他们说说那封信，亲爱的，"她的父亲说，"他给可怜的韦斯顿太太写了封信祝贺她，一封很得体大方的来信。她给我看了。我觉得他真写得很不错。那是不是他自己的想法，谁也不清楚。他还年轻，还有他那个舅舅，也许——"

"我亲爱的爸爸，他已经二十三岁了——你忘了时间过得有多快。"

"二十三岁！——真的吗？——唉，我想都想不到——他失去他可怜的母亲时才两岁！唉，时间真是过得太快了！——我的记性真差。不过，那是一封很好很棒的来信，让韦斯顿先生和太太特别高兴。我记得信是从韦默斯①写来的，日期是 9 月 28日——开头是'亲爱的太太'，但我记不清后面是怎么写的，署名'F. C. 韦斯顿·邱吉尔'——那个我记得很清楚。"

"他真是太讨人喜欢，太懂礼貌了！"好心的约翰·奈特利太太叫道，"我毫不怀疑他是个最可爱的年轻人。可是他不能和他的父亲一起住在家里真让人伤心！一个孩子被从他父母的身边，从自己的家中带走多么可怕！我永远无法理解韦斯顿先生怎么能够和他分开！放弃自己的孩子！对于任何向别人提出这种要求的人，我真的不可能有好感。"

"我猜没人会对邱吉尔夫妇有好感，"约翰·奈特利先生冷静地说，"可你也不必想象韦斯顿先生会有你放弃亨利或约翰时的感受。韦斯顿先生是个十分随和、性情愉快的人，而不是个重感情的人。他随遇而安，总能从生活中找些乐子，我猜这更取决于

---

① 当时英国最受喜爱的海滨度假小镇之一，乔治三世曾多次到访。

所谓的**社交**中的快乐，也就是说，更多来自于一周五次和他的邻居们吃吃喝喝、打打惠斯特，而不是来自家庭的温情，或是家庭能带来的任何快乐。"

爱玛不可能喜欢这几乎是在责备韦斯顿先生的话，有心想反驳，但她在心里斗争一下就放弃了。她会尽量和平相处，而且他本人那么看重家庭，满足于家庭生活，这一点很可敬可贵，因此她的姐夫才会瞧不起适度的社交活动，以及看重社交的人——这一点非常值得宽容。

第十二章

奈特利先生要和他们一起用餐——这是伍德豪斯先生很不情愿的事，他不喜欢在伊萨贝拉到来的第一天就有任何人前来和他分享。不过爱玛的是非判断决定了这件事情；除了考虑到两位兄弟应有的团聚，她也特别高兴在最近与奈特利先生产生分歧后，有了一个邀请他来做客的恰当理由。

她希望现在他们能够重新做朋友。她觉得已经到了该和好的时候。说实话也没办法和好。**她**肯定没有错，而**他**也永远不会承认自己错了。让步一定不可能；不过是时候假装忘记他们曾经争吵过。她希望这样做也许能帮他们恢复友谊：在他进入房间时，她抱着一个孩子——最小的那个，大约八个月大的漂亮小女孩。她第一次来到哈特菲尔德，正快活地在她小姨的怀里舞动着。这一招果然有效，他虽然开始板着脸，问话也很简短，但很快就像往常一样说起了每个孩子，还自然而然、和颜悦色地从她的怀中接过小女孩。爱玛感觉他们又成了朋友，这份信心先是让她非常满意，接着又让她有些调皮，在他赞赏宝贝时她忍不住说：

"我们对自己的侄子侄女、外甥外甥女的看法一致，真是令人欣慰。关于男人和女人，我们的看法有时很不一样；不过对于孩子，我发现我们从来没有分歧。"

"要是你对男人和女人的评价也能这样合情合理，你和他们相处时能少受一些奇思妙想的控制，就像你对待这些孩子一样，我们也许永远能想法一致。"

"当然——我们的争执一定都是因为我错了。"

"是的，"他微笑着说，"而且理由充分。你出生时我都十六岁了。"

"那倒是个很大的区别，"她答道，"毫无疑问在我们生命的那个阶段你比我的判断力强多了；可是已经过了二十一年，难道我们的理解力不该接近很多了吗?"

"是的——**接近**了很多。"

"但还没接近到能让我有正确的机会，要是我们的想法不一致的话。"

"我仍然比你有着十六岁的年龄优势，我也不是个漂亮的年轻小姐和被宠坏的孩子。来吧，我亲爱的爱玛，让我们做朋友吧，不要再说这些了。小爱玛，告诉你的小姨，说她应该做个好榜样，而不是重提过去的不愉快；告诉她就算她之前没错，现在也错了。"

"是的，"她叫道，"非常正确。小爱玛，长大了要比你的小姨好。比她聪明得多，但不及她一半自负。好了，奈特利先生，再说一两句，我就结束了。就好意而言，我们**两个**都没错，而且我必须说我的争论至今看来一点也没错。我只想知道马丁先生没有特别难过和失望。"

"谁也不能比他更加如此。"这是他简短完整的回答。

"啊！——我真的非常抱歉——来，和我握握手吧。"

他们亲亲热热地握了握手，这时约翰·奈特利来了。兄弟俩用真正的英式风格打了个招呼，"你好，乔治"，"约翰，你好吗？"在看似冷淡的平静背后，却隐藏着真正的深情，会让任何一个人在需要时为另一个人全力以赴。

晚上安安静静，适合交谈。伍德豪斯先生不肯打牌，只为能和他亲爱的伊萨贝拉愉快地交谈，因此一小群人自然而然地分成了两拨：一边是他和他的女儿，另一边是两位奈特利先生；他们的话题完全不同，或者说很少交叉——爱玛只是偶尔加入一边或另一边。

两个兄弟谈着各自关心和从事的事情，但主要在说哥哥的事，他的性格健谈得多，总是说话更多。身为地方法官，他通常有些法律问题要请教约翰，或至少有些奇闻趣事要说给他听；作为农场主，他掌管着当维尔的家庭农场，他得讲讲每块田地第二年种些什么，还要和弟弟说一些本地的消息。对于在这个家里也度过了至今为止最长的时间，并且对这个家有着深厚感情的弟弟，这些事总能让他很感兴趣。挖排水沟，换篱笆，砍树，每亩小麦、萝卜和春玉米该去往何处，这些问题约翰都带着同样的兴趣加入了讨论，当然是在他冷静的个性允许的范围内。要是他那滔滔不绝的哥哥能让他提些问题，那么他的询问几乎带着急切的口吻。

当他们这样舒适地交流时，伍德豪斯先生正和他的女儿一起全心享受着愉快的遗憾和担忧的深情。

"我可怜又亲爱的伊萨贝拉，"他亲昵地拉着她的手说，在她忙着照料五个孩子中的某一个时打断了她一阵子，"很久了，从你上次回家到现在真的太久了！你在这趟旅行后肯定累坏了！你一定要早点睡觉，我亲爱的——我建议你走之前喝一点粥——你和我可以一起喝一钵好喝的粥。我亲爱的爱玛，要不我们都喝点粥吧。"

爱玛可不会想到这样的事，她知道两位奈特利先生和她自己都无论如何不肯喝粥——于是要了两碗粥。两人稍稍称赞了稀粥，奇怪为何不是每个人每天晚上都想喝一点，他做出严肃的沉思状接着说道：

"亲爱的，你秋天去骚桑德①而不是来这儿，真是一件糟糕的事。我从来不喜欢海边的空气。"

"那是温菲尔德先生极力推荐的，先生——否则我们不会去。他说这对每个孩子都好，特别对小贝拉的喉咙有好处——海边的空气和海水浴。"

"啊！我亲爱的，可是佩里很怀疑大海会对她有任何好处；至于我自己，我很久以来都深信，虽然我可能以前没和你说过，大海很少对任何人有好处。我敢说有一次它差点要了我的命。"

"好了，好了，"爱玛叫道，觉得这不是个安全的话题，"我必须请求你们别再谈论大海。这会让我嫉妒和痛苦——我还从没见过大海呢！拜托，不许再提骚桑德。我亲爱的伊萨贝拉，我还没听你问一声佩里先生的情况呢，他可从来没忘了你。"

"哦！好心的佩里先生——他怎么样，先生？"

"嗯，挺好的；但不算太好。可怜的佩里先生常犯肝火，而且他没时间照顾自己——他告诉我他没有时间照顾他自己——这

---

① 原文名"South End"，在伦敦东面的小村庄，距离伦敦四十二英里，是当时新兴的海滨浴场。

真让人难过——可村里总是有人需要他。我想哪儿也没有做这一行的人。不过，哪儿也没有这么聪明的人。"

"还有佩里太太和孩子们，他们怎么样？孩子们长大了吧？——我很敬重佩里先生。我希望他很快会来拜访。他会非常高兴见到我的小宝贝们。"

"我希望他明天会来，因为我有一两个关于自己的有点要紧的事想问他。亲爱的，不管他什么时候来，你最好让她看看小贝拉的喉咙。"

"哦！我亲爱的先生，她的喉咙已经好了很多，我几乎一点也不担心了。或许海水浴对她很有好处，要不就得归功于温菲尔德先生绝妙的油膏，从八月以来我们常常给她抹。"

"亲爱的，海水浴不大可能对她有什么好处——要是我知道你想要油膏，我本该告诉——"

"我觉得你好像忘记了贝茨太太和小姐，"爱玛说，"我还没听你问起她们呢。"

"哦！好心的贝茨太太小姐们——我真为自己惭愧——不过你在大多数信中都提到了她们。我希望她们都好。好心的老贝茨太太——我明天会去拜访她们，带上我的孩子们——她们总是非常高兴见到我的孩子——还有那位极好的贝茨小姐！——多么值得看重的人啊！——她们怎么样，先生？"

"嗯，还不错，亲爱的，总的来说。但可怜的贝茨太太上个月得了重感冒。"

"真是太糟糕了！不过感冒从来没有像今年秋天这么流行过。温菲尔德先生告诉我他从没见过更流行更严重的感冒——除非真的是流感。"

"情况的确差不多这样，亲爱的；可是没你说的那么严重。佩里说感冒很普遍，但不像十一月的时候那么严重。佩里总的来说不认为这是个容易生病的季节。"

"是的，我知道温菲尔德先生不认为**很**容易生病，除非——"

"啊！我可怜的孩子，事实上，在伦敦，什么时候都容易生病。没有人在伦敦能够健康，没有人健康得了。你不得不住在那儿真是糟糕！——那么远！——空气那么差！"

"没有，真的——**我们**的空气一点也不差。我们那一带比伦敦的大部分地方好多了！——你可别把我们那儿和伦敦的总体状况弄混了，我亲爱的先生。布伦斯威克广场周围和伦敦几乎所有别的地方都很不相同。我们的空气太好了！我承认我会很不愿意住在城里的其他任何地方——几乎没有别的地方能使我满意地让孩子们住在那儿——可是**我们**的空气实在太好了！——温菲尔德先生认为布伦斯威克广场附近的空气无疑是最好的。"

"啊！亲爱的，那儿可不像哈特菲尔德。你们只能将就——不过你们在哈特菲尔德住上一个星期后，每个人都会大不一样；你们都会变个样。现在我不好说，我觉得你们哪一个看上去都不太好。"

"听你这么说我很难过，先生。可你放心，除了那些我在哪儿都无法彻底摆脱的神经性头痛和心悸，我本人还是挺好的。如果说孩子们睡觉前有些苍白，那只是因为他们旅途辛苦，来到这儿又很开心，比平常稍微累了些。我希望你明天会觉得他们看上去好一点，因为你放心，温菲尔德先生告诉我，他从没见过我们出发时的状态都那么好。我相信，至少，你不会认为奈特利先生脸色不好。"她带着深情的关切将目光投向她的丈夫。

"很一般，亲爱的，我不能恭维你。我觉得约翰·奈特利先生远远说不上气色好。"

"怎么了，先生？——你在和我说话吗？"听到自己的名字，约翰·奈特利先生叫道。

"亲爱的，我很难过我的父亲觉得你气色不好——但我希望只是因为有些劳累。可你知道，我真希望你在离家之前见了温菲尔德先生。"

"我亲爱的伊萨贝拉，"他急忙叫道，"拜托你别为我的气色担心。你和孩子们爱看医生就去看医生，把自己悉心照顾好就够了，我想看上去怎样就怎样。"

"我不太明白你和你哥哥说的话，"爱玛叫道，"关于你的朋友格雷厄姆先生打算从苏格兰雇个管家料理他的新地产。这样行吗？旧有的偏见不会太强烈吗？"

她长时间成功地用这种方式说着话，最后当她不得不再次关注她的父亲和姐姐时，她只听见伊萨贝拉亲切地问候简·费尔法克斯——而简·费尔法克斯虽然总的来说不太讨爱玛喜欢，她当时还是很高兴地加入了称赞。

"那个甜美可爱的简·费尔法克斯！"约翰·奈特利太太说，"我已经太久没有见过她了，除了偶尔在城里遇到一会儿！她来看望她好心的老祖母和极好的姨妈时，她们该有多高兴啊！我总是为我亲爱的爱玛感到特别遗憾，因为她不能更多地来到海伯里；现在坎贝尔上校夫妇的女儿结了婚，他们就更无法和她分开了。她要是能给爱玛做伴该有多好。"

伍德豪斯先生完全同意，却又说道：

"不过，我们的小朋友哈丽特·史密斯也是这样一位可爱的年轻人。你会喜欢哈丽特的。爱玛找不到比哈丽特更好的同伴了。"

"听你这么说我真是高兴——可是我们只知道简·费尔法克斯很有才华又气质高雅！——而且正好和爱玛同岁。"

这个话题让大家聊得很开心，接着又这样聊了一些其他话题，也同样融洽；不过夜晚结束前还得再有一些小小的烦恼。粥端了上来，引起了不少交谈——大量的赞美和许多的评论——断定粥对各种体质都有好处，厉声斥责许多家庭做出的粥永远令人无法忍受——然而，不幸的是，在女儿列举的众多失败中，最近因此也最为突出的例子便是她自己在骚桑德的厨子，当时雇的一位年轻女子，她从来弄不懂她说的一盆美味顺滑的粥是什么意思，薄，又不能太薄。她常常在想喝粥时让她去做，但从来喝不到像样的粥。这真是个危险的开始。

"啊！"伍德豪斯先生说着摇摇头，用爱怜的目光望着她——爱玛耳中听到的一声叫喊表达了这样的意思："啊！你们去骚桑德的可悲结果真是没完没了。让人不忍心说。"有那么一小会儿她希望他不要说这个话题，也许一段安静的沉思足以让他再次享受他那碗顺滑的稀粥。可过了几分钟后，他开口说道：

"今年秋天你们去了海边，而不是到这儿来，我会永远感到非常难过。"

"可你为什么要难过呢，先生？——我向你保证，这对孩子们非常有好处。"

"而且，你们真要去海边，也最好别去骚桑德。骚桑德是个不利于健康的地方。佩里听说你们选定了骚桑德，吃了一惊。"

"我知道很多人都这么想，不过这真是个误会，先生——我们在那儿都非常健康，那儿的泥泞没给我们带来丝毫的麻烦；温菲尔德医生说要是以为那个地方不健康可就完全错了；我相信他的话很可靠，因为他非常清楚那儿的空气，他自己的兄弟和家人经常去那儿。"

"亲爱的，你真要去什么地方，也应该去克罗默①——佩里曾在克罗默待了一个星期，他认为那是所有的海水浴场中最好的地方。他说那儿海面开阔，空气非常清新。按我的理解，你住的地方也能离海远一些——在四分之一英里以外——很舒适。你本该问一问佩里。"

"可是，亲爱的先生，路程的差别可就大了——想想有多大吧——也许有一百英里，而不是四十英里。"

"啊！亲爱的，正如佩里说的那样，在健康受到威胁时，其他的一切都不用考虑；真要旅行的话，四十英里和一百英里之间也没什么好选择的——最好哪儿也别去，最好就待在伦敦，而不是乘四十英里的马车到一个空气更糟糕的地方去。这正是佩里的话。在他看来这个决定很不明智。"

爱玛徒劳地想要阻止父亲，可话已至此，她对姐夫的发作就毫不奇怪了。

---

① 位于诺福克的海滨度假小镇，距离伦敦远得多。

"佩里先生，"他用很不愉快的声音说，"在别人没问他时最好保留自己的意见。他何必费心考虑我做什么呢？——我带家人到这个海滩或那个海滩和他有什么关系？——我希望我和佩里先生一样都能自己做出判断——我不要他的指点，就像我用不着他开药一样。"他停顿一下——很快镇静了些，只用冷冷的嘲讽语气说，"要是佩里先生能告诉我怎样把一个妻子和五个孩子带到一百三十英里以外的地方，而不比只走四十英里更加费钱费时，我会和他一样愿意去克罗默而不是骚桑德。"

"是的，是的，"奈特利先生马上插嘴叫道，"很有道理。那的确需要考虑——可是约翰，至于我和你说的想把通往兰厄姆的小路改道，往右移一点，不用穿过家庭草场，我觉得一点困难也没有。要是会给海伯里的居民带来一丝麻烦，我都不会去尝试，可你要是仔细想想现在的小路……不过，证明这一点的唯一方法是查看地图。我希望明天早上能在庄园见到你，然后我们再好好看一看，你得告诉我你的想法。"

伍德豪斯先生听到对他朋友佩里如此严厉的批评很是激动。事实上，他常常会不知不觉地用自己的感受和表达影响他——不过两个女儿的好言劝慰逐渐让他忘了这件不愉快的事；而两位兄弟一个立即警觉，另一个认真反思，这个话题便没有再被提起。

第十三章

世界上很难有比约翰·奈特利太太更幸福的人了。回到哈特菲尔德的短短几天里，她每天早上带着五个孩子去看望老朋友，每天晚上再把做了哪些事情讲给她的父亲和妹妹听。她本来可以别无所求，只是日子实在过得太快。这次探亲非常愉快——完美，因为太短了。

总体而言他们晚上的时间不像早上那样常常和朋友们在一起，却也难免要离开家去参加一次宴会，而且是在圣诞节当天。韦斯顿先生根本不听拒绝，他们必须某一天全部在兰德尔斯用餐——连伍德豪斯先生都被说动了，觉得这样可以，总比让大家分开好。

他本想出个难题，问问这么多人在车子里怎么坐得下，可因为他女儿女婿的马车就在哈特菲尔德，所以这顶多只算个简单的问题，甚至都算不上问题；爱玛没过多久就让他相信，他们也许能在一辆马车里给哈丽特也找个位置。

只有哈丽特、埃尔顿先生、奈特利先生和他们全家人得到了邀请——时间得早一些，人数要少一些；做什么事情都得征询伍德豪斯先生的习惯和意愿。

在这个重大事件的前一天晚上（伍德豪斯先生竟然能在 12 月 24 日晚上外出赴宴，当然是很重大的事件），哈丽特住在哈特菲尔德，结果却因为感冒很不舒服而回了家。要不是哈丽特恳求让她回去由戈达德太太照料，爱玛根本不会允许她离开自己的家。第二天爱玛去看望她，发现她肯定不能去兰德尔斯了。她发着高烧，喉咙痛得厉害。戈达德太太悉心照顾她，说要请佩里先生来看看；哈丽特本人病得太厉害而且身体虚弱，无法拒绝，但这样一来她就不能参加那个愉快的聚会了。她说起生病带来的损失，流下了不少眼泪。

　　爱玛尽量陪她多坐一会儿，在戈达德太太必须出门时照料她。为了让她振作起来，她说起埃尔顿先生要是知道她的情况该有多难受。爱玛离开时哈丽特感觉好多了，她甜蜜地期待着埃尔顿先生在做客时非常难过，所有人都特别想念她。从戈达德太太那儿出来没多远，爱玛就遇上了埃尔顿先生本人，他显然正朝这边走来，两人一起慢慢走，谈着那位病人——原来他听说她病得很厉害，准备过来看看，再去哈特菲尔德向她汇报情况——他们被从当维尔回来的约翰·奈特利先生赶上了，他带着两个大孩子，他们健康红润的脸蛋显示出乡间跑步的好处，也似乎保证了他们急着赶回家吃的烤羊肉和大米布丁很快将被席卷一空。他们加入进来一起往前走。爱玛正描述着她朋友的病情——"喉咙火辣辣的，浑身发烫，脉搏很慢等等。她很难过地听戈达德太太说哈丽特的喉咙很容易痛得厉害，总是把她吓得不轻。"此时埃尔顿先生看上去很惊恐，他叫道：

　　"喉咙痛！——我希望这不会传染。我希望不会是发炎的那种。佩里看过她了吗？你必须照顾好自己和你的朋友。让我请求你不要冒险。佩里怎么还没去看她？"

爱玛自己倒一点也不害怕，便安慰他戈达德太太经验丰富又会照料，这才让他从过度的担忧中平静下来。不过她必须让他依然有些担心，她宁愿增添这份不安而不是劝他彻底放心，她很快又说道——仿佛谈起了别的话题：

"天太冷了，这么冷——看起来像是要下雪，要是去别的地方或者和其他人见面，我真想今天不出去了——也劝我的父亲别冒这个险；可他已经打定主意，似乎没觉得冷，我也不想干涉，而且那样会让韦斯顿先生和太太非常失望。不过，说真的，我要是你，肯定就不去了。你看起来嗓子已经有些沙哑，要是想想你明天得说多少话有多劳累，我觉得还是小心为妙，你今晚最好待在家里照顾好自己。"

埃尔顿先生似乎不知该如何回答，也的确如此。虽然他为这位漂亮小姐的好意关心而喜不自胜，也不想拒绝她的任何建议，可他真的一点也不想放弃去做客的打算——可是爱玛过于急切地沉浸在她之前的想法和见解中，既没能好好听他说话，也没有弄清他的意思，听他嘟囔道，"很冷，的确很冷"，便心满意足地往前走，心里高兴能让他从兰德尔斯脱身，这样他晚上就能每个小时都给哈丽特送去问候了。

"你这样做很对，"她说，"我们会替你向韦斯顿先生和太太道歉的。"

然而她话音刚落，只见她的姐夫客气地说埃尔顿先生可以乘他的马车，如果他只是担心天气，埃尔顿先生立刻欣然接受了他的好意。事情就这样定了，埃尔顿先生一定会去，他宽阔的英俊面庞从来没有像现在这样喜形于色；随后他看着爱玛，笑容从未这样灿烂过，眼神也从未如此狂喜过。

"唉，"她心想，"这真是奇怪！——我帮他顺利地脱了身，他却要选择和我们在一起，把生病的哈丽特抛在后面！——真是太奇怪了！——不过我相信许多男人都是这样，尤其是单身的男人——他们太喜欢出去聚餐了——出去吃饭会给他们带来无与伦比的快乐，所以他们的工作、尊严、甚至责任或其他事情都得为之让路——埃尔顿先生一定就是这样的。他当然是个亲切和蔼又讨人喜欢的年轻人，还深爱着哈丽特，但他依然不能拒绝邀请，不管请他去哪儿吃饭他都一定得去。爱情真是个奇怪的东西！他能看出她才思敏捷，却不愿为她独自用餐。"

很快埃尔顿先生就离开了他们，她不得不承认，他分别前说到哈丽特时满怀深情，让她放心他会拜访戈达德太太，问问她漂亮朋友的情况，这是他愉快地再见到她之前要做的最后一件事，到时他希望能带来一些好消息。他临走前的叹息与微笑让爱玛在心里对他大加赞许。

完全沉默了几分钟后，约翰·奈特利先生说：

"我这辈子还从未见过比埃尔顿先生更加刻意讨人喜欢的人。在女士们面前他一味讨好。在男人们面前他还算理智自然，可是要取悦女士们时，他实在太刻意做作了。"

"埃尔顿先生的举止并非完美，"爱玛答道，"可人要是有心取悦，就会有所忽略，的确会忽略很多事。要是一个男人能力有限却全心全意，胜过有能力却忽略你的人。埃尔顿这么脾气温和又心地善良，让人无法不看重他。"

"是的"，约翰·奈特利先生立即带着一丝狡黠说，"他似乎对你很有好感。"

"我?"她有些惊讶地笑着答道,"你猜我是埃尔顿先生的目标?"

"我承认的确有这样的猜想,爱玛。要是你以前从没想过,不妨现在考虑一下。"

"埃尔顿先生爱上我?——你在想什么!"

"我没有这么说,但你最好想想是不是这样,再相应调整你的行为。我觉得你的态度是在鼓励他。我是作为朋友这么说的,爱玛。你最好看清楚情况,明白自己在做什么,以及你想要做什么。"

"我谢谢你,但我向你保证你完全弄错了。埃尔顿先生和我是很好的朋友,仅此而已。"她继续往前走,想到人们因为对情况的一知半解而犯错,想到自命不凡的人永远都会做出错误判断,感到很可笑;她的姐夫竟然以为她盲目无知,需要他的建议,这让她不太高兴。他没再说话。

伍德豪斯先生打定主意要去拜访,所以即使天气越来越冷,他似乎全无畏缩之意,最后他和大女儿一起坐上他的马车,非常准时地出发了,好像比两个女儿更不在乎天气。他想到自己竟然会去而惊讶不已,想着在兰德尔斯的快乐让他意识不到天冷,而且他裹得严严实实,也感觉不到寒冷。不过,的确冷得厉害。在第二辆马车出发时飘落了几片雪花,天空乌云密布,似乎只要空气再温和些,便能很快出现一片白茫茫的世界。

爱玛立刻发现她的同伴心情不太好。在这样的天气里准备出门,晚餐后不能陪伴孩子们,这些都让他心烦,至少不愉快,奈特利先生一点也不喜欢。他觉得这样的拜访根本得不偿失，在去牧师住宅的整个途中他一直在表达着他的不满。

"一个人，"他说，"必定自我感觉特别好，才会让别人在这样的天气离开自己家的火炉，只为去见他。他一定觉得自己特别讨人喜欢，我可做不出这样的事情。最荒唐的是——现在竟然下雪了！——不允许别人舒舒服服地待在家里真是愚蠢——而人们明明可以舒舒服服地待在家里却不肯那样做，也是愚蠢！在这种夜晚，我们如果因为有事必须出去，会觉得多么辛苦——可现在我们却穿着也许比平时更单薄的衣服主动出门，毫无理由地违抗自然，虽然它在用人们能看见和感受到的一切告诉他们待在自己家里，尽量躲在里面——我们现在乘车只为在另一个人的家里度过无聊的五个小时，听的说的全是昨天听到过说起过的事，也许明天还会继续听继续说。在这么糟糕的天气出发，回来时可能天气更加糟糕——四辆马车四个仆人只为把五个冻得发抖的闲人送进比家中更冷的屋子，结识比家人更无聊的同伴。"

爱玛觉得自己无法愉快地赞同这些话，也无法模仿他通常的旅伴一定常说的"非常正确，我亲爱的"，而他无疑会习惯听到那样的回答；不过她打定主意不做任何回应。她无法顺从，也害怕争执；她的勇气只是带来了沉默。她任他说话，挡好玻璃，裹紧自己，却闭口不言。

他们到了，马车转个方向，脚踏被放下，整洁帅气、一身黑衣、笑容满面的埃尔顿先生立刻来到他们身旁。爱玛想到可以换换话题很开心。埃尔顿先生无比殷勤非常高兴；看着他那恭恭敬敬、喜气洋洋的样子，爱玛想到他一定有了关于哈丽特不同的消息。她更衣时派人去问过，回答是："差不多——没有好转。"

"**我**从戈达德太太那儿得到的消息，"她马上说道，"不如我想象的好——'没有好转'，是给**我**的答复。"

他立刻拉长了脸，回答的声音充满了温情。

"哦！不——真让我难过——我正打算告诉你，我在更衣前做的最后一件事就是去了戈达德太太家，得知史密斯小姐没有好转，一点也没好转，甚至更严重了。我非常难过也特别担忧——我本以为，她收到了我听说是在早晨时送去的问候，一定能好转呢。"

爱玛微笑着答道："我希望我的看望能让她好一些；可即使我的魅力也无法治好她的喉咙痛；这真是一场重感冒。佩里先生去看了她，也许你听说了吧。"

"是的——我想——也就是说——我没有——"

"他对她的这些情况很熟悉，我希望我们明天早上都能得到更好的消息。但也不可能不担心。对于我们今天的聚会是个多么令人难过的损失啊。"

"太难过了！——没错，千真万确——她会时时刻刻被想念的。"

如此回答非常得体；随后的一声叹息也正如所料；不过这个状态本该持续更久。可仅仅半分钟后他便说起别的话题，声音兴高采烈，让爱玛很沮丧。

"多么棒的装备，"他说，"用羊皮裹住马车。这样多舒适啊——有了这样的保护，根本感觉不到寒冷。现代发明的确让绅士们的马车装配完备。在坏天气里给人这么好的保护，连一丝空气都无法擅自入内。天气变得丝毫不重要。这个下午非常寒冷——可在这辆马车里我完全感觉不到——哈！我看到下了点雪。"

"是的，"约翰·奈特利说，"我想我们会遇到很大的雪。"

"圣诞节的天气，"埃尔顿先生说，"合情合理。我们应该觉得自己非常幸运，要是昨天开始下雪，很可能会阻止今天的聚会，因为要是地上有很多积雪，伍德豪斯先生不大可能愿意出门；不过现在一点问题也没有。这真是朋友聚会的好时机。圣诞节时人人都邀请身边的朋友，即使最坏的天气人们也完全不在意。有一次我因为下雪在朋友家住了一个星期。真是从未有过的愉快经历。我本来只打算住一晚，结果一个星期后才能离开。"

约翰·奈特利先生看似无法理解这样的快乐，只是冷冷地说：

"我可不想因为下雪被困在兰德尔斯一个星期。"

要是换个时候爱玛可能会被逗乐，可她对埃尔顿先生的兴致大为惊奇，顾不上别的感受。因为期待着一场愉快的聚会，哈丽特似乎被彻底遗忘了。

"我们一定会有熊熊的火炉，"他又说道，"一切都非常舒适。韦斯顿先生和太太都是可爱的人——韦斯顿太太真是令人赞叹，而他也正如人们看重的那样，那么好客，那么喜爱社交——这将是一场小型聚会，不过如果小型聚会的客人都是精心挑选，可能会是最愉快的聚会了。韦斯顿先生的客厅最多只能好好坐下十个人；对我来说，我宁愿减少两个而不是增加两个人。我想你会同意我的，（温柔地转向爱玛）我想我一定能得到你的赞同，虽然奈特利先生可能因为习惯了伦敦的大型聚会，所以不大能体会我们的感受。"

"我根本不知道伦敦的大型聚会，先生——我从不和谁在外用餐。"

"真的！（以好奇与同情的口吻）我从没想过做法律会是这样的苦役。那么，先生，总有一天你会因为这一切而得到回报，那时你就能轻轻松松、快快乐乐了。"

"我的第一件乐事，"约翰·奈特利在他们穿过通路^①进入大门时答道，"就是能够平安回到哈特菲尔德。"

---

① 通往门前的一段路，可供马车行走与停靠。

第十四章

进入韦斯顿太太的客厅时，两位先生都得对各自的表情做些调整——埃尔顿先生必须收敛他的欣喜若狂，约翰·奈特利先生则应驱散他的满面怒容——埃尔顿先生必须少笑些，约翰·奈特利先生应当多笑点，才能让他们适合此处——爱玛也许只是随着天性，表现得和平时一样开心。对她而言，和韦斯顿夫妇在一起是真正的享受。她特别喜欢韦斯顿先生，在这个世界上，她只有在和他妻子说话时才能完全无拘无束；只有和她说话时，她才能深信自己被倾听也被理解；当说起关于她和她父亲的小事、安排、困惑与快乐时，一直很有趣也说得很明白。她谈着关于哈特菲尔德的事情，没有哪一件不让韦斯顿太太听得津津有味；她们接连不断地聊了半个小时给日常生活带来快乐的各种琐事，两人都觉得非常开心。

这样的快乐也许一整天的做客都得不到，当然也不仅仅属于现在的半个小时；不过一见到韦斯顿太太，她的微笑、她的抚摸、她的声音都会让爱玛心怀感激。她决心尽量少想埃尔顿先生的古怪或其他的任何不悦，尽情享受所有这些最令人愉快的一切。

关于哈丽特感冒的不幸在她到达之前已经说完。伍德豪斯先生早就安全地坐在家里，详细叙述了这件事，还有他自己和伊萨贝拉一路的经历，爱玛就在后面，刚要满意地以詹姆士应该来看他的女儿结束话题时，另外几个人出现了。韦斯顿太太几乎一直在专心致志地听他说话，现在能转身欢迎她亲爱的爱玛了。

爱玛打算暂时忘记埃尔顿先生，却在大家都入座时沮丧地发现他就在自己身边。他不仅紧挨在她身旁，还一直摆出笑脸引她注意，抓住一切机会热情地对她说话，让爱玛无法不思考他为何如此奇怪地无视哈丽特。她不仅没能忘记他，他的这般行为还让她不由在心中暗想："难道真会像我姐夫想的那样？这个人真有可能把他对哈丽特的喜爱转移到我身上了？——真是荒唐透顶，让人无法忍受！"——可他却急切地担心她是否十分暖和，对她的父亲特别关注，对韦斯顿太太非常满意，最后又满腔热情却一窍不通地欣赏起她的画，像极了恋爱中的人，让她费了好一番努力才勉强保持了礼貌。为了她自己她不能无礼；为了哈丽特，因为期待一切终能如愿，她就更加客气；不过她只能努力做到这一点；在埃尔顿先生最为胡言乱语时，她最想听到的却是别人之间的谈话。她听到的内容足以让她知道韦斯顿先生在说他的儿子；她听见"我儿子"，"弗兰克"，"我儿子"重复了好几遍，从其他一些只言片语中她猜测他在说他的儿子最近会来拜访。可她还没能让埃尔顿先生闭嘴，这个话题已经彻底结束，要是她再去提问就会尴尬了。

话说虽然爱玛打定主意永远不结婚，可听到这个名字，想起弗兰克·邱吉尔先生，总能让她很感兴趣。她常常想——特别在他的父亲和泰勒小姐结婚之后——如果她**要**结婚，他就是年龄、性格和条件都适合她的那个人。似乎因为两家的关系，他就应该属于她。她情不自禁地觉得每个认识他们的人都会这么想。她深信韦斯顿先生和太太一定想到了这一点；虽然她不想被他或是被其他任何人诱惑，放弃这在她看来充满美好、无可取代的生活状态，可她依然非常好奇地希望见到他，一心一意地想要发现他令人喜爱，自己有点被他喜欢，并有些心生欢喜地想着朋友们会认为他俩十分般配。

有了这份情感，埃尔顿先生的殷勤真是极其不合时宜；可她还能装出一副很有礼貌的样子，心里却是非常恼火——她想，在接下来的时间里，心性开朗的韦斯顿先生不可能不再次谈到同样的问题，或是提及此事——果然如此——她在用餐时愉快地逃脱了埃尔顿先生，坐在韦斯顿先生身旁，而他在热情招待客人吃羊脊肉时得了第一个空闲就对她说：

"我们只要再增加两个人就正好了。我希望能在这儿再看到两个人——你漂亮的小朋友史密斯小姐，还有我的儿子——那时，我就能说我们很圆满了。我相信你没听见我在客厅告诉别人我们在期待弗兰克的到来。今天早晨我收到他的信，他两个星期后就来。"

爱玛带着恰到好处的喜悦，说完全赞成他的观点，弗兰克·邱吉尔先生和史密斯小姐的到来能让聚会变得十分圆满。

"他一直想来看我们，"韦斯顿先生又说，"从九月开始：每封信都满是这个想法，可他不能决定自己的时间。他得取悦那些必须取悦的人，而且（咱俩私下说说），有时要牺牲很多才能让人家高兴。不过现在我肯定能在一月的第二个星期见到他。"

"你该多高兴啊！韦斯顿太太那么期待与他相识，一定和你一样高兴。"

"是的，她会的，不过她认为还会推迟。她不像我这么相信他一定会来：她对那些人不如我熟悉。你知道，问题在于——（这只是咱俩说说：我在那间屋子里可是只字未提。每个家庭都有些秘密，你知道的）——问题是，有一群朋友一月会应邀去恩斯库姆，弗兰克的来访取决于他们的聚会被推迟。要是他们不推迟，他动都不能动。但我知道他们会的，因为恩斯库姆的某位了不起的女士对那家人很讨厌：虽然他们应该每隔两三年请他们一次，可到了时候总会取消。我对这件事毫不怀疑。我对一月中旬在这儿见到弗兰克的信心，和对我自己会在这儿的信心一样强：可在那儿的你那位好朋友（朝餐桌前端点点头）自己太缺乏想象力，她在哈特菲尔德时就太不习惯那样，所以不敢指望会有什么结果，而我一直都是大胆想象的。"

"我很遗憾这件事还不太确定，"爱玛答道，"可我愿意站在你这边，韦斯顿先生。如果你认为他会来，我也这么认为；因为你了解恩斯库姆。"

"是的——我应该了解一些，虽然我这辈子还没去过那儿——她是个古怪的女人！——不过为了弗兰克，我从来不让自己说她的坏话；因为我的确相信她很喜欢他。我曾以为她除了对自己，对谁都不会喜欢：可她一直对他很好（用她自己的方式——除了一些小幻想小任性，还得事事如她所愿）。我觉得对他来说，能引起这样的感情就很不错了。因为，虽然我不会告诉其他任何人，她总的来说是个铁石心肠，脾气像个魔鬼。"

爱玛非常喜欢这个话题，所以到客厅后不久便和韦斯顿太太聊了起来：祝她开心——不过，她也知道第一次见面一定很令人担忧——韦斯顿太太表示同意，但又说起如果真能在提到的时间第一次来访，她很乐意经历那些担忧："因为我不确定他会来。我无法像韦斯顿先生那么乐观。我很担心一切到了最后毫无结果。我相信韦斯顿先生已经详细地把情况告诉你了吧？"

"是的——似乎只取决于邱吉尔太太的坏脾气，我想这应该是世界上最确定的事。"

"我的爱玛！"韦斯顿太太微笑着说，"反复无常又怎能确定呢？"她转向刚才不在这儿的伊萨贝拉——"你必须知道，我亲爱的奈特利太太，在我看来，我们根本不能像他父亲认为的那样一定见到弗兰克·邱吉尔先生。对你——对我的两个女儿，我也许能试着说说真话。邱吉尔太太统治着恩斯库姆，是个脾气古怪的女人；他的到来取决于她愿意让他来。"

"哦，邱吉尔太太，人人都知道邱吉尔太太，"伊萨贝拉答道，"我真没有哪一次想到那个可怜的年轻人时能不感到满心同情。始终和一个坏脾气的人生活在一起，一定太可怕了。幸运的是我们从不知道那些；不过那样的生活一定很痛苦。她从未有过孩子真是万幸！可怜的小家伙们，她得让他们多不开心啊！"

爱玛希望她能单独和韦斯顿太太在一起，那样她就能多听到一些消息了：韦斯顿太太能和她畅所欲言，却不太愿意和伊萨贝拉这样交流。爱玛很相信韦斯顿太太几乎不会向她隐瞒任何关于邱吉尔一家的事，除了对这个年轻人的那些看法，而在这方面她自己的想象力已经让她本能地了解了很多。不过现在没什么好说了。韦斯顿先生很快跟着她们进入客厅。晚餐后坐上很久是他无法忍受的限制。喝酒和谈话他一概不喜欢，很快他就到他一直喜欢做伴的人那儿去了。

在他和伊萨贝拉说话时，爱玛找了个机会说：

"所以你认为你儿子的拜访并不是件确定的事。我感到很遗憾。但不管什么时候，第一次见面一定总是不愉快的，越早结束就越好。"

"是的，而且每次耽搁都让人更加担心再有别的耽搁。即使布雷斯韦特这家被推迟，我还担心会有别的借口让我们失望。我不能想他会有什么不情愿，但我肯定邱吉尔夫妇很想让他只属于他们自己。这是嫉妒。他们甚至嫉妒他对他父亲的尊重。总之，我不指望他会来，我也希望韦斯顿先生别太乐观。"

"他应该来，"爱玛说，"如果他只能待两三天，他也应该来；很难想象一个年轻男子竟会没有权利做这点事。年轻**女子**，如果落入坏人之手，也许会被欺侮，被迫和她想亲近的人分开；可是年轻**男子**受到这样的束缚真让人无法理解，连和他的父亲待上一个星期都不行。"

"要想知道他能做什么，最好能去一趟恩斯库姆，了解这家人的做派，"韦斯顿太太答道，"也许人们该以同样的谨慎来判断任何家庭中任何人的行为。但我相信一定不能按照一般的情况来评判恩斯库姆：**她**是那样不讲道理；一切都得向她让步。"

"可她那么喜欢这个外甥：他是她的大宠儿。那么，根据我对邱吉尔太太的了解，最自然不过的情况是，既然她的一切都来自于她的丈夫，而她却不肯为丈夫的舒心做出任何牺牲，对**他**总是反复无常，那么她就该常常受到她外甥的约束，因为她什么也不欠他。"

"我最亲爱的爱玛，不要因为你的好脾气而假装了解坏脾气，或是为它制定规则：你必须顺其自然。我毫不怀疑他有时会很有影响力，但他绝不可能事先知道**什么时候**能有影响力。"

爱玛听着，冷冷地说道："除非他来，否则我不会满意。"

"他可能在一些情况下有很大的影响力，"韦斯顿太太又说，"在另一些情况下却很小：至于她让他无能为力的情况，很可能是他想离开他们来看我们时。"

第十五章

　　伍德豪斯先生很快就要准备喝茶，喝完茶他就想回家了。他的三位朋友想方设法让他在其他先生出来前逗他开心，让他忘记时间有多晚。韦斯顿先生健谈又爱交际，无论如何不喜欢聚会早早散场，不过最后客厅里的确又来了几个人。埃尔顿先生兴致勃勃，是最早进入的客人之一。韦斯顿太太和爱玛一起坐在沙发上。他立刻走了过去，几乎没等邀请就坐在了她们中间。

　　爱玛因为想着弗兰克·邱吉尔可能回来而心情愉快，便欣然忘记了他近来的不当举止。他开口就说起了哈丽特，让她和之前一样对他感到满意，并满脸笑容地准备听他说话。

　　他声称自己非常担心她的漂亮朋友——她那位漂亮、可爱、可亲的朋友。"她知道吗？——她来到兰德尔斯后有没有听说她的消息？——他感到很担忧——他必须承认她的病情令他十分惊恐。"他就这样很得体地说了一阵子，不太在乎有什么回答，但总的来说一心想着那个痛得厉害的喉咙，爱玛都很同情他了。

　　不过最后似乎来了一个糟糕的转折；好像忽然之间他担心那个痛得厉害的喉咙更是为了她，而不是为了哈丽特——更担忧她可千万别被传染，而不是希望这病没有传染性。他焦急地请求她现在不要再去探望病人——请求她**向他保证**在佩里先生看望她并做出诊断前，不要冒这样的风险；虽然她想一笑了之，把谈话拉回正轨，他却不论如何也停不住对她的极力恳求。她很恼火。的确看起来——他也毫不掩饰——他似乎爱上了她而不是哈丽特；果真那样的话，就是朝三暮四，最令人可鄙可恨！她有些控制不住情绪了。他转向韦斯顿太太请她帮忙，"她就不能帮帮他吗？——她就不愿一起劝劝伍德豪斯小姐不要去戈达德太太那儿，直到确定史密斯小姐的病不会传染吗？他要是得不到承诺就不罢休——她就不能利用她的影响力劝她答应吗？"

"对别人关心备至，"他接着说道，"却对自己毫不在意！她想让我今天待在家里治好感冒，却不愿保证避免自己染上溃疡性喉痛的危险。这公平吗，韦斯顿太太？——你给我们评评理。难道我没有权利抱怨吗？我肯定你会好心地帮助我支持我的。"

爱玛看得出韦斯顿太太的惊讶，知道她听了从内容到态度都显得他最有资格关心她的这番言辞，一定惊讶不已；而她自己则太过气恼，一时什么话都说不出来。她只能看他一眼，不过她认为这一眼足以让他恢复理智，然后离开沙发去她的姐姐身旁坐下，一心一意地只和她说话。

她还没来得及知道埃尔顿先生会怎样面对这番责备，很快又出现了新的话题。约翰·奈特利先生查看了天气后进入房间，告诉所有人地面已经被雪覆盖，雪还是下得很大，风刮得很猛。最后他对伍德豪斯先生这样说道：

"这将是你冬季聚会的强劲开端，先生。让你的马夫和马儿们冒着暴风雪前进倒是一件新鲜事。"

可怜的伍德豪斯先生吓得说不出话来，不过其他每个人都有话可说。他们有的惊讶，有的不惊讶，有的提问题，有的来安慰。韦斯顿太太和爱玛努力让他振作起来，让他别在意他女婿的话，而那一位正在无情地乘胜追击。

"我非常敬佩你的决心，先生，"他说，"在这样的天气冒险出门，因为你肯定看出了很快会下雪。每个人都一定看出要下雪了。我敬佩你的勇气；我肯定我们都能好好地回到家。再下一两个小时的雪也很难让道路无法通行，而且我们有两辆马车。要是**一辆**在荒野里被风吹翻，还有另一辆呢。我肯定在半夜之前我们都能平安到达哈特菲尔德。"

韦斯顿先生带着另一种得意，承认他知道雪已经下了一段时间，但没有说，以免让伍德豪斯先生不舒服，变成他匆忙离开的借口。至于雪会大到让他们回不去，那只是个笑话，他就怕他们遇不到困难呢。他倒希望路走不通，那样他就能把他们全都留在兰德尔斯了。他满怀好意地保证能安排每个人住下，还让他的妻子同意他的话，说只要稍微想想办法，就能把每个人都安顿下来，而她不知怎么可能做到，因为她清楚家里只有两个空房间。

"怎么办，我亲爱的爱玛？——该怎么办呢？"伍德豪斯先生先是惊叫起来，随后一遍遍地说着这些话。他向她寻求安慰；她向他保证一定会安全，说马儿这么棒，还有詹姆士，身边又有这么多朋友，总算让他安心一些。

他的大女儿和他一样惊慌。想到被困在兰德尔斯，而孩子们还在哈特菲尔德，让她满心都是可怕的幻想。想着现在道路勉强能让冒险的人通行，而且事不宜迟，她急于决定让她的父亲和爱玛留在兰德尔斯，而她和她的丈夫得冒着可能阻止他们前进的积雪，立即出发。

"你最好立刻叫上马车，亲爱的，"她说，"我敢说要是我们马上出发还能行。真要碰上什么糟糕的事，我可以出来走回去。我一点也不害怕。我不介意走一半的路。你知道，我一到家就能换鞋子，这种事不会让我感冒的。"

"的确！"他答道，"那么，我亲爱的伊萨贝拉，这真是世界上最离奇的事了，因为总的来说什么都能让你感冒。走回家！——你的鞋子不错，我相信你能走回家。可马儿却走不回去。"

伊萨贝拉转向韦斯顿太太，想得到她的赞同。韦斯顿太太只能表示赞成。伊萨贝拉接着找爱玛，可爱玛还不愿彻底放弃他们都能回去的希望；他们还在谈论这个问题时，奈特利先生回来了。他一听弟弟说下雪了就立刻出门，现在告诉他们他已经查看过，所以能够保证回家一点困难也没有，想什么时候走就什么时候走，现在或一个小时后都行。他已经走出了通路——在海伯里的路上走了一程——哪儿的积雪都不到半英寸——在很多地方连路面都没遮住；现在雪下得很小，云已经在散开，怎么看雪都会很快停住。他去见了两位车夫，他们都觉得没什么可担心。

对伊萨贝拉来说，听到这样的消息真是令人宽慰。爱玛考虑到父亲的情况，也同样欢迎这个消息。他紧张的神经大大放松下来，但原先受到的惊吓很难平复，所以继续待在兰德尔斯肯定不会感到舒服。他很满意现在回家没有危险，但说什么也不相信待在这儿会很安全；当其他人又是催促又是建议时，奈特利先生和爱玛用以下几句简短的对话解决了问题：

"你的父亲不能安心，你们为什么不走呢?"

"我准备好了，如果其他人也准备好的话。"

"要我摇铃吗?"

"行，你摇吧。"

铃摇响了，吩咐备车。再过几分钟，爱玛希望看到一个麻烦的同伴被送到他自己的家中，变得清醒和冷静，而另一位在结束这段艰难的拜访后能够恢复他的脾气与快乐。

马车来了:这种情况下伍德豪斯先生总是排在第一位，被奈特利先生和韦斯顿先生小心翼翼地送上他自己的马车。可看到雪果然下了起来，而且夜晚比他想象的黑暗得多，两人无论说什么，他还是再次感到了惊慌。"他害怕路上很不好走。他担心伊萨贝拉会不喜欢。可怜的爱玛要坐在后面的马车里。他不知道他们最好该怎么办。他们必须尽量隔得近一些。"于是詹姆士被吩咐把车赶得慢一点，等待下一辆马车。

伊萨贝拉跟着父亲上了马车;约翰·奈特利忘了他不属于这一边，很自然地跟着他的妻子进去了;于是爱玛在被埃尔顿先生护送进第二辆马车后，发现车门被理所当然地关上，只有他们两人一起同行。要不是因为今天的猜疑，这本来一点也不会尴尬，反而会很开心;她可以和他谈谈哈丽特，让 3/4 英里变得像 1/4 英里那么短。不过现在，她宁愿不是这样。她相信他喝了太多韦斯顿先生的美酒，并肯定他会胡言乱语。

为了用自己的态度尽可能地约束他，她立刻准备以非常平静严肃的口吻说说天气和夜晚。可她刚一开口，车子刚刚驶出大门跟上前一辆车，她的话就被打断了——她的手被抓住——她被要求认真倾听，埃尔顿先生竟然疯狂地向她求爱了:他抓住这个宝贵的机会，宣称这份必定早已众所周知的情感，他期待——担忧——仰慕——要是被她拒绝宁愿去死；不过，他信心满满地认为他炙热的感情、无与伦比的爱慕和绝无仅有的激情不可能毫无结果，简而言之，他非常肯定会立即被她郑重接受。果真如此。没有顾忌——毫无歉意——也没有明显的羞怯之色，埃尔顿先生，哈丽特的爱人，正在宣称他本人是**她的**情人。她想阻止他，可惜毫无作用。他必须接着说，把一切都说出来。虽然她很生气，但想到当时的情形，她决定真要开口时还得克制自己。她觉得这样的蠢事肯定有一半的原因在于他酒后失态，希望这只是一时的状况。因此，她以她认为最适合这种半醉半醒状态的方式，半是认真半开玩笑地答道：

"我非常惊讶，埃尔顿先生。这话是对**我**说的！你太忘情了——你把我当成我的朋友了——我很乐意帮你给史密斯小姐捎任何口信，可是请你别再这样对**我**了。"

"史密斯小姐！——给史密斯小姐口信！——她到底是什么意思！"——他带着无比的自信，装出不胜惊讶的神情重复着她的话，让她忍不住急忙答道：

"埃尔顿先生，你的这番行为实在令人惊讶！我只能这样理解，你神志不清，否则你既不会这样对我说话，也不会这样说哈丽特。控制好自己别再多说，我会尽量忘记这件事的。"

可是埃尔顿先生喝下的酒只够让他更有勇气，根本没让他神志不清。他完全明白他自己的意思；他强烈抗议她的猜测太让人伤心，轻描淡写地表达了对作为她朋友的史密斯小姐的敬意——但承认很奇怪竟然会提到史密斯小姐——他继续回到关于自己感情的话题，并迫不及待地想要得到肯定答复。

她越少考虑他的醉态，就越觉得他反复无常，自以为是。她顾不得礼貌，答道：

"我不可能再怀疑。你已经表达得太清楚了。埃尔顿先生，我的惊讶实在是无以言表。经过对史密斯小姐那番态度，正如我上个月的所见——我每天都能看到的无比殷勤——竟然这样对我说话——这真是我无法想象的朝三暮四！相信我，先生，得到这样的表白我绝对、绝对不感到高兴。"

"天哪！"埃尔顿先生叫道，"这是什么意思？——史密斯小姐！——我这辈子也没想过史密斯小姐——从没在意过她，除非作为你的朋友；根本不在乎她是死是活，只当她是你的朋友。如果她想到了别处，那是她自己的意愿误导了她，我很抱歉——非常抱歉——可是，史密斯小姐，天哪！——哦！伍德豪斯小姐！当伍德豪斯小姐就在身边时，谁能想到史密斯小姐！不，我发誓，不存在朝三暮四。我只想着你。我从未对其他任何人献过一丝殷勤。在过去的几个星期我说过或做过的一切，只为向你表达我的爱慕。说真的，你可不能怀疑这一点。不！——（用旁敲侧击的语气）——我肯定你看出来了，也明白我的意思。"

无法说清爱玛听到这些话后做何感想——在她的种种不快中哪种感觉占了上风。她太震惊了，一时答不上话来。一阵较长的沉默给了原本自信的埃尔顿先生足够的鼓励，他试着再次拉起她的手，高兴地叫道：

"迷人的伍德豪斯小姐！请允许我来解释这有趣的沉默吧。这是承认你早就明白了我的意思。"

"不，先生，"爱玛叫道，"绝不是承认那样的事。我根本不明白你的意思，我一直完全弄错了你的想法，直到现在。至于我自己，我很遗憾你会产生任何感情——我从没这样想过——你对我朋友哈丽特的爱慕——你对她的追求（看起来像是在追求），让我特别高兴，我真心诚意地祝你成功；不过假如我知道并不是她在吸引着你来哈特菲尔德，我一定会认为你这么频繁地来访是个判断错误。我应该相信你从没想要特别引起哈丽特小姐的注意吗？——你从来没有认真地考虑过她？"

"从来没有，小姐，"他叫道，这下轮到他感觉受到冒犯了，"从来没有过，我向你保证。**我**认真考虑史密斯小姐！——史密斯小姐是个很好的女孩，我希望她有个好归宿。我希望她一切都好；毫无疑问，会有人不反对——每个人都有自己的标准；不过至于我自己，我想，我才没那么可怜呢。我不会对门当户对的婚姻毫无信心，想要向史密斯小姐求婚！——不，小姐，我去哈特菲尔德只是为了你；而我得到的鼓励——"

"鼓励？——我给你鼓励？——先生，你这么想真是大错特错。我只当你是我朋友的仰慕者。除此之外你对于我只不过是个普通的熟人。我非常抱歉，不过就此结束错误也好。要是这样的行为还将继续，史密斯小姐也许会误解你的意思；她也许和我一样没有意识到你非常在意的悬殊差距。不过，现在看来，失望是单方面的，而且我相信不会持续太久。我现在根本不考虑结婚。"

他气得一句话也说不出来。她的态度太坚决，让他无法再做请求。两人的怨气越来越深，愈发感到屈辱，却还得在一起待上几分钟，因为伍德豪斯先生怕出危险，让马车的速度和走路一样慢。要不是因为他们太生气了，可能会非常尴尬，不过两人直截了当的情绪反而使得尴尬毫无必要。不知不觉马车转进牧师巷，停了下来，他们忽然发现已经到了他的家门口。他一言不发下了马车——爱玛当时觉得应该祝他晚安——这声问候得到了回复，语气冷漠又骄傲。带着无法形容的恼怒，她被送回了哈特菲尔德。

她得到了父亲万分喜悦的欢迎。他刚才一直担心从牧师巷到这儿，车上只有她一个人——要转一个他想都不敢想的弯——在陌生人的手中——只是个普通的马夫——又不是詹姆士；似乎只要她回来，一切就都好了：因为约翰·奈特利先生为自己的怒气感到羞愧，现在百般体贴，无比殷勤。他那么在意她父亲的舒适，似乎——即使他不愿同他一起喝上一钵稀粥——至少也完全赞成稀粥特别有益健康。家人的一天都在平静与舒适中结束，除了她自己——虽然她的心情从未如此烦躁不安，她却只能竭尽全力显得专心致志、兴高采烈，直到大家在平常的时候各自分开，让她终于能有时间静心思考。

第十六章

头发卷好，女仆被打发走，爱玛坐下痛苦地沉思着——这真是一件伤心事！——就这样推翻了她希望的一切！——一切的发展如此令人讨厌！——对哈丽特这样的打击！——那是最糟糕的一点。这件事在各方面给她带来了这样或那样的痛苦与屈辱；然而比起哈丽特的不幸，所有这些都微不足道；要是能让她犯下的过错仅仅影响她自己，她将心甘情愿地比现在感觉更错误——更荒谬——更耻辱。

"要是我没说服哈丽特喜欢上那个男人，我本来可以承受一切。他也许会对我加倍放肆——但是可怜的哈丽特！"

她怎么可以被如此欺骗！——他声称他从未认真考虑过哈丽特——从来没有！她尽量往前回想，可脑中一片混乱。她猜自己先是有了这个念头，再把一切都往这方面想。可他的态度一定不清不楚、左右摇摆、含糊暧昧，否则她不会这样被误导。

那张画像！——他是多么热衷于那张画像啊！——还有那个字谜！——和一百种其他的情况——那些看起来多么清晰地指向了哈丽特呀。说实话，那个字谜，用了"才思敏捷"——不过还有"温柔的双眸"——事实上哪个都不合适；只是毫无品位，名不副实的胡拼乱凑而已。谁能看穿如此愚蠢的废话呢？

当然，尤其是最近，她常常觉得他对自己的态度过于殷勤；

可这只是被当成他的习性，或只是判断错误，或证明他并非一直生活在上流社会，所以缺乏知识与品位，虽然他话语温和，有时依然欠缺真正的优雅。直到今天，她都丝毫不曾怀疑，那些殷勤若不是对作为哈丽特朋友的她表示感激与尊重，还会有什么别的意思。

她得感谢约翰·奈特利先生第一次让她想到这个问题，第一次考虑到这个可能性。毫无疑问这两位兄弟很有洞察力。她记得奈特利先生曾对她说过埃尔顿先生，给她忠告，并断言埃尔顿先生绝对不会草率结婚；想到他对埃尔顿先生性格的判断比她自己的了解准确得多，她不禁羞红了脸。这太令人惭愧了；可是埃尔顿先生却在很多方面证明了他与她想象的截然不同：骄矜、傲慢、自负，一心只为自己打算，几乎不考虑别人的感受。

与事情通常发展的状况相反，埃尔顿先生对她的求爱反而破坏了她对他的好感。他的表白与求婚对他全无益处。她毫不在乎他的爱慕，反而因为他的期待而恼火。他想结一门好亲事，不自量力地高攀她，还假装爱上了她；然而他根本没感到失望，不需要任何安慰，爱玛对这一点毫不担心。他的话语和行为毫无真情。他不断唉声叹气，花言巧语，可她无法想象什么样的话语或声调会比这些更缺乏真情。她不用费心去可怜他。他只想提升自己，抬高自己的身价；如果哈特菲尔德的伍德豪斯小姐，三万英镑的继承人，不是他想象的那么容易得手，他很快会转向有两万或一万英镑的其他小姐。

可是——他竟然谈到了鼓励，竟然认为她明白他的想法，接受他的殷勤，打算（简单地说），要嫁给他！——竟然认为他自己在门第和思想上和她平等！——瞧不起她的朋友，那么清楚她的地位比他低，却完全无视他的高攀，甚至幻想自己向她求婚完全没有自高自大！——这一点最令人恼火。

也许期待他能感到在天资与心灵的优雅上和她相去甚远，这并不公平，也许正是这方面的差距才让他没有认识到这一点；不过他一定知道在财产和地位上她比他高得多。他一定知道伍德豪斯家已经在哈特菲尔德住了好几代，是个古老家族较为年轻的分支——可埃尔顿家庭却默默无闻。当然哈特菲尔德的地产并不多，和当维尔庄园相比简直微不足道，海伯里的其余地产都属于当维尔。不过海伯里有很多其他财产来源，从别的方面的影响看，几乎和当维尔庄园不相上下。伍德豪斯家庭在这一带早就地位显赫，而埃尔顿先生来到这里还不到两年。他一心往上走，除了职位没有其他关系，除了他的境遇和礼貌，没有任何引人注意的方面——可他却幻想她爱上了他，显而易见他一定指望这一点。爱玛又胡乱想了想他文雅的举止与自负的脑袋之间的矛盾，最后不得不本着诚实的原则停下来，承认她本人对他的行为很是殷勤体贴，非常礼貌关注，因此（假如她本来的动机不被知晓）可能会让一位像埃尔顿先生那样观察力和敏锐度平常的男士，认定自己成了她的心上人。如果**她**会那样误解他的感情，她也无权怀疑**他**可能被私利蒙蔽了双眼，从而误解了她的想法。

最先犯错且错误最甚的是她。那么积极地想把任何两个人撮合在一起都是愚蠢而错误的。这太冒险，太自以为是，轻视应当严肃对待的问题，戏要本该简简单单的事情。她深感不安，羞愧不已，决心再也不做这样的事。

"其实，"她说，"是我劝可怜的哈丽特深深爱上这个男人的。要不是因为我，她可能根本想不到他；如果我没有向她保证他的感情，她绝不会对他抱有希望，因为她谦虚又谨慎，我曾以为埃尔顿先生也是这样的。哦！要是我说服她不要接受年轻的马丁就心满意足了该多好。那一点我是正确的。那件事我干得不错，不过我该就此罢手，把其余的交给时间和机遇。我带她进入上流社会，给她机会取悦值得拥有的人，我不该再做别的尝试。不过，可怜的女孩，她的平静将被打破一阵子了。我只算得上她的半个朋友；如果她对这件事**不会**感到那么失望，我也肯定想不出还有谁适合她——威廉·考克斯——哦！不，我可受不了威廉·考克斯——一个冒失的年轻律师。"

她停下来，红着脸嘲笑自己又故态复萌，接着更加认真、更加沮丧地认识到已经发生了什么，可能要发生什么，一定会发生什么。她必须十分苦恼地向哈丽特解释，可怜的哈丽特会痛苦万分，日后的见面将尴尬不已；该继续交往还是不再来往，要平复情感、隐藏怨恨、避免失态，这些足以让她满心懊恼地继续沉思一段时间。最后她上床睡觉，除了确信自己犯了一个极其愚蠢的错误外，她什么也没琢磨出来。

像爱玛这样朝气蓬勃又天性快乐的人，即使在夜晚有些暂时的愁闷，但白天的到来一定能让她高兴起来。早晨的朝气和欢快气息与她十分契合，为她带来了强烈的感染力；如果痛苦还不至于让她无法入眠，那么她睁开双眼后必会感到痛苦减轻，充满希望。

爱玛第二天起床后比入睡前更想得到安慰，更愿减轻痛苦，相信基本可以摆脱这件事的烦扰了。

使她感到莫大安慰的是：埃尔顿先生不可能真正爱上了她，也没有和蔼可亲到令人不忍心让他失望——哈丽特并非天性出众，所以她的情感不会太过热烈持久——除了三位主要人物，没必要让任何人知道这件事，尤其不该让她的父亲为此感到片刻的不安。

这些想法使她愉快，看到下大雪她就更高兴了，因为目前能让他们三个人互不相见的事情，都会令人欢迎。

这样的天气对她最为有利，虽然圣诞节她不能去教堂了。如果他的女儿要去教堂，伍德豪斯先生会很难过，因此她能确保无事，既不会引起也不会招来令人不快或让人难堪的想法。地面被雪覆盖，天气变幻不定，时而结冰，时而解冻，对其他所有人来说都最不适合安排活动，好多天来她都心甘情愿地被关在家里。她无法和哈丽特交流，只能写写信。星期天和圣诞节一样都不能去教堂，无需为埃尔顿先生不再登门寻找借口。

这种天气可以把每个人都困在家里。虽然爱玛希望她的父亲能从一些社交中得到快乐，可她还是很高兴地见他非常满意地待在自己家中，明智地不出门，听他对不顾天气依然来拜访的奈特利先生说：

"啊！奈特利先生，你为何不像可怜的埃尔顿先生那样待在家里呢？"

要不是因为她心中的烦恼，待在家里的这些日子本可以过得十分舒适，因为这样的隔绝最适合她的姐夫，而他的情绪总会大大影响身边的人。而且，他已经彻底摆脱了在兰德尔斯的坏脾气，待在哈特菲尔德的其余日子里始终和蔼可亲。他总是令人愉快，乐于助人，说着每个人的好话。虽然一切都令人高兴，她现在完全能舒舒服服地拖延着，可她还是担心总得向哈丽特说明情况，这个不幸让爱玛无法彻底感到安心。

第十七章

约翰·奈特利夫妇没有在哈特菲尔德耽搁太久。很快天气好转，让那些必须离开的人能够动身了。伍德豪斯先生像往常一样试着劝说他的女儿带着孩子们留下，又不得不看着所有人一起出发，再回到对可怜的伊萨贝拉命运的哀叹——可怜的伊萨贝拉与她心爱的人朝夕相处，满眼都是他们的好，看不到他们的缺点，总是天真地忙来忙去，也许算得上女人幸福生活的典范了。

就在他们离开的那天晚上，埃尔顿先生给伍德豪斯先生来了一封信，一封冗长礼貌、郑重其事的信，除了埃尔顿先生的最高敬意，信中还写道："他打算第二天早晨离开海伯里前往巴斯[①]；因为一些朋友的极力恳求，他准备在那儿住上几个星期，因为天气事务等各种情形，非常遗憾无法向伍德豪斯先生亲自告别，会永远对他的亲切相待心存感激——伍德豪斯先生若有任何吩咐，他将乐意效劳。"

爱玛感到惊喜不已——埃尔顿先生此时离开正合她的心意。她佩服他能想到这一招，虽然无法赞赏他用这种方法宣布此事。他言辞客气地给她的父亲写信，却刻意把她排除在外，这明明白白地表示了他的愤恨——甚至连她的名字都没有提——所有的一

---

① 18世纪英国最时髦的疗养社交胜地，以富含矿物质的温泉水而著名，19世纪开始影响力有所下降。奥斯汀去过巴斯多次，1801—1805年和家人一起住在巴斯。

切实在变化太大，他不合时宜、一本正经地用优雅致谢宣称离开，让她一开始还以为这难免会让她的父亲产生怀疑呢。

不过，的确如此——她的父亲为这趟突然的旅行感到诧异，担心埃尔顿先生也许永远无法平安到达，却没看出他的语言有什么特别。这封信很有用，因为这让他们在之后的孤独夜晚有了可想可谈的话题。伍德豪斯先生说起他的担忧，爱玛则兴致勃勃地像往常一样迅速劝他打消忧虑。

她决定不再将哈丽特蒙在鼓里。她有理由相信哈丽特的感冒几乎已经痊愈，所以最好在那位先生回来前能有足够的时间让她从另一场不适中恢复过来。于是她第二天就去了戈达德太太那儿，去承受与她沟通必将带来的痛苦。的确非常痛苦——她必须摧毁自己费尽心思培养的全部希望——作为令她喜爱的人却以不被喜欢的样子出场——承认自己在过去的六个星期里，对于某个问题的观察、信念和预言都大错特错，严重误判。

这番告白彻底唤起了她最初的羞愧——看到哈丽特的眼泪，她觉得永远都不能原谅自己了。

哈丽特稳稳地承受了这个消息——不责怪任何人——处处证明了她朴实的天性和自卑的心理，她此刻在她朋友面前的这番表现一定对她很有好处。

爱玛这时最看重淳朴与谦逊，似乎所有的可爱和所有的可亲都属于哈丽特，而不属于她自己。哈丽特丝毫不觉得有什么可抱怨。能被埃尔顿先生那样的人爱上该是多大的荣幸——她永远配不上他——只有伍德豪斯小姐这个偏心又善良的朋友才会觉得有可能。

她流了许多眼泪——她的伤心特别真实不做作，所以在爱玛眼中怎样的庄重也不能比这更加可敬——爱玛听她说话，尽量全心全意地安慰她理解她——此时她的确相信在她们两人之间显然哈丽特更好——要是能和哈丽特一样，会给她自己带来更多的安宁与幸福，胜过所有天赋与智慧带来的一切。

　　今天时间太晚，想从现在开始变得简单无知已经来不及了；不过离开哈丽特时爱玛还是痛下决心，在余生的每一天都要谦虚谨慎，再也不胡思乱想。如今她仅次于照顾好父亲的第二责任，就是让哈丽特过得舒心，并且努力用比做媒更好的方式证明对她的深情。她把她接到哈特菲尔德，对她无比温柔体贴，努力通过读书聊天使她忙碌逗她开心，把埃尔顿先生从她的心思里赶出去。

　　她知道，要完全做到这一点肯定需要时间。她认为自己总的来说对这类事情只是个冷漠的判断者，而且特别无法理解对埃尔顿先生的爱。不过在她看来以哈丽特的年龄，既然所有的希望都已破灭，到埃尔顿先生回来时她总能慢慢恢复平静，能让他们像普通熟人那样再次见面，不会有暴露或加深这种感情的危险，这一点看上去还是合情合理。

　　哈丽特的确认为他完美无缺，坚称他在相貌品行上无人匹敌——事实上也证明了她的爱比爱玛预想的坚定得多。但在爱玛看来，哈丽特总得自然而然、不可避免地对抗那种**单相思**，所以她不觉得如此强烈的爱能够持续很久。

　　要是埃尔顿先生回来后会如她坚信的那样，迫不及待地将他的冷漠表现得明明白白、淋漓尽致，她也无法想象哈丽特为何一定要将她的幸福寄托在看见他或是想起他之上。

　　他们住在一个地方，而且肯定得住在同一个地方，这对所有三个人都是坏消息。谁也没办法离开这儿，或实实在在地改变交际环境。他们一定会彼此相见，并尽量随遇而安。

　　哈丽特因为戈达德太太那里同伴们的话语而更加不幸。埃尔顿先生得到了学校所有老师和优秀女孩的崇拜，只有在哈特菲尔德她才有机会听到别人冷静适度地谈起他，或说出一些令人反感的事实。哪里有伤口，就该在伤口处将其愈合；爱玛觉得除非看到哈丽特正在恢复，否则自己不可能得到真正的平静。

第十八章

弗兰克·邱吉尔先生没有来。在约定的时间临近之时，一封推辞信的到来证实了韦斯顿太太的担忧。目前他走不开，他"深感羞愧与遗憾，不过他还是期待能在不久之后来到兰德尔斯"。

韦斯顿太太非常失望——事实上，比她的丈夫失望得多。虽然对于一定能见到这位年轻人的指望，她比丈夫要清醒得多，不过对于生性乐观的人，虽然他们总是期待发生更好的事情，他们失望时的沮丧并不总与当初的希望成正比。眼前的失望很快被略过，又燃起了新的希望。韦斯顿先生吃惊与难过了半个小时，随后就意识到弗兰克先生两三个月后再来会好得多：季节更好；天气更好；毫无疑问，相比于早点过来，他那时能和他们住在一起的时间也一定会长得多。

这些想法迅速让他得到安慰，而生性更忧愁的韦斯顿太太只能预料到一次次的借口与拖延。她非常担心丈夫会很痛苦，结果自己却比他痛苦得多。

爱玛此时并没有心思真正在意弗兰克·邱吉尔先生不能来，只觉得这会让兰德尔斯的人感到失望。结识这个人目前对她没什么吸引力。她宁愿安安静静，不受诱惑。尽管如此，总的来说她最好还是看起来更像平常的自己。她努力对此事表现出兴趣，深深感到韦斯顿先生和太太的失望，正如他们的友谊会自然而然带来的结果。

她是第一个向奈特利先生宣布这件事的人，对于邱吉尔夫妇不让他过来恰到好处（或者，因为装模作样，也许过了火）地惊叹了一番。她接着说了许多言不由衷的话，他的到来对于萨里这样闭塞的社交圈该是多好的事；看见一个新面孔有多么开心；见到他会让整个海伯里变得像过节一样；结束前她又责备起邱吉尔夫妇，发现自己的观点刚好与奈特利先生背道而驰；最有趣的是，她发觉自己站在她真实想法的对立面，正在用韦斯顿太太的观点反驳她自己。

"邱吉尔夫妇很可能有错，"奈特利先生冷静地说，"可我敢说他要是想来总可以来。"

"我不知道你为何这样说。他非常希望来，但他的舅舅舅母不愿让他来。"

"我无法相信他不能来，如果他一定要来的话。没有证据我实在相信不了这一点。"

"你真奇怪！弗兰克·邱吉尔先生到底做了什么，才会让你觉得他如此不通人情？"

"我根本不认为他不通人情，只是猜想他也许学得自以为是不顾亲友，像他身边的人那样一心只顾自己的快乐。一个由骄傲、奢侈、自私的人抚养大的年轻人也变得骄傲、奢侈、自私，这太合情合理了。如果弗兰克·邱吉尔想见他的父亲，他应该能在九月和一月之间安排好。像他这个年龄的人——他多大了？——二十三四岁了吧——不会没办法做到那一点的。不可能。"

"你倒说得轻松，想得轻巧，因为你总是自己做主。奈特利先生，你根本不懂得寄人篱下有多难。你不知道对付坏脾气是什么滋味。"

"一个二十三四岁的人在思想和行动上连那点自由都没有，真是无法想象。他不会缺钱——他不会缺时间。相反，我们知道他两样都多得很，所以会到王国最闲散的地方去把它们消耗掉。我们总听说他去了海边或温泉疗养地。不久前他还去了韦默斯。这说明他可以离开邱吉尔夫妇。"

"是的，他有时可以。"

"只要他觉得那些时间花得值，只要有享乐的诱惑。"

"在不清楚别人的情况时就去判断他的行为，这很不公平。没去过别人家的人，谁也说不出这个家庭中的任何人会有什么难处。我们应该熟悉恩斯库姆，熟悉邱吉尔太太的脾气，才能假装明白她的外甥能做什么。有时他也许能做许多事，有时却不能。"

"有一件事，爱玛，一个人想做就一定能做到，那就是他的责任；无须耍手段用花招，只要毅力和决心。弗兰克·邱吉尔有责任关心他的父亲。从他的承诺和信件看，他知道是这样的。要是他想做，他就能做到。一个人如果觉得应该这样做，会立刻简单又坚决地对邱吉尔太太说：'你总该看得出我愿意为了你的方便而牺牲任何纯粹的娱乐，可我必须马上去看望我的父亲。我知道要是我现在不能这样向他表示敬意，他会很难过。因此，我明天就得出发。'——假如他当场对她这样说，用男子汉的坚决口吻，谁也不会反对他去。"

"不，"爱玛笑着说，"但也许会有些反对他再回去。让一个完全依靠别人供养的年轻人说出那样的话！——也只有你，奈特利先生，才会觉得有可能。可你根本不知道和你本人情况完全相反的人应该怎么做。弗兰克·邱吉尔先生对着把他养大，供他生活的舅舅舅母说出那样的话！——我猜是站在屋子中间，扯着嗓子喊出来的吧！——你怎会认为那样的做法可行呢？"

"请相信，爱玛，一个理智的人不会觉得有任何困难。他会认为自己是正确的，他的声明——当然是一个理智的人用得体的方式说出来的——会对他更有好处，能提升他的地位，让供养他的人更看重他，远比一连串的改变与拖延带来的结果好得多。对他的喜爱之情还会增添一份敬重。他们会觉得可以信任他，那个对父亲好的外甥也会对他们好。因为他们和他一样，和全世界一样，都知道他应该拜访他的父亲。虽然他们会小气地利用他们的权力推延此事，他们内心却并不希望他屈从于他们的随心所欲。人人都会尊重正确的行为。如果他能这样行事，始终不断地遵循原则，他们的小心眼就会向他屈服。"

"我很怀疑那一点。你很喜欢让小心眼向你屈服；可当小心眼属于有权有势的人时，我觉得他们会得意忘形，变得和大人物一样难以驾驭。我能想象，奈特利先生，如果你以现在的状态，被立刻置于弗兰克·邱吉尔先生的位置，你能够按照你认为他该做到的样子说话与行事，或许会带来很好的结果。邱吉尔夫妇也许会无话可说；但你并不需要打破自幼的顺从和长期以来察言观色的习惯。可他已经形成那样的习惯，让他一下子冲破羁绊完全独立，毫不顾及对他们的感激与尊重之情提出那样的要求，这也许并不容易。他可能和你一样有着强烈的是非感，只是因为特定情况不能那么平等，所以无法那样做。"

"那就是是非感不够强烈。要是不能带来同样的行为，就不会是同样的信念。"

"哦，处境与习惯不同啊！我希望你能试着理解一下，一个性情和蔼的年轻人直接反抗从小到大一直敬重的人，他会是怎样的感觉。"

"我们和蔼的年轻人就是个非常软弱的年轻人，如果这是他第一次下决心为了正确的事情反对别人的意志。到了这个年龄，他应该已经习惯恪守责任，而非寻求权宜之计。我可以容忍孩子的恐惧，但不能忍受成年人的恐惧。当他变得理智起来，就该鼓起勇气摆脱他们的胡乱摆布。他应该反对他们第一次让他怠慢他父亲的尝试。如果他一开始就做得对，现在根本不会有困难。"

"我们永远不会对他达成一致，"爱玛叫道，"但这毫不奇怪。我完全不认为他是个软弱的年轻人：我肯定他不是。韦斯顿先生不会看不出愚蠢，即使是对他自己的儿子。不过他的性情很可能更柔弱、更顺从、更温和，不符合你对完美男子的标准。我相信他就是那样。虽然这可能让他失去一些好处，但会让他得到许多别的好处。"

"是的，好处多着呢：让他该动的时候坐着不动，过着无所事事的快乐生活，幻想着自己最擅长为此找借口。他会坐下写一封辞藻华丽的来信，满口承诺与谎言，并说服自己他想出了世界上最好的办法，既能保持家庭安宁，又让他的父亲无权抱怨。他的那些信真让我反感。"

"你的感觉真奇怪。那些信似乎让其他所有人都感到满意。"

"我猜它们并不让韦斯顿太太满意。它们几乎不可能让一位聪慧又敏感的女人满意：她处在母亲的位置，却没有被母爱蒙蔽双眼。对兰德尔斯的关注因为她而加倍，而她一定会加倍感受到这番冷落。她自己要是个大人物，我敢说他会来的；他来不来本身也没什么大不了。你觉得你的朋友就没有过这样的想法吗？你就不认为她常常会如此暗想吗？不，爱玛，你那位和蔼可亲的年轻人也许只有法语意义上的和蔼，而不是英语意义上的和蔼。他也许会非常'和蔼'，彬彬有礼，讨人喜爱，但他没有英语意义上对别人感受的细微体贴，根本不是真正的和蔼。"

"你似乎打定主意瞧不起他。"

"我！——绝对不是，"奈特利先生很不高兴地答道，"我不想瞧不起他。我会和其他任何人一样承认他的优点，但我什么也没听到过，除了一些仅是个人的方面；说他长得好，很漂亮，举止文雅，说话动听。"

"不过，就算他没有别的可取之处，他也会成为海伯里的宝贝。我们不常见到出色的年轻人，有教养又讨人喜欢。我们不该友善些，别强求他具备所有的美德吗？难道你想象不出，奈特利先生，他的到来会引起多大的**轰动**吗？整个当维尔和海伯里教区只会谈论一件事，只有一个兴趣——一个令人好奇的对象。一切都是弗兰克·邱吉尔先生，我们不会想到或说起其他任何人。"

"你得原谅我的固执己见。要是我觉得和他谈得来，我会很高兴结识他；假如他不过是个油嘴滑舌的花花公子，他不会太多占据我的时间和心思。"

"我对他的想法是，他能根据每个人的喜好与他们交谈，他既能够也愿意讨所有人的喜欢。对你，他会谈耕作；对我，谈绘画和音乐；对其他每个人也一样。他什么话题都懂一些，能够根据情况随声附和或引领话题，而且总能恰到好处，那就是我对他的想法。"

"我的想法是，"奈特利先生激动地说，"果真那样的话，那他就是世上最令人无法忍受的家伙！什么？才二十三岁就要在同伴中称王——了不起的人物——老练的政客，能看透每个人的性格，利用每个人的才华炫耀他自己的优势；四处阿谀奉承，让所有人和他比起来都像个傻瓜！我亲爱的爱玛，就凭你的理智，到时候你也会受不了那样的自负家伙。"

"我不想再谈他了，"爱玛叫道，"你把一切都往坏里说。我们两个人都有偏见。你反感他，我对他有好感。只有他真的来了我们才可能达成一致。"

"偏见？我不偏见！"

"但我很有偏见，而且丝毫不为之羞愧。我对韦斯顿先生和太太的爱让我坚决对他有好感。"

"他这个人我从来都不愿去想。"奈特利先生很气恼地说，爱玛赶紧谈起别的话题，虽然她不理解他为何要生气。

不喜欢一个年轻人，仅仅因为他似乎和他本人性情不同，这与她常常认为他拥有的开阔心胸很不相配。他自视甚高，她常会说他自视过高，但她从未想过这会让他对别人的优点如此不公正。

第二卷

第一章

一天早上爱玛和哈丽特一起散步，爱玛觉得她们那天已经谈够了埃尔顿先生。她认为哈丽特的平静或是她自己的罪过都无需更多谈论他，于是在回家的路上极力避开这个话题——可就在她以为已经成功时它又冒了出来。当她说了一番穷人在冬天得受怎样的苦后，回答只是一句非常悲哀的——"埃尔顿先生对穷人真好！"她知道必须另想办法了。

她们刚好走近贝茨太太和小姐的家。她决心去拜访她们，在人群中寻求安全。对她们的关注总能有足够的理由，贝茨太太和小姐喜欢有人拜访。她也知道有极少数自以为竟然能看出她缺点的人，认为她在那个方面很疏忽，没有为这对艰难的母女增添一些应有的安慰。

关于这个缺点，她从奈特利先生那儿得到过很多暗示，她自己心里也会时常想到——可所有这些都无法抵消这件事很不愉快的念头——浪费时间——无聊的女人——最可怕的是会遇见海伯里二三流的人，那些人总去她家，因此她很少接近她们。可她现在忽然决定进去看看再走——她向哈丽特提议时说，据她估计，她们目前可以安全地避开简·费尔法克斯的任何来信。

这栋房子属于一些买卖人。贝茨太太和小姐住在客厅层①，

---

① 指"二楼"，一楼是生意人的商铺。

那间很小的屋子就是她们的一切，客人们在那儿得到了极其热情甚至充满感激的欢迎。那位安静整洁的老妇人坐在最温暖的角落做着针线活，甚至想把自己的位置让给伍德豪斯小姐。她的女儿更加活跃更爱说话，对客人的关心与体贴简直让她们无法忍受：感谢她们的来访，担心她们的鞋子，急切地问候伍德豪斯先生的身体，愉快地说起她母亲的状况，还从边柜①里拿出甜饼——"柯尔太太刚去了那儿，本来只想待十分钟，却非常好心地同她们坐了一个小时。**她**吃了一块甜饼，还特别好意地说她很喜欢，所以她希望伍德豪斯小姐和史密斯小姐也能赏脸吃一块。"

提到柯尔家的人就必然会说起埃尔顿先生。他们之间关系密切，柯尔先生在埃尔顿先生走后还收到过他的信。爱玛知道接下来会是什么。她们一定会再次谈起那封信，算算他走了多久，他会怎样忙于交际，走到哪儿都最受欢迎，典礼官的舞会有多热闹。她应付自如，带着应有的兴趣，说着该说的赞美，总是抢在前面，以免哈丽特不得不说上一两句。

这是她进屋时就准备好的，只是她原本打算好好结束关于他的话题后，不要再被别的讨厌话题妨碍，只用随便聊聊海伯里的太太小姐们和她们的牌局。她没准备让简·费尔法克斯来接替埃尔顿先生，然而关于他的话题被贝茨小姐匆匆结束，她最后从他忽然转到柯尔家的人，然后说起她外甥女的信。

"哦！是的——埃尔顿先生，我明白——当然说到跳舞——柯尔太太曾告诉我在巴斯的舞厅跳舞很——柯尔太太特别好心地

---

① 通常摆放瓷器和盘子，作为装饰的边柜。

和我们坐了一会儿，谈了谈简；因为她一进来就问起简，简可讨她喜欢了。只要她和我们在一起，柯尔太太怎么对她好都觉得还不够；我必须说简和其他任何人都同样当之无愧。她直截了当地问候她，说：'我知道你最近一定没有收到简的来信，因为这不是她写信的时间。'而我马上说：'可我们的确收到信了，我们今天早上刚刚收到来信。'我不知谁还能比她更吃惊。'真的，千真万确？'她说，'哦，真是出人意料。一定要让我听听她说了什么。'"

爱玛马上礼貌地微笑着，饶有兴致地问道：

"你刚刚收到了费尔法克斯小姐的来信？我真是太高兴了。我想她一切都好吧？"

"谢谢。你真是太好了！"快乐的姨妈信以为真，急切地寻找着那封信，"哦！在这儿。我肯定不会在远处；你看，我不小心把针线盒放在上面了，所以一下子没看到，可我刚才还把它拿在手里，所以几乎确信它一定在桌上。我先是读给柯尔太太听，她走后我给我的母亲又读了一遍，因为这让她特别高兴——简的来信——她怎么也听不够。所以我知道信不会太远，就在这儿，只是正好放在我的针线盒下面——既然你这么好心地想听听她说了什么——不过，首先，我必须替简说句话，为她写了这么短的信道歉——你看只有两页——几乎算不上两页纸——她总是写满一张纸，再在反面交叉着写半张①。我母亲总是奇怪我能看得那么

---

① 当时的人们在写信时，通常正面写完后，继续在反面垂直写，以节约用纸，节省邮资。信上的字小而密，辨认起来较为费力。因为由收信人支付邮资，所以写信者通常尽可能将信纸写满，让收信人为支付的费用得到最大的回报。

清楚。她常在信一打开时就说：'嗯，海蒂，现在我看你又要费力认出那些方格字了'——不是吗，妈妈？——于是我告诉她，要是没人帮她做，我相信她也得想方设法自己认出来——认出每个字——我肯定她会仔仔细细地看，直到认出每一个字。说真的，虽然我母亲的眼睛不如以前好，她还是能看得很清楚，感谢上帝！在眼镜的帮助下。这真是福气！我母亲的眼睛真是特别好。简在这儿时常说：'我肯定，外婆，你能看得这么清楚，以前眼睛一定特别好——你还能做这么精细的活儿！——我只希望我的眼睛以后也能这么好。'"

这番话贝茨小姐说得实在太快，只得停下来喘口气，爱玛很礼貌地说费尔法克斯小姐的字真漂亮。

"你真是太好了，"贝茨小姐非常满意地答道，"你那么有眼光，而且自己的字还写得那么好。我相信谁的称赞也不能像伍德豪斯小姐的称赞那样让我们高兴。我的母亲听不见，她有些耳聋。妈妈，"她对她的母亲说，"你听见伍德豪斯小姐怎样好心地夸奖简的字了吗？"

爱玛有幸听见自己愚蠢的称赞被重复了两遍后，这位善良的老太太才听了个明白。此时她在思考着有没有可能既不显得粗鲁，又能避开简·费尔法克斯的信。她几乎已经决定找个借口赶紧离开，这时贝茨小姐又转向她并抓住了她的注意力。

"你看我的母亲只有一点点耳聋——根本算不上什么。我只要提高嗓门，不管什么只要说上两三遍，她准能听得见；不过她也听惯了我的声音。然而了不起的是，她听简说话总是更清楚。简说得那么清晰！不过，她一点不觉得她祖母的耳朵比两年前更聋；说明我的母亲在她这个年龄已经很不错了——你知道，离她上次来这儿已经整整两年。我们以前从没这么久见不到她，就像我对柯尔太太说的那样，我们现在简直不知该怎样招待她才算满意。"

"你们期待费尔法克斯小姐很快过来？"

"哦，是的，下个星期。"

"真的！——那真是太令人高兴了。"

"谢谢！你真好。是的，下个星期。每个人都那么惊讶，人人都说了同样热情的话。我肯定她会很高兴地见到海伯里的朋友们，就像大家见到她那样。是的，星期五或星期六。她说不准在哪一天，因为坎贝尔上校自己有一天要用马车。他们一路把她送来真是太好了！可你知道，他们一直都这样。哦，是的，下星期五或星期六。她是那么写的。那就是她破例写信的原因，按我们的说法。因为，正常情况下，我们在下个星期二或星期三之前收不到她的信。"

"是的，我也这么想。我本来还担心今天几乎听不到任何关于简·费尔法克斯小姐的消息呢。"

"你真是太好了！是的，我们本来收不到她的信，要不是因为她很快就要来的特殊情况。我的母亲太开心了！——因为她至少要和我们住三个月。三个月，她是这么说的，真的，我正想读给你听。你看，问题在于，坎贝尔夫妇要去爱尔兰。迪克逊太太说服了她的父亲母亲立刻去看她。他们本打算到了夏天再去，可她等不及想见到他们——因为在她去年十月结婚以前，她从来没有离开过他们一个星期，所以住在不同的王国很不自在，我是想说，无论如何还是不同的国家①，因此她给她的母亲——或是给她的父亲写了一封紧急来信，我声明我不知道究竟写给了谁，不过我们马上能从简的信中知道个究竟——用迪克逊先生和她自己的名义写的，要他们尽快过去，他们会去都柏林迎接，再把他们带回乡下的住宅，巴利-克雷格，我猜是很漂亮的地方。简听说了很多关于那儿的美，从迪克逊先生那里，我是说——我不知道她有没有从别人那儿听说过。不过他在说话时喜欢谈起自己的家乡，这很自然——因为简以前常和他们一起散步——因为坎贝尔上校和太太很注意不让女儿经常单独和迪克逊先生一起散步，这一点我绝不责怪他们；当然她听见了他对坎贝尔小姐说的，关于他的家乡爱尔兰的所有事情；我想她曾写信告诉我们，他向她们展示了他画的那儿的画，他自己选的景。我相信他是最和蔼最可爱的年轻人。简本来因为听了他的话，很想去爱尔兰的。"

此时，一个聪明又活泼的念头进入了爱玛的脑中，关于简·费尔法克斯，这位可爱的迪克逊先生，以及她不去爱尔兰。她怀着做进一步发现的狡猾目的说道：

"你一定觉得费尔法克斯小姐被允许在这个时候看望你们很不幸。考虑到她和迪克逊太太的特殊友情，你应该不希望她不必陪同坎贝尔上校和太太吧。"

"一点没错，一点没错，的确如此。这正是我们一直担心的事；因为我们不希望她离我们那么远，整整好几个月——要是发

---

① 1798 年，爱尔兰发动了对英格兰的独立战争但最终失败。1800 年的《联合法案》解散了爱尔兰的国会与教堂，废除了爱尔兰作为独立王国的地位。此处说明贝茨小姐与外界隔绝，不清楚时事的变迁。

生什么事也来不了。不过你看，一切都是最好的情况。他们（迪克逊先生和太太）特别想让她和坎贝尔上校与太太一起去，指望着这件事，什么也比不上他们**共同**的邀请那么友好迫切，简说，你马上就会听到；迪克逊先生的关心似乎一点也不亚于别人。他是最迷人的年轻人了。自从他在韦默斯救了简的命，他们一群人在海上游玩，忽然一艘船上的什么东西旋转着向她飞来，她本来会立刻掉进水里，事实上差点如此，要不是他沉着冷静地抓住了她的衣服——（我一想起来就会忍不住发抖！）——可自从发生那天的事情后，我就特别喜欢迪克逊先生！"

"可是，尽管她所有的朋友都那么迫切，她自己也想看看爱尔兰，费尔法克斯小姐还是宁愿在这段时间陪着你和贝茨太太？"

"是的——这是她的做法，完全是她自己的决定。坎贝尔上校和太太认为她做得很对，正是他们所希望的。事实上他们特别**想让**她呼吸家乡的空气，因为她最近常常身体不太好。"

"听到这个消息我很担心。我想他们的看法完全正确。可是迪克逊太太一定非常失望。迪克逊太太，我知道，算不上一个美人，根本比不上费尔法克斯小姐。"

"哦！不。你这样说真是太好了——可真不是这样。她们两个没法比较。坎贝尔小姐一直很相貌平平——但特别优雅可亲。"

"是的，那当然。"

"简得了重感冒，可怜的孩子！早在 11 月 7 日就得了感冒（我正准备读给你听），到现在还没好。她感冒拖的时间是不是太久了？她以前从没说起过，因为她不想让我们担心。她就是这样！特别体贴！——可是，因为她远没有康复，所以她好心的朋友坎贝尔夫妇认为她最好回家，呼吸一直适合她的空气。他们毫不怀疑在海伯里住上三四个月能够彻底治愈她——她来到这儿，当然比去爱尔兰好得多，要是她身体不好的话。谁也不能像我们这样照顾她。"

"在我看来是世界上最好的决定。"

"所以她下个星期五或星期六会来我们这儿，坎贝尔夫妇接下来的星期一离开城里去霍利赫德——你会在简的信中读到。太突然了！——你能猜到，亲爱的伍德豪斯小姐，这让我多兴奋啊！要不是因为她身体不好——可我担心我们一定会见她变瘦了，看上去很可怜。我必须告诉你那件事多让我惊慌。我总是自己先把简的来信读上一遍，再读给我的母亲听，你知道，就是担心里面有什么内容让她难过。简希望我这么做，我也一直这么做：于是我今天就像往常一样小心地读起信，可是一读到她身体不好，我就惊恐地叫出声来：'天啊！可怜的简生病了！'——我的母亲一直在看着我，听得清清楚楚，不幸被吓了一跳。不过，我再往下读，发现远不如我开始想象的那么糟糕。我现在对她轻描淡写地说，所以她也不再多想。可我无法想象自己怎么会这么不当心。要是简不能很快恢复，我们就会请佩里先生。费用就不考虑了。虽然他那么大方，那么喜欢简，我敢说他不想收任何费用，你知道我们可不允许这样。他有妻子，要养家，不能白白花费他的时间。嗯，现在我只是稍稍提到了简信上的内容，我们看看信吧，我肯定她自己写的比我能为她讲的好多了。"

"恐怕我们得赶紧走了，"爱玛说着看了看哈丽特，准备站起身来，"我的父亲在等着我们，我刚进来时，我没打算，我想我不该待的时间超过五分钟。我只是来看看，因为我不想路过却不进来问候贝茨太太，可我们却在这儿愉快地耽搁了这么久！现在，我们必须向你和贝茨太太说再见了。"

　　所有急着挽留她的办法都没能成功。她重新回到了街上——虽然她被迫听了很多话，虽然她事实上已经听到了简·费尔法克斯信中的所有内容，她还是逃脱了那封信本身，她为这一点感到高兴。

第二章

　　简·费尔法克斯是个孤儿，是贝茨太太的小女儿唯一的孩子。

　　步兵团的费尔法克斯中尉和简·贝茨小姐的婚姻曾经拥有名声与快乐、希望与关注；可如今一切烟消云散，只剩下悲伤的回忆：他在国外阵亡——他的妻子因为肺病与悲伤不久离世——还有这个女孩。

　　从出身来看她属于海伯里：在三岁那年失去母亲后，她成了外婆和姨妈的财富和被看护人，她们安慰与疼爱的对象，看似她很有可能永远在此定居，凭着有限的资源接受一点点教育，长大后既没关系也没造诣，只能依靠上天赋予的美貌智慧，以及热心善良的亲友们。

　　然而她父亲一位朋友的同情心改变了她的命运。这个人是坎贝尔上校，他非常看重费尔法克斯，认为他是个杰出的军官和最出色的年轻人；此外，他还相信在一次严重的军营热病中，是他无微不至的照料拯救了他的性命。他没有忘记这些事，虽然可怜的费尔法克斯去世几年后他才回到了英格兰，能够做他力所能及的事情。他一旦返回就找到这个孩子并照看她。他是个结了婚的男人，只有一个孩子活了下来，一个女孩，和简差不多的年纪：简成了他们的客人，常常在他家住上很久，受到所有人的喜爱。

在她九岁前，因为他的女儿非常喜欢她，他自己也希望做个真正的朋友，这些共同促使坎贝尔上校提出承担她所有的教育费用。这个请求被接受了，从此简就属于坎贝尔上校家庭，完全和他们生活在一起，只是偶尔看望她的外婆。

他的计划是让她长大后做个教师；她仅能从她父亲那儿继承几百英镑，不可能做到经济独立。坎贝尔上校没有能力用其他方式供养她，因为虽然他的薪水和其他收入还算不错，可他财产[①]不多而且必须全部给女儿。不过，他希望通过给她教育，让她今后能有一份体面的生活来源。

这就是简的身世。她遇到了好心人，从坎贝尔一家只感受到善良，接受了极好的教育。始终和头脑正直、见多识广的人生活在一起，她的心灵与思想在各个方面都受到了良好的训练与熏陶。坎贝尔上校的住所在伦敦，因为能得到一流老师的指导，即使资质平平的人也会很好地成长。她的性情与能力同样配得上友谊为她做到的一切，到了十八九岁时，虽然年纪尚小，她已经能完全胜任独立照看和教育小孩子，可是他们太喜爱她而不忍心与她分离。父亲和母亲都不想催促此事，女儿更是舍不得。于是这不幸的日子就被推迟着。很容易认为她还太年轻；简依然和他们在一起，与另一个女儿分享从优雅的同伴中得到的理性的快乐，既感受家庭的温馨，又得到适当的愉悦，唯一的不足在于未来，她自身的理智在冷静地提醒她这一切很快将要结束。

全家人的喜爱，尤其是坎贝尔小姐对她的热烈情感，都因为

---

① 指坎贝尔上校继承的地产或其他投资带来的收入，可以传承给后代。这在性质上有别于他从军营服役中得到的报酬。

简在美貌和智慧上毋庸置疑的优势，对每个人来说都显得尤为可贵。上天赋予她的容貌，那位年轻小姐不可能看不见，她的智慧也不可能让那对父母无动于衷。可他们依然彼此看重并生活在一起，直到坎贝尔小姐结婚。在婚姻问题上，幸运常常出人意料，将魅力赋予普通人而非出色的人，让年轻、富有、令人喜爱的迪克逊先生几乎刚认识她便爱上了她；她称心如意地安顿下来，而简·费尔法克斯还得靠自己谋生。

这件事最近才发生。因为太近，她不那么幸运的朋友还来不及试着踏上自己的谋生之路，虽然她已经到了自己一开始就设定的年龄。她早就决定二十一岁该是时候了。她怀着虔诚修女的坚定信念，决心在二十一岁时完成献身，放弃生活中的所有快乐，放弃理性的交流、平等的关系、宁静与希望，永远过着苦修禁欲的日子。

坎贝尔上校和太太在理智上无法反对这样的决心，虽然他们从情感上是反对的。只要他们活着，没有必要这般付出，他们的家也许永远都能作为她的家；为了他们自己的舒适他们也完全愿意将她留下；但这样不免自私——最终一定要做的事情，最好早点做。或许他们开始认为要是能早点拒绝任何拖延的诱惑，不让她继续享受现在必须放弃的舒适与安逸，反倒更善意更明智。然而感情总是乐意抓住任何合理的借口，不急于到达那个伤心时刻。自从他们的女儿结婚以来她一直身体不太好；在她完全恢复体力前，他们必须禁止她从事工作。这根本不适合虚弱的身体和不稳定的情绪，似乎在最好的情况下，也需要非常完美的身心状态才能勉强应付。

关于她不陪他们去爱尔兰的事，她对她姨妈的叙述全都是事实，虽然可能还有一些事实没有说。是她自己决定在他们离开的日子去海伯里，在也许是她完全自由的最后几个月里陪伴她非常热爱的善良家人们：坎贝尔夫妇，不管有何动机或有哪些动机，无论有一个、两个、还是三个，都欣然同意了这个安排，说他们最希望看到在这几个月里她家乡的空气能让她完全恢复健康，这比其他任何事情更加重要。她一定会来；海伯里没能迎接到承诺许久却从未到来的新奇人物——弗兰克·邱吉尔先生，现在必须将就着接受只能带来两年离别新鲜感的简·费尔法克斯。

爱玛感到遗憾——必须在整整三个月里对她不喜欢的人以礼相待！——总得做她不想做的事，不能做她应该做的事情！她为何不喜欢简·费尔法克斯是个难以回答的问题；奈特利先生有一次告诉她，因为她发现她是个真正有才华的年轻女子，而她希望自己是这样的；虽然这番话当时遭到了强烈的反驳，不过她在有时的自我反思中感觉在良心上并非完全无辜。然而"她永远不能和她结交：她不知道为何这样，可她是那样冷淡矜持——不管高兴与否总是那么无动于衷——还有她的姨妈总是那么喋喋不休！——每个人都对她大惊小怪！——人们总想着她俩应该亲密无间——因为她们年龄相同，每个人都认为她们一定彼此喜欢。"这些就是她的理由——她没有更好的理由了。

这是很不公正的讨厌——每个强加的缺点都被幻想无限扩大，所以每次分别很久后见到简·费尔法克斯时，爱玛总会感觉自己伤害了她。现在她离开两年后再次回来，爱玛理所当然前去拜访，并被她的容貌举止深深震撼，而过去的两年里她一直在这些方面贬低她。简·费尔法克斯非常优雅，异常优雅，而她自己最看重优雅。她的身高恰到好处，几乎让每个人都觉得她很高，但没有人会觉得太高。她的体态特别优雅；她的体型恰好适中，不胖不瘦，虽然稍有病态——健康似乎是她在二人之间最有可能的缺点。爱玛不能不感受到这一切，还有她的脸——她的五官——都比她记忆中的样子更美。不是端正，而是很赏心悦目的美。她的眼睛是深灰色的，黑色的睫毛与眉毛，谁见了都不免赞叹；而她的皮肤，以前爱玛总爱挑剔，觉得缺少血色，现在光洁细腻，真的无需更多红润。这种美以优雅为最主要特点，这一点，她必须本着她的名誉和原则加以赞赏——优雅，不论体态还是心灵，她在海伯里都难得见到。在那儿，只要不粗俗，就很出色，就是优点。

简而言之，在第一次拜访中，爱玛坐在那儿带着双重的满足看着简·费尔法克斯，感到愉快也感觉做到了公正，并决定再也不讨厌她。想到她的身世，的确，她的境遇，还有她的美貌；当她想到所有的优雅都有着怎样的命运，她将从怎样的状态沉沦下去，她该如何生活，似乎只能感到同情与尊重。尤其是除了让她感兴趣的众所周知的细节外，还增加了很有可能的简与迪克逊先生的感情，这是爱玛自己理所当然想到的。在那种情况下，没有什么能比她下定决心做出的牺牲更可怜更高尚了。爱玛现在很愿意放弃认为简从迪克逊妻子那儿诱惑了他的想法，或是她一开始想象出的任何坏事。如果那是爱情，可能只是她单方面纯粹、孤独、无望的爱情。她可能在和她的朋友一起与他交谈时，不知不觉吸入了悲伤的毒汁；也许她现在出于最美好、最单纯的动机而不愿去爱尔兰，决心以很快开始她辛苦的工作生涯，与他和他的家人彻底断绝关系。

总之，爱玛离开她时满心温柔与同情。她在回家的路上四处张望，哀叹海伯里没有一个能让简独立生活的年轻人，她愿意为她撮合的年轻人一个也没有。

这些都是美好的情感——然而并不持久。还没等她打算公开宣布她对简·费尔法克斯的永久友情，或更多地改变曾经的偏见与错误，只是对奈特利先生说了句："她当然很漂亮；她不只是漂亮！"简就和她的外婆姨妈一起在哈特菲尔德度过了一个晚上，让一切都基本回到了原来的状态。从前那些令人恼火的事情再次出现。那个姨妈还是那样讨厌，更加讨厌，因为除了赞赏她的才华，还要担心她的身体。他们只得听她详细描述简早餐吃了多么少的面包黄油，晚餐吃了多么小的一块羊肉，还要看着她展示简送给她母亲和她自己的新帽子新针线包，简又变得令人讨厌了。他们听了音乐，爱玛不得不去演奏，随之而来的感谢与赞美在她看来似乎是故作诚恳、自高自大，不过是想用她本人更好的演奏炫耀她更高的品位。而且，最糟糕的是，她是如此冷淡，如此谨慎！根本得不到她的真实想法。她裹着礼貌的外衣，似乎打定主意绝不冒险。她矜持得让人厌恶、令人生疑。

当一切都到了极致，如果说还有更甚，那就是她对韦默斯和迪克逊夫妇的事情比其他更加讳莫如深。她似乎决意不让人真正了解迪克逊先生的性格，或是她对与他交往的看法，以及她对这桩婚事是否合适的想法。都是笼统的赞美和圆滑的话语，既不具体也不明确。然而这些对她毫无帮助。她的谨慎全都是白费。爱玛看出了它的做作，又回到她最初的猜测。也许除了她自己的情意外**真有**更多需要掩饰；也许迪克逊先生几乎差一点就把一个朋友换成了另一个，或只是选择了坎贝尔小姐，为了将来能得到一万两千英镑。

她在其他话题上也同样矜持。她和弗兰克·邱吉尔先生同时去了韦默斯。大家知道他们有些相识，可爱玛从她那儿根本得不到关于他的真实信息。"他漂亮吗?"——"她相信他被视为非常好看的年轻人。""他讨人喜欢吗?"——"大家都这么想。""他像是一个理智的人，一个有见识的年轻人吗?"——"只是在海边，或是在伦敦的普通相识，很难对这些问题下结论。只有更多地了解，才能对别人的举止做出正确的判断，她对邱吉尔先生的了解还远远不够。她相信每个人都觉得他的举止讨人喜欢。"爱玛无法原谅她。

第三章

　　爱玛无法原谅她——不过当时在场的奈特利先生既未察觉恼怒也未察觉厌恶，只见双方礼貌得体，行为愉悦。第二天早上他又有事来哈特菲尔德找伍德豪斯先生时，表达了对整件事的赞许。要是爱玛的父亲不在房间，他也许会说得更直接，但也清楚得能让爱玛听得很明白。他一直认为她对简不公平，现在非常高兴地看到了进步。

　　"愉快的夜晚，"伍德豪斯先生刚刚谈完了该谈的事，说他明白了，文件被推到一边，奈特利先生便开始说道："特别愉快。你和费尔法克斯小姐给我们带来了非常美妙的音乐。先生，能轻松地坐在那儿由这样两位小姐陪着，时而听音乐时而聊聊天，我觉得不可能比这更惬意了。我肯定费尔法克斯小姐一定觉得晚上过得很愉快，爱玛。你做得很周到，我很高兴你让她弹了那么久，她外婆家没有钢琴，一定弹得很痛快。"

　　"我很高兴你对此表示赞许，"爱玛微笑着说，"不过我想，我对哈特菲尔德的客人们不常怠慢吧。"

　　"不，我亲爱的，"她的父亲马上说，"**那个**我肯定你没有。谁也没有你一半的周到和客气。要说有的话，就是你太周到了。昨晚的松饼——要是只传一次，我觉得就够了。"

　　"不，"奈特利先生几乎同时说道，"你不常怠慢，不常在方式或理解上怠慢。因此，我想你明白我的意思。"

她调皮的神情表示——"我很明白你的意思，"可她只是说，"费尔法克斯小姐很矜持。"

"我总是和你说她有——一点，不过你很快就能克服她本该克服的那部分矜持，所有基于不自信的矜持。源自谨慎的事情必须得到尊重。"

"你认为她不自信。我没看出来。"

"我亲爱的爱玛，"他从自己的椅子挪到她身边的椅子上，说道，"我希望你没打算告诉我，你晚上过得不高兴吧。"

"哦！不。我为自己坚持不懈地提问感到高兴，想着自己得到多么少的信息，觉得很有趣。"

"我很失望。"他只是答道。

"我希望每个人晚上都过得高兴，"伍德豪斯先生以他的平静方式说道，"我就是。有一次我感觉火实在太旺了，然后我把椅子往后挪了一点，一点点，就没事了。贝茨小姐很爱说话脾气也好，她总是这样，虽然她说话实在太快了。不过，她很讨人喜欢，贝茨太太也是，在不同的方面。我喜欢老朋友。简·费尔法克斯小姐是那种非常漂亮的小姐，真是非常漂亮又非常有教养的小姐。她一定觉得晚上很愉快，奈特利先生，因为她有爱玛。"

"没错，先生。爱玛也是，因为她有费尔法克斯小姐。"

爱玛看出他的焦虑，希望现在至少能缓解一下，便带着毋庸置疑的真诚说道：

"她是那种让人移不开视线的优雅女子。我看着她总是满心赞赏，我从心里同情她。"

奈特利先生似乎比他上去更加满意。他还没能回答，一心想着贝茨母女的伍德豪斯先生说：

"真可惜她们的境遇会如此窘迫！真是太可惜了！我常常希望——不过一个人能特别做到的事太少了——小小的，微不足道的礼物，任何不同寻常的东西——我们刚刚杀了一头猪，爱玛想送给她们一块腰肉或猪腿，小小的、嫩嫩的——哈特菲尔德的猪肉和别的猪肉都不一样——但还是猪肉——嗯，我亲爱的爱玛，除非能确定它们被做成肉排，炸得恰到好处，就像我们炸的那样，一点也不油腻，千万别烤，因为谁的胃也受不了烤猪肉——我想我们最好还是送猪腿吧——你说呢，亲爱的？"

"我亲爱的爸爸，我把整条后腿都送去了。我知道你想这样。腿可以腌起来，你知道，特别美味，腰肉能直接用他们喜欢的任何方式做。"

"说得对，我亲爱的，说得很对。我以前没想到，不过那是最好的办法。她们一定不能把腿腌得太咸。要是没有腌得太咸，要是煮得很烂，就像赛尔给我们煮的那样，吃得适量，再加上一点煮熟的胡萝卜，一点胡萝卜或是防风草，我觉得不会不健康。"

"爱玛，"奈特利先生很快说道，"我有个消息要告诉你——你喜欢听消息——我在过来的路上听到一个消息，我想你会感兴趣的。"

"消息？哦！是的，我总是喜欢听消息。是什么？——你为何这样微笑？——你在哪儿听到的？——在兰德尔斯？"

他只来得及说了一句：

"不，不在兰德尔斯；我没有走近兰德尔斯。"这时门被推开，贝茨小姐和费尔法克斯小姐走了进来。贝茨小姐满心感激又一肚子消息，不知该先说哪个好。奈特利先生马上发现他已经失去机会，接下来一个字也轮不到他说了。

"哦！我亲爱的先生，你今天早上好吗？我亲爱的伍德豪斯小姐——我简直受不了啦。那么漂亮的猪后腿！你太慷慨了！你听到消息了吗？埃尔顿先生要结婚了。"

爱玛这阵子连考虑埃尔顿先生的时间都没有，听到这个消息她非常意外，忍不住吃了一惊，脸有点红。

"那就是我的消息——我想你会感兴趣的。"奈特利先生说，他的微笑暗示着他对他们之间曾经讨论过的某件事的信心。

"可**你**是从哪儿听说的呢？"贝茨小姐叫道，"你能从哪儿听到呢，奈特利先生？因为我收到柯尔太太的便条才不过五分钟——不，不会超过五分钟——至多不过十分钟——因为我已经戴上帽子穿好外套，正准备出去——我只是又要下去和帕蒂说猪肉的事——简当时站在过道里——不是吗，简？——因为我母亲非常担心我们没有足够大的腌肉盘。于是我说我下去看看，简说，'要不我去吧？因为我觉得你有点感冒，帕蒂正在清洗厨房呢。'——'哦！亲爱的，'我说——可正在那时便条到了。一位巴斯的霍金斯小姐。不过，奈特利先生，你怎么可能听说呢？因为柯尔先生刚告诉柯尔太太，她就坐下来给我写了便条。一个霍金斯小姐——"

"一个半小时前我有事去找柯尔先生。我进去时他刚看完埃尔顿先生的信，马上就递给了我。"

"哦！那真是——我想从没有哪个消息能比这更有趣了。我亲爱的先生，你真是太慷慨了。我母亲想向你表达最诚挚的问候和敬意，还有万分的感谢，说你真让她承受不起。"

"我们认为我们哈特菲尔德的猪肉，"伍德豪斯先生答道，"的确一定是这样，比其他所有的猪肉都好得多，我和爱玛最高兴的莫过于——"

"哦！我亲爱的先生，就像我母亲所说，我们的朋友对我们太好了。如果真的有谁自己没什么财富，却能想要什么就有什么，我肯定那就是我们。我们完全可以说'我们命中注定能继承一份丰厚的财产①。'那么，奈特利先生，所以你真的看到那封信了，嗯——"

"信很短——只是宣布消息——不过当然很开心，很狂喜。"说到这儿他狡黠地瞥了爱玛一眼，"他那么幸运地——我不记得具体怎么说的——谁也没必要记住那些。那个消息是，如你所言，他要和一位霍金斯小姐结婚了。以他的风格来看，我想这件事刚刚定下来。"

"埃尔顿先生要结婚了！"爱玛说，她终于能够说出话来，"每个人都会祝他幸福的。"

"他这么年轻就成家，"伍德豪斯先生说，"他最好不要着急。我认为他本来挺好的。我们总是很喜欢在哈特菲尔德见到他。"

"我们大家都有了一个新邻居，伍德豪斯小姐！"贝茨小姐愉快地说，"我的母亲太高兴了！——她说她受不了我们可怜的牧师没有个女主人。这的确是个大喜讯。简，你还没见过埃尔顿先

---

① 选自《圣经·旧约》中的《诗篇》，与原文稍有出入。

生呢！——难怪你那么好奇，一心想见见他。"

简看上去并没有好奇到一心想着这件事。

"不——我从没见过埃尔顿先生，"她应着这番话答道，"他——他个子高吗？"

"谁来回答这个问题？"爱玛叫道，"我的父亲会说'是'，奈特利先生会说'不是'；我和贝茨小姐会说他不高不矮刚刚好。如果你待在这儿的时间长一些，费尔法克斯小姐，你会明白埃尔顿先生是海伯里的完美典范，无论人品还是头脑。"

"一点不错，伍德豪斯小姐，她会发现的。他是最出色的年轻人——不过，我亲爱的简，要是你能记得，我昨天告诉过你他恰好和佩里先生一样高。霍金斯小姐——我相信她一定是位极好的年轻小姐。他那么关心我的母亲——想让她坐在牧师座位上，以便能听得清楚些，因为我的母亲有些耳聋，你知道的——不算严重，但她听声音有些迟钝。简说坎贝尔上校也有点耳聋。他以为沐浴会对耳朵有好处——温水浴——不过她说对他的好处并不持久。坎贝尔上校，你知道，他真是我们的天使。迪克逊先生看起来是个很可爱的年轻人，很配得上他。好人和好人来到一起多么幸福啊——他们总是这样。现在，这儿有埃尔顿先生和霍金斯小姐；那儿有柯尔一家，那么好的人；还有佩里一家——我想再没有比佩里先生和太太更幸福美满的夫妻了。我说，先生，"她转向伍德豪斯先生，"我想没有几个地方能有海伯里这么好的人。我常说，我们有这些邻居真是太幸福了——我亲爱的先生，要说有什么是我母亲最喜欢的，那就是猪肉——烤猪腰肉——"

"至于霍金斯小姐是谁，做什么，他和她相识了多久，"爱玛说,"我觉得完全无从得知。感觉他们相识不久。他只走了四个星期。"

谁也说不上来;又想了一会儿后,爱玛说:

"你沉默了,费尔法克斯小姐——但我希望你是打算对这个消息感兴趣的。你最近对于这样的话题听得多也见得多,想必为了坎贝尔小姐对这些事操了不少心——我们不能原谅你对埃尔顿先生和霍金斯小姐如此漠不关心。"

"在我见到埃尔顿先生时,"简答道,"我想我会有兴趣——可我相信对我来说**那**是必须的。而且坎贝尔小姐已经结婚几个月,那些印象可能也淡忘了些。"

"是的,他只走了四个星期,正如你所说,伍德豪斯小姐,"贝茨小姐说,"到昨天四个星期——一位霍金斯小姐!——嗯,我还一直以为会是附近的某位年轻小姐呢;倒不是说我曾经——柯尔太太有一次悄悄告诉我——但我马上说,'不,埃尔顿先生是最体面的年轻人了——不过'——简单地说,我觉得我并不很擅长看出这类事情。我不想假装那样。我看得见眼前的事。然而,谁也不会奇怪要是埃尔顿先生竟然想——伍德豪斯小姐让我唠叨下去真是好性子。她知道我无论如何都不会冒犯。史密斯小姐怎么样?她好像恢复得差不多了。你最近收到过约翰·奈特利太太的信吗?哦!那些可爱的小娃娃们。简,你知道我一直觉得迪克逊先生像约翰·奈特利先生吗?我是说长相——高个子,那样的神情——而且说话不多。"

"完全错了,我亲爱的姨妈,一点都不像。"

"真奇怪!不过谁也不能事先对任何人形成正确的看法。总是先有了想法，就顺着想下去。迪克逊先生，你认为，严格说来，并不很漂亮？"

"漂亮？哦！不——远不是——的确相貌平平。我告诉过你他很平常。"

"我亲爱的，你说坎贝尔小姐绝不承认他平常，而且你自己——"

"哦！至于我自己，我的判断毫无价值。凡是我看重的人，我总会认为相貌不错。不过我说他平常，是因为我相信大多数人都会这样想。"

"好吧，我亲爱的简，我想我们必须赶紧走了。天气看上去不太好，外婆会担心的。你真是太客气了，我亲爱的伍德豪斯小姐，可我们必须走了。这真是特别让人高兴的消息。我只会去柯尔太太那儿一趟；但我待不了三分钟：简，你最好直接回家——我可不想让你在外面淋雨！——我们觉得她来到海伯里已经好些了。谢谢你，我们真心感谢。我不打算拜访戈达德太太，因为我真觉得她除了**煮猪**肉其他都不喜欢：等到我们做猪腿时又是另一回事了。再见，我亲爱的先生。哦！奈特利先生也和我们一起走。哦，那真是太——！我相信要是简累了，你会好心地让她挽住你的胳膊——埃尔顿先生，霍金斯小姐！——再见。"

爱玛独自和她的父亲在一起，只需给他一半的注意力，他在哀叹年轻人为何这么急着结婚——还和陌生人结婚——另一半的注意力她能用来自己想想这个问题。这对她本人来说是个有趣又很受欢迎的消息，证明了埃尔顿先生不会痛苦很久。可是她为哈丽特感到难过：哈丽特一定会觉得难过——她只希望由自己最先告诉她这个消息，免得她忽然从别人那儿听到。现在大约是她可能过来的时间，要是她在路上遇见贝茨小姐可就糟了！——因为天已经开始下雨，爱玛只好期待着天气把她困在戈达德太太那儿，也只能想着这个消息无疑会在她毫无防备之时突然袭来。

　　雨下得很大，但时间很短，刚停五分钟哈丽特就进来了。她满脸通红，神情激动，正是满怀心事匆匆赶来的样子。她脱口而出的"哦！伍德豪斯小姐，你猜发生了什么事？"足以表明她正心烦意乱。既然她已经受了打击，爱玛做什么都不如聆听更能表示关心。哈丽特没被打断，急着一口气把话说了出来。"她半小时前从戈达德太太那儿出发——她担心会下雨——她怕随时可能下倾盆大雨——不过她想她也许可以先到哈特菲尔德——她尽快往前赶。可是，当她路过给她做衣服的那个年轻女人的家门口时，她想可以进去看看做得怎样了。虽然她好像在里面只待了一小会儿，她出来不久后就开始下雨，她不知该如何是好。于是她使劲往前跑，到福特商店去躲雨。"——福特商店是羊毛布料店、亚麻布料店和男子服饰店的联合商店，是当地最大最时尚的商店——"于是，她到了那儿，可能整整十分钟什么也没想——忽然，猜猜谁进来了——真是太奇怪了！——不过他们总是和福特做生意——谁进来了呀，正是伊丽莎白·马丁和她的哥哥！——亲爱的伍德豪斯小姐！只要想想吧。我觉得我都要晕倒了。我不知该怎么办。我正好坐在门边——伊丽莎白马上看见了我，可是他没有，他在忙着收雨伞。我肯定她看见我了，不过她很快转向别处，根本不在意。他们一起走进店里，我还是坐在门边！——哦！天啊，我太痛苦了！我肯定我的脸色看上去和我的衣服一样白。我不能离开，你知道，因为下着雨。但我希望我在哪儿都行，就是别在那儿——哦！天啊，伍德豪斯小姐——不过最后，我猜，他四处张望，看见了我，因为他们没有接着给她买东西，而是开始窃窃私语。我肯定他们在说我，我不禁想到他在劝她和我说话——（你觉得他那样做了吗，伍德豪斯小姐?）——因为她立刻走过来——来到我面前，问我怎么样，好像只要我愿意随时准备和我握手。她做这些的方式和以前很不一样，我能看出她的改变，不过，她似乎**努力**表示出很友好的样子。我们握了手，站着说了一会儿话，可我不知道自己说了什么——我浑身颤抖！——我记得她说很遗憾我们现在无法见面，我觉得她那样说真是太仁慈了！天啊，伍德豪斯小姐，我痛苦极了！那时雨渐渐停了下来，我决心无论如何也要出去——然后——想想吧！——我发现他也朝我走来——走得很慢，好像他不清楚该怎么做。接着他过来说话，我做了回答——我站了一会儿，感到很痛苦。你知道也说不清怎么回事。然后我鼓起勇气，说雨停了，我必须走了，于是我赶紧离开。我还没从门口走出几步，他就跟了上来，只说要是我去哈特菲尔德，他认为我最好绕着柯尔先生家的马厩过来，因为我会发现近路上全是水。哦！天啊，我感觉这真得要了我的命啊！于是我说，我非常感谢他：你知道我没法说得更少；随后他回到伊丽莎白身边，我绕着马厩过来了——我相信是那样过来的——可我几乎不知道自己在哪儿，什么也不清楚。哦！伍德豪斯小姐，我无论如何也不愿发生这件事。可你知道，看到他的举止那么愉快友好，还是很让人满意，还有伊丽莎白的样子。哦！伍德豪斯小姐，请对我说说话，让我重新感觉好受些吧。"

　　爱玛真心希望这样做，可她一下子做不到。她只得停下来想了想。她自己也没觉得特别好受。这个年轻人的举止，还有他的妹妹，似乎是真情实感的结果，她不禁同情他们了。正如哈丽特所说，他们的行为表现出一种有趣的混合，既有受伤的感情，又有真心的体贴。不过她以前就相信他们是善良可敬的人，所以这能给他们不相配这件事带来什么不同呢？被这件事困扰真是愚蠢。当然，他一定因为失去她而难过——他们一定都很难过。奢望，还有爱情，可能都受到了伤害。他们也许都想凭借哈丽特的熟人提升自己，而且，哈丽特的描述又能有什么意义？——那么容易被取悦——几乎没有洞察力——她的赞扬有什么用呢？

　　她竭尽全力，的确努力让她好受一点，说刚才发生的一切不过是件小事，根本不值得放在心上。

　　"这现在可能会令人难过，"她说，"不过你似乎表现得非常好，这次见面已经结束了——也许永远不会——也不可能会再次发生，所以你不必再想。"

　　哈丽特说，"一点不错"，说她"不会再想了"；可她还是说着这件事——她还是无法谈论别的事情。最后，爱玛为了把马丁一家赶出她的脑子，只得急忙说出了那个消息，她本来打算更加小心翼翼地说出来的。她自己简直不知该对可怜的哈丽特那样的想法感到高兴还是生气，该觉得惭愧还是只被逗乐——就这样结束了埃尔顿先生对她的重要性！

　　不过，埃尔顿先生的权利逐渐得到了恢复。虽然她对这个一手消息的感觉不如前一天，或是一个小时前那么强烈，然而对于这件事的兴趣很快就提高了。她们的第一次交谈还没结束，她已经表达了好奇、惊讶、遗憾、痛苦和愉快，至于那位幸运的霍金斯小姐，足以把马丁一家赶到哈丽特幻想中的次要位置。

爱玛逐渐对于有了这样的一次见面感到高兴。这既有利于消除刚得到消息的震惊，又不会留下令人担忧的影响。以哈丽特现在的生活方式，马丁一家不来找她就无法接近她，因为自从她拒绝了这位哥哥后，两个妹妹还没来过戈达德太太这儿。也许接下来的一年他们都不会再相遇，没有必要，甚至没有办法再说一句话。

第四章

人类的天性总是对那些处在有趣境遇的人更有好感，所以一个年轻人，无论结婚还是死去，一定会被人亲切谈论。

霍金斯小姐的名字在海伯里第一次被提起还没过一个星期，人们已经通过各种方式发现她在相貌人品上都无可挑剔。她漂亮、优雅、有才华，又和蔼可亲。当埃尔顿先生本人回来后想炫耀他的幸福前程，好好宣扬她的优点时，他已经无事可做，只能说说她的教名，以及她主要弹谁的曲子。

埃尔顿先生回来了，成了非常幸福的人。他离开时被拒绝受屈辱——在一连串看似热情的鼓励后满怀希望，却失望而去；不仅没得到合适的小姐，还发现自己被贬低到一个完全错误的小姐的水平。他离开时深感恼怒——他回来时和别人订了婚——当然那也是和第一位同样的上等人，在这种情况下总是失去什么就要得到什么。回家后他兴高采烈、得意洋洋、满心急切、忙碌不已，毫不在意伍德豪斯小姐，蔑视史密斯小姐。

迷人的奥古斯塔·霍金斯除了拥有美貌和美德等一切通常的优点外，还拥有一笔独立财产，有那么好几千呢，所以总被说成一万镑。这一点既有些尊严，又很是实惠；故事讲得不错，他没有放弃自己——他已经得到一个几乎拥有一万英镑的女人，并且以如此令人愉快的神速得到了她——经人介绍一个小时便注意到彼此与众不同，他对柯尔太太讲述的感情升温发展过程真是光彩夺目——进展非常迅速，从偶然的邂逅，到格林先生家的晚餐，再到布朗太太家的聚会——愈发意味深长的微笑与脸红——时时洋溢的羞涩与激动——小姐轻而易举地动了心——如此甜蜜地为他倾心——简而言之，用最明白易懂的话来说，她是那样欣然接受了她，所以虚荣和谨慎全都得到了满足。

他既得到了实质也抓住了虚无——财富与爱情，是个理所当然的幸福之人。他只谈自己和自己关心的事——期待被祝贺——准备被取笑——如今他带着热情无畏的笑容，和这里所有的年轻小姐说着话，而就在几个星期前，他只能对她们小心翼翼地献殷勤。

婚礼一定不是遥远的事，因为两人只用取悦他们自己，只需等待一些必要的准备。当他再次出发去巴斯时，大家都期待着他下次进入海伯里会带上他的新娘，而柯尔太太的某种眼神似乎并不否认这一点。

在他这次短暂的逗留期间，爱玛很少见到他；不过短短的接触刚好足以让她觉得第一轮交往已经结束，给她的印象是他如今特别装腔作势，恼怒与自负的样子毫无改观。事实上，她开始好奇她有没有觉得他讨人喜欢过，只要看见他都会不可避免地带来一些很不愉快的感受。除了从道德的角度，将此作为赎罪和教训，一种对她自己的思想有益的羞辱，她会真心希望一辈子不用再见到他。她祝愿他称心如意，可是他让她痛苦，要是他能去二十英里以外幸福生活，那会让她无比满意。

不过，他继续在海伯里生活将要带来的痛苦一定会因为他的结婚而减轻。许多无用的担忧将被避免——许多尴尬将因此缓解。**一个埃尔顿太太**会成为任何交往变化的借口，从前的亲密关系会了不了之。这几乎会成为他们再度以礼相待的开始。

对于这位小姐本人，爱玛很少考虑。毫无疑问她配得上埃尔顿先生，她的才华也配得上海伯里——足够好看——也许在哈丽特身边会显得平常。至于家庭，爱玛对那一点毫不在意。她相信尽管他自己又是吹嘘又是鄙视哈丽特，他其实并没有做到什么。在那一点上，似乎可以得到真相。她**做什么**，这一定弄不清楚，不过她是**谁**，也许能查得出来。除了那一万英镑，她看似一点也不比哈丽特更好。她没有名望、没有家世、没有显赫的亲戚。霍金斯小姐是个布里斯托尔人的两个女儿中最小的一个——商人①，当然，必须这么称呼他，而猜测他的行业没有太多尊严算不上不公平。她习惯于每个冬天在巴斯住一段时间，不过布里斯托尔是她的家，在布里斯托尔正中心。虽然她的父母几年前已经去世，她还有一个叔叔——从事法律工作——没人敢说他做过更体面的工作，只说他做法律，这个女儿和他住在一起。爱玛猜测他给某个律师做苦力，因为太笨而得不到提升。这门亲事所有的荣耀似乎都靠着那位姐姐，**她嫁得很好**，嫁给了一位**了不起**的绅士，在布里斯托尔附近，有两辆马车！那就是故事的结尾，那就是霍金斯小姐的光荣。

要是她能把这些感受都告诉哈丽特该多好！是她劝她坠入了

---

① 英国重要海滨城市，十八世纪因为与西印度群岛、美国、非洲之间的大量奴隶贸易而臭名昭著，直到 1807 年废除奴隶制后才结束了奴隶贸易。爱玛的迟疑表明她对埃尔顿太太家庭背景的怀疑。

爱河，可是，唉！她可没那么容易被劝回头。那个填补了哈丽特头脑中许多空白的对象，却是用什么话也无法消除他的魅力。他也许能被另一个人取代，他当然一定会，没有什么能比这更清楚，甚至一个罗伯特·马丁就足够了。可是，她担心没有别的方法能治愈她。哈丽特是那样的人，一旦爱上了，就始终放不下。所以现在，可怜的女孩！她的状态因为埃尔顿先生的再次出现而明显变得糟糕。她总会在这儿或那儿瞥见他。爱玛只见过他一次，可哈丽特每天总有两三次**恰好**遇见他，或**恰好**和他错过，**恰好**听见他的声音或看见他的肩膀，**恰好**能发生点什么让他停留在她的幻想中，带着所有热切的惊讶与猜想。而且，她总是永远能听到他的消息，因为除了在哈特菲尔德，她总是和那些看不见埃尔顿先生缺点的人在一起，发现没有什么能比讨论他的事更有趣。因此，每一个报告，每一种猜测——所有已经发生的事情，所有在他的结婚安排中可能发生的事，包括收入、仆人、还有家具，一直在她的身边被激动地谈论着。人们对他一致的赞扬使她对他愈发看重，她依然觉得遗憾，因为人们不停地重复着霍金斯小姐的幸福感到恼火，总是看出他似乎有着深深的爱恋！——他走过房子时的神情——他的帽子端正地戴在头顶上的样子，一切都证明了他爱得有多深！

假如能够以此取乐，如果这不会使她的朋友痛苦，也不让她自责，爱玛本该被哈丽特摇摆不定的各种想法逗乐。有时埃尔顿先生占了上风，有时是马丁家人，每个想法偶尔能够遏制另一个。埃尔顿先生的订婚治好了遇见马丁时的激动不安，听到订婚消息的不快因为伊丽莎白·马丁几天后拜访戈达德太太被有些抛开。哈丽特当时不在家，但给她留了一张事先准备的纸条，内容的风格很令人感动，既有一丝责备，又有许多善意。直到埃尔顿先生本人再次出现之前，她一直沉浸在这封信里，不停思索着能做些什么作为回复，希望能够做到的比她敢于承认的更多。可是埃尔顿先生亲自赶走了所有这些想法。在他逗留的日子里，马丁一家被抛到了脑后。当他再次出发去巴斯的那个早上，爱玛为了驱散这件事带来的一些痛苦，认为她最好回访伊丽莎白·马丁。

该怎样看待这次拜访——必须做些什么——怎样会最安全，是令人有些拿不定主意的重要方面。在应邀来访时，完全忽略母亲和姐妹们，是不知感恩。一定不能那样：可是再重修旧好的危险！

她思前想后也找不出更好的办法，只能让哈丽特去回访。不过在方式上，只要他们有理解力，就一定能看出这不过是一次礼节性的拜访。她打算带她乘坐马车，把她留在阿比-米尔农场，然后她再往前走一小段路，很快回来接她，让他们没时间耍些狡猾的手段，或是危险地重提往事，用最清楚明了的方式证明她已经给未来的交往选择了怎样的亲密程度。

她想不出更好的办法了：虽然她自己的内心对此并不完全赞成——有些忘恩负义，只不过掩饰了一下——但必须这么做，否则哈丽特会变成怎样呢？

第五章

　　哈丽特没什么心思去拜访。在她的朋友来戈达德太太这儿找她的半个小时前，她的邪恶之星就在那时将她领到了那个地方，正好让她看见一个标着**"巴斯，怀特-哈德，菲利普·埃尔顿牧师收"**的大箱子被搬到屠夫的马车上，要被送到驿车经过的地方去。于是除了那只大箱子和那个方向外，世上的其他一切都变成了空白。

　　然而她还是去了。在她们到达农场后，她将在宽阔整洁的石子路的尽头被放下，沿着高高的苹果树走到大门口，就在去年秋天给了她许多快乐的所有景象开始让她触景生情，有些激动。在她们分开时，爱玛注意到她带着一种害怕又好奇的样子环顾四周，这让她下定决心不让哈丽特的拜访时间超过说好的一刻钟。她自己继续往前，用那些时间去看望一位结了婚并住在当维尔的老仆人。

　　一刻钟后她准时回到那个白色的大门前。史密斯小姐得到她的召唤，毫不耽搁地回到她的身边，没有被某位令人担心的年轻人陪同着。她独自一人沿着石子路走来——一位马丁小姐只是来到门口，似乎很客气地和她道了别。

　　哈丽特无法很快说清发生了什么。她百感交集，不过爱玛最终从她那儿得到了足够的信息，明白了这是怎样的会面，带来了怎样的痛苦。她只见到了马丁太太和两个女孩。她们即使算不上冷淡，也是带着疑惑接待了她，整个时间她们只谈论了一些最平常的事——直到最后马丁太太忽然说她觉得史密斯小姐长高了，这才让她们话题变得更有趣些，态度也热情了些。去年九月时，她和她的两个朋友就在那间屋子里测量了身高。窗边的墙上还有铅笔做的记号和标注。是**他**做的。她们似乎都记得那一天，那个时刻，那次聚会，那个场合——有着同样的感受，同样的遗憾——都愿意恢复同样的亲密与理解。她们正在回到原来的样子时（正如爱玛怀疑的那样，哈丽特是几个人中最先变得热情快乐的那一个），马车再次出现，一切都结束了。此次拜访的方式，时间的短促，让人感到很是决绝。对于她仅仅在六个月前满心感激地共度了六个星期的一家人，却只给了他们十四分钟！——爱玛忍不住想象着这一切，觉得他们完全有理由心生怨恨，哈丽特也会自然而然地感到痛苦。这件事做得很糟糕。她本来可以做得更多，或是忍受更多，好好提高马丁一家的地位。他们那么值得看重，只需**稍微**提高一点就够了：但事已至此，她还能怎么做？——不可能！——她绝不后悔。他们必须被拆散，只是在这个过程中会有很多痛苦——现在她自己感到非常痛苦，所以很快觉得需要一些安慰，便决定经过兰德尔斯再回家，从那儿得到些安慰。她从心里对埃尔顿先生和马丁一家感到厌倦。去兰德尔斯提提神绝对有必要。

这个计划不错。可是马车到了门前时她们听说"男主人和女主人都不在家"，他们两人出去一段时间了，男仆认为他们去了哈特菲尔德。

"真糟糕，"爱玛在她们转身离开时叫道，"这下我们会刚好与他们错过，太恼人了！——我从来没有这么失望过。"她靠在角落里，准备继续咕哝，或是说服自己，也许二者皆有——这是并无恶意的人最常用的做法。马车很快停了下来，她抬起头，是韦斯顿先生和太太拦下了马车，正站着和她说话呢。见到他们她顿时高兴起来，而他们的话语传递了更加愉快的消息——因为韦斯顿先生立即走上前对她说：

"你好吗？——你好吗？——我们和你的父亲坐了一会儿——见他一切都好真高兴。弗兰克明天来——我今天上午收到来信——我们明天晚餐前一定会见到他——他今天在牛津，他来住整整两个星期，我就知道会这样。他要是圣诞来了还待不到三天呢，我总是很高兴他圣诞节没有来。现在天气对他正好适宜，晴朗干燥又稳定。我们能彻底享受和他在一起的时间，一切都完全如我们所愿。"

这样的消息让人无法不兴奋，也不可能不受到韦斯顿先生那张幸福笑脸的影响。他的妻子虽然说话不多更加安静，她的话语和神情同样完全证实了这个消息的可靠性。得知**她**也觉得他一定会来，足以让爱玛对此深信不疑，她为他们的快乐感到由衷的高兴。这是对疲惫的心灵最愉快的兴奋剂。陈旧的过去被即将发生新鲜的事淹没，转念间，她希望如今不用再谈论埃尔顿先生了。

韦斯顿先生为她讲述了去恩斯库姆的几次会面，这使他的儿子有了整整两个星期由他支配的时间，还说了他的旅行路线和方式。爱玛倾听着，微笑着，祝贺着。

"我会很快带他来哈特菲尔德。"他最后说道。

爱玛想象着她看见他的妻子在这番话时碰了碰他的胳膊。

"我们还是走吧，韦斯顿先生，"她说，"我们耽搁两位小姐了。"

"好吧，好吧，我这就走，"他又转向爱玛，"不过你可别指望见到一个**特别**出色的年轻人。你知道，你只听**我**说起过他，我敢说他真的毫无特别之处。"——而此刻他那双亮闪闪的眼睛却表明他其实言不由衷。

爱玛让自己看上去毫不知情、天真无邪，回答也是不置可否。

"明天想着我，我亲爱的爱玛，大约四点。"这是韦斯顿太太的临别嘱咐，说得有几分焦虑，而且只对着她说。

"四点！——他三点肯定来。"韦斯顿先生马上纠正，就这样结束了一场最令人满意的会面。爱玛的情绪高涨得几乎算得上幸福了。一切都大不一样，詹姆士和他的马似乎还不及之前一半拖沓。当她看着树篱时，她心想至少接骨木一定会很快长出新芽。当她转向哈丽特时，见她的脸上似乎春意盎然，甚至带着温柔的微笑。

"弗兰克·邱吉尔先生会经过巴斯和牛津吗？"然而这个问题并没有太多暗示。

不过地理的距离和内心的宁静都无法立刻达到，爱玛现在心情不错地认定两者都能及时解决。

有趣的一天早晨来到了，韦斯顿太太的忠实学生在十点、十一点、或十二点时都没忘记她应该在四点时想着她。

"我亲爱的，亲爱的焦急朋友啊——"她从自己的房间走下楼时心里自言自语道，"总是对每个人的安适太过关心，除了对你自己；我现在能看到你那坐立不安的样子，一次次地去他的房间，确保一切都好。"她穿过大厅时钟敲了十二下。"十二点了，从现在开始到下午四点我都不会忘记想着你；到明天这个时候，也许稍晚一些，我想他们也许将一起来这儿拜访。我肯定他们会很快把他带到这儿来。"

她打开客厅的门，见到两位先生和她的父亲坐在一起——是韦斯顿先生和他的儿子。他们只到了几分钟，韦斯顿先生刚刚解释了弗兰克提前一天到来，她的父亲还在非常礼貌地欢迎和祝贺他们，这时她出现了，和他们一同惊讶、介绍和喜悦着。

那个很久以来一直让人津津乐道的弗兰克·邱吉尔就在她的眼前——他被介绍给她，她觉得对他的赞扬并不言过其实。他是个**非常**英俊的年轻人，身材、气质和谈吐都无可挑剔，他的相貌很有他父亲的生气与活力，看上去聪明又理智，让她立刻感到自己会喜欢他。他的举止无拘无束又很有教养，还乐于交谈，让她相信他来到这儿就是为了与她相识，他们一定会很快熟悉起来。

他前一天晚上就到了兰德尔斯。她很满意他那么急着来到这儿，并因此而改变计划，更早动身、更晚到达、加快速度，只为赢取半天的时间。

"我昨天就告诉你了，"韦斯顿先生得意洋洋地叫道，"我和你们都说过他会提前到达。我记得自己也曾这样做过。谁也不会慢腾腾地上路，谁都会忍不住想加快速度。在朋友还没开始盼望时就已经到达的快乐，比起需要花费的一点努力，实在太值得了。"

"来到一个能够尽情享受的地方真是太让人高兴了，"年轻人说，"虽然我现在还不敢说能去很多人家拜访，但既然回**家**了，我觉得自己想做什么都可以。"

家这个字眼让他的父亲再次带着满足的神情望着他。爱玛立刻相信他知道怎样使自己讨人喜欢，这个念头又被随后的事情证实。他特别喜欢兰德尔斯，觉得这是布置得最令人赞叹的房子，甚至几乎不肯承认房子很小。他喜欢房子的位置，去海伯里的那段路，海伯里本身，哈特菲尔德当然更好，声称自己一直对乡村怀着只有**自己的**家乡才能带来的兴趣，特别期待能来这儿看一看，爱玛心里不禁怀疑他为何过去从未满足过如此美好的感觉。然而，如果这是谎言，也是令人愉快的谎言，说的方式也让人喜欢。他的举止既不做作也不夸张。他的神态和话语的确像是处在非常高兴的状态。

他们谈论的总体而言是初次相识的人们之间的话题。他询问道："她骑马吗？——喜欢骑马吗？——爱不爱散步？——他们的邻居多不多？——海伯里也许有足够的社交吧？——这里和附近有好几座非常漂亮的房子——舞会呢——他们开不开舞会？——这儿的人们喜欢音乐吗？"

不过在这些问题都得到满意的回答后，他们的熟悉程度也有了相应的提升。两位父亲在一起说话时，他找了个机会谈起他的继母，对她赞不绝口、无比钦佩，满心感激她给他父亲带来的幸福，对他本人的热情招待，这再次证明他懂得如何取悦他人——也证明他一定认为值得努力取悦她。他对韦斯顿太太的夸赞句句都让爱玛觉得她当之无愧，但毫无疑问他对事情本身知之甚少。

他知道怎样的话讨人喜欢，对于别的并没有把握。"他父亲的婚姻，"他说，"是最明智的做法，每个朋友都一定会为此高兴；给他带来如此幸福的那家人，一定要永远被视作对他恩重情深。"

他几乎要为泰勒小姐的优点而感谢她了，但似乎还没忘记通常来说，应该认为是泰勒小姐造就了伍德豪斯小姐的性格，而不是伍德豪斯小姐造就了泰勒小姐。最后，他似乎下定决心在兜了个圈子后彻底证明他的观点正确，便以惊叹她容貌的年轻美丽来结束这个话题。

"优雅，举止令人愉悦，这倒是我有所准备的，"他说，"不过我承认，总的来说，我只是期待见到一位有点年纪，长相还算不错的女士。我不知道韦斯顿太太会如此年轻漂亮。"

"从我的感觉而言，你怎么夸赞韦斯顿太太都不为过，"爱玛说，"就算你猜她只有**十八岁**，我也会满心欢喜地听着；可**她**要是听你这样说话会和你争执的。别让她以为你把她说成了年轻漂亮的小姐。"

"我希望我能更有头脑，"他答道，"不，毫无疑问，（他殷勤地鞠了一躬，）在和韦斯顿太太说话时，我能明白我在称赞谁，不会有言过其实的危险。"

爱玛好奇最近一直牢牢占据她脑海的那个想法，关于他俩的相识会带来什么的猜测，他有没有想到过；他的赞美究竟该被当成默许，还是证明了他的反抗。她必须多和他交往才能明白他的性情，现在她只觉得他的性情很讨人喜欢。

她毫不怀疑韦斯顿先生常常在想些什么。她发现他带着愉快的神情一次次将敏锐的目光瞥向他们。甚至，当他可能下决心不再看的时候，她也确信他总是在倾听。

她自己的父亲全然没有这种想法，他丝毫没有这样的洞察力和怀疑倒是十分令人舒适的状况。幸好他既不赞成婚姻也没有预见性——虽然他反对每一桩婚事，却从来没有事先为此担忧过，似乎他从不认为有哪两个人会不明事理到竟然想结婚的地步，直到事实证明他们真会那么做。她祝福这很有好处的无知。现在他没有一点不愉快的猜测，想不到他的客人可能做出的任何背叛，因此能以他善良礼貌的天性，热情地询问弗兰克·邱吉尔先生在旅途上的饮食起居。他不幸要在途中住宿两夜，让他真心诚意地担忧他是否一定没有感冒——对于这一点，伍德豪斯先生只有再过一夜才能真正放下心来。

一阵适当的拜访后，韦斯顿先生打算离开了。"他必须走了。他要去克朗①处理干草的事，还要去福特商店给韦斯顿太太办很多事情，但他不必催促别人。"他的儿子教养太好，没能听出话外之意，也立刻起身说：

"既然你还要办些事，先生，我就借此机会拜访一个人；既然总有一天要去拜访，倒不如现在就去。我有幸认识了你的一位邻居，（他转向爱玛）一位住在海伯里或附近的小姐，这家人姓费尔法克斯。我想我会毫无困难地找到那座房子，可我觉得说费尔法克斯并不合适——应该是巴恩斯，或贝茨。你认识那个姓的人家吗？"

"我们当然认识，"他的父亲叫道，"贝茨太太——我们路过

---

① 原文为"the Crown"。

她家的——我看见贝茨小姐在窗边。是的，是的，你认识费尔法克斯小姐。我记得你在韦默斯认识她的，她真是个好姑娘。去拜访她吧，一定要去。"

"我今天早上不必拜访她，"年轻人说，"改天也可以。不过我们在韦默斯有些熟悉，所以——"

"哦！今天去，今天就去。不要推迟。该做的事情越早做越好。而且，我必须提醒你，弗兰克，在**这儿**你可得小心别怠慢了她。你见到她时她和坎贝尔一家在一起，那时的她和身边的所有人都身份平等。不过在这儿她只和她可怜的老祖母一起生活，过着几乎入不敷出的日子。你要是不早点去拜访就是怠慢人家。"

儿子看似被说服了。

"我听她说过认识你，"爱玛说，"她是个非常优雅的年轻小姐。"

他表示同意，但只轻轻答了声"是的"，几乎让她怀疑他是否真的赞同。可要是简·费尔法克斯只被视为一般的优雅，那么上流社会的优雅一定是截然不同的样子。

"如果你以前没被她的气质特别打动过，"她说，"我想你今天会的。你会看出她的与众不同，看到她，听她说话——不，恐怕你根本听不到她说话，因为她有个怎么也说不完话的姨妈。"

"你认识简·费尔法克斯小姐，是吗？"伍德豪斯先生说，他总是最后一个加入谈话，"那么请允许我向你保证，你会认为她是个非常令人喜爱的年轻小姐。她来这儿拜访她的祖母和姨妈，都是值得敬重的人，我和她们早就很熟悉了。我肯定她们会非常高兴见到你。我会让我的仆人陪你去，给你指路。"

"我亲爱的先生，这完全不必，我的父亲能带我去。"

"可你父亲不会走那么远，他只要去克朗，在街的另一边。这儿有很多房子，你会弄不清的，而且路上很泥泞，除非你一直走在步行道上，但我的车夫能告诉你在哪儿过街最好。"

弗兰克·邱吉尔先生还是拒绝了，尽量摆出认真的样子，他的父亲满心支持他，叫道："我的好朋友，这大可不必。弗兰克见到水坑会避开，至于贝茨太太家，他从克朗两三步就能走到。"

他们总算可以自己过去。两位先生一个热情地点点头，一个优雅地鞠躬告辞。爱玛对这段初次相识很满意，现在随时能专心想着他们一起在兰德尔斯的样子，并毫不怀疑他们会过得很愉快。

第六章

第二天早上弗兰克·邱吉尔先生又来了。他和韦斯顿太太一起过来，似乎对她和对海伯里都很有热情。看来他一直很友好地陪着她坐在家中，直到她平常出门活动的时间。让他选择散步路线时，他马上决定去海伯里——"他不怀疑每个方向都有令人愉快的道路，可要是让他选，他总会做出同样的选择。海伯里，那个空气清新、令人愉快、赏心悦目的海伯里，始终会吸引着他。"——海伯里对于韦斯顿太太而言，代表着哈特菲尔德，她相信对他也是如此。于是他们径直走了过来。

爱玛几乎没想到他们会来，因为韦斯顿先生刚刚来过，只为听人夸他的儿子非常英俊，却完全不知道他们的计划。对爱玛而言，看见他们挽着胳膊朝她家走来真是惊喜。她正想再见到他，特别想看看他和韦斯顿太太在一起时的样子，她对他的评价取决于他的表现。要是他在那个方面做得不好，什么也无法弥补。然而见到他们在一起后，她变得十分满意。他不是仅仅以动听的话语和夸张的赞美来尽他的责任，他对她的整个态度都恰到好处，令人愉悦——没有什么可以更令人愉快地表明他愿意和她做朋友，想博得她的欢心。爱玛有足够的时间做出合理的判断，因为他们上午随后的时间都在这儿。他们三个人一起散步一两个小时——先是绕着哈特菲尔德的灌木林转了一圈，随后又去了海伯里。他对一切都感到满意，对哈特菲尔德的盛赞能让伍德豪斯先生听得心满意足。当他们决定再走远些时，他承认希望能结识村里的所有人，他发现的值得称赞或让他感兴趣的事物之多，远远出乎爱玛的意料。

令他感到好奇的一些事表明他满怀深情。他请求带他去看看他父亲曾经居住了很久的那栋房子，也是他祖父的家；他想起曾经照顾他的那位老妇人还活着，就从街的一头走到另一头寻找她的小屋；虽然他的一些寻找与观察并没有什么实际意义，但总的来说显示出他对海伯里的大致好感，在与他同行的人看来很像是个优点。

爱玛观察着判断着，凭他目前表现出的情感，认为他主动地这么长时间不来拜访未免有失公允。他应该没有装腔作势、虚情假意，奈特利先生对他的判断一定不公正。

他们最先在克朗旅店停了一会儿。这是一座不起眼的房子，虽说是当地最主要的一家旅店，养了两对驿马，但更多是为附近的人提供方便，而非供长途旅行者使用。他的同伴们没想到他会因为对那儿感兴趣而逗留，在经过时说起了显然是后来加上的那间大屋子的来历。这间屋子在很多年前修建成舞厅，当时这一带人口特别多也流行跳舞，但也只是偶尔举办舞会——那些美好的日子早已成为过去，如今这里最重要的用途是作为本地绅士和半绅士们的惠斯特俱乐部。他立刻产生了兴趣。这儿曾经是舞厅的特征吸引了他，他没有继续往前，而是在两扇装有上等框格并打开了的窗户前停留了几分钟。他往里看，估摸着屋子的大小，哀叹原来的用途竟然就这样消失了。他看不到这间屋子的任何缺点，也完全不承认在她们看来的缺点。不，这儿够长、够宽、够漂亮了。刚好能舒舒服服地容纳那么多人。他们应该在冬季至少每两个星期举办一次舞会。伍德豪斯小姐为何不恢复这间屋子的昔日好时光呢？——她在海伯里可是想做什么都能做得到啊！她们说起这儿缺少合适的人家，认为除了村子里和附近的地方没有人会愿意来，可他并不满意。他不肯相信他看见了这么多的漂亮房子，怎么会没有足够的人来跳舞。听完对每个家庭情况的详细介绍后，他依然不愿承认这样的混合算得了什么，也不觉得让每个人在第二天早晨回到自己的合适位置会有丝毫的困难。他就像个一心想要跳舞的年轻人那样争执着，爱玛很惊讶地看到韦斯顿的气质明显压倒了邱吉尔的习性。他似乎拥有他父亲全部的活泼与精力，愉快的情绪和爱交际的性情，却完全没有恩斯库姆的傲慢与矜持。也许他的确没有什么傲慢，他全然不在意阶层的混合，几乎显得心灵很粗俗了。可他根本不懂得这被他轻视的祸害，只是因为他过于活泼而已。

他终于被劝说着离开了克朗旅店。现在他们几乎正对着贝茨一家住的房子，爱玛想起前一天他打算去拜访她们，问他是否去了。

"是的，哦！是的，"他答道，"我正准备说起呢。很顺利的拜访——我见到了所有的三位女士，非常感谢你之前的提醒。要是我对那位喋喋不休的姨妈毫无准备，那真得要了我的命。事实上，我只是身不由己地做了一次最荒唐的拜访。本来十分钟就足够了，或许也最为合适。我告诉父亲我肯定比他早回家——可我无法离开，根本没有停顿。最让我惊讶的是，当他最终也去了那儿时（他在别处找不到我），我发现自己已经和她们坐了将近三刻钟。那位好心的老太太根本没给我早点脱身的机会。"

"你觉得费尔法克斯小姐看上去怎么样？"

"气色不好，很不好——换句话说，要是一位年轻小姐可以被认为气色不好的话。可应该不能那样说的，韦斯顿太太，是吗？小姐们无论如何也不会气色不好。说真的，费尔法克斯小姐天生就那么苍白，几乎总是看上去不健康——她的气色太不好了，真可怜。"

爱玛不同意，开始热烈地为费尔法克斯小姐的气色辩护。"她当然从来算不上容光焕发，可总的来说她不认为她看上去不健康。她的皮肤娇嫩细腻，让她的面容看起来有一种特别的优雅。"他恭恭敬敬地听着，承认他听许多人说过同样的话——可他还是承认，对他来说什么也无法弥补病态的气色。即使长相平平，好气色也能让人光彩动人；要是五官漂亮，那效果就——幸运的是他用不着尝试描述那样的效果了。

"好吧，"爱玛说，"不必为了品味而争执——至少除气色外你还是欣赏她的。"

他摇头笑道："我无法将费尔法克斯小姐和她的气色分开。"

此时他们正走近福特商店，他急忙叫道："哈！这一定是每个人在生活中的每一天都要去的那家商店，这是我父亲告诉我的。他说他自己七天中有六天要来海伯里，而且总得在福特办点事。要是你们没有什么不方便，就让我们一起进去吧，让我证明自己属于这儿，是真正的海伯里公民。我必须在福特买点什么。这是我应该享受的自由——我想他们卖手套吧。"

"哦！是的，手套和各种东西。我很欣赏你的乡情。你会在海伯里受到喜爱的。你来之前就很受欢迎，因为你是韦斯顿先生的儿子——可要是在福特花上半个畿尼，你的名声就会建立在你自己的美德之上了。"

他们进了商店。当质地上乘、精美考究的"男士海狸"和"约克鞣皮"手套被取下来放在柜台上时，他说："抱歉，伍德豪斯小姐，你刚才在对我说话，就在我忽然充满**思乡之情**①时你对我说了些什么。别让我错过了。我向你保证，即使最好的外部名声也无法弥补我在私生活中失去的乐趣。"

"我只是问，你在韦默斯时对费尔法克斯小姐和她的同伴们了解多不多。"

"现在我明白你的问题了，我必须说这个问题非常不公平。只有小姐才有权决定熟悉的程度。费尔法克斯小姐肯定已经和你说过了——我可不能宣称超出她允许范围的熟悉程度。"

"哎呀！你的回答和她本人的回答一样谨慎。不过她说的每件事都留下许多空白让人猜想，她太矜持了，根本不愿透露关于任何人的丝毫信息，所以我真以为你能尽情地说说和她交往的情况。"

"我可以吗？真的？——那我就实话实说，这对我再合适不过了。我在韦默斯经常见到她。我在城里与坎贝尔夫妇有点熟悉，在韦默斯我们很多时候都在一起。坎贝尔上校是非常和蔼可亲的人，坎贝尔太太是个和善又热情的女人。我对他们都很

---

① 此处弗兰克使用了拉丁文"amor patriæ"，原意指"对祖国的爱"。这是 1775—1815 期间英国与美国殖民地，以及与法国的战争中常见的口号。

喜欢。"

"你知道费尔法克斯小姐的生活处境吧，我想。你知道她注定要做什么吗？"

"是的——（很不情愿地）——我想我是知道的。"

"你谈到敏感话题了，爱玛，"韦斯顿太太微笑着，"记住我在这儿呢——当你说起费尔法克斯小姐的生活境遇时，弗兰克·邱吉尔先生几乎不知该说什么好了。我会离你们远一点的。"

"我当然不会忘记在想到**她**时，"爱玛说，"认为她永远只是我的朋友，我最亲爱的朋友。"

他看似完全理解并尊重这样的感情。

手套买好，他们又离开商店时弗兰克说："你有没有听过我们说起的这位年轻小姐弹钢琴？"

"有没有听过！"爱玛重复道，"你忘了她是多么属于海伯里了。从我们一起开始学琴后我年年都会听她弹琴。她弹得好极了。"

"你这样认为吗？——我就想听听真正有鉴赏力的人的看法。在我看来她弹得很好，嗯，很有品位，可我自己对此一无所知——我特别喜欢音乐，但丝毫没有评判别人演奏的技能或权利——我常常听说她弹得好。我记得人们觉得她弹琴很好的一个证明是——一位男士，很精通音乐的男士，他爱上了另一位小姐——和她订了婚——就要结婚了——可要是我们谈到的这位小姐愿意坐下来弹琴，他就绝不会让那位小姐坐在钢琴前。一位众所周知有音乐天赋的男士，他的那般行为，我想算得上证明了吧。"

"的确是个证明!"爱玛忍俊不禁地说,"迪克逊先生很爱音乐,是吗?我们在半个小时里能从你这儿得到的关于他们所有人的信息,比费尔法克斯小姐能在半年里透露的信息还要多。"

"是的,正是迪克逊先生和坎贝尔小姐。我认为这是很有力的证据。"

"当然——的确十分有力。说实话,如果**我**是坎贝尔小姐,这个证据会有力得让我非常不开心。我不能原谅一个男士把音乐看得比爱情更重要——更在意耳朵而不是眼睛——对美妙的音乐比对我的心情更加敏感。坎贝尔小姐看上去是什么反应?"

"这是她很特别的朋友,你知道。"

"可怜的安慰!"爱玛笑着说,"宁愿要个陌生人,也不要一个很特别的朋友——如果是个陌生人,也许不会再发生——可要是身边总有个很特别的朋友,什么都比自己做得好,那该多痛苦!——可怜的迪克逊太太!好吧,我很高兴她去爱尔兰生活了。"

"你说得对。这对坎贝尔小姐并不是一件愉快的事。不过她的确看上去没什么感觉。"

"那就更好了——或者那就更糟了——我不知是哪一个。不过她温柔也好愚蠢也好——是友谊的效果还是感情的迟钝——我想有一个人肯定感觉到了:费尔法克斯小姐本人。**她**一定觉察到这种不得体又危险的区别。"

"至于哪一点——我不知道——"

"哦!别以为我想听你说费尔法克斯小姐的感情,或听其他任何人说。我想只有她自己才能明白。不过要是迪克逊先生每次要求她都继续弹琴，难免会让人猜测她的意愿。"

"他们似乎彼此很融洽——"他很快说道，但又忍住，接着说，"但我不可能清楚他们的关系究竟如何——在背地里又是怎样。我只能说表面上看起来很和气。你从小就认识费尔法克斯小姐，一定比我更了解她的性情，知道她在关键的时候会怎样表现。"

"毫无疑问，我从小就认识她。我们从小在一起，又一起长大，人们总自然而然地想着我们会关系密切——认为她每次拜访朋友时我们都该亲亲热热。但我们从没亲热过。我几乎不知道为何这样，也许有一些我的过错，我容易对她这样被姨妈、祖母和所有人百般宠爱又使劲吹捧的女孩感到厌恶。还有她的矜持——我无法喜欢任何像她那样矜持至极的人。"

"的确是非常令人讨厌的性格，"他说，"毫无疑问常常很省事，但从不让人喜欢。矜持很安全，但丝毫没有吸引力。谁也无法喜欢一个矜持的人。"

"除非这份矜持不是针对自己，那样反倒更有吸引力。可我一定比从前更想得到一个朋友，一个性情随和的同伴，所以不愿费尽心思克服某人的矜持去获得友谊。我和费尔法克斯小姐的亲密几乎是不可能的事。我没理由认为她不好——完全没有——除了她永远极度小心翼翼的话语和举止，她那么害怕说出对任何人的明确看法，让人难免怀疑她有什么想隐瞒的事。"

他完全赞同她。在一起走了这么久，想法这么一致，爱玛觉得自己已经和他非常熟悉，甚至很难相信这只是他们的第二次见面。他和她预想的不尽相同。他的想法不那么世故，也不是那种被命运和财富宠坏的孩子，所以比她想象的更好。他的观点似乎更温和——他的情感更热烈。他对埃尔顿先生家房子的看法尤其打动了他。他想去看看那座房子，还有教堂，不愿像她们那样认为这房子有很多缺点。不，他不相信这座房子不好，不认为一个男人会因为有了这样的房子而被人可怜。要是能和他心爱的女人共同分享，他觉得任何男人都不会因为拥有这样的房子而让人同情。这里一定有足够的空间容纳所有真正的舒适。要是这个男人还想要更多，那他一定是个傻瓜。

韦斯顿太太笑了，说他不懂自己在说些什么。他本人住惯了大房子，从没想过房子大了能带来多少好处与便利，他根本不明白住在小房子里不可避免的苦衷。不过爱玛心里相信他**的确**知道自己在说什么，觉得他表露了想早点安顿下来的愉快心愿，想为值得的目标而结婚。他也许没有意识到如果没有管家，或是配膳室很不像样，会给家庭的安宁带来多大的影响。然而毫无疑问他完全认为恩斯库姆不能让他幸福，一旦他爱上了谁，就会心甘情愿地放弃大笔财富，只为能够早日结婚。

第七章

　　爱玛对弗兰克·邱吉尔的高评价在第二天有所动摇，因为听说他去了伦敦，只为理个发[①]。早餐时他突然起了个怪念头，便叫上马车出发了，打算回来吃晚饭，可似乎除了理发之外没什么更要紧的事。当然他为了这件事来回跑上两个十六英里也没什么坏处，但她无法赞成那种纨绔习气和轻浮做派。她昨天还认为他是个做事理性、不乱铺张、热情无私的人，而这样的行为与此完全不符。虚荣、奢侈、多变、喜怒无常，这些因素一定起了作用，不管是好是坏。不关心他的父亲和韦斯顿太太是否高兴，也不在意大家会怎样看待他的行为，这些指责都有道理。他的父亲只说他是个纨绔子弟，对此津津乐道，而韦斯顿太太显然并不喜欢，因为她尽量快速提过，只评价了一句"所有年轻人都有些随心所欲"。

　　除了这个小小的缺点外，爱玛发现他的来访至今只给她的朋友留下了好印象。韦斯顿太太总爱说他是个热情愉快的好同伴——总的来说看到他的许多让人喜欢的性情。他的性格看上去很开朗——当然很是快乐活泼；她看不出他的见解有任何问题，几乎绝对正确；他满心敬重地说起他的舅舅，很喜欢谈起他——

[①] 直到十八世纪后期，英国男子都戴着长长的假发并且留长发。从 1808 年起，剪短发在英国男性，尤其是年轻人中流行起来。像弗兰克这样往返 16 英里的路程只为剪发的事情虽不常见，但也并非闻所未闻。从下文看来，弗兰克去伦敦并非只为理发。

说他要是能自己做主就是世界上最好的人；虽然他不爱舅母，却依然怀着感激之情说起她的仁慈，似乎总想在提起她时表示尊重。这些都是不错的表现，除了非得去理个发，他没有哪一点配不上她在幻想中赋予他的特殊荣耀。这份荣耀是，即使他还没有真正爱上她，至少也很接近了，只是因为她自己的冷漠而没能做到——（因为她依然下定决心永不结婚）——简而言之，他们所有的共同熟人都向她明确表达了这份荣耀。

在韦斯顿先生那边，他给这份荣耀增添了一番很有分量的好话。他让她明白弗兰克非常爱慕她——认为她特别漂亮迷人。总的来说他有那么多优点，爱玛认为自己对他的评价不该太苛刻。正如韦斯顿太太说的那样："所有年轻人都有些随心所欲。"

他在萨里新近结识的人当中，有一位却不那么宽容大度。总体而言，他在当维尔和海伯里两个教区都得到了公正的评价。一位如此英俊的年轻人——总是微笑，时常鞠躬，就算他有点小过分，也能得到宽容的理解。可是他们中间有一个人没被这些鞠躬和微笑感化，还对他有所责备——那就是奈特利先生。他在哈特菲尔德听说了理发的事，当时沉默不语，不过爱玛听见他几乎立刻对着手中的报纸自言自语道："哼！我就知道他是个轻浮的傻瓜。"爱玛有心反驳，然而观察片刻后，她相信他说这话只为发泄自己的情绪，并不想冒犯谁，便没有理会。

虽然一方面韦斯顿先生和太太带来了不太好的消息，他们早晨的拜访从另一方面看却正是时候。他们在哈特菲尔德时发生了一些事，爱玛很想听听他们的意见。更幸运的是，她想要的正是他们给出的建议。

事情是这样的——柯尔一家已经在海伯里居住多年，为人不错——友好、开朗，不装腔作势。然而另一方面他们出身低微，做点生意，只是有些教养而已。他们刚到村子时只按照他们的收入生活，安安静静，不大与人交往，过着节俭的日子，可最近一两年他们的收入增加了很多——他们城里的房子带来了更多的收益，总而言之财富在向他们微笑。有了钱，他们的想法也提升了，想要更大的房子，结交更多的人。他们扩建了房屋，增添了仆人，提升了各方面的开销，目前从财产和生活方式看，他们只排在哈特菲尔德之后。他们喜爱社交，又新建了餐厅，能把每个人都请来做客。他们已经宴请了几次，主要是单身汉们。爱玛估计他们不敢贸然邀请那些正统的好人家——无论是当维尔、哈特菲尔德，还是兰德尔斯。就算他们邀请了，什么也不能诱惑**她**去。她很遗憾，以她父亲的性情，对她的拒绝达不到她想要的意味。柯尔一家也算得上很体面，不过他们应该懂得他们没资格安排上流的家庭去拜访他们。她很担心他们只能从她这儿得到教训。她对奈特利先生没什么指望，更不用说韦斯顿先生了。

在这件事出现的几个星期前，她就打定主意该怎样对付这种自以为是，结果当冒犯最终到来时，却对她产生了完全不同的影响。当维尔和兰德尔斯都接受了邀请，没人邀请她的父亲和她本人；韦斯顿太太对此的解释是："我想他们不敢贸然请你，他们知道你不去别人家吃饭。"可这并不充分。她感觉自己想得到拒绝的权利。可是后来，她一遍遍地想着去那儿的正是她最亲近的人，弄不清自己是否会忍不住接受邀请了。哈丽特晚上去，还有贝茨一家。他们前一天在海伯里散步时说到此事，弗兰克·邱吉尔对她的缺席深感惋惜。晚会结束时不会跳舞吗？这是他的问题。仅仅这件事的可能性就让她的心情更加恼火。只有她独自被体面地抛开，即使认为这个遗漏本意是在恭维，也不过是可怜的安慰。

韦斯顿夫妇在哈特菲尔德时请柬被送到，他们的拜访也因为此事而大受欢迎。虽然她读完后说的第一句话是"这当然应该被拒绝"，但很快就询问起他们的意见。他们立刻建议她去，并且成功了。

她承认从各方面考虑，她并非完全不想去赴宴。柯尔家的请柬写得非常得体——表达得无比诚恳——对她的父亲极度体贴。"他们本该早日恳请光临，只因一直等待折叠屏风从伦敦送达，期待能让伍德豪斯先生不受任何风寒，并因此使他更愿赏光前来。"总之，她很快就被说服了，他们一起简单商量着怎样做才不会忽略他的安适——即使贝茨太太不行，也应该能指望戈达德太太来陪他做伴——需要劝说伍德豪斯先生同意他的女儿在不久后的某一天外出赴宴，整个晚上都不在他的身边。至于他去赴宴，爱玛不想让他觉得可行，也许会结束太晚，人又太多。他很快就答应了。

"我不喜欢去人家吃饭，"他说，"我从来就不喜欢。爱玛也一样。我们不习惯弄得太晚。我很遗憾柯尔先生和太太竟然这样做。我想要是明年夏天的哪个下午他们过来，和我们一起喝茶，那会好得多——再和我们散散步。也许他们会这么做，因为我们的时间很合理，他们到家时不会沾上夜晚的湿气。我可不想让任何人被夏天夜晚的露水打湿。不过，既然他们那么想让亲爱的爱玛和他们一起用餐，而且你们两个都去，还有奈特利先生，都能照顾她，我也不想阻止，只要天气合适，不湿、不冷，也没有风。"他又转向韦斯顿太太，带着温和的责备神情——"啊！泰勒小姐，要是你没结婚，就能待在家里陪我了。"

"哦，先生，"韦斯顿先生叫道，"既然我带走了泰勒小姐，我就有责任尽我所能找个人来替代她。如果你愿意，我**马上**去找戈达德太太。"

然而想到任何事情得马上去做，反而增加而非减少了伍德豪斯先生的焦虑。女士们知道怎样让他冷静下来。韦斯顿先生必须保持沉默，一切都得慎重安排。

在这番处理下，伍德豪斯先生很快镇定下来，能像平常一样说话了。"他很乐意见到戈达德太太。他很敬重戈达德太太，爱玛需要写个便条邀请她。詹姆士可以带上便条。不过首先，一定要给柯尔太太回个信。"

"你得为我道个歉，亲爱的，要尽量礼貌些。你就说我体弱多病，哪儿也不去，只能谢绝他们的盛情邀请，当然要以我的**问候**开始。不过你会把每件事都安排妥当的。我不用告诉你该做些什么。我们必须记得告诉詹姆士星期二要用马车。你和他在一起我就不担心了。自从新路修好后我们只去过一次，可我还是毫不怀疑詹姆士会把你平安送到。你到那儿后，你当时一定要告诉他什么时候再来接你。你最好说早一个小时。你不会喜欢待得很晚。吃完茶点你就会很累了。"

"可你不会希望我还没感到累就走吧，爸爸？"

"哦！不，我亲爱的，但你很快就会累的。会有很多人同时说话。你不会喜欢那样的声音。"

"可是，我亲爱的先生，"韦斯顿先生叫道，"要是爱玛早早离开，就把聚会拆散了。"

"真是那样也不要紧，"伍德豪斯先生说，"所有的聚会，都是越早散场就越好。"

"可你没有考虑柯尔夫妇会怎么想。爱玛刚喝完茶就走会很冒犯。他们都是性情和善的人，很少考虑自己的要求。但他们一定会觉得要是别人很快离开，终究不太客气。要是伍德豪斯小姐这样做，会比屋子里其他任何人的离开更让人多想。我相信你不愿让柯尔夫妇感到失望懊恼，先生。他们是多好的人啊，这十年都是你的邻居呢。"

"不，绝不可能，韦斯顿先生，我很感谢你提醒我。要是让他们感到丝毫的痛苦我会非常难过。我知道他们多么值得看重。佩里告诉我柯尔从来不碰麦芽酒。你看着他一定想不到，可是他有肝火——柯尔先生常犯肝火。不，我绝对不会让他难过。我亲爱的爱玛，我们必须考虑这一点。我相信，与其冒着让柯尔先生和太太难过的风险，你不妨多待一会儿。你不会在意累不累。你知道，在朋友们中间，你是绝对安全的。"

"哦，是的，爸爸，我根本不担心自己。我根本不介意和韦斯顿太太待得一样晚，要不是因为想着你。我只怕你会等着我。我不担心你和戈达德太太在一起有什么不愉快。你知道她喜欢皮克牌①。可是她回家后，我担心你会独自等我，而不是按时上床

---

① 当时在上流社会很受喜爱的一种卡牌。

睡觉——想到那一点我就完全高兴不起来了。你得答应不等我。"

他答应了，但也要求她答应几件事：比如，要是她回家觉得冷了，一定要让自己彻底暖和起来；要是饿了，她得吃些东西；她自己的女仆会等着她；赛尔和管家得照常把家中的一切安排妥当。

第八章

弗兰克·邱吉尔又回来了。如果他让他的父亲等他吃晚饭了，哈特菲尔德的人也不知道。韦斯顿太太很想让伍德豪斯先生喜欢他，所以能掩饰的缺点尽量不会说出去。

他回来了，理了发，很有风度地自嘲了一番，但似乎并没有真正为自己的行为感到羞愧。他没理由希望头发长一些，来掩饰脸上的任何困惑；也没理由希望没花钱，能让自己的心情更好一点。他像往常一样无所畏惧又充满活力。见到他后，爱玛这样对自己说：

"我不知道是否应该如此，可要是理智的人冒冒失失地做了傻事，那么傻事就一定不再是傻事了。邪恶永远是邪恶，但愚蠢并不总是愚蠢——这取决于那些做事的人有着怎样的性格。奈特利先生，他不是一个轻浮傻气的年轻人。如果他是，就会换个方式来做了。他会为这个成就感到得意，或是会觉得羞愧。不是像纨绔子弟那样炫耀，就是躲躲闪闪，软弱得不敢为自己的虚荣辩护——不，我完全肯定他既不轻浮也不是傻瓜。"

星期二的到来让她可以愉快地再次见到他，而且比任何一次时间更长。她能好好判断他的总体态度，推测他对她本人的态度有什么含义，猜猜她可能再过多久就必须摆出冷淡的样子，想象所有第一次见到他们在一起的人会有何想法。

她希望能够开心，虽然是柯尔家在准备招待客人。她忘不了在埃尔顿先生的许多缺点中，即使在对他有好感的日子里，他喜欢和柯尔先生共进晚餐的爱好总是让她特别讨厌。

她父亲的安适可以得到充分的保障，贝茨太太和戈达德太太都能来。她离家之前最后一件愉快的职责，是在他们一起吃过饭后向他们问好。当她的父亲宠爱地看着她的漂亮衣服时，她尽可能地为两位太太做些补偿，帮她们切大块的蛋糕并倒满葡萄酒。虽然他出于对她们身体的关心，只让她们不情不愿地吃一点点东西——她却为她们准备了丰盛的食物，并想知道她们能被允许吃个痛快。

她跟着另一辆马车到达柯尔先生家门口，很高兴地发现这是奈特利先生的马车。奈特利先生没有养马，闲钱不多却健康运动又独立，在爱玛看来，他成为当维尔庄园的主人后总是喜欢自己走路，不常用马车。现在他停住扶她下车，让她有机会表达发自内心的赞许。

"这才是你应该过来的方式，"她说，"像个绅士——我很高兴见到你。"

他谢过她说："我们能同时到达真是凑巧！因为要是我们先在客厅见面，我怀疑你能否看出我比平时更加绅士——从我的神情举止上，你也许看不出我是怎么过来的。"

"不，我应该看得出，我肯定能看得出。人们要是以屈尊的方式过来，总会看上去有些不自在或是慌张。我敢说你认为自己装得不错，但对你来说不过是虚张声势、故作镇定而已，每次在那种情况下遇见你我总能看得出来。**现在**你不用装模作样了。你不必担心别人以为你正感到羞愧。你不用努力看上去比其他人都更高一些。**现在**我真心高兴能和一起你走进同一间屋子。"

"胡说八道的女孩!"是他的回答,但他一点也没生气。

爱玛也有充分的理由对其他人和对奈特利先生一样满意。她得到热情恭敬的接待,让她无法不感到满意,对她的看重程度完全符合她的期望。在韦斯顿一家到来后,丈夫和妻子都给了她最慈爱的神情和最热烈的赞赏,儿子愉快又急切地走近她,表明她是他特别的目标,用餐时她发现他就坐在身边——正如她深信的那样,是因为他动作敏捷才做到了这一点。

聚会的人很多,因为还有另一个家庭,一个体面又无可非议的乡村家庭。柯尔一家有幸向他们的熟人介绍这家人,考克斯家的男主人是海伯里的律师。不那么体面的女士们晚上过来,有贝茨小姐、费尔法克斯小姐和史密斯小姐。然而用餐时,人已经多得无法共同讨论任何话题。在政治和埃尔顿先生被谈论一番后,爱玛可以全神贯注地听她的邻居们愉快地聊天了。第一个从远处传来,让她觉得必须关注的声音,是简·费尔法克斯的名字。柯尔太太似乎在说一些和她有关的趣事。她听着,发现很值得一听。爱玛非常可爱的那部分,她的幻想,得到了有趣的补给。柯尔太太说她去拜访了贝茨太太,刚进屋就被眼前的一架钢琴惊呆了——非常雅致的钢琴——算不上特别大,但也是一架很大的方钢琴。故事的内容,她的惊讶、询问和祝贺带来的所有对话结束后,是贝茨小姐的解释:她说这架钢琴前一天从布罗德伍德①送

---

① 伦敦最著名的钢琴生产商,布罗德伍德代表着奥斯汀时代钢琴的最高品质。

来，把姨妈和外甥女都惊呆了——完全出乎意料。根据贝茨小姐的叙述，简本人一开始也很困惑，实在弄不清谁会买了这架钢琴——不过现在，她们两人都很满意地认为只能出于一个地方——当然一定来自坎贝尔上校。

"谁也猜不出别的结果，"柯尔太太接着说道，"我只是惊讶怎么会有疑惑。不过简似乎最近从他们那儿收到一封信，对此只字未提。她最明白他们的方式，但我不认为他们的沉默说明他们没打算送她礼物。他们也许想给她一个惊喜。"

柯尔太太的话得到许多人的赞同，每位谈论这个话题的人都相信这一定来自坎贝尔上校，都为这样的一份礼物感到高兴。许多人想要说话，让爱玛能够独自思考，同时听着柯尔太太的话。

"我敢说，我从没听说过比这更让我满意的事情！——我总是很难过简·费尔法克斯的琴弹得那么好，竟然没有一架钢琴。这真让人惭愧，尤其想到还有那么多人家的好钢琴被彻底扔在一边。这简直像是给我们自己一个耳光！我昨天还对柯尔先生说，看着客厅里崭新的大钢琴我真觉得羞愧，我连一个音符都不认识，女儿们刚开始学，也许永远都学不会什么。而可怜的简·费尔法克斯那么有音乐天赋，却没有一个乐器供她消遣，甚至连最简单的旧式小钢琴都没有——我昨天还和柯尔先生说了这些话，他很同意，只是他太喜欢音乐，所以才忍不住纵容自己把钢琴买了下来，希望我们哪位好心的邻居能够偶尔赏光，比我们更好地用上它。那的确是为何买这架钢琴的原因——否则我们一定会为此感到羞愧——我们非常期待伍德豪斯小姐今晚愿意试试这架钢琴。"

伍德豪斯小姐得体地表示默许。她发现从柯尔太太那儿再也得不到更多的消息，便转向弗兰克·邱吉尔。

"你为何在笑?"她说。

"没有，你为什么笑呢?"

"我？——我想我笑是因为我很高兴坎贝尔上校那么有钱又大方——这是一件贵重的礼物。"

"很贵重。"

"我很奇怪他为何不早点送。"

"也许费尔法克斯小姐以前从没在这儿住过这么久。"

"那他为何不把他们自己的钢琴送给她呢——那架琴一定被锁在伦敦，谁也不去碰了。"

"那是一架大钢琴，他也许觉得贝茨太太的屋子里放不下。"

"你可以**说**你想说的话——但你的表情证明你对这个问题的**想法**和我非常接近。"

"我不知道。我真认为你把我想得太聪明了。我笑是因为你在笑，我可能会怀疑我认为你在怀疑的一切，但我现在没看出问题。如果不是坎贝尔上校，还能有谁呢?"

"你觉得可能是迪克逊太太吗?"

"迪克逊太太! 的确很有道理。我还没想到迪克逊太太呢。她肯定和她的父亲同样清楚一架钢琴会多么受欢迎。也许送的方式、神秘与惊喜感更像是年轻女士的安排，而不是上了年纪的人。我相信是迪克逊太太。我说过你的怀疑会影响我。"

"如果是这样，你必须扩大你的怀疑范围，把迪克逊**先生**考虑进去。"

"迪克逊先生——很好。是的，我立刻想到这一定是迪克逊先生和太太共同送的礼物。你知道，那天我们还在说，他是那么热烈地赞赏她的演奏。"

"是的，你告诉我的那个消息，证明了我之前有过的一个想法——我无意怀疑迪克逊先生或费尔法克斯小姐有什么动机，可我总会忍不住疑惑，要么是他向她的朋友求婚后，他又不幸爱上了**她**，或是他开始意识到她有一些爱慕之情。也许猜上二十次也不能完全猜对，可我肯定她选择来海伯里而不是和坎贝尔夫妇去爱尔兰，这一定有特别的原因。在这儿，她得过着贫穷又苦修的生活，而在那儿也许能够尽情享受。至于她假装想要呼吸家乡的空气，我认为只是个借口——要在夏天还差不多；可有谁家乡的空气能在一月、二月和三月对他们有帮助呢？通常对于身体娇弱的人，好的火炉和马车用处会大得多，我敢说对她一定如此。我不要求你相信我的所有怀疑，虽然你郑重声明你是这么做的，但我只是诚实地和你说了我的想法。"

"说真的，听上去很有可能。迪克逊先生喜欢她而不是她朋友的音乐，我保证这是一定的。"

"而且，他救了她的命。你听说过那件事吗？——一次水上聚会。她意外地摔了下去，他抓住了她。"

"是的。我也在场——一次聚会上。"

"真的吗？——哦！——不过你肯定没发现什么，因为这似乎对你是个新的想法——如果我在那儿，我想我应该能有一些发现。"

"我肯定你会的。可是我，头脑简单的我，除了看到事实，其他什么也没发现，不过费尔法克斯小姐差点从船上摔下去，迪克逊先生抓住了她——那是一瞬间的事。虽然随后我们惊恐不已，而且这种感觉持续了很久——事实上我相信半个小时后我们才慢慢安心下来——可因为大家都很惊恐，看不出有谁特别担忧。但我并不是想说，你不能有什么发现。"

这时他们的谈话被打断了。两道菜的间隔太久①，他们只得和别人一起尴尬地等待着，像他们那样一本正经、安安静静。不过，当餐桌再次摆满菜肴，每个角落的盘子都放得恰到好处时，大家又恢复了忙碌与轻松。爱玛说：

"送这架钢琴在我看来很有意义。我本想知道的多一些，而这件事几乎足够了。我敢说，我们很快会听到这是迪克逊先生和太太的礼物。"

"如果迪克逊夫妇完全否认知道这件事，我们就能肯定这来自于坎贝尔夫妇。"

"不，我肯定这不是坎贝尔夫妇送的。费尔法克斯小姐知道这并非来自坎贝尔夫妇，否则会最先猜到他们。她如果敢断定是他们，就不会困惑了。也许我还没能说服你，可我自己完全相信迪克逊先生是这件事情的主要人物。"

"要是你以为我没被说服，那真让我伤心。你的推理完全左右了我的判断。开始，当我觉得你很满意这是坎贝尔上校送的礼物时，我只将此看作父辈的疼爱，认为这是世界上最自然不过的

---

① 奥斯汀时代的正餐分一道菜和两道菜两种。柯尔一家因为工业革命带来的商机赚了钱，请客时模仿上流社会的做法，给宾客提供有两道菜、更考究的晚宴。两道菜之间的停顿显示了仆人动作的迟缓与不熟练。

事。而当你提到迪克逊太太时，我感觉这更可能归功于女人之间的热烈情谊。现在我只能将此当成爱的表白。"

没必要再深究这件事了。这个信念似乎很真实，他看起来似乎就是这么想。她没再说什么，接着聊起了别的话题。其余的菜吃完了，上了甜点，孩子们走进来，人们在闲聊中和他们说话或夸奖他们。有些话很聪明，有些非常愚蠢，但绝大部分的话都不属于这两类——再没有比日常的闲谈、无聊的重复、陈旧的消息和拙劣的笑话更糟糕的了。

女士们在客厅没待多久，和她们身份不同的其他女士就到了。爱玛看着她自己那位特别的小朋友走了进来，如果说她尚且不能为她的庄重和优雅而欣喜，她也不仅能欣赏她绽放的甜美和毫不做作的举止，还能最真心诚意地为她轻松、愉快、淡然的性情感到高兴，这让她能以许多的快乐缓解失望的爱情带来的痛苦。她坐在那儿——谁能想到她最近流过多少眼泪呢？在人群之中，自己穿得很漂亮，看着别人也穿得漂亮，坐在那儿微笑着美丽着，一言不发，此刻已经足够幸福了。简·费尔法克斯的模样和举止的确更加高贵，不过爱玛猜想也许她乐意和哈丽特交换一下感情，很乐意换得曾经爱过的屈辱——是的，交换曾经徒劳地爱过埃尔顿先生这种人的感受——放弃她明白自己被朋友的丈夫爱着，并因此感到的所有危险的快乐。

有那么多人，爱玛不必接近她。她不愿提起钢琴，她自己对这个秘密感受太深，不想假装好奇或感兴趣，所以刻意保持了距离。然而其他人马上提起了这个话题，她看到她在接受祝贺时不禁脸红的样子，在提起"我的好朋友坎贝尔上校"时因为愧疚而差红了脸。

韦斯顿太太心地善良又喜爱音乐，对这件事特别感兴趣，爱玛忍不住为她孜孜不倦地纠缠于这个话题而感到好笑。她有许多关于音色、触感、脚踏的问题要问要说，完全没注意对方想尽量少说这件事，可爱玛却从这位漂亮女主角的脸上看得清清楚楚。

很快又有一些先生们加入进来，最早到的是弗兰克·邱吉尔。他走进来，是第一位也是最英俊的一位。他经过时向贝茨小姐和她的外甥女问了好，径直走到人群对面，来到伍德豪斯小姐坐着的地方。他没在她的身边找到座位时，根本不愿坐下来。爱玛猜测在场的所有人一定会怎样想。她是他的目标，每个人肯定都觉察到了。她把他介绍给她的朋友史密斯小姐，后来在方便的时候听到了他们对彼此的看法。"他从未见过如此可爱的面容，很喜欢她的天真。"她说，"当然这么说肯定太恭维他了，不过她的确认为他的样子有点像埃尔顿先生。"爱玛忍住愤怒，默默地转过身去。

第一眼瞥向费尔法克斯小姐时，她和那位先生会心一笑，不过最好谨慎一些不要说话。他告诉她他一直不耐烦地想要离开餐厅——讨厌坐得太久——只要可能总是第一个离开——他的父亲、奈特利先生、考克斯先生和柯尔先生都忙着谈论教区的事——不过他在那儿待了一会儿，觉得很愉快，因为发现他们都是既绅士又理智的人。他为海伯里说了许多好话——觉得这儿有很多的好人家——甚至让爱玛觉得她实在太小看这个地方了。她问他约克郡的社交情况——恩斯库姆附近的邻居怎么样，诸如此类的问题。从他的回答中得到的信息是，说起恩斯库姆，社交很少，来往只限于一些大户人家，没有一家住得很近。即使定好了日子，接受了邀请，也很有可能因为邱吉尔太太身体不好或是不想去而取消。他们肯定不去拜访生人，虽然他有自己的约会，**有时**也得费尽口舌一次次地请求才能脱身，或让某个熟人过来住上一晚。

她看得出恩斯库姆不能使他满意，而海伯里最多也只能让一个不喜欢总是待在家里的年轻人感到比较愉快。他在恩斯库姆的重要性显而易见。他没有吹嘘，但这一点自然而然地流露了出来，他能在舅舅无能为力时说服他的舅母，当她笑着注意到这点时，他承认他相信只要**有时间**就能说服她做任何事（除了一两点外）。他接着提到他失去影响力的一件事情。他特别想出国——的确一直非常渴望能去旅游——可她听都不愿听。这件事发生在去年。**现在**，他说，他已经开始不再有同样的想法了。

他没有提到的无法说服她的事情，爱玛猜想是好好对待他的父亲。

"我有一个不幸的发现，"他稍作停顿后说，"我明天就来这儿一个星期了——是我一半的时间。我从不知道时间过得这么快。明天就一个星期了！——我几乎还没开始痛痛快快地玩呢。只是刚刚认识了韦斯顿太太，还有其他人！——我真讨厌这么想。"

"也许现在你会开始后悔在短短的这些日子里，你花了一整天去理发。"

"不，"他笑着说，"那根本不用后悔。除非我相信自己状态不错，否则我对见朋友不会感到快乐。"

别的先生们现在也进了客厅，爱玛不得不从他那儿转开几分钟，听柯尔先生说话。柯尔先生离开后，她的注意力又恢复到之前的状态，这时她发现弗兰克·邱吉尔目不转睛地注视着坐在屋子正对面的费尔法克斯小姐。

"怎么了？"她说。

他吓了一跳。"谢谢你唤醒了我，"他答道，"我想我刚才一定很无礼，但说实话费尔法克斯小姐把头发弄得那么奇怪——那么奇怪的样子——让我无法不看她。我从没见过那么古怪的东西！——那些卷发！——这一定是她一时兴起弄的。我从没见过谁像她那样！——我必须过去问问她这是不是爱尔兰风格。可以吗？——是的，我会去的——我宣布我会去——你可以看看她的反应——她会不会脸红。"

他立刻走了过去，爱玛很快见他站在费尔法克斯小姐面前，和她说着话。但至于这位年轻小姐的反应，因为他不小心刚好站在她们两人中间，就在费尔法克斯小姐的正前方，她什么都看不出来。

他还没回到座位上，韦斯顿太太就坐了过来。

"这就是大型聚会的好处，"她说，"你可以接近任何人，什么都能说。我亲爱的爱玛，我真想和你谈谈。我在做着发现，想着计划，就和你一样，我必须趁想法还新鲜时说给你听。你知道贝茨小姐和她的外甥女是怎么过来的吗？"

"怎么过来的？——她们被邀请了，不是吗？"

"哦！是的——不过她们是怎么来到这儿的？——用什么方式来的？"

"她们走过来的，我肯定。她们还能怎么来呢？"

"一点没错——嗯，我刚刚在想，要是让简·费尔法克斯走回去就太让人难过了，这么晚，现在夜里又这么冷。我看着她，虽然我从没见她比现在更好看过，可我忽然想到她现在身上热了，所以特别容易着凉。可怜的女孩！想到这儿我就不忍心了。于是，韦斯顿先生刚进客厅，我能找到他的时候，我就和他说起马车的事，你能想象他是多么痛快地答应了我。有了他的许可，我立即走到贝茨小姐身边，让她放心**我们的**马车会先把她们送回家，我以为这会立刻让她们放下心来。天啊！她当然感激不尽，这是一定的。'没人能像她自己这么幸运！'——可是千恩万谢后——'不用麻烦我们了，因为是奈特利先生的马车接她们来的，也会再送她们回去。'我非常吃惊——很高兴，当然，不过真的很吃惊。这样的好意关心——这么关心备至！——这种事没几个男人能想得到。简单地说，想到他平日的做法，我很愿相信正是为了她们的方便他才用上了马车。我真的怀疑他不会为自己去弄两匹马，只不过是帮助她们的借口罢了。"

"很有可能，"爱玛说，"没有更可能的事了。我觉得谁也不会比奈特利先生更可能做这样的事——做任何真正善意、有用、体贴、仁慈的事情。他不是喜欢献殷勤的人，可他很有同情心——至于不动声色地帮助别人的行为，我想谁也不比奈特利先生更可能这么做。我知道他今天用了马车——因为我们同时到达，我还取笑了他，可他丝毫没有透露一个字。"

"嗯，"韦斯顿太太笑着说，"在这件事情上，你比我更认为他是简单无私地做了一件善事。因为在贝茨小姐说话时，我的脑子里忽然闪过一丝疑惑，就再也无法打消。我越想，就越觉得看起来有可能。简单说吧，我把奈特利先生和简·费尔法克斯配成了一对。看到和你在一起的结果了吧！——这件事你怎么说？"

"奈特利先生和简·费尔法克斯！"爱玛惊叫道，"亲爱的韦斯顿太太，你怎么会想到这样的事？——奈特利先生！——奈特利先生不能结婚！——你总不想让小亨利失去当维尔吧[①]？——哦！不，不，亨利必须拥有当维尔。我一点都不赞成奈特利先生结婚，我肯定这一点根本不可能。我真惊讶你竟然会想到这样的事。"

"我亲爱的爱玛，我已经告诉你我为何会这样想了。我不想要这门亲事——我不希望伤害亲爱的小亨利——但我是根据情形产生的这个念头。而且如果奈特利先生真想结婚，你总不能为了小亨利而阻止他吧，只是个六岁的孩子，根本不懂这些。"

"不，我会的。我受不了让亨利被别人取代——奈特利先生结婚！——不，我从来没有过这样的想法，现在也接受不了。还是简·费尔法克斯，有这么多女人呢！"

"不，她总是最让他喜欢，你很清楚这一点。"

"可是这门亲事多么轻率！"

"我没说是否轻率，只是可能性。"

"我没看出任何可能，除非你说的事有更好的依据。他的善意和同情心，如我所说，足以解释马车的事。你知道他很看重贝茨一家——还总是乐意关心她们，和简·费尔法克斯无关。我亲

---

① 因为当维尔的主人奈特利先生尚未结婚，小亨利作为他的侄子，是他财产的第一继承人。爱玛在下文解释了为何以这个原因反对奈特利先生结婚。

爱的韦斯顿太太，你可别爱上做媒了。你做得很糟糕。简·费尔法克斯成为庄园的女主人！——哦！不，不——怎么想都让人讨厌。为了他自己着想，我可不想让他做出这么疯狂的事。"

"轻率，如果你想这么说——但并不疯狂。除了财产的不平等，也许还有一些年龄的差距，我看不出有什么不合适。"

"可是奈特利先生不想结婚。我肯定他根本没想过。不要给他灌输这样的念头。他为何要结婚呢？——他一个人够开心了，有他的农场、羊群、还有他的图书室，管理整个教区，而且他特别喜欢他弟弟的孩子们。他没理由结婚，也不用填充他的时间或心灵。"

"我亲爱的爱玛，只要他这么想，那就这样了。但他真的喜欢简·费尔法克斯。"

"胡说！他不在乎简·费尔法克斯。要说爱情，我肯定他不是。他愿意为她或她的家人做任何事，不过——"

"好吧，"韦斯顿太太笑着说，"也许他能为她们做的最大好事，就是给简这样一个体面的家庭。"

"如果这样对她有好处，我肯定会对他自己有坏处，这是既丢脸面又失身份的事情。他怎么能忍受让贝茨小姐成为他的家人呢？——让她整日出没于庄园，天天感谢他和简结婚的大善事？——'这么好心又肯帮助人！——但他始终都是特别好心的邻居！'说了半句又忽然扯到她母亲的旧衬裙上，'倒不是说这件衬裙太旧了——因为还能再穿很久——嗯，她的确应该庆幸地说：她们所有的衬裙都很结实。'"

"真不像话，爱玛！不要学她的样子。别让我笑得于心不安了。说真的，我认为奈特利先生不会因为贝茨小姐而太心烦。小事情不会让他恼火。她也许会喋喋不休，可要是他自己想说什么，只要声音大一点，盖过她的声音就行了。但问题不在于这对他来说是不是一门坏亲事，而在于他想不想，我认为他是想的。我听到过，你也一定听过，他对简·费尔法克斯的评价特别高！他对她特别感兴趣——担忧她的身体——担心她以后不能很幸福！我听过他非常动情地说起这些事！——他那么欣赏她的弹琴与唱歌！我听他说过可以永远听她唱下去。哦！我差点忘了我想到的一件事——某人送来的那架钢琴——虽然我们都很满意地认为这是坎贝尔一家的礼物，难道不可能是奈特利先生送的吗？我忍不住会怀疑他。我认为他正是会这么做的人，即使没有爱情。"

"那样的话，他毫无疑问是恋爱了。但我根本不觉得这像是他做的事情。奈特利先生做事从不神神秘秘。"

"我听到他一次次地惋惜她没有钢琴。我认为这种事在正常情况下，不会让他这么在意。"

"好吧，可他要是打算送她一架钢琴，应该会告诉她。"

"也许有些微妙的顾虑，我亲爱的爱玛。我强烈地感觉到是他送的。我能肯定，柯尔太太晚餐时告诉我们这件事情时，他特别沉默。"

"你有了一个想法，韦斯顿太太，就顺着想下去了，正如你很多次责备我这么做那样。我没看到爱情的迹象——我根本不相信钢琴的事——只有证据才能说服我奈特利先生可能想娶简·费尔法克斯。"

她们以同样的方式对此又争论了一会儿，爱玛当然在她朋友的心里占了上风，因为在两人之间，韦斯顿太太最习惯让步。后来客厅里一阵小小的忙乱表明茶点已经结束，钢琴准备好了——与此同时，柯尔太太走过来请求伍德豪斯小姐赏光弹琴。她和韦斯顿太太热烈讨论的时候根本没看见弗兰克·邱吉尔，只知道他在费尔法克斯小姐的身旁找了个座位，此时他又跟着柯尔太太极力恳求她。因为爱玛在各种事情上都最喜欢领头，她很得体地顺从了。

她太清楚自己能力有限，只弹了几个拿手的曲子。对于这几首人人喜爱的小曲，她弹得既有品位又有感情，还能配上自己动听的歌声。有人给她伴唱，让她又惊又喜——弗兰克·邱吉尔轻声又准确地和着低声部。乐曲结束，他立刻请她原谅，一切照常进行。他被夸赞嗓子好又精通音乐，但他得体地予以否认，断言他对音乐一窍不通，嗓音太差。他们又合唱了一曲，爱玛便想把位置让给费尔法克斯小姐。她无论在唱歌还是弹琴上都比她本人强得多，这一点爱玛从未打算掩饰。

怀着复杂的心情，她和众多围着钢琴的人保持了一点距离，坐在那儿听着。弗兰克·邱吉尔又唱了起来。似乎他们在韦默斯一起唱过一两次。可看着奈特利先生聚精会神的样子，爱玛很快有些三心二意。她不知不觉想起了韦斯顿太太的怀疑，两人甜美的歌声偶尔才能打断她的思绪。她完全无法平息反对奈特利先生结婚的念头。她只能看到这么做的坏处。这会让约翰·奈特利先生非常失望，伊萨贝拉也会失望。这会真正伤害到孩子们——最令人伤心的变化，对他们每个人都是实实在在的损失——会大大影响她父亲的日常安适——至于对她自己，她完全无法忍受简·

费尔法克斯住在当维尔庄园的念头。所有人都需要为一个奈特利太太让步！——不——奈特利先生永远都不该结婚。小亨利必须永远做当维尔的继承人。

不久奈特利先生往后看了看，过来坐在她的身旁。他们开始只是谈论演奏。他的赞美无疑非常热情，她想要不是因为韦斯顿太太，这本来不会对她有任何影响。但她想试探一下，便开始说起他好心送那位姨妈和外甥女的事。虽然他的回答总体非常简短，她相信这只是表明他不想太多谈论自己做的任何好事。

"我常常觉得担心，"她说，"我不敢在这样的时候让我们的马车多派些用场。倒不是我不想这么做，可你知道，要是我的父亲想到为了这样的事给詹姆士带来的麻烦，他会有多么不乐意。"

"的确如此，的确如此，"他答道，"不过你一定常常想这么做，我相信。"他似乎因为相信这一点笑得特别开心，她必须再进一步。

"坎贝尔夫妇送的这个礼物，"她说，"他们送了这架钢琴真是太好了。"

"是的，"他答道，看不出丝毫的尴尬，"不过他们要是告诉她就更好了。出人意料是傻事。不能增加快乐，反而常常带来很大的麻烦。我倒希望坎贝尔上校能更明智些。"

从那一刻起，爱玛就能发誓奈特利先生和送钢琴的事情毫无关系。可至于他是否完全没有特别的爱恋——是否没有真正的偏爱——依然让她感到有些困惑。简快唱完第二首歌时，她的声音变粗了。

"行了，"刚一唱完，他就自言自语道，"你这一晚上唱得够多了——现在就安静点吧。"

可很快就有人要求再唱一首。"就一首——他们无论如何不会让费尔法克斯小姐太劳累，只想再听一首。"他们听见弗兰克·邱吉尔说："我想你能毫不费力地唱好这首歌，第一部分完全没什么。这首歌的力量落在第二部分。"

奈特利先生生气了。

"那个家伙，"他气愤地说，"一心只想卖弄他自己的嗓子。决不能这样。"他碰了碰当时从他身边路过的贝茨小姐："贝茨小姐，你疯了吗，让你的外甥女就这样把嗓子唱哑了？去，管一管。他们可不会怜悯她。"

贝茨小姐很担心简，几乎没停下表示感谢就走上前去不让再继续唱。晚上的音乐会到此结束，因为只有伍德豪斯小姐和费尔法克斯小姐能够弹唱。然而很快（五分钟内）就有人提议跳舞——谁也不清楚是从哪儿开始的——柯尔先生和太太极力赞成，所有的东西被迅速清理，腾出了足够的场地。韦斯顿太太最擅长乡村舞，便坐下来弹奏了一曲迷人的华尔兹。弗兰克·邱吉尔带着得体的殷勤走向爱玛，拉着她的手，把她领到舞列的最前端。

在等待其他年轻人寻找舞伴时，爱玛听着对她嗓音和品位的赞美，找时间四处环顾，看看奈特利先生怎么样。这将是个考验。通常他并不跳舞。如果他现在急于邀请简·费尔法克斯，可能会预示着什么。没看出什么迹象。不，他在和柯尔太太说话——他毫不在意地看着，简被别人邀请了，他还是和柯尔太太说着话。

爱玛再也不为亨利担心了，他的财产依然是安全的。她带着真正的兴致与快乐领起了舞。只凑了五对舞伴，可因为人少，又是忽然兴起，所以特别愉快，她发现自己和舞伴配合得很好。他们是引人注目的一对。

不幸的是，只能跳两支舞。时间不早了，贝茨小姐因为她的母亲急着回家。于是他们试着想再来一曲，最后不得不感谢韦斯顿太太，带着遗憾的神情散了场。

"也许这倒不错，"弗兰克·邱吉尔把爱玛送上马车时说，"否则我必须邀请费尔法克斯小姐，在和你跳过后，她懒洋洋的舞姿是不会合我心意的。"

第九章

爱玛不后悔自己屈尊①去了柯尔家。这次拜访第二天给她带来了许多愉快的回忆。她也许失去了不与他们交往能够带来的尊严，而这一切都因为她的大受欢迎而得到了充分的补偿。她一定使柯尔夫妇感到高兴了——体面的人，值得让他们高兴！——她留下的名声也不会很快消失。

完美的快乐，即使在记忆中也并不常见，还有两点让她觉得有些不安。她不清楚自己向弗兰克·邱吉尔吐露了对简·费尔法克斯感情的怀疑，是否违背了女人之间的责任。这很难说是正确的。可她当时的想法那么强烈，就忍不住脱口而出了。他认同她所说的一切，是对她洞察力的赞赏，这一点让她难以确定当时应该保持沉默。

另一件让她遗憾的事也和简·费尔法克斯有关，那一点她毫不怀疑。她的确真心诚意、毫不掩饰地为自己在弹琴唱歌方面不如她而感到遗憾。她深深为自己小时候的懒惰感到伤心——于是坐下来，刻苦用心地练了一个半小时。

接着她被哈丽特的到来打断了。如果哈丽特的赞美能够让她满意的话，那她也许很快就能得到安慰。"哦！要是我能弹得像

---

① "屈尊"一词在当时没有明显贬义，指对身份较低的人主动地平等对待。爱玛对自己的行为表示满意，同时也意识到她和一些邻居的阶级差别。

你和费尔法克斯小姐这么棒，那该多好啊!"

"别把我们相提并论，哈丽特。我的弹琴和她相比，就像灯光和太阳的差别。"

"哦! 天啊——我觉得你在两个人中弹得更好呢。我认为你和她弹得一样好。我肯定更愿意听你弹。昨天晚上每个人都说你弹得太好了。"

"凡是稍微懂一点的人，一定能感觉到差距。事实上，哈丽特，我的演奏只是刚刚能被夸一夸，而简·费尔法克斯的却远不止如此。"

"不过，我会永远认为你和她弹得一样好，或者即使有点差别，也没人看得出。柯尔先生说你特别有品位，弗兰克·邱吉尔先生也一个劲地说你很有品位，还说他觉得品位比技巧重要得多。"

"啊! 可是简·费尔法克斯两者都有，哈丽特。"

"你确定吗? 我看得出她有技巧，可我不知道她有什么品位。没有人这么说。而且我讨厌意大利歌曲——一个字也听不懂。而且，就算她确实弹得非常好，你知道，也不过是因为她必须弹，因为她得去教别人。昨天晚上考克斯一家还在想着她能否进入一个大户人家。你觉得考克斯一家看上去怎么样?"

"和他们平时一样——很粗俗。"

"他们告诉我一件事，"哈丽特很犹豫地说，"但一点也不重要。"

爱玛只得问他们告诉她什么了，虽然很担心会引出埃尔顿先生。

"他们告诉我——马丁先生上周六和他们一起吃饭了。"

"哦!"

"他找他们的父亲办点事,于是他们就让他留下来吃饭。"

"哦!"

"他们谈了很多关于他的事情,特别是安妮·考克斯。我不知道她是什么意思,但她问我是否觉得明年夏天还会去那儿住。"

"她是想无礼地打听别人的事,安妮·考克斯就是那样的人。"

"她说他在那儿吃饭时很讨人喜欢。他吃饭时坐在她的身边。纳什小姐觉得两位考克斯小姐都会很乐意嫁给他。"

"很有可能——我认为她们都是海伯里最粗俗的女孩。"

哈丽特有事要去福特商店——爱玛觉得谨慎点最好和她一起去。有可能再次偶然遇见马丁一家,以她现在的状态,会很危险。

哈丽特对什么都动心,半个字就能改变她的主意,买东西总要花上很长时间。当她还在细纱布前徘徊犹豫时,爱玛走到门口找些乐子——即使在海伯里最繁华的地方也没有多少行人车辆——佩里先生匆匆走过,威廉·考克斯先生自己走进事务所,柯尔先生的马车溜了一圈刚回来,或是一个迷糊的小信差骑着一头倔强的毛驴,这些是她可能见到的最有趣的场面了。当她的眼睛只看见一个拿着盘子的屠夫,一个整洁的老妇人提着满满的篮子从商店往家走,两只野狗为了一根脏骨头吵闹不休,一群闲逛的孩子围着面包师的小凸肚窗望着姜饼,她知道自己没理由抱怨,还觉得非常开心,她开心得依然能够站在门口。一颗活泼自在的心灵，什么都看不见也无所谓，对看见的一切都能有所回应。

她朝兰德尔斯路望去。视线开阔了，出现了两个人，是韦斯顿太太和她的继子，他们正朝海伯里走来——当然是去哈特菲尔德。不过，他们首先在贝茨太太家停了下来，她的家比福特商店离兰德尔斯稍微近一些。他们刚要敲门就看见了爱玛——于是他们立刻穿过马路朝她走来，昨晚愉快的聚会似乎给现在的见面增添了新的快乐。韦斯顿太太告诉她，说她正想拜访贝茨一家，去听听那架崭新的钢琴。

"因为我的同伴告诉我，"她说，"我昨晚肯定和贝茨小姐说了我今天早上会过来。我自己都没注意到。我不知道自己定了时间，可他说我定了，所以我现在就去。"

"趁着韦斯顿太太拜访的时候，我希望，"弗兰克·邱吉尔说，"我能够和你们一起在哈特菲尔德等她——要是你们回家的话。"

韦斯顿太太很失望。

"我以为你打算和我一起去呢。她们会很高兴的。"

"我？我会很碍事。不过，也许——我在这儿也一样碍事。伍德豪斯小姐看上去并不欢迎我。我舅母买东西时总会把我打发走。她说我把她烦死了，伍德豪斯小姐看上去几乎想说同样的话。我该怎么办呢？"

"我来这儿不是为了自己的事，"爱玛说，"我只是在等我的朋友。她也许很快就会结束，然后我们就回家。不过你最好和韦斯顿太太一起去，听听那架钢琴。"

"嗯——如果你这样建议——（微笑着）可要是坎贝尔上校的朋友心不在焉，要是那架钢琴音色平平——我该说些什么呢？我可能一点也帮不了韦斯顿太太。也许她自己就能做得很好。一个令人不快的事实从她的嘴里能说得很动听，而我是个最不会客客气气地撒谎的可怜虫。"

"我才不信这样的话呢，"爱玛答道，"我相信如果有必要，你能和别人一样言不由衷，但没理由认为这架钢琴音色不好。其实会恰恰相反，要是我听懂了费尔法克斯小姐昨晚说的话。"

"还是和我一起吧，"韦斯顿太太说，"只要别让你太不情愿。不会耽搁我们太久的。我们可以接着再去哈特菲尔德。我们会跟在她们后面去哈特菲尔德。我真希望你和我一起去拜访。这会让她们感到很受重视！我一直以为你是这样打算的。"

他不好再说什么，想着还能有哈特菲尔德作为回报，他和韦斯顿太太一起回到了贝茨太太家的门前。爱玛看着他们走进去，然后来到哈丽特的身边，和她一起站在有趣的柜台前——她想方设法说服哈丽特，要是她想买素色细纱棉，就没必要看花色布料。蓝色丝带再漂亮，也和她的黄色衣料并不相配。最后一切都定了下来，甚至包括包裹送达的地点。

"我该把衣服送到戈达德太太那儿吗，小姐？"福特太太问道，"是的——不是——是的，送到戈达德太太那儿。不过，把我的花裙子送到哈特菲尔德。不，麻烦你送到哈特菲尔德吧。可是，戈达德太太会想看看的——我可以随便哪天把花裙子带回家。但我想马上拿到丝巾——所以最好送到哈特菲尔德——至少是丝巾。你可以分成两个包裹，福特太太，行不行？"

"哈丽特，没必要麻烦福特太太送两个包裹。"

"的确没必要。"

"根本不麻烦，小姐。"福特太太热情地说。

"哦！不过说实话我宁愿只用一个包裹。然后，如果你愿意，你可以把它都送到戈达德太太那儿——我不知道——不，我想，伍德豪斯小姐，把它送到哈特菲尔德也可以，我晚上再带回家。你认为呢？"

"这个问题一刻也别再多想。请把它送到哈特菲尔德吧，福特太太。"

"啊，那再好不过了，"哈丽特满意地说，"我一点也不想把它送到戈达德太太那儿。"

有说话声接近了商店——或者说一个说话声和两位女士：韦斯顿太太和贝茨小姐在门口遇见了她们。

"我亲爱的伍德豪斯小姐，"贝茨小姐说，"我刚跑到这儿请你赏光来和我们坐一会儿，告诉我们你认为我们的新钢琴怎么样，你和史密斯小姐。你好吗，史密斯小姐？——我很好，谢谢你——我请求韦斯顿太太和我一起来，这样我就一定能成功了。"

"我希望贝茨太太和费尔法克斯小姐都——"

"很好，我非常感谢你。我的母亲身体很好，真让人高兴。简昨晚没有感冒。伍德豪斯先生怎么样？——听说他这么好我真高兴。韦斯顿太太告诉我你在这儿——哦！我说，那么我一定要跑过去，我肯定伍德豪斯小姐会允许我跑过去请她来坐坐，我的母亲会特别高兴见到她——现在我们这么多人愉快地在一起，她不会拒绝的——'啊，一定要去，'弗兰克·邱吉尔先生说，'伍德豪斯小姐对钢琴的评价值得一听。'——不过，我说，要是你们谁能陪我去我就更可能请到她了——'哦，'他说，'等一会儿，我把事情做完'——你能相信吗，伍德豪斯小姐，他正在那儿特别用心地给我母亲的眼镜装铆钉呢——你知道，铆钉今天早上掉了出来——真是太用心了！——因为我的母亲用不了眼镜——戴不上去。顺便说一句，每个人都应该有两副眼镜，的确应该。简也这么说。我本来打算第一件事就是把眼镜送到约翰·桑德斯那儿，可一早上都有事情耽搁。不是这件事，就是那件事，也说不上有什么事，你知道。一次帕蒂来说她觉得厨房的烟囱要打扫了。哦，我说，帕蒂你别给我带来坏消息。接着老太太眼镜的铆钉掉了。然后烤苹果送来了[1]，沃利斯太太让她的儿子送过来的。他们对我们特别礼貌也特别客气，沃利斯一家总是这样——我听人说沃利斯太太有时很不客气还说话粗鲁，可我们只见过他们客客气气，从没有过别的样子。这肯定不是因为我们买的东西有多贵，因为我们才能吃多少面包啊？你是知道的。只有我们三个人——现在加上了亲爱的简——她简直什么都不吃——她的早餐少得吓人，要是你看见也会被吓坏的。我不敢让我的母亲知道她吃得有多少——所以我就说说这个再说说那个，就这样遮掩过去。可大约到了中午时她饿了，她最爱吃烤苹果，而且这又特别健康，因为前些天我找机会问了佩里先生；我碰巧在街上

---

[1] 在十八世纪与十九世纪早期的英国，人们普遍认为生吃水果不利于健康，会导致疾病，于是将苹果烤着吃。人们通常把苹果送至烘焙店进行烤制，而一些店主为了节约燃料，只是将苹果在熄灭的炉火上放一夜，因此出现了贝茨小姐"烤两次"与伍德豪斯先生"烤三次"的说法。

遇见他了。倒不是说我以前有什么怀疑——我常常听伍德豪斯先生推荐烤苹果。我相信这是让伍德豪斯先生相信苹果完全健康的唯一方式。不过，我们也常常吃苹果布丁。帕蒂的苹果布丁做得特别好。那么，韦斯顿太太，我想你已经说服两位小姐赏光过来了吧。"

爱玛说了句"非常乐意去拜访贝茨太太"之类的话，她们最后终于离开了商店，贝茨小姐没再耽搁，只说道：

"你好吗，福特太太？请原谅。我刚才没看见你。我听说你从城里带来了许多漂亮的丝带。简昨天回家后很开心。谢谢你，手套很合适——只是手腕处有一点大，不过简正在改小呢。"

"我刚才说什么了？"当她们都走到街上时，她又说道。

爱玛不知在这么一大堆事情中，她该挑出哪一件来。

"我肯定想不起我刚才说什么了——哦！我母亲的眼镜。弗兰克·邱吉尔先生真是太好心了！'哦！'他说，'我觉得这个铆钉我装不了，可我特别喜欢这种活。'——你知道这说明他真是非常……我确实必须说，虽然我以前听了不少关于他的事，也想过很多，但他远远超出了所有……我真要祝贺你，韦斯顿太太，最热烈的祝贺。他似乎处处都是最疼爱的父母能够……'哦！'他说，'我能修好铆钉。我特别喜欢这种活。'我永远也忘不了他的样子。当我从食品柜里拿出烤苹果，希望我们的朋友能赏光吃一些时，'哦！'他马上说，'没有哪种水果能比得上这一半好，这是我有生以来见过的最漂亮的家庭烤苹果。'你知道，那真是太……我肯定，看他的样子，这绝不是恭维。说实话这的确是非常漂亮的苹果，沃利斯太太也烤得特别好——只是我们最多烤两次，可伍德豪斯先生让我们保证烤三次——不过伍德豪斯小姐一定会好心地不提这件事。这些苹果本来就是最适合烤的那种，毫无疑问，都来自当维尔——奈特利先生慷慨地送给我们的一些东西。他每年都送给我们一麻袋，而且从来没有什么苹果能像他有一棵树上的苹果那么经放——我相信有两棵这样的树。我的母亲说在她年轻时这个果园一直很有名。可是那天我真的很吃惊——因为奈特利先生一天早上过来，简正在吃那些苹果，我们说了说苹果，还有简多么爱吃，他就问我们的苹果是不是快吃完了。'我肯定是这样的，'他说，'我会再给你们送一袋，因为我的苹果多得吃不完。威廉·拉金斯让我今年比往年留的更多。我会再给你们送一些，在你们吃完之前。'于是我就请他别这么做——因为说到我们的苹果快吃完了，我的确不能说还剩下许多——说真的只剩了半打，但都得留给简。我根本受不了再让他给我们送，他已经很慷慨了，简也那么说。他走后，她几乎和我争吵起来——不，我不该说争吵，因为我们从来没有争吵过。可她很难过我承认苹果快吃完了，她希望我让他相信我们还剩很多。哦，我说，我亲爱的，我已经尽量这么说了。可当天晚上威廉·拉金斯就送来一大篮苹果，同一种苹果，至少有一蒲式耳[①]，我感激不尽，就下去和威廉·拉金斯说话，你能想象，该说的都说了。威廉·拉金斯是老熟人了！我总是很高兴见到他。但我后来从帕蒂那儿得知，威廉说这是他主人仅剩的**那**种苹果，他把那些全都送来了——现在他的主人连一颗能烤能煮的苹果都没有了。威廉

---

① 在英国相当于 8 加仑，或 36.268 升。

自己似乎并不在意，他想到他的主人卖了那么多很高兴，不过他说霍奇斯太太得知苹果都被送掉了很不高兴。她不能忍受她的主人这个春天都吃不上一个苹果馅饼。他把这些告诉了帕蒂，叫她不要在意，千万一点也别跟我们说，因为霍奇斯太太有时**会**脾气不好，而且只要卖了那么多麻袋，剩下的给谁吃就不重要了。帕蒂就是这样对我说的，我真的惊讶极了！我无论如何也不能让奈特利先生知道这件事！他会非常……我想不让简知道，可不幸的是，我稀里糊涂地就说了出来。"

贝茨小姐刚说完，帕蒂就打开了门。她的客人们走上楼梯，没什么正经话要听，只有她在后面东拉西扯的好意提醒。

"请当心，韦斯顿太太，拐弯处有个台阶。请当心，伍德豪斯小姐，我们的楼梯太暗了——比任何人能想象的都黑得多也窄得多。史密斯小姐，请当心。伍德豪斯小姐，我真担心，我肯定你碰到脚了。史密斯小姐，拐弯处的台阶。"

第十章

他们进屋时，小客厅里静悄悄的。贝茨太太没了平日的活计，在火炉边睡着了。弗兰克·邱吉尔在她身旁的桌边专心致志地修着眼镜。简·费尔法克斯背对他们站着，全神贯注地望着钢琴。

虽然这个年轻人很忙，可他再次看到爱玛时，依然露出了愉快的笑脸。

"真让人高兴，"他低声说，"比我预料的至少早了十分钟。你看我正努力派上些用场，告诉我你觉得我能不能做到。"

"什么？"韦斯顿太太说，"你还没做完？照这个速度，你要是做银匠的话，可挣不了多少钱过好日子。"

"我没有一直干活，"他答道，"我在试着帮费尔法克斯小姐把她的钢琴放稳，琴不太稳。我想是地上不平。你看我们在一条琴腿下塞了些纸。你能被劝来真是太好了。我还担心你要赶回家呢。"

他设法让她坐在他身旁，忙着给她找最好的烤苹果，想让她给他的活儿一些帮助，提提建议，等着简·费尔法克斯准备再次坐到钢琴前。对于她还没准备好这件事，爱玛并不怀疑是她心情紧张。她得到钢琴的时间还不够长，弹琴时难免内心激动，她必须冷静下来才能演奏。爱玛忍不住同情这样的感觉，不管起因如何，她只能下定决心永远不告诉她身边的这个人。

简终于开始了，虽然最初的几小节弹得有气无力，钢琴的性能还是逐渐得到了充分的展现。韦斯顿太太之前已经开心过，现在依然很开心，爱玛和她一起热情地夸赞着。那架钢琴在经过各项严格鉴定后，被宣称为品质上乘。

"不管坎贝尔上校委托了谁，"弗兰克·邱吉尔面带微笑看着爱玛，"这个人选得不错。我在韦默斯常听人说起坎贝尔上校的品位，高音键的柔和，我肯定这正是他和**所有那些人**特别看重的一点。我敢说，费尔法克斯小姐，他要不是给了他朋友特别的交代，就是亲自给布罗德伍德写了信。你不认为吗？"

简没有转头。她没必要听。韦斯顿太太正同时和她说着话。

"这不公平，"爱玛轻声说，"我只是随便猜测。别让她难过了。"

他微笑着摇摇头，似乎他既不怀疑也不怜悯。很快他又说道：

"你在爱尔兰的朋友们会多为你高兴啊，费尔法克斯小姐。他们一定时常惦记你，想着会是哪天，究竟在哪一天钢琴能送到你的手中。你以为坎贝尔上校此时知道事情的进展吗？——你以为这是他直接定下的日期吗？也许他只给了个大概指示，时间不确定，取决于实际情况和是否方便？"

他停了下来。她只能听着，并忍不住答道：

"在我收到坎贝尔上校的来信之前，"她强作镇定地说，"我什么也不确定。一切都是猜测。"

"猜测——人们有时会猜对，有时会猜错。我希望我能猜到还要多久才能把这只铆钉装牢。伍德豪斯小姐，人要是在努力干活时说话，会说出怎样的胡言乱语啊——你真正的雇工，我猜，是不说话的，可我们这些干活的绅士只要抓住一个字眼——费尔法克斯小姐说到了猜测。好，完成了。我很荣幸，太太，（对着贝茨太太）修好了你的眼镜，暂时修好了。"

他得到了母亲和女儿的热情感谢。为了稍稍躲开后一位，他走到钢琴前，请求还坐在那儿的费尔法克斯小姐再弹点什么。

"如果你肯赏脸，"他说，"就弹我们昨晚跳舞的那一曲华尔兹——让我再重温一遍吧。你没我那么享受，你一直看上去很累。我想你很高兴我们没有再跳，可我愿意付出一切——付出能够付出的一切——只为再来半个小时。"

简弹了起来。

"再次听到**曾经**令人愉快的曲子是多么幸福啊！——如果我没记错，那是在韦默斯跳的。"

她抬头看了他一眼，脸涨得通红，弹了另一支曲子。他从钢琴的椅子上拿了一些琴谱，转向爱玛说：

"这儿有个对我来说全新的东西。你知道吗？——克拉默①——这是一套新的《爱尔兰乐曲集》②。那种乐谱，从那样的地方送来，倒是意料之中的事。这些都是和钢琴一起送来的。坎贝尔上校想得很周到，不是吗？——他知道费尔法克斯小姐在这

---

① 指约翰·巴普蒂斯特·克拉默（1771—1858），英国著名钢琴家、作曲家和钢琴教师，发表了许多乐谱。
② 可能指托马斯·莫尔（1478—1535）的《爱尔兰乐曲集》，该乐曲集在奥斯汀的小说创作时期多次出版。

儿可能没有乐谱。我特别看重在那个方面的心思，说明的确是真心诚意。没有草草了事，没有考虑不周。只有真心喜爱才能做到这一点。"

爱玛希望他别这么尖刻，却又忍不住觉得好笑。当她的眼睛瞥向简·费尔法克斯时，她见她虽然满脸通红，却带着暗喜的微笑，因此她的开心少了一些顾忌，对她的愧疚感也减少了很多——这位可爱、正直、完美的简·费尔法克斯显然怀有不可告人的感受。

弗兰克把所有的乐谱拿给爱玛，和她一起翻看着——爱玛趁机小声说道：

"你说得太直接了，她一定理解你的意思。"

"我希望她理解。我想让她理解我。我对自己的意图一点也不感到羞愧。"

"不过说真的，我有些羞愧，我希望我从来没有过这个念头。"

"我很高兴你有过，还告诉了我。现在我找到了她所有古怪样子和古怪举止的答案。让她羞愧去吧。如果她做错了，她应该感觉得到。"

"我觉得她并非毫不羞愧。"

"我倒没太看出来。她此时在弹《罗宾·阿黛尔》① ——**他的最爱**。"

过了一会儿，贝茨小姐从窗前走过，看到不远处骑着马的奈

---

① 收录在《爱尔兰乐曲集》中的一首乐曲，关于一位年轻女子的暗恋故事，而她暗恋的男子最终成为了她的丈夫。

特利先生。

"肯定是奈特利先生！——只要有可能我一定得和他说说话，只是谢谢他。我不会打开这儿的窗户，会使你们全都着凉的，但我能去我母亲的房间。我敢说他要是知道谁在这儿一定会进来。真高兴让大家这样聚在一起！——我们的小屋倍感荣幸！"

她说着走进隔壁房间，边打开窗户，边立刻叫住了奈特利先生，他们说的每个字其他人都听得清清楚楚，仿佛他们都在同一间屋子里。

"你好吗？——你好吗？——很好，我谢谢你。非常感谢你昨晚的马车。我们回来的正是时候，我的母亲刚好在等我们。请进来吧，一定要进来。你会在这儿看见一些朋友。"

贝茨太太就这样开始了，奈特利先生似乎决心也让他的话被听见，因为他用十分坚定洪亮的声音叫道：

"你的外甥女怎么样，贝茨小姐？——我想问候所有人，不过特别是你的外甥女。费尔法克斯小姐怎么样？——我希望她昨晚没有着凉。她今天好吗？告诉我费尔法克斯小姐好不好。"

贝茨小姐不得不直接回答，他才肯听她说别的事。听众们都被逗乐了，韦斯顿太太意味深长地看了爱玛一眼，爱玛却依然摇头表示坚决怀疑。

"太感谢你了！——非常感谢你的马车。"贝茨小姐接着说道。

他打断了她：

"我要去金斯顿。需要我为**你**做些什么吗？"

"哦！天啊，金斯顿——是吗？——柯尔太太那天说她想从金斯顿买点什么。"

"柯尔太太可以让她的仆人去。我能为你做些什么吗?"

"不用了,我想。可是一定要进来。你认为谁在这儿?——伍德豪斯小姐和史密斯小姐,她们好心地过来听听新钢琴。一定要把你的马拴在克朗,然后进来吧。"

"好吧,"他考虑着说道,"五分钟,也许。"

"还有韦斯顿太太和弗兰克·邱吉尔先生呢!——真高兴,这么多朋友!"

"不,现在不来了,我谢谢你。我待不了两分钟。我必须尽快赶到金斯顿。"

"哦!一定要来啊。他们会特别高兴见到你。"

"不,不,你的屋子已经很满了。我改天拜访,来听听钢琴。"

"嗯,我真遗憾!——哦!奈特利先生,昨晚的聚会多开心啊,真是太高兴了——你见过这样的跳舞吗?——难道不愉快吗?——伍德豪斯小姐和弗兰克·邱吉尔先生,我从没见谁舞跳得这么棒。"

"哦!的确非常愉快,我只能这么说,因为我想伍德豪斯小姐和弗兰克·邱吉尔先生正听着我们的每一句话呢。而且(他把嗓门又提高了些)我不明白为何不提提费尔法克斯小姐呢。我觉得费尔法克斯小姐跳得很好,韦斯顿太太是出色的乡村舞演奏家,毫无疑问,在整个英格兰都是最棒的。现在,要是你的朋友们心存感激,他们也会大声说一些你和我的好话作为回报,但我不能留在这儿听了。"

"哦！奈特利先生，再等一会儿，一件要紧的事——真让人吃惊！——我和简都因为苹果的事情特别吃惊！"

"出什么事了？"

"想想你把你留下来的苹果都送给了我们。你说你有很多，可现在你一个也没留下来。我们真是太吃惊了！霍奇斯太太也许会生气的。威廉·拉金斯在这儿说过。你不该这么做，你真的不应该。啊！他走了。他从来受不了被人感谢。不过我觉得他本该现在留下来，真遗憾还没说到……嗯（回到那个房间），我没做到。奈特利先生不能停下来。他要去金斯顿。他问我能否做些……"

"是的，"简说，"我们听见了他的好意，我们什么都听见了。"

"哦！是的，我亲爱的，我想你们可能听见了，因为门是开着的，窗也开着，而且奈特利先生说话的声音很响。你们肯定什么都听见了。'我能在金斯顿为你们做点什么吗？'他说，我刚才说过了……哦！伍德豪斯小姐，你一定要走吗？——你好像刚刚才来——你真是太好了。"

爱玛发觉她真得回家了，已经来了很久。她看看手表，上午的时间已经过去了很多。韦斯顿太太和她的同伴也要走了，只和两位年轻小姐一起走到了哈特菲尔德的大门，就启程返回兰德尔斯。

第十一章

人也许可以完全不跳舞。年轻人连续很多很多个月不参加任何形式的舞会，也没给身心带来任何实质的伤害，这样的例子我们都听说过——不过一旦开始——一旦体验过快速舞动的幸福，即使只有一点点——不去要求更多一定是件无比困难的事。

弗兰克·邱吉尔已经在海伯里跳过一次舞，并渴望再跳一次。那天晚上伍德豪斯先生被劝说着和他女儿一起来到兰德尔斯，晚上的最后半小时两位年轻人一直在讨论这个话题。是弗兰克首先提出的，他满腔热情地想要促成此事；因为这位小姐最清楚有哪些困难，也最关心场地和谁来参加。不过她依然很想再让人们看看弗兰克·邱吉尔和伍德豪斯小姐会怎样跳舞——在这件事情上她不用因为和简·费尔法克斯比较而感到惭愧——即使只为了跳舞本身而毫无虚荣心的驱使，她也愿意——于是她先是帮他用脚步测量他们所在的屋子，看看能容纳多少人——再看看另一间客厅的大小。尽管伍德豪斯先生坚持说两间的大小一模一样，他们还是希望那一间能稍稍大一点。

他的第一个提议和请求是，既然舞会在柯尔先生家开始，也该在那儿结束——应该请同样的人，同样的钢琴师，大家都对此欣然接受。韦斯顿先生兴致勃勃地赞成这个想法，韦斯顿太太主动表示他们想跳多久她就弹多久；接下来的事情很有趣，算算到底哪些人会来，给每对舞伴分配必不可少的空间。

"你和史密斯小姐，还有费尔法克斯小姐，那就是三个人，加上两位考克斯小姐就是五个，"这话被重复了好多次。"还有两位吉尔伯特兄弟，小考克斯，我父亲，我自己，还有奈特利先生。是的，那足够痛痛快快地玩一场了。你和史密斯小姐，还有费尔法克斯小姐，那就是三个人，加上两位考克斯小姐就是五个；五对舞伴，场地足够了。"

但很快另一方占了上风。

"可是真有足够的地方给五对人跳舞吗？——我真觉得不够。"

又有人说：

"而且，毕竟为了五对人开个舞会也不值得。只要认真想想，五对舞伴实在太少了。特地**邀请**五对人不合适。一时兴起倒还可以接受。"

有人说吉尔伯特**小姐**会去她哥哥家，必须把她和其他人一起请上。还有人相信那天晚上吉尔伯特**太太**也会跳舞，如果能邀请她。还有人说起另一个小考克斯；最后，韦斯顿先生提到必须包括的一家表亲，还有一个不该被忘记的老熟人，于是五对舞伴一下变成了最少十对，大家兴致盎然地考虑着该怎样安排。

两间屋子的门正对着。"他们不能用上两间屋子，穿过走廊跳舞吗？"这似乎是最好的方案；但也没那么好，许多人还想要更好的。爱玛说这很不方便；韦斯顿太太担心着晚餐；伍德豪斯先生以身体为由坚决反对。这件事让他特别不高兴，让人的确无法坚持下去。

"哦！不，"他说，"那样实在太轻率了。我不能让爱玛去！——爱玛身体不好。她会得重感冒的。可怜的小哈丽特也一样。你们都会那样。韦斯顿太太，你会病得起不了床的；不要让他们谈论那么疯狂的事。拜托别让他们说了。那个年轻人（压低声音）很不为人着想。别告诉他父亲，不过那个年轻人真不太好。他今天晚上总是开门，把门开得很大。他没想到有风。我没想让你和他作对，但他真不怎么样！"

韦斯顿太太听到这样的指责很难过。她知道这番话的分量，千方百计地说了很多话来化解。现在每扇门都被关上，走廊计划也被放弃，又再次回到只在他们待的这间屋子里开舞会的最初计划；弗兰克·邱吉尔好心好意地解释着，让这间一刻钟前看来还很难容下五对舞伴的屋子，现在容下十对也绰绰有余了。

"我们太讲究排场了，"他说，"我们算入了不必要的空间。十对舞伴站在这儿没问题。"

爱玛表示反对，"太拥挤了——拥挤得让人难受；还有比跳舞时没地方转身更糟糕的事吗？"

"完全正确，"他严肃地答道，"的确很糟糕。"可他接着还是测量了一下，依然说道：

"我认为能有足够的空间容纳十对舞伴。"

"不，不，"她说，"你很不讲道理。站得这么近太可怕了！没有比在拥挤的人群中跳舞更难受的事了——在一间小屋子里的人群。"

"那是无可否认的，"他答道，"我完全同意你的看法。在一间小屋子里的人群——伍德豪斯小姐，你有用简单的话语描述场景的本领。巧妙，太巧妙了！——然而，不过，我们已经谈了这么久，真不想放弃这件事。这会让我父亲失望的——而且总的来说——我也不知道——我还是觉得这儿容纳十对舞伴没问题。"

爱玛发觉他的殷勤本质上有些固执，他宁愿反对，也不想失去和她跳舞的乐趣；不过她接受了恭维，原谅了其他事情。要是她打算嫁给他，倒也值得停下来想一想，试着理解被他偏爱的好处，他的性情如何；但就他们相识的各种目的而言，他还是非常和蔼可亲的。

第二天中午还不到，他就来到了哈特菲尔德。他兴高采烈地微笑着进了屋，说计划又有了进展。很快，他看上去像是要宣布一个改进的办法。

"嗯，伍德豪斯小姐，"他几乎立刻说道，"我希望你想要开个舞会的打算，没有因为我父亲的屋子太小而被吓退。对于这个问题我有个新提议——是我父亲的想法，只等你的同意就能实施。我能否有幸在这个小小的舞会上邀请你跳前两支舞？计划不在兰德尔斯，而是在克朗旅店举行。"

"克朗旅店？"

"是的。如果你和伍德豪斯先生不反对，我相信你们不会反对，我的父亲希望他的朋友们能赏光去那儿看看他。他能向他们保证条件会更好，他们受到的欢迎丝毫不亚于在兰德尔斯。这是他自己的主意。韦斯顿太太一点也不反对，只要你能满意就行。这就是我们所有人的想法。哦！你是完全正确的！十对舞伴，在兰德尔斯的任何一间屋子里，都会让人无法忍受！——太可怕了！——我觉得你一直以来都特别正确，只是太急于把**任何事**都安排稳妥而不肯让步。这样的改变不好吗？——你同意了——我希望你同意了？"

"这在我看来会是个没人反对的计划，只要韦斯顿先生和太太不反对。我觉得这样很好。而且，就我个人而言，我会特别高兴——这似乎是唯一能做到的改进了。爸爸，你不觉得这是很好的改进吗？"

她不得不重复和解释一番，才让他完全明白；而且因为这个想法很新，需要进一步解释才能让她的父亲接受。

"不；他觉得这根本不是改进——很糟糕的计划——比另一个糟糕得多。旅店里的房间总是潮湿危险；从来都通风不好，不适合居住。如果他们一定要跳舞，他们最好在兰德尔斯跳。他这辈子也没住过克朗旅店的屋子——没见过开这家旅店的人——哦！不——一个很糟糕的计划。他们在克朗比在任何地方都更容易得重感冒。"

"我想说的是，先生，"弗兰克·邱吉尔说，"这项改进的一个重大好处是让任何人都不容易感冒——在克朗比在兰德尔斯好得多！佩里先生也许有理由为这个改变感到遗憾，但其他人都不会。"

"先生，"伍德豪斯先生非常激动地说，"你要是把佩里先生当成那种人，那就大错特错了。要是我们当中有任何人生病，佩里先生都会特别担心。但我不明白，为何克朗的房间对你来说会比你父亲的屋子更安全。"

"因为更大一些，先生。我们根本不需要开窗——整个晚上一次也用不着。正是开窗的可怕习惯，让冷空气吹到热乎乎的身体上，这（你很清楚，先生）才会带来麻烦。"

"开窗！——说真的，邱吉尔先生，没人会想到在兰德尔斯开窗户。没有人会这么不当心！我从没听说过这样的事。开着窗户跳舞！——我肯定，你的父亲或韦斯顿太太（也就是可怜的泰勒小姐）都会受不了。"

"啊！先生——可是一个没头脑的年轻人有时会走到窗帘后面，在没人知道的情况下打开窗户。我自己就常常听说这种事。"

"真的吗，先生？——天啊！我想也想不到。可我不知道外面的世界，常常对听到的事情感到惊讶。然而，这的确会有影响；也许，当我们讨论这件事的时候——不过这种事要好好考虑。不能急着做决定。如果韦斯顿先生和太太愿意哪天早上过来，我们可以谈一谈，看看该怎么做。"

"可不幸的是，先生，我的时间太有限——"

"哦！"爱玛打断道，"有足够的时间讨论每一件事。一点都不着急。如果能在克朗开舞会，爸爸，对于马儿会很方便。它们能离它们自己的马厩特别近。"

"是这样，我亲爱的。那是件大事。倒不是说詹姆士抱怨什么，但我们在能够做到的情况下让马儿轻松一些也是好的。如果我能确定这些房间通风都很好——可是能信任斯托克斯太太吗？我有点怀疑。我不认识她，甚至都没见过。"

"那些事我都能担保，先生，因为韦斯顿太太会来安排。韦斯顿太太着手安排所有的事情。"

"你看，爸爸！——现在你一定满意了——我们自己的亲爱的韦斯顿太太，她再仔细不过了。你不记得佩里先生的话了？好多年前我出疹子时他说的。'要是由泰勒小姐把爱玛小姐裹起来，你一点也不用担心，先生。'我常常听你说起这件事来使劲夸奖她。"

"啊，的确如此。佩里先生确实这么说了。我永远也忘不了。可怜的小爱玛！你出疹子时病得很厉害；也就是说，要不是因为佩里先生悉心照料，你本来会病得很厉害。他一个星期里每天都来四趟。他说，从一开始就说，情况很不错——这对我们是很大的安慰；但出疹子毕竟是可怕的毛病。我希望可怜的伊萨贝拉的小娃娃们无论什么时候出疹子，她都会请佩里去。"

"我的父亲和韦斯顿太太现在就在克朗，看看房子的情况。"弗兰克·邱吉尔说，"我把他们留在那儿，自己来哈特菲尔德，急于听到你的想法，希望你肯听我劝说去他们那儿，在现场提些意见。他们两人都想让我这么说。要是你愿意让我送你过去，他们会特别高兴。没有你，他们做什么都不会满意。"

爱玛特别高兴被叫去商量这件事。她的父亲准备在她离开的时候好好想一想，于是两位年轻人毫不耽搁地一起动身去克朗。韦斯顿先生和太太在那儿，很开心地见到她并接受她的赞许，两人以不同的方式忙碌着高兴着：她有一点沮丧；而他觉得一切都很完美。

"爱玛，"她说，"墙纸比我想象的更糟糕。看！有些地方太脏了，护墙板比我所想象的更黄更破旧。"

"我亲爱的，你太挑剔了，"她的丈夫说，"那些有什么重要呢？在烛光下你什么也看不见。在烛光下会和兰德尔斯一样干净。我们在晚上的俱乐部活动时从来没看到过什么。"

此刻女士们也许交换了眼色，意思是："男人从不知道东西脏不脏"；而先生们也许各自在心里想着："女人总是吹毛求疵，无端烦恼"。

不过，出现了一件棘手的事情，让先生们没有轻视。是和晚餐厅有关的。当初造舞厅时，没有考虑到晚餐的事，只在旁边增加了一个小小的纸牌室。该怎么办呢？现在纸牌室还是用做纸牌室好，即使他们四个人都能认为没有必要打牌，还是小得无法舒舒服服地用晚餐。另一个大一点的房间也许能派上用场，可那在房子的另一端，必须穿过一条又长又不方便的走廊才能到达，而且爱玛和先生们都无法容忍晚餐时会拥挤不堪。

韦斯顿太太建议不吃正式的晚餐，只准备一些三明治之类的点心放在小房间里，但那被视为糟糕的建议。一个私人舞会，不能坐下来吃饭，简直是对先生女士们权益的无耻欺骗；韦斯顿太太不能再提此事。于是她又想起别的权宜之计，看了看那间令人生疑的屋子说：

"我不觉得真**是**那么小。我们不会有很多人的，你知道。"

与此同时，韦斯顿先生轻快地迈着大步穿过走廊，叫道：

"你把这个走廊说得太长了，我亲爱的。根本算不了什么，楼梯那儿也一点没有风。"

"我希望，"韦斯顿太太说，"我们能够知道我们的客人总体最喜欢哪种安排。我们必须让大家基本都感到满意——要是谁能说说该怎么办就好了。"

"是的，非常正确，"弗兰克叫道，"非常正确。你想听你的邻居们的想法。我对此毫不奇怪。要是能确定主要人物的想法就好了——比如柯尔一家。他们不远。我能去拜访他们吗？或是贝茨小姐？她更近——我不明白为何贝茨小姐不能像任何人那样明白其他人的想法。我认为我们的确需要更多人的意见。要不我去请贝茨小姐过来？"

"嗯——如果你愿意，"韦斯顿太太很犹豫地说，"要是你认为她能起到什么作用的话。"

"你从贝茨小姐那儿得不到任何有用的信息，"爱玛说，"她会高高兴兴、感激不尽，但她什么也没法告诉你。她甚至不会听你的问题。我不认为问贝茨小姐会有什么好处。"

"可是她那么有趣，实在太有趣了！我很喜欢听贝茨小姐说话。你知道我用不着把她的全家人都带过来。"

这时韦斯顿先生加入进来，听到提议后表示坚决同意。

"啊，去吧，弗兰克——去把贝茨小姐带来，让我们赶紧了结这件事。我肯定她会喜欢这个计划，我觉得没有人比她更适合告诉我们怎样解决困难。把贝茨小姐叫来。我们有点太细致了。她永远都是教我们怎样开心的榜样。不过把她们两人都带来。请她们两个过来。"

"两个，先生？老太太能来吗？"

"老太太？不，当然是年轻小姐。我会觉得你是个大傻瓜，弗兰克，要是你只请姨妈而不请外甥女的话。"

"哦！对不起，先生。我一下子没想起来。毫无疑问如果你希望，我会努力把她们两个都劝过来。"他跑开了。

他去陪那位矮小、整洁、动作敏捷的姨妈和她优雅的外甥女了，在他很久后才出现以前——韦斯顿太太就像个脾气温柔的女人和好太太那样，已经再次检查了走廊，发现问题比她之前想象的小得多——的确不成问题，就这样结束了做出决定的困难。其他的一切，至少看上去都完全顺利。所有关于桌子和椅子、灯光和音乐，茶点和晚餐的琐碎安排都自行得以解决；或者作为小事让韦斯顿太太和斯托克斯太太随便什么时候解决掉——每个被邀请的人都一定会来；弗兰克已经写信到恩斯库姆，请求在两周后再待几天，几乎不会被拒绝。不久将要举行一场愉快的舞会。

贝茨小姐来到后，热情洋溢地同意必须这样。作为出主意的人，根本用不着她；可作为赞成者（一个稳妥得多的角色），她是真心受欢迎的。她的赞赏，既全面又细致，既热烈又滔滔不绝，只会让人高兴。有半个小时他们都走来走去，穿梭于各个房间，有的提议，有的聆听，全都沉浸在对未来的欢喜之中。在确定由舞会的男主角邀请爱玛跳前两支舞后，这些人才散了场。爱玛听见韦斯顿先生悄悄对他妻子说："他邀请了她，我亲爱的。那就对了。我知道他会的。"

第十二章

只需一件事就能让爱玛对即将举办的舞会感到完全满意——把日期定在弗兰克·邱吉尔获准待在萨里的期限内。虽然韦斯顿先生信心满满,她还是觉得邱吉尔夫妇很有可能不允许他们的外甥在两周之后多待一天。然而这件事看似不大可能。准备一定需要时间,不进入第三个星期什么也准备不好,所以有几天他们必须在不确定中计划着、进行着、期待着——冒着风险——在她看来终究一切徒劳的巨大风险。

恩斯库姆倒是很宽厚,即使不在语言上,行动上也很宽厚。他想待得更久显然不让他们高兴,但也没得到反对。一切平安顺利。消除一件烦心事往往会带来另一件烦心事,爱玛现在对舞会有了把握,又开始因为奈特利先生对舞会恼人的冷漠而感到心烦。也许是因为他自己不跳舞,或是因为做这个计划没和他商量,他似乎下定决心不对这件事感兴趣,让这件事既不会现在引起他的好奇,也不会将来给他带来快乐。爱玛主动与他交流,却只得到这样的赞许:

"很好。如果韦斯顿夫妇认为值得费这么多麻烦来换取几个小时吵吵闹闹的娱乐,我无话可说,只是他们别想从我这儿找乐子——哦!是的,我必须在那儿;我不能拒绝;我会尽量使自己保持清醒;不过我宁愿在家看威廉·拉金斯的一周账目;我承认我更愿意这样——看跳舞的快乐！——绝对不是我，说真的——我从来不看——我不知道谁会看——优美的舞蹈，我相信，就像美德，本身就是对自己的奖赏。旁观者往往在想着完全不同的事。"

这话爱玛感觉是针对她说的，让她很生气。但他如此冷漠或是如此愤怒，也并非对简·费尔法克斯的恭维；他不是受到**她**的感情影响而责备这场舞会的，因为**她**为此事特别高兴。这一点让她活泼起来——敞开了心扉——她主动说道：

"哦！伍德豪斯小姐，我希望不会发生什么事妨碍舞会。那该多让人失望啊！我的确期盼着舞会，我承认，**满心**欢喜地盼望着。"

所以他宁愿和威廉·拉金斯在一起也不是为了讨好简·费尔法克斯。不！——她越来越相信韦斯顿太太的猜测是错误的。在他这一方有很多善意和怜悯的情感——但不是爱情。

哎呀！很快就没时间和奈特利先生争执了。愉快安全的两天之后，紧接着一切都被推翻。邱吉尔先生来了一封信催他的外甥立刻返回。邱吉尔太太身体不好——特别不好，他必须回去。她两天前给她的外甥写信时身体就很不舒服（丈夫这样写道），虽然她通常不愿让别人痛苦，总是从来不考虑自己，所以她没有提及。可现在她病得太重不能轻视，所以必须请求他不要耽搁，马上动身回到恩斯库姆。

信的内容立即由韦斯顿太太的便笺转给了爱玛。他要走这件事无法避免。他必须在几个小时内离开，虽然他并没有因为真正担心舅母而减轻他的厌恶。他知道她的病情，除非为了她的方便，否则她从不生病。

韦斯顿太太补充道："他只能给自己一点点时间赶到海伯里，早餐后再和他认为对他不错的几个朋友告别；他很快会来到哈特菲尔德。"

这张伤心的便笺终结了爱玛的早餐。读完后她什么也做不了，只能哀叹惊叫。失去舞会——失去这个年轻人——还有这位年轻人可能的全部感情！——这太不幸了！——本该是多么愉快的夜晚啊！——每个人都那么开心！她和她的舞伴最为幸福！——"我就说过会这样"，这是唯一的安慰。

她父亲的感觉很不一样。他主要考虑邱吉尔太太的病情，想知道她得到了怎样的治疗。至于舞会，让亲爱的爱玛失望真是令人震惊，可他们都在家里会更安全。

爱玛等了她的客人一会儿他才出现，可如果这确实能表明他的迫不及待，他真正到来时那悲伤的表情和无精打采的样子也许是个补偿。离开让他难过得说不出话来。他的情绪显然非常低落。在起初的几分钟里，他坐在那儿真正陷入了沉思；等他回过神后，也只是说道：

"在所有的事情中，离别是最糟糕的。"

"但你会再来的，"爱玛说，"这不会是你对兰德尔斯的唯一拜访。"

"啊！——（摇着头）——我也不确定什么时候能再回来！——我会极力争取的！——这将是我一心一意追求的目标！——要是我的舅舅舅母春天会去城里——可我很担心——他们去年春天就没去——我担心这个习惯会永远消失。"

"我们可怜的舞会就这样开不成了。"

"啊！那个舞会！——我们为何要等待呢？——为何不及时行乐？有多少幸福是被准备，被愚蠢的准备毁掉的啊！——你告诉过我们会是这样——哦！伍德豪斯小姐，你为何总是这么正确？"

"说实话，我非常难过这一次是正确的。我宁愿快乐也不愿明智。"

"要是我能再回来，我们还要开舞会。我的父亲指望着呢。别忘了你的承诺。"

爱玛亲昵地望着他。

"多么美好的两个星期！"他又说，"每一天都比前一天更珍贵更愉快！——每一天都让我更无法忍受其他任何地方。那些能留在海伯里的人们，是多么幸福啊！"

"你现在对我们的评价这么公正，"爱玛笑着说，"我想冒昧地问一问，难道你开始时没有一点不情愿吗？我们难道没有超出你的预想？我肯定是的。我肯定你没太期望会喜欢我们。如果你当初对海伯里有好感，你是不会过了那么久才来的。"

他很不好意思地笑了。虽然内心在否定这种情感，爱玛依然相信就是那样。

"所以你今天上午必须走了？"

"是的，我父亲要来这儿接我，我们一起走回去，然后我得立即动身。恐怕他随时会到。"

"甚至不能腾出五分钟去看你的朋友费尔法克斯小姐和贝茨小姐吗？真是太不幸了！贝茨小姐强大好辩的头脑也许能让你的

头脑坚强起来。"

"不——我**已经**拜访过了。我经过门前，想着最好去拜访一下。这是应该做的。我本来想待三分钟，可因为贝茨小姐不在家就耽搁下来。她出去了，我觉得不能不等她回来。她是容易让人笑话，也**一定**会让人笑话的女人，可谁也不愿瞧不起她。我最好还是看看她，于是——"

他犹豫了，站起身，走到窗前。

"简而言之，"他说，"也许，伍德豪斯小姐——我想你应该不会没有怀疑过——"

他看着她，仿佛想读懂她的心思。她几乎不知该说什么。这看上去像是某件重大事情的预兆，而她并不希望此事发生。于是，她强迫自己开口说话，把这事应付过去，她冷静地说：

"你做得很对。你去拜访是最理所当然的，那么——"

他沉默了。她相信他在看着她，也许在想着她说的话，试着理解她的态度。她听见他叹了口气。他当然会觉得有**理由**叹气。他无法相信她是在鼓励她。这样尴尬地过了一会儿，他又坐了下来，用更加坚定的语气说：

"想到我剩下的时间也许都给了哈特菲尔德，也算能聊以自慰了。我对哈特菲尔德充满敬意。"

他又停住，站起身来，显得很尴尬——他比爱玛想象的更爱她，要是她的父亲没有出现，谁知道会发生什么呢？伍德豪斯先生很快也来了，他不得不竭尽全力使自己镇定下来。

然而，只过几分钟就结束了目前的考验。韦斯顿先生做事向来干脆，不会拖延任何逃避不了的坏事，也不能预见任何尚不确定的坏事，他说："该走了。"这位年轻人虽然可能叹气，也的确叹了口气，但只能同意离开。

"我会听到你们所有人的消息，"他说，"那是我的主要安慰。我会听到在你们中间发生的每一件事。我已经说好让韦斯顿太太给我写信。她特别好心地答应了我。哦！当一个人真正对远方的事情感兴趣时，能和一位女士通信是多么幸福啊！——她会把一切都告诉我。读着她的信我会重回到亲爱的海伯里。"

一阵非常友好的握手，一声特别诚挚的"再见"结束了这番演讲，门很快在弗兰克·邱吉尔的身后关上了。通知得很快——见面时间很短，他走了。爱玛真不愿意分手，想着他的离去会给他们的小圈子带来多大的损失，已经开始担心自己会太难过，太伤感了。

这是个伤心的变化。自从他来了以后他们几乎每天都要见面。他来到兰德尔斯当然给过去的两个星期注入了很多活力——无以言表的活力；每天早晨想着或期待着见到他，他毋庸置疑的殷勤，他的活力，他的举止！这两个星期过得太愉快了，再次回到哈特菲尔德的日常生活一定会令人寂寞。除了他别的每个优点外，他**几乎**已经告诉她他爱她了。他的感情会有多深或有多稳定，那是另一个问题；不过此时她毫不怀疑他对她非常爱慕，她自己也的确喜欢他。这样的想法与其他的感情加在一起，让她觉得自己**一定**有点爱上他了，虽然她之前已下定决心不要这样。

"我一定是这样的，"她说，"这种没精打采、浑身无力、痴痴呆呆、不想坐下来做点事的感觉，觉得家中的一切都那么沉闷乏味！——我一定恋爱了。如果没有，我就是世界上最古怪的人了——至少会有几个星期。嗯！对一些人的坏事总会对另一些人是好事。会有很多人和我一样对舞会感到惋惜，就算不是因为弗兰克·邱吉尔，但奈特利先生会很高兴。如果他愿意，今天晚上就能和他亲爱的威廉·拉金斯一起度过了。"

然而奈特利先生没有表现出得意的样子。他不能说为他自己感到遗憾；要是这样说他高兴的神情会和他的话语自相矛盾；但他很坚定地说，他为别人的失望感到难过，又极其和蔼地说道：

"你，爱玛，跳舞的机会那么少，你真不幸运；你真是太不幸运了！"

爱玛几天后才见到简·费尔法克斯，可以判断她对这个悲伤的变化发自内心地难过；不过她们真的见面后，她的镇定令人厌恶。不过，她的身体特别不好，有些头痛，所以她的姨妈宣称即使舞会能开，她也觉得简无法参加；把她令人讨厌的冷漠归结于身体不好引起的怠倦，这也算是仁慈了。

第十三章

　　爱玛依然饶有兴致地毫不怀疑自己坠入了情网，只是在爱得多深这个问题上想法变来变去。起初，她认为爱得很深；后来，只有一点点。她很爱听人谈论弗兰克·邱吉尔；而且因为他，比以前更喜欢见到韦斯顿先生和太太；她常常想着他，急于收到他的来信，能知道他怎么样，情绪好不好，他的舅母怎样了，他春天再来兰德尔斯的可能性大不大。不过另一方面，她并不觉得自己不高兴，或是在第一个早晨后，比往常更懒得做事；她依然忙碌着快乐着；而且，虽然他讨人喜欢，她还能认为他有缺点；更有甚者，虽然那么想他，坐在那儿画画或做针线活时会设想一千个有趣的方案增进或结束他们的情感，幻想着有趣的对话，虚构出优雅的信件；她想象中每一次对他假想求爱的结果都是她**拒绝了他**。他们的感情总会平息成友谊。他们的分手情意绵绵，令人心醉，但他们依然得分手。当她意识到这一点时，她忽然明白自己不会爱得很深；因为虽然她之前下定决心绝不离开她的父亲，永远不结婚，而强烈的爱情一定会带来更多的挣扎，远比她能预感到的强烈得多。

　　"我没发现自己用过**牺牲**这个词，"她说，"在我所有聪明的回答、巧妙的否定中，从没暗示过要做出牺牲。我的确怀疑他对我的幸福并非必不可少。这样更好。我当然不会说服自己去感受更多。我已经爱得够深了。要是更深会让我难过的。"

总的来说，她为自己对他感情的看法同样满意。

"他毫无疑问爱得很深——一切都表明了这一点——的确爱得很深！——等他再来的时候，要是他感情依旧，我得小心别鼓励他——如果不这么做是不可原谅的，因为我已经下定了决心。倒不是我猜想他会以为我一直在鼓励他。不，他如果真的相信我和他感觉一样，就不会那么可怜了。要是他能以为自己得到了鼓励，他分别时的表情和语言就会不一样——不过，我还是得当心。这是在想象着他的感情能够继续像现在这样；但我觉得不会如此；我不认为他是这样一种人——我根本不指望他的坚定和忠诚——他的感情很热烈，可是我能想象这些感情很变化无常——简而言之，对于这个问题的每一点考虑都让我庆幸这没有更深地涉及我的幸福——过了一小段时间我就能完全恢复——这总的来说也是件好事，因为他们说每个人一生中都会爱一次，我本来是很容易被排除在外的。"

当他写给韦斯顿太太的信到来后，爱玛仔细读了信。她带着愉快和赞赏之情读着信，开始时忍不住因为自己的感情摇了摇头，觉得自己低估了它的力量。这是一封很长、写得很好的信，详细介绍了他的旅途和他的感受，表达了爱慕、感激、敬重，都是油然而生、令人在乎的情感，还生动准确地描述了所有能被看作有趣的外地和本地的事情。信中没有辞藻华丽、令人生疑的道歉与担心，只有向韦斯顿太太表达真情实感的语言。对于从海伯里到恩斯库姆的转变，两地在最初社交生活上的差异，只用寥寥数语表达了他深深的感触，若不是受到礼仪限制还能再写许多内容——信中少不了提及她的芳名。**伍德豪斯小姐**的名字出现了好几次，总能引起愉快的联想，不是称赞她的品位，就是回忆她说过的话。最后一次看到她的名字，虽然丝毫没有献殷勤的意味，她依然能够察觉她的影响，承认这也许是在所有名字当中对她最恭维的一次。在信件最下方的空白处密密麻麻地写下了这些字："你知道，星期二时，我没有一点空闲时间留给伍德豪斯小姐漂亮的小朋友。请代我向她道歉并告别。"爱玛毫不怀疑这都是为她写的。哈丽特只是作为**她的**朋友被惦记。他关于恩斯库姆的消息和前景比她想象的不好也不坏；邱吉尔太太正在恢复，他就算在自己的想象中，也不敢确定什么时候能够再来兰德尔斯。

虽然信的实质内容令人满意、让人鼓舞，可当她把信折好还给韦斯顿太太时，却发现这没能激起她长久的热烈情感，她没有作者的陪伴也照样开心，因此他必须学会习惯没有她。她的想法尚未改变。她拒绝的决心，只因她为了他将来的安慰与幸福做出的新计划而变得更加有趣。他想到了哈丽特，称她为"漂亮的小朋友"，让她想到哈丽特能够取代他对她的感情。难道不可能吗？——不——哈丽特无疑比他的见识差得远，然而，他被她可爱的脸蛋与热情天真的举止深深打动；她很可能有好的出身与家庭——对哈丽特来说，这一定既有利又开心。

"我一定不能多想这件事，"她说，"我一定不能想了。我知道沉迷于这种猜测的危险。不过奇怪的事情发生过，当我们不像现在这样在乎彼此时，这倒能更好地证明我们之间那种真正无私的友谊，我现在就能高兴地期待这种友谊了。"

为哈丽特的幸福做些准备倒也不错，虽然最好少去想入非非；因为那样带来的坏处就在眼前。因为弗兰克·邱吉尔的到来取代埃尔顿先生的订婚成为了海伯里的话题，而最新的兴趣已经完全压倒了前一件事，所以现在既然弗兰克·邱吉尔先生已经消失，对埃尔顿先生的关心就变得无可抵挡——他的婚期已经定下。他很快会再次回到他们中间；埃尔顿先生和他的新娘。还没来得及谈论从恩斯库姆的第一封来信，"埃尔顿先生和他的新娘"已经成为人人口中的话题，弗兰克·邱吉尔先生被遗忘了。这些声音让爱玛很难受。她已经愉快地逃脱了埃尔顿先生三个星期；而哈丽特的思想，正在她的期待下变得坚强。至少当韦斯顿太太的舞会就在眼前时，她对别的事情很不在意；可如今她显然还没镇定得能够承受真正要到来的情况——新马车，教堂的钟声，和其他的一切。

可怜的哈丽特心情激动，需要爱玛竭尽全力给她种种解释、安慰和关心。爱玛觉得她为她付出多少也不为过，认为哈丽特有权享受她所有的智慧与耐心；然而一直说服却没有任何效果，始终得到赞成，却无法让意见相同，这真是个苦差事。哈丽特顺从地听着，说"很正确——正如伍德豪斯小姐说的那样——不值得想着他们——她不会再想他们了"，可是话题依然得不到改变，随后的半小时她还像从前那样焦虑不安地谈论着埃尔顿夫妇。最后爱玛又从另一个角度去打动她。

"你让自己对埃尔顿先生的婚事朝思暮想、闷闷不乐，哈丽特，这是你能对我的最大责备了。对于我犯的错误，你给不出更加严厉的指责。这都是我的错，我知道。我没有忘记，我向你保证——我自己被欺骗，我又很糟糕地欺骗了你——这永远都将是我的痛苦回忆。别以为我会忘记这些。"

哈丽特感动得只能发出几句急切的感叹，爱玛又说道：

"我没有说，哈丽特，为我振作起来；为了我，少说少想埃尔顿先生；因为我希望你做到这一点更是为了你自己，为了比我的安心更重要的事，你的自控的习惯，想着什么是你的责任，注意举止得体，努力避免他人的怀疑，维护你的健康和声誉，恢复你的平静。这些都是我一直劝说你的动机。这些很重要——我很难过你对这些还没有足够的认识，所以做不到。把我从痛苦中拯救出来只是次要的考虑。我希望你把自己从更大的痛苦中拯救出来。我有时会觉得哈丽特不会忘记该怎么做——或者说能对我好一些。"

这番情真意切的话比什么都更有效。想到自己对真心喜爱的伍德豪斯小姐既不感激也不体贴，这让她有一会儿难过不已。她满心的痛苦在安慰中逐渐平复，对伍德豪斯小姐的情义促使她做出正确的事，并且做得不错。

"你，你是我有生以来最好的朋友——我能不对你心怀感激吗？——没有人能比得上你！——我在乎谁也比不上在乎你！——哦！伍德豪斯小姐，我真是忘恩负义啊！"

这样的话，加上淋漓尽致的表情与动作的衬托，让爱玛觉得从来没有这么爱过哈丽特，或是如此珍惜哈丽特的感情。

"没有哪一种魅力比得上心灵的温柔，"她后来对自己说，"这是无与伦比的。心灵的热情与温柔，加上亲切大方的举止，能比世界上所有的聪明头脑更有吸引力。我对此深信不疑。正是温柔的心灵让我亲爱的父亲那么受人喜爱——让伊萨贝拉如此受人欢迎——我没有——但我知道如何珍惜和尊重这样的心灵——哈丽特比我更拥有温柔的心灵带来的魅力与幸福。亲爱的哈丽特！——我不会用你来交换头脑最清晰，目光最长远，判断最准确的其他女人。哦！简·费尔法克斯的冷漠！——哈丽特抵得上一百个她——作为妻子——一个理智男人的妻子——这是无价的。我就不提名字了，不过祝把爱玛换成哈丽特的那个人幸福！"

第十四章

埃尔顿太太最早在教堂出现：一个坐在长椅上的新娘，虽会打扰虔诚的祈祷，却不能满足好奇心，必须等到接下来实实在在的拜访后，才能决定她是否真的很漂亮，或只是不错，还是一点也不好看。

爱玛与其说是好奇，倒不如说是因为自尊和礼节，这才下定决心不要最后一个去拜访她。她必须让哈丽特和她一起去，以尽快速度过最糟糕的状况。

她再次走进那间屋子，走进三个月前她枉费心机以系鞋带为由进入的那间屋子，不由**陷入了回忆**。一千个恼人的想法再次浮现在她的脑海里，那些恭维、字谜和荒谬的错误。别以为可怜的哈丽特不也在回忆，但她表现得很好，只是脸色苍白，沉默不语。这次拜访当然很短，因为场面尴尬又心事重重只能简短，所以爱玛还没能完全对这位女士形成她的评价，更说不上她的看法，只有一句空洞的"衣着优雅，很讨人喜欢"。

她并不真正喜欢她。她不急于挑剔，可是她怀疑她并不优雅——大方，但不优雅——她几乎确定对于一位年轻女士，一个陌生人，一个新娘，她太大方了。她的模样很不错，她的脸蛋算不上不漂亮，但无论五官、神情、声音、举止都不优雅。爱玛觉得至少将来会发现就是这样。

至于埃尔顿先生，他的举止看上去并不——不，她可不允许自己对他的举止做出轻率或俏皮的评价。在任何时候接待庆祝婚礼的客人总是一件尴尬事，男人需得百般优雅才能顺利应对。女人就好得多；她也许能借助漂亮的衣服和羞涩的特权，而男人只有依靠自己的聪明智慧。当她想到可怜的埃尔顿先生是多么尤为不幸，和他刚娶的女人，他想娶的女人，还有别人想让他娶的女人共处一室，她只能承认他有权显得傻傻愣愣，矫揉造作，局促不安。

"嗯，伍德豪斯小姐，"她们离开屋子后哈丽特说，她等了半天她的朋友也没说话，"嗯，伍德豪斯小姐，（轻声叹了口气）你觉得她怎样？——难道她不是非常迷人吗？"

爱玛的回答有些犹豫。

"哦！是的——非常——一个非常讨人喜欢的年轻女子。"

"我觉得她漂亮，很漂亮。"

"穿得很漂亮，的确。非常优雅的裙子。"

"我一点也不好奇他会爱上她。"

"哦！不——没什么好惊讶的——那么有钱，又恰好遇见了他。"

"我敢说，"哈丽特答道，又叹了口气，"我敢说她非常爱他。"

"也许她会的，但并非每个男人都能命中注定和最爱他的女人结婚。霍金斯小姐也许想要一个家，认为这大概是她能得到的最好的亲事。"

"是的，"哈丽特热切地说，"也许真是这样，谁也得不到更好的了。嗯，我真心诚意地祝他们幸福。现在，伍德豪斯小姐，我觉得我不会介意再次见到他们了。他还和从前一样出色——但结了婚，你知道，就是另一回事了。不，说真的，伍德豪斯小姐，你不用担心，现在我能坐着欣赏他却一点都不感到痛苦。知道他没娶配不上他的人，真是令人安慰！——她的确看上去是个迷人的女子，和他正好般配。幸福的人啊！他叫她'奥古斯塔'，多么愉快！"

在他们回访后，爱玛打定了主意。那时她能够看得更多，判断也更准确。因为哈丽特碰巧不在哈特菲尔德，她的父亲又在和埃尔顿先生说话，她整整一刻钟都独自与那位女士聊天并冷静地陪伴着她，而这一刻钟让她完全相信埃尔顿太太是个自负的女人，自我感觉特别好，总是自以为了不起；她想出风头，高高在上，可是她在一所糟糕的学校养成了讨厌的举止，唐突又冒昧；而且她所有的见解都来自一群人，一种生活方式；所以她即使不傻也很无知，与她相伴肯定对埃尔顿先生没有好处。

哈丽特本该是个更好的伴侣。虽说她本人既不聪明也不优雅，但她能帮他与那样的人交往；可是霍金斯小姐，也许从她自高自大的样子就能看出，她是那群人中最好的一个。布里斯托尔附近那位有钱的姐夫是这桩婚事的骄傲，而他的房子和马车是值得骄傲的地方。

入座后的第一个话题是梅普尔·格罗夫，"我的姐夫萨克林先生①的住所，"——把哈特菲尔德和梅普尔·格罗夫②相比。哈

① 原文为"Suckling"，有"吮吸、压榨"的含义，暗示他可能从事奴隶贸易。
② 原文为"Maple Groove"，意为"枫园"。

特菲尔德的庭院很小，但整洁漂亮，房子既现代又牢固。埃尔顿太太似乎对房间的大小、过道，以及所有她能看见和想象到的方面都特别满意。"的确和梅普尔·格罗夫非常像！——她真为这样的相似度吃惊不已！——那间屋子和梅普尔·格罗夫晨室的形状大小一模一样，是她姐姐最喜欢的屋子。"——埃尔顿先生也被叫来——"难道没有相似得令人惊讶吗？她简直以为她就在梅普尔·格罗夫。"

"还有楼梯——你知道，我一进来，就注意到楼梯有多相像；正好被放在屋子的同一个位置。我简直忍不住要惊叫了！我向你保证，伍德豪斯小姐，这真让我高兴，让我想起我特别喜欢的梅普尔·格罗夫那个地方。我在那儿开心地住了好几个月！（动情地轻轻叹了口气。）迷人的地方，毫无疑问。每一个见到的人都会被它的美打动；可对于我，几乎就是家了。如果你像我一样搬到另一个地方，伍德豪斯小姐，你就会明白，无论何时，只要见到任何像是被自己抛在身后的东西，该有多么开心。我常说这就是婚姻的一大坏处。"

爱玛尽量少做回答，然而对于埃尔顿太太已经足够，因为她只想自己说。

"太像梅普尔·格罗夫了！不仅是房子——还有庭院，我向你保证，我能看到的一切都惊人地相似。梅普尔·格罗夫的月桂树和这儿的一样茂盛，几乎在同一个位置——就在草坪的另一边；我还看见一棵好大的树，下面围着长凳，真让我浮想联翩！我的姐夫和姐姐会为这儿着迷的。自己拥有大庭院的人总是喜欢同样风格的庭院。"

爱玛怀疑这种感情的真实性。她的高见是自己拥有大庭院的人很少在乎其他任何人的大庭院；然而不值得驳斥如此荒谬的错误，于是她只答道：

"等你多看看这个村子，恐怕你就会觉得自己太高估哈特菲尔德了。萨里到处是美景。"

"哦！是的，这我很清楚。这是英格兰的花园，你知道。萨里是英格兰的花园。"

"是的，但我们可不能独享这份荣耀。我相信，许多村子都被称作英格兰的花园，和萨里一样。"

"不，我想不是这样，"埃尔顿太太得意洋洋地笑着答道，"除萨里外，我没听说过哪个村庄有这样的称呼。"

爱玛无话可说。

"我的姐夫和姐姐已经答应春天来看我们，最晚在夏天，"埃尔顿太太又说，"那时我们就能到处游览了。等他们来这儿时，我们一定能好好游览一番。他们当然会乘他们四轮四座大马车①，能舒舒服服地坐下四个人，因此根本用不着**我们的**马车，我们就能痛痛快快地四处游览美景。我想在那样的季节里，他们不大可能乘坐他们的双轮轻便马车。说真的，等时间快到时，我一定会建议他们乘坐四轮四座大马车过来，那样会好得多。当有人来到这么美丽的村庄时，你知道，伍德豪斯小姐，我们会自然而然地希望他们尽可能多看看，萨克林先生特别喜欢游览。去年夏天我们去金斯韦斯顿玩了两趟，就用那样的方式，特别开心，当时他

---

① 原文为法语"barouche-landau"。四轮四座大马车发明于1804年，是身份和财富的象征。

们刚刚买下四轮四座大马车。我猜每年夏天都会有很多那样的人来这儿吧，伍德豪斯小姐？"

"不，不在附近这一带。能够吸引你说的那种游客的风景胜地，我们离那儿还有不少距离。我相信我们是一群喜欢清静的人，更喜欢待在家里而不是参加各种娱乐活动。"

"啊！没有什么能比待在家里更舒服了。没有人比我更恋家。我在梅普尔·格罗夫时就因此很出名了。赛琳娜说过很多次，在她要去布里斯托尔时：'我真没办法让这个女孩离开家。我只能自己去，虽然我讨厌被困在四轮四座大马车里面却没有个同伴，可我认为奥古斯塔那么好性子，她却从来连花园栅栏都不肯出。'她这样说过很多次。我倒并不赞成彻底与世隔绝，那样很不好，最好进行适当的社交，不多也不少。不过我完全理解你的处境，伍德豪斯小姐——（瞧向伍德豪斯先生），你父亲的身体状况一定是个很大的拖累。他为何不试试巴斯呢？——他真该试一试。让我为你推荐巴斯吧。我向你保证，我毫不怀疑这会对伍德豪斯先生有好处。"

"我的父亲从前试过很多次，但没得到什么好处。还有佩里先生，我敢说他的名字你不会不知道，他不认为现在对他更有好处。"

"啊！那太遗憾了。因为我向你保证，伍德豪斯小姐，在水质适宜的地方，能神奇地消除病痛。我住在巴斯的日子里，见过很多这样的例子！而且在那样令人愉快的地方，对于提高伍德豪斯先生的精神一定不会没有好处，我知道他有时的情绪会很低落。至于对**你**的好处，我想就不用我来多费口舌了。巴斯对年轻人的好处人尽皆知。你的生活这么与世隔绝，对你来说应该是个进入社交的好地方。我能马上给你介绍一些上流社会的人。只需我的一封短信就能给你介绍一个熟悉的房东，我的一个特别的朋友，帕特里奇太太，我在巴斯时总是住在她那儿。她会很乐意关照你，由她领你进入社交圈，再合适不过了。"

爱玛已经忍到极致才没有失礼。想到她要为了这所谓的**介绍**而感谢埃尔顿太太——想到她在埃尔顿太太朋友的关照下进入社交圈——也许是个粗俗艳丽的寡妇，只靠招徕租客勉强为生！——哈特菲尔德的伍德豪斯小姐可真要尊严扫地了！

不过，她克制自己没说出任何指责，只是冷冷地感谢埃尔顿太太："但他们肯定不会去巴斯；她也不能确定那个地方对她会比对她父亲更合适。"接着，为避免更多的激动与愤怒，她立刻改变了话题。

"我不用问你是否喜欢音乐，埃尔顿太太。在这种情况下，女士的性情通常在她到来之前就已经为人所知，海伯里早就知道你的琴弹得很出色。"

"哦！不，说真的，没有的事。琴弹得出色？——说实话差得远呢。想想告诉你的人多有失公允呀。我特别喜欢音乐——喜爱得不得了——我的朋友说我也并非毫无品位；可至于其他，说真的我顶多只是**技艺平平**。你，伍德豪斯小姐，我很清楚，琴弹得非常好。说实话，当我听说我要结识的人有多么喜欢音乐，我真是无比满意、非常安心、特别高兴。我真的不能没有音乐，这对我的生活必不可少。无论在梅普尔·格罗夫还是在巴斯，我都一直和很喜欢音乐的人在一起。不能和爱音乐的人做伴本来会成为最大的牺牲。当埃先生和我谈起我未来的家，担心那儿的冷清会不合我心意，我就是这么老老实实对他说的；房子还那么糟糕——他知道我一直习惯的生活——当然他并非毫不担心。当他那样说时，我坦白地说**一切**我都能放弃——宴会、舞会、戏剧——因为我一点都不怕冷清。因为我的内心无比充实，世界对**我**完全不重要。什么都没有我也能过得很好。对于那些内心空虚的人就是另外一回事了；但我的内心使我非常独立。至于房间比我习惯的更小，我真的想都不会想。我希望那种牺牲不会对我产生任何影响。我当然习惯了梅普尔·格罗夫的各种奢侈，可我也安慰他我的幸福不需要两辆马车，也不用宽敞的住宅。'不过，'我说，'说实话，要是没有喜欢音乐的人我可能真的活不下去。我别的条件都不需要，但如果没有音乐，我的生活就会变成空白。'"

"可以料想，"爱玛微笑着说，"埃尔顿先生会毫不犹豫地向你保证海伯里有许多**非常**喜欢音乐的人。考虑到他的动机，我希望你不会认为他言过其实，不可饶恕。"

"不，当然不会，我对那一点毫无疑问。我很高兴进入这样的圈子。我希望我们能一起举办许多美妙的小型音乐会。我想，伍德豪斯小姐，你和我一定要成立一个音乐俱乐部，每周在你家或我们家聚会一次。这难道不是个好计划吗？只要**我们**全力以赴，我想很快就不会没人加入了。那样的事会对**我**特别有好处，能诱使我常常练习；因为结了婚的女人，你知道——总体情况都不太好。她们太容易放弃音乐了。"

"可是你，你这么喜爱音乐——一定不会有危险吧？"

"但愿不会；不过看看周围的熟人，我就担心得发抖。赛琳娜已经完全放弃了音乐——根本不碰她的钢琴——虽然她曾经弹得那么动听。杰弗里斯太太也一样——还有克拉拉·帕特里奇——另外两位米尔曼小姐，现在的伯德太太和詹姆斯·库珀太太；多得我数都数不清。说实话这足以让人惊恐。我曾经对赛琳娜很生气；不过说真的我现在开始明白结了婚的女人有许多事情得关照。我相信我今天早上就和管家闷在家里忙活了半个小时。"

"不过所有那些事情，"爱玛说，"很快都会走上正轨——"

"嗯，"埃尔顿太太笑着说，"我们等着瞧吧。"

爱玛见她如此坚定地想要放弃音乐，也无话可说。停了一会儿，埃尔顿太太选择了另一个话题。

"我们去了兰德尔斯，"她说，"他们两人都在家；似乎都是很和气的人。我非常喜欢他们。韦斯顿先生看上去很出色——说真的已经是我最喜欢的人了。而**她**看起来真不错——一副慈母的样子，让人立刻就有好感。我想她是你的家庭教师吧？"

爱玛惊讶得几乎说不出话来，而埃尔顿太太还没等她回答就说了下去。

"因为早有听说，见她如此气质优雅，真让我大吃一惊！不过她的确是很有教养的女人。"

"韦斯顿太太的仪态，"爱玛说，"总是特别得体。她端庄朴实又优雅，足以成为任何年轻女子的好榜样。"

"你知道我们在那儿时谁进来了吗？"

爱玛很困惑。她的语气暗示是个老熟人——可她怎么猜得到呢？

"奈特利呀！"埃尔顿太太接着说道，"是奈特利本人！——难道不巧吗？——因为他那天过来时我们不在家，我还没见过他呢；当然，作为埃先生特别的好朋友，我很好奇。'我的朋友奈特利'常被提起，所以我真是迫不及待地想见到他。我必须为我亲爱的新郎①说句公道话，他不用为他的朋友感到羞愧。奈特利真是个绅士。我很喜欢他。毫无疑问，我觉得他是非常绅士的人。"

好在到了离开的时候。他们走了，爱玛总算能呼吸了。

"讨厌的女人！"她立刻叫道，"比我想象的还要差。令人讨厌至极！奈特利！——我简直无法相信。奈特利！——从来没有见过他，就叫他奈特利！——还发现他是个绅士！暴发户、粗俗的人，还有她的埃先生，她亲爱的新郎，和她的内心，她装腔作势的样子和俗气的服饰。竟然发现奈特利先生是个绅士！我怀疑他会不会回敬这个赞美，发现她是个淑女。我简直无法相信！还建议我和她应该一起建个音乐俱乐部！人家还以为我们是好朋友呢！还有韦斯顿太太！——那么惊讶把我带大的女人竟然很有教养！越来越不像话。我从没见过她这种人。远远超出我的想象。和她做任何比较都会丢哈丽特的脸。哦！要是弗兰克·邱吉尔在这儿，会对她说些什么呢？他会多么生气，认为这多么可笑呀！啊！又来了——马上又想到他了。总是第一个被想到的人！我又

---

① 原文为意大利语"caro sposo"。埃尔顿太太称"奈特利先生"为"奈特利"以示亲密，以姓氏首字母称丈夫为"埃先生"（Mr. E.），还用意大利语称丈夫为"亲爱的新郎"，显得轻浮炫耀，不符合当时传统的语言使用习惯，不仅爱玛对此非常反感，甚至连时尚的弗兰克·邱吉尔也因为她把费尔法克斯小姐叫作"简"而极度愤怒。奥斯汀在《爱玛》中多次谈及语言的使用。

揪住自己的毛病了！弗兰克·邱吉尔总会进入我的脑子里。"

这些想法在她的脑中快速闪过。在埃尔顿夫妇离开的一阵忙乱后，她的父亲安静下来准备说话，她也能大致听着了。

"嗯，我亲爱的，"他不慌不忙地开口说道，"想想我们以前从没见过她，她似乎是一位很漂亮的年轻太太；我想她很喜欢你。她说话有些太快了。声音有点尖，真是刺耳。但我恐怕是挑剔了；我不喜欢陌生的声音；没人能像你和可怜的泰勒小姐那样说话。不过，她似乎是很有礼貌、很有教养的年轻女士，毫无疑问能成为埃尔顿的好太太，虽然我觉得他最好不要结婚。因为还没为这件喜事去拜访埃尔顿先生和他的太太，我就找了个我能想到的最好的理由，说我希望**应该**能在夏天时去。不过我还是早该去过了。不去看望新娘很不合适。啊！这说明我是个可怜的老弱之人！但我不喜欢去牧师巷的那个转弯。"

"你的道歉一定被接受了，先生。埃尔顿先生了解你。"

"是的，不过一位年轻太太——一个新娘——如果可能的话我应该去拜访她。现在这样很失礼。"

"可是我亲爱的爸爸，你又不赞成结婚；那你为何急着问候一位**新娘**呢？对**你**来说不应该是什么好事吧。你要是太看重这件事情，不就鼓励别人结婚了吗？"

"不，我亲爱的，我从不鼓励任何人结婚，但我总想对小姐们礼貌得体——尤其对新娘可不能怠慢。对**她**更要礼貌周到。我亲爱的，你知道，一个新娘总是人群中的第一位，不管其他人是谁。"

"哎呀，爸爸，如果这还不算鼓励结婚，我就不知道什么是鼓励了。我从没想到你会鼓励可怜的年轻小姐们想入非非啊。"

"我亲爱的,你误解我了。这不过是普通的礼貌与教养,和鼓励人们结婚没有关系。"

爱玛不说话了。她的父亲紧张起来,不能理解**她**。她又想起埃尔顿太太的冒犯,久久、久久都无法释怀。

第十五章

爱玛不必因为随后的任何发现而改变她对埃尔顿太太的负面评价。她的观察很准确。她们第二次见面时埃尔顿太太给她的印象，和她们后来每次见面的印象都一样——自高自大、自以为是、言行随意、愚昧无知、没有教养。她有几分姿色和一些才华，可她见识太少却自以为见多识广，能给村子带来生机和进步，认为霍金斯小姐的身份地位只能被埃尔顿太太这个重要人物超越。

没理由猜想埃尔顿先生与他妻子的想法有任何不同。他似乎不仅很高兴和她在一起，还感到骄傲。他的神情像是在祝贺自己为海伯里带来了这样一个女人，即使伍德豪斯小姐也无法和她相提并论。她的大多数新熟人喜欢赞扬，或是不习惯判断，都在好心的贝茨太太的影响下，想当然地认为这个新娘一定和她自称的那样聪明又讨人喜爱，对她很是满意。于是对埃尔顿太太的赞美顺理成章地口口相传，没有受到伍德豪斯小姐的阻碍，她还是继续着最初的赞扬，欣然说她"很讨人喜欢而且衣着优雅"。

有一个方面埃尔顿太太变得比她当初看起来更糟糕。她对爱玛的感觉发生了变化——也许是因为她对爱玛的亲密提议没得到什么鼓励，她感到气愤并转而退缩，逐渐变得冷淡疏远很多；虽然结果令人高兴，但其中的恶意必然会加深爱玛对她的讨厌。还有她的态度——以及埃尔顿先生的态度，对哈丽特都很不友好。他们嘲笑并无视她。爱玛希望这一定能让哈丽特迅速恢复，然而导致他们这般行为的情感让她对两人都很瞧不起——毫无疑问可怜的哈丽特的爱慕被他们肆无忌惮地谈论着，而她本人在故事中的角色，至少本着对她有好处且让他甚感安慰的原则加工了一番，很可能就是那样说出来的——她一定是他们共同讨厌的对象——当他们无话可说时，一定总能轻易对伍德豪斯小姐进行辱骂；他们不敢公开对她表示不敬，就变本加厉地鄙视哈丽特。

埃尔顿太太非常喜欢简·费尔法克斯，一开始就是那样。不仅是因为与一位年轻小姐作对会使另一位显得更有魅力，而是从最早就开始了；她并不满足于表达自然而然合情合理的赞赏——却得不到请求，或恳求，或是优越感；她一定要帮助她并且和她交朋友——在爱玛尚未失去她的信任，大约她们第三次见面时，她听见埃尔顿太太对这个问题很侠义的一番话：

"简·费尔法克斯实在太迷人了，伍德豪斯小姐——我真为她倾倒——如此甜美可爱的人。那么温柔淑女——还那样多才多艺！——说真的，我觉得她实在是才华出众。我可以毫不顾忌地说她的琴弹得特别好。我很懂音乐，可以毫不含糊地这样说。哦！她真是太迷人了！你会笑话我太激动——不过，说真的，我总是在说简·费尔法克斯——她的境遇实在太让人可怜了！——伍德豪斯小姐，我们必须竭尽全力，争取为她做些什么。我们一定要提携她。她这样的才华不该被埋没了——我敢说你听过那些美妙的诗句——

多少花儿盛开却无人看见，

将芬芳白白浪费在荒漠。①

我们一定不能任其在可爱的简·费尔法克斯身上应验。"

"我根本不认为有这样的危险，"爱玛平静地答道，"当你更了解费尔法克斯小姐的处境，得知她的家庭情况，以及她和坎贝尔上校与太太一起的生活时，我想你不会认为她的才华会被埋没。"

"哦！可是亲爱的伍德豪斯小姐，她现在这样闷在家里，默默无闻，被人抛弃——不管她在坎贝尔家过了怎样的好日子，眼看就要到头了。我想她也知道。我肯定她知道。她很胆怯沉默。看得出她需要鼓励。因此我就更喜欢她了。我必须承认这对我来说是个优点。我非常赞成胆怯——我相信不常能遇到这样的人——可在那些身份低微的人身上，倒是很能给人好感。哦！相信我，简·费尔法克斯是非常讨人喜欢的人，我对她的兴趣简直无以言表。"

"你似乎感触很深——但我不知道你或是简·费尔法克斯小姐在这儿的任何熟人，任何比你本人认识她时间更久的人，有谁能够对她表现出任何其他方面的关心，除了——"

"我亲爱的伍德豪斯小姐，敢做的人能做成很多事。你和我不必担心。要是**我们**做个榜样，很多人都会尽力追随，虽然他们

---

① 英国诗人格雷（1716—1771）《墓园挽歌》（1751）中的诗句，与原文稍有出入。

的境遇都比不上我们。**我们**有马车接送她回家，因为**我们**的生活方式，添上简·费尔法克斯在任何时候都不会引起不便——要是怀特给我们送来一顿晚餐，让我遗憾没有**多**送一点让简·费尔法克斯也能来吃，我会非常不高兴。我想不到会有那种事情。我也不**应该**想到，考虑到我习惯的生活方式。也许，我在持家方面的最大问题恰恰相反，做的太多，太不在意花费。也许我不该过多以梅普尔·格罗夫做我的榜样——因为我们根本没法假装和我的姐夫萨克林先生有同样高的进项——不过，我已经下定决心提携简·费尔法克斯——我一定会常常让她来我家，尽我所能为她引荐，开音乐会来展示她的才华，始终关注有没有合适的职位。我有那么多熟人，所以毫不怀疑很快能听到适合她的职位——当然，我会特别把她介绍给我的姐姐姐夫，等他们来的时候。我肯定他们会特别喜欢她，等她和他们稍微熟悉一些后，她就一点都不会害怕，因为他们两人都非常和气——说实话，他们到了以后我会经常让她过来，我想我们游玩时也许能在四轮四座大马车里给她找个位子呢。”

“可怜的简·费尔法克斯！”爱玛想，“你不该承受这些。你也许对迪克逊先生做了错事，可这也远远超出了你应得的惩罚！——埃尔顿太太的好心和保护！——一口一个‘简·费尔法克斯’。天啊！可别让她到处叫我‘爱玛·伍德豪斯’！——不过说实话，那个女人的舌头似乎放肆得毫无遮拦。”

爱玛用不着再听她的自我炫耀——任何这样只说给她一个人听——以“亲爱的伍德豪斯小姐”为装点的令人厌恶的炫耀。不久埃尔顿太太那边出现变化，她也得到了安宁——不用被迫作为埃尔顿太太非常特别的朋友，也不用在埃尔顿太太的指导下，成为简·费尔法克斯的热心保护人，只需和别人一样，大致了解她的感受，她的考虑，她做了些什么。

她饶有兴趣地旁观着——贝茨小姐因为埃尔顿太太对简的关心而满心感激，最能体现朴实的单纯与热情。她让她敬重不已——最和蔼可亲，平易近人，令人喜爱的女人——多才多艺又屈尊俯就，正是埃尔顿太太想要被认为的样子。爱玛唯一的惊讶是简·费尔法克斯竟然似乎接受了那些关心，还能够容忍埃尔顿太太。她听说她和埃尔顿夫妇一起散步，和埃尔顿夫妇坐在一起，和埃尔顿夫妇共度了一天！这真是令人吃惊！——她无法相信以费尔法克斯小姐的品位与骄傲，她竟然能够忍受牧师一家给予的交往和友谊。

"她是个谜，真是个谜！"她说，"选择在这儿待了一个月又一个月，忍受着各种贫困！现在又屈辱地选择接受埃尔顿太太的关心，听她说那些无聊的话，而不是回到始终以真诚慷慨的感情爱着她的上流同伴中去。"

简说是要来海伯里三个月，坎贝尔一家要去爱尔兰三个月，可现在坎贝尔夫妇已经答应他们的女儿至少住到仲夏，并重新写信邀请她去他们那儿。根据贝茨小姐的话——全都是听她说的——迪克逊太太写得非常恳切。只要简愿意去，就为她准备路费，派上仆人，安排朋友——旅途不会有任何困难，但她还是拒绝了！

"她一定有什么动机，比表面上更强大的动机，才会拒绝这个邀请，"这是爱玛的总结，"她一定处在某种忏悔中，不是来自坎贝尔一家就是源于她自己。不知何处有着强烈的恐惧，极度的谨慎，和坚定的决心——她**不打算**和**迪克逊夫妇**在一起。某人做出了这个决定。可她为何同意和埃尔顿一家在一起呢？——这是另一个谜了。"

她刚刚在极少数知道她对埃尔顿太太评价的人中间大声说出了她对那个问题的困惑，韦斯顿太太就勇敢地为简辩护：

"我们不能认为她在牧师家得到了多少快乐，我亲爱的爱玛——但总比一直待在家里强。她的姨妈是个好人，可一直和她做伴一定很令人厌烦。我们必须考虑到费尔法克斯小姐离开了什么，才能为她去做了什么而指责她的品位。"

"你说的对，韦斯顿太太，"奈特利先生激动地说，"费尔法克斯小姐和我们当中的任何人一样，能够对埃尔顿太太做出公正的评价。要是她能选择和谁交往，她不会选择她。可是（带着责备的微笑看着爱玛）她得到了埃尔顿太太的关心，而其他人都没做到。"

爱玛感到韦斯顿太太给了她短暂的一瞥，她自己也为他的激动感到吃惊。她稍稍有些脸红，很快答道：

"我认为，像埃尔顿太太那样的关心，只会让费尔法克斯小姐厌恶而不是感激。埃尔顿太太的邀请在我看来绝不诱人。"

"我倒不会奇怪，"韦斯顿太太说，"要是费尔法克斯小姐因为她姨妈急于接受埃尔顿太太对她的关心，只好超出自己的意愿。可怜的贝茨小姐很可能催促她的外甥女好好表现，让她只得违背自己的理智，做出更亲密的样子。当然她自然也想要一些变化。"

两人都很想听他再次说话；沉默了几分钟后，他说：

"还有一点也必须考虑——埃尔顿太太**对**她说话和说**起**她的方式是不一样的。我们都知道他、她、你这些我们最常说出的代词的区别；我们都能感觉到在相互交往中除了正常礼仪之外的其他影响——某个更早根植的东西。我们不能给任何人不愉快的暗示，让他们知道我们也许对过去的一个小时非常厌倦。我们对事情的感受各不相同。除了这种表现，作为普遍原则，你们也许能肯定费尔法克斯小姐因为在心智和仪态上更加出色，让埃尔顿太太心生敬畏；所以面对面时，埃尔顿太太会以应有的尊重对待她。像简·费尔法克斯这样的女人埃尔顿太太可能以前从未见过——不管她有多么自负，也不得不承认自己在行为上的差距，即使不是思想上的距离。"

"我知道你对简·费尔法克斯小姐的评价有多高，"爱玛说。她想起了小亨利，惊恐与敏感交织的心情使她弄不清还能说些什么。

"是的，"他答道，"也许每个人都知道我有多欣赏她。"

"可是，"爱玛带着神秘的表情赶紧说道，但很快停住——不过最好还是立刻知道最坏的结果——她急忙又说，"不过，也许你自己都不清楚有多欣赏。你对她的欣赏也许某一天会让你吃惊。"

奈特利先生正使劲扣着他那双厚皮靴下面的纽扣，也许是扣扣子太使劲，或是其他什么原因，让他在回答时红了脸：

"哦！是吗？——可惜你知道得太晚了。柯尔先生六个星期前就暗示过我。"

他停了下来——爱玛感觉她的脚被韦斯顿太太踩了一下，自己也不知该怎么想。很快他又说道："不过，那永远不可能，我向你保证。费尔法克斯小姐，我敢说，即使我向她求婚也不会答应我——而我确信我永远不会向她求婚。"

爱玛饶有兴致地回踩了她朋友的脚，很高兴地叫道：

"你并不自负，奈特利先生。我要为你说句公道话。"

他似乎没听见她的话，他陷入了沉思——他看上去并不高兴，很快说道：

"所以你一直认为我应该娶简·费尔法克斯？"

"不，我的确没有。你总是因为做媒而责备我，我可不敢自以为是地帮你做。我刚才说的话毫无意义。当然，人们说起那种事情时想不到什么严肃的意思。哦！不，我一点也不希望你和简·费尔法克斯或是别的哪个简结婚。要是你结婚的话，你就不能进来和我们这样舒舒服服地坐在一起了。"

奈特利先生又沉思了。他遐想的结果是："不，爱玛，我认为我对她的欣赏程度永远不会让我吃惊——我对她从来没有那样的想法，我向你保证。"他很快又说："简·费尔法克斯是个非常迷人的年轻女子——但即使简·费尔法克斯也不完美。她有个缺点。她不具备男人希望妻子拥有的开朗的性格。"

爱玛听说她有缺点不由得满心欢喜。"那么，"她说，"你很快就让柯尔先生沉默了，我猜？"

"是的，很快。他给了我暗示；我说他错了；他请我原谅就没再多说。柯尔并不想比他的邻居们更聪明或更机智。"

"那一点和亲爱的埃尔顿太太多不一样啊，她想比全世界更聪明更机智！我好奇她会怎么说柯尔一家——她怎么叫他们！她该怎样为他们找个称呼呢？他们已经够平常够粗俗了。她叫你奈特利——那她应该怎么叫柯尔先生呢？还有，我不会因为简·费尔法克斯接受了她的客套，同意和她在一起而感到惊讶了。韦斯顿太太，你的话对我很有说服力。我更愿意认为这是个诱惑，能帮她逃离贝茨小姐，而不觉得是因为费尔法克斯小姐在思想上胜过了埃尔顿太太。我根本不相信埃尔顿太太会承认自己在思想、言语或行为上比不上别人，也不相信她除了对自己那点可怜的关于教养的规则以外，还会受到任何别的约束。她会一直用赞美、鼓励、主动帮忙的方式侮辱她的客人；她会没完没了地为她详细叙述她的宏伟打算，从帮她找到个永久的职位到带她坐着四轮四座大马车一起出去游玩。我想她肯定会这么做。”

“简·费尔法克斯有感情，”奈特利先生说，“我不会责怪她没有感情。我怀疑她的情感非常强烈——她的性情极好，有足够的克制、耐心与自控力；不过她需要坦率一些。她矜持，我想，比以前更加矜持——而我喜欢坦率的性情。不——在柯尔向我暗示他以为的爱慕之前，我从来没有想到过。我见到简·费尔法克斯，和她交谈时，总会感到欣赏和愉快——但没有更多的想法。”

“好吧，韦斯顿太太，”他离开她们后爱玛得意洋洋地说，“现在你对奈特利先生娶简·费尔法克斯的事怎么说？”

“哎呀，说真的，亲爱的爱玛，我说他那么一心一意地想着**不爱她**，要是他最终爱上了她我一点也不会奇怪。别打我。”

第十六章

海伯里和附近的每一个人，只要拜访过埃尔顿先生，都想对他的婚事表示关注。他们为他和他的太太准备了宴会和晚宴，请帖纷至沓来，让她很快就欣喜地意识到，他们永远都不会有哪一天无约可赴。

"我知道怎么回事了，"她说，"我知道我将和你们一起过怎样的生活。我敢说我们会彻底地花天酒地。我们真像是时尚名流了。如果这就是乡村生活，那一点都不可怕。从星期一到星期六，我向你保证我们没有一天的空闲！——即使不是我这样内心充实的女人，也不必感到迷失。"

每个邀请她都欣然接受。她在巴斯养成的习惯让晚宴在她看来是自然而然的事，而梅普尔·格罗夫也给了她参加宴会的品位。她为海伯里的一些家庭没有两个客厅，糕点做得不成样，牌桌上没有冰块感到有些惊讶。贝茨太太、佩里太太、戈达德太太，还有其他人对外面世界的了解太过落伍，不过**她**很快就能告诉她们一切该怎样安排。到了春天，她一定要开个盛大的宴会回赠他们的礼节——到时她的牌桌一定要按照真正宴会的样子单独点上蜡烛，摆上没拆封的新牌——除了她们平日的仆人，还要另请仆人伺候晚宴，在恰当的时间，以正确的顺序，把茶点端上来。

与此同时，爱玛也觉得一定要请埃尔顿夫妇在哈特菲尔德用餐。他们肯定不能比别人做得少，否则她会受到可恶的猜疑，让人以为她心怀可怜的怨恨。一定得有个宴会。爱玛为此说了十分钟后，伍德豪斯先生觉得没什么不乐意，只是照例要求他本人不坐在餐桌末位①，又像平时一样发现很难找到一个帮他坐在那儿的人。

不用费心考虑请哪些人。除了埃尔顿夫妇，一定有韦斯顿夫妇和奈特利先生，当然现在看来就这些了——似乎无法避免请可怜的小哈丽特过来凑齐八个人——可是爱玛并不想发出这个邀请，出于种种原因她特别高兴看到哈丽特恳求让她拒绝。"只要有可能她宁愿不和**他**在一起。她还做不到看着他和他迷人的妻子在一起而不觉得难过。如果伍德豪斯小姐不介意，她宁愿待在家里。"要是爱玛以为能够为此许愿的话，这正是她想要的结果。她对她小朋友的坚毅感到高兴——因为知道她是因为内心坚毅才放弃社交待在家里；现在她能邀请她真正希望凑成八位的那个人了，简·费尔法克斯——自从上次和韦斯顿太太与奈特利先生的交谈后，她比以前对简·费尔法克斯更觉愧疚——奈特利先生的话萦绕在她的心头。他说简·费尔法克斯接受了埃尔顿太太的关心，而其他人都没有关心她。

"这一点没错，"她说，"至少对我来说，也是他全部的意思——这真让人羞愧——同样的年龄——认识她这么久——我应该和她做更好的朋友——现在她永远都不会喜欢我了。我对她忽

① 通常是男主人的位置，指上座。常常需要为客人切肉传菜，调节餐桌氛围。

略得太久。不过我会比以前更关心她。"

每个邀请都成功了。他们都有时间，都很高兴——然而对于宴会准备的关注还没有结束。发生了一件很不幸的事。两个大一点的小奈特利打算在春天看望他们的外公和姨妈几个星期，他们的爸爸提议现在就带他们去，在哈特菲尔德住上一整天——正好是请客的那天。因为他的工作安排不能推迟，父亲和女儿都为发生这样的事而烦恼。伍德豪斯先生认为八个人一起用餐是他的神经能承受的最大极限——现在又来了第九个——而爱玛担心这第九个人只来哈特菲尔德四十八个小时却非要碰上宴会，他会因此很不高兴。

她对她父亲的安慰还不够安慰她自己，但她还是说道，虽然他肯定会把人数增加为九个，可他总是很少说话，所以不会增添多少声音。她觉得这事实上对她自己是个悲哀的改变，让板着脸不肯说话的他，而不是他的哥哥，坐在她的对面。

情况对于伍德豪斯先生而非对爱玛更加有利。约翰·奈特利来了，但韦斯顿先生突然被叫到城里，当天肯定来不了，伍德豪斯先生放下心来。见他这样，而且孩子们来了，她的姐夫听到自己的命运后表现得镇定自若，甚至让爱玛也不太烦恼了。

这一天到来了，大家准时聚在一起，约翰·奈特利先生似乎很早就摆出一副和和气气的样子。他没在等待吃饭时把他的哥哥拉到窗边，而是和费尔法克斯小姐说着话。埃尔顿太太被蕾丝和珍珠打扮得无比优雅，他沉默地看着——只想看个清楚以便说给伊萨贝拉听——不过费尔法克斯小姐是个老熟人，文静的姑娘，所以他能和她说说话。他早餐前带着孩子们散步回家时遇到了她，当时正好开始下雨。他自然会就此表示一些礼貌的关心，说道：

"我希望你今天早晨没走太远，费尔法克斯小姐，否则你肯定会淋湿的——**我们**差点没有及时到家。我希望你马上转回去了。"

"我只去了邮局，"她说，"到家时雨还没下大。这是我的日常事务。我在这儿总是去取信。这省得麻烦，也能让我走出去。早餐前的散步对我有好处。"

"我想不是雨中散步。"

"当然，可我出发时一点没下雨。"

约翰·奈特利先生微笑着答道：

"也就是说，你选择去散步，因为我有幸遇见你时你离开家门还不到六码远，不久后亨利和约翰看到的雨点就数不清了。邮局在我们生活的某个阶段会很有魅力。当你活到我这个年纪，你就会开始认为信件从来不值得冒着雨去取。"

她的脸红了一下，然后这样答道：

"我绝不期待有你这样的境遇，和每个最亲爱的人在一起，因此我不会认为仅仅年龄的增长就能让我不在乎来信。"

"不在乎！哦！不——我从没想过你会不在乎。信件绝不是让人不在乎的事，它们通常都是大麻烦。"

"你在说工作上的信件，我的是友情的书信。"

"我常觉得那是两者中更糟糕的，"他冷冷地答道，"你知道，工作能带来钱，而友情几乎从来不会。"

"啊！你在开玩笑。我太了解约翰·奈特利先生了——我肯定他最懂得友情的价值。我很容易相信对你来说书信无足轻重，比对我的重要性低得多，但并不是因为你比我年长十岁带来的差别，不是年龄，而是境遇。在你身边有你最爱的每个人，而我也许永远不会再有。因此我想，除非等我完全没有感情时，否则邮局一定总能吸引我出去，即使在比今天更糟糕的天气。"

"当我说你会被时间改变，被年龄的增长改变时，"约翰·奈特利说，"我是指时间通常会带来的境遇的改变。我认为一个包含着另一个。对于不在一个圈子里的人来说，时间通常会冲淡他们的感情——但那不是我为你想到的改变。费尔法克斯小姐，作为老朋友请允许我希望，十年后你会和我一样，在身边拥有许多最亲密的人。"

这话说得很诚恳，丝毫没有冒犯之意。她似乎想用一声愉快的"谢谢"一笑而过，可是她的脸红了，嘴唇颤抖着，眼里含着泪水，说明她觉得这并不好笑。现在伍德豪斯先生需要得到她的注意，他按照这种场合的常规习惯，轮流向客人们致敬，向女士们表达特别的敬意，她是最后一个——他极其文雅地说：

"费尔法克斯小姐，听说你早晨冒雨出去我很遗憾。年轻的小姐们应该照顾好她们自己——年轻的小姐们是娇嫩的花朵。她们应该照顾好她们的身体和她们的气色。我亲爱的，你换袜子了吗？"

"是的，先生，我的确换了。我非常感谢你对我的亲切关怀。"

"我亲爱的费尔法克斯小姐，年轻的小姐一定会被关心——我希望你好心的外婆和姨妈身体都好。她们是我的老朋友了。我希望我的身体能让我做个更好的邻居。你今天让我们感到很荣幸，真的。我和我的女儿深知你的好意，能在哈特菲尔德见到你我们非常欣慰。"

这位善良礼貌的老人此时也许能够坐下来，认为他已经尽了他的责任，让每位漂亮的女士都得到欢迎并感到轻松愉快。

现在，雨中散步的事已被埃尔顿太太得知，她开始了对简的责备。

"我亲爱的简，我听到什么了？——冒着雨去邮局！——这可不行，我告诉你——你这可怜的女孩，你怎么能做那样的事情呢？——说明我没有在那儿照顾你。"

简十分耐心地向她保证她一点也没感冒。

"哦！可别告诉**我**。你真是个可怜的女孩，不知道怎样照顾你自己——竟然去邮局！韦斯顿太太，你听说过这样的事吗？你和我一定要管管她了。"

"我的建议，"韦斯顿太太亲切又令人信服地说，"我当然会很想提一提。费尔法克斯小姐，你一定别再冒这样的风险——既然你那么容易得重感冒，你的确应该特别当心，尤其在一年中的这个时候。我认为春天需要更加注意。最好等待一两个小时，甚至等上半天再去取信，而不要冒着再次感冒的风险。你现在是不是这样想呢？是的，我肯定你非常理智。看来你**不会**再做这样的事了。"

"哦！她不会再做这样的事了，"埃尔顿太太急忙又说，"我们不会让她再做这样的事，"——她意味深长地点点头——"一定要做些安排，一定得做。我会和埃先生说一说。每天早晨帮我们取信的那个人（我们的一个仆人，我忘记他的名字了）应该也问问你的信，把它们送给你。你知道，那样就能解决所有的困难；我真觉得既然来自于**我们**，我亲爱的简，你可以毫不顾忌地接受这样的方便。"

"你真是太好了，"简说，"可我不能放弃早晨的散步。医生建议我尽量多去户外，我总得去个地方，邮局就成了目标。说真的，我以前几乎没遇到过天气不好的早晨。"

"我亲爱的简，别再多说。这件事就定下了，那是（假笑着）我认为不必征得我家夫君与主人的同意，能够自作主张决定的事情。你知道，韦斯顿太太，你和我必须当心该怎么发表意见。但我得奉承自己一句，我亲爱的简，我的影响力还没完全消失呢。所以要是我没有遇到无法克服的困难，就当这件事定下了。"

"对不起，"简诚恳地说，"我无论如何不能同意这样的安排，毫无必要地给你的仆人添麻烦。就算这件事我不喜欢，我外婆的仆人也能取，我不在这儿时一直这样做的。"

"哦！我亲爱的，可是帕蒂有那么多事情要做！——而且用我们的仆人也是我们的荣幸呢。"

简看似无意退让，她没有回答，又和约翰·奈特利先生说起话来。

"邮局真是个了不起的地方！"她说，"井井有条，行动迅速！如果想想它需要做的一切，还把一切都做得这么好，真是令人惊讶！"

"的确非常有条理。"

"极少会出现任何疏忽或错误！在这个王国中一直来往的几

千封信中，甚至极少会有一封信被送错——我猜在一百万封信中，也没有一封信真的被丢失！要是想到各种字迹，还有写得很不好的字，需要仔细辨认，就会觉得更加神奇。"

"邮局里的人习惯后就变成了行家——他们开始就得眼疾手快，然后越做越熟练。如果你还要进一步地解释，"他微笑着说下去，"他们得到了报酬。那是许多能力的关键。人们付了钱，所以必须好好为他们服务。"

他们又谈了谈各种字迹，说了些平常的看法。

"我听人肯定地说起过，"约翰·奈特利说，"一家人的字迹往往很相似；而同一个老师教的，也自然会相似。但出于那个原因，我猜这相似度一定主要局限于女性，因为男孩们小时候很少接受教育，会胡乱形成他们的字体。伊萨贝拉和爱玛，我认为她们的确字迹很像。我常常会辨认不出。"

"是的，"他的哥哥犹豫着说，"有一点像。我知道你的意思，但爱玛的字更有力。"

"伊萨贝拉和爱玛的字都很漂亮，"伍德豪斯先生说，"而且一直是这样。可怜的韦斯顿太太也一样。"他半是叹息半是微笑地看着她。

"我从没见过哪位先生的字迹。"爱玛也看着韦斯顿太太，开始说道；但她停了下来，发现韦斯顿太太在听别人说话，而停顿给了她时间思考："现在，我该如何介绍他呢？——我难道不能当着所有人的面说出他的名字吗？我有没有必要拐弯抹角地提起他？——你在约克郡的朋友——你约克郡的通信人——那样就行了，我想，如果我做不到的话——不，我能毫不困难地说出他的名字。我当然变得越来越好了——现在就说出来吧。"

韦斯顿太太没别的事，爱玛又开始说道："弗兰克·邱吉尔先生的字，是我所见过先生的字中最好的一个。""我不喜欢，"奈特利先生说，"写得太小——没有力量。就像女人的字迹。"

两位女士都不接受。她们为这恶劣的诽谤帮他辩护。"不，根本不缺少力量——字写得不大，但很清晰，当然也很有力。韦斯顿太太的身上就拿不出一封信吗？"不，她最近才收到他的来信，可在回信后就收起来了。

"假如我们在另一个房间，"爱玛说，"要是有我的书桌，我肯定能拿出一个样本。我有一个他的便条——你不记得了吗，韦斯顿太太，你有一天雇用他帮你写信？"

"是他要说他被雇用的——"

"好吧，好吧，我有那张便条，晚餐后可以拿出来说服奈特利先生。"

"哦！当一个像弗兰克·邱吉尔那么殷勤的年轻人，"奈特利先生冷冰冰地说，"给像伍德豪斯小姐这样的漂亮小姐写信时，他当然会竭尽全力。"

晚宴端上了餐桌——埃尔顿太太不等别人开口就已经准备好，伍德豪斯先生还没走到她身边请求领她进入餐厅，她就说道：

"我必须先走吗？我真惭愧总是走在前面。"

简挂念着取她自己的信件，这一点也没有逃过爱玛的注意。她什么都听见，也什么都看见了，有点好奇今天早晨的冒雨步行有没有给她带来些什么。她猜是**有的**；若不是满心期待收到很亲近的人的信，她不会那么坚决，而她的努力一定没有白费。她觉得她比平时看上去更高兴——容光焕发，兴高采烈。

她本来可以问一两个问题，关于爱尔兰的邮件需要多长时间多少费用——话已到了嘴边——她还是忍住了，她已经下定决心不说一句可能伤害简·费尔法克斯感情的话。她们跟随其他的女士们走出房间，手挽着手，亲热的样子和她们各自的美貌与优雅非常相称。

第十七章

　　女士们晚餐后回到客厅，爱玛发现几乎无法不让她们分成界限分明的两派——埃尔顿太太执意对人评头论足，举止令人生厌，她纠缠简·费尔法克斯并冷落爱玛。她和韦斯顿太太几乎只能始终一起说话或一起沉默。埃尔顿太太没给她们任何选择。要是简稍稍让她停顿一下，她很快又会重新开始；虽然她们说话很像在窃窃私语，尤其是埃尔顿太太，可仍然免不了听见她们的主要话题：邮局——感冒——取信——友情，这些都讨论了很久；接下来的话题至少对简来说一定同样不愉快——问她是否听说了可能适合她的职位，埃尔顿太太声明她正在煞费苦心地安排此事。

　　"眼看四月就要到了！"她说，"我很为你担心。六月马上就会到来。"

　　"可我从未决定在六月或任何其他月份——只希望大概是在夏天。"

　　"可你真的一点消息也没有吗？"

　　"我甚至还没打听过，我还不想打听。"

　　"哦！我亲爱的，我们什么时候开始都不会太早。你不明白找到一个称心的职位有多难。"

　　"我不明白？"简摇头说道，"亲爱的埃尔顿太太，谁能有我想的多呢?"

"可你不像我这样见过世面。你不知道**上流**家庭有多少人想去。我在梅普尔·格罗夫一带见得多了。萨克林先生的一位表亲,布拉格太太①,没完没了地得到申请;人人都渴望能去她家,因为她和上流社会打交道。她的书房里还点着蜡烛呢!你能想象有多好!在王国里的那么多家庭中,我最想让你去布拉格太太家了。"

"坎贝尔上校和太太仲夏前要回伦敦,"简说,"我必须和他们住一段时间,我肯定他们希望这样——接着我也许就能愉快地安排自己的事情了。可我希望你现在不必麻烦为我打听。"

"麻烦?啊,我知道你的顾虑了。你担心给我添麻烦,但我向你保证,我亲爱的简,坎贝尔一家几乎不可能比我更关心你。我过一两天会给帕特里奇太太写信,会叮嘱她留心任何称心的职位。"

"谢谢,可我宁愿你不要和她提这件事。不等时间快到时,我不希望给任何人增添麻烦。"

"可是,我亲爱的孩子,时间**就**快到了。现在是四月,那么六月,或者说甚至七月,已经很近了,而且我们面临着那么难办的事情。你太没经验,真让我觉得好笑!能配得上你的职位和你的朋友们能够帮你找到的职位,不是每天都有,并非想要就能得到。说真的,真的,我们必须马上开始打听。"

"对不起,太太,可这根本不是我的打算。我自己没有打听,

———————————————

① 原文为"Bragge",谐音"brag",有"自夸,吹嘘"之意。

也不想让任何朋友帮我打听。等我下决心定好时间后，我一点都不担心会很长时间找不到职位。城里有一些地方，事务所，去那儿打听很快就有结果——那些负责买卖的事务所——算不上出卖人身——而是出卖脑力。"

"哦！我亲爱的，出卖人身！你真是吓坏我了。如果你在抨击买卖奴隶，我向你保证萨克林先生一直是主张废奴①的。"

"我不是那个意思，我没有想到奴隶买卖，"简说，"家庭教师买卖，我向你保证，我只想到了这一点。当然干这种事的人罪行大不一样，可我不知道哪一种受害者会更加痛苦。不过我只想说有一些广告事务所，只要向他们申请，我毫无疑问会很快找到某个适当的职位。"

"某个适当的职位！"埃尔顿太太重复道，"啊，**那**也许能符合你对自己的谦卑想法——我知道你是个多么谦卑的人。可你要是接受了别人提供的任何职位，任何下层或普通的境遇，去了某个不能进入上流社会，或是过不了优雅生活的家庭，你的朋友们是不会满意的。"

"你真的很热心。然而所有那些，我都毫不在意。我不打算和富人们在一起，我想那会使我更加痛苦，我会因为对比而更难过。绅士家庭是我的全部要求。"

---

① 虽然英格兰的奴隶制早在十二世纪初已是非法，然而18世纪开始，黑奴又开始输入伦敦和爱丁堡作为英国人的仆役。1783年，反奴隶制运动在英国社会内部开始。1807年3月25日，英国国会通过了废除奴隶贩卖法案（Slave Trade Act）。1833年8月23日，废奴法案（Slavery Abolition Act）宣布英国殖民地的奴隶制为不合法。在《爱玛》的创作时期，许多英国人，尤其是女性都支持废奴运动。小说中简·费尔法克斯将家庭教师与黑奴对比的想法来自当时的女权主义与废奴主义者。埃尔顿太太回答时有些紧张，因为她的父亲与姐夫萨克林都在奴隶贸易中心布里斯托尔获得财富，很可能源自黑奴贸易。

"我了解你，我了解你，你什么都能接受。可是我会稍微挑剔些，而且我相信好心的坎贝尔夫妇会站在我这一边。你有出色的才华，你有权进入上流社会。仅凭你在音乐上的造诣就能让你自己提条件，想要多少房间就能有多少房间，进入多么上流的家庭都可以——我是说——我不知道——要是你懂竖琴，你也许都能做到，我很肯定。不过你唱歌也弹琴——是的，我真的相信你也许可以，即使不会竖琴，也能随心所欲地提条件——你一定能，也必须要高高兴兴、体体面面、舒舒服服地安顿下来，这样我和坎贝尔夫妇才能安心。"

"你可以把高兴、体面、舒适都包含在那种境遇里，"简说，"那些肯定同样重要；不过，我真不希望现在让人为我做什么。我非常感谢你，埃尔顿太太，我感谢任何同情我的人，但我真的希望在夏天前什么也别为我做。在接下来的两三个月里我会保持现在的样子。"

"我也说真的，我向你保证，"埃尔顿太太不假思索地答道，"我会一直关注，也叫我的朋友们关注着，以免错过任何大好机会。"

她就这样没完没了地说着，从未因任何事情真正停止过，直到伍德豪斯先生进入房间。接着她的虚荣心换了个目标，爱玛听到她又那样窃窃私语地对简说：

"瞧我这位亲爱的老情郎①来了，真讨厌！——只要想想他比其他男士都更急着过来的殷勤样！——他真是可爱——我向你保

---

① 原文为 "old beau"，埃尔顿太太以此指伍德豪斯先生很轻浮不得体。

证我太喜欢他了。我欣赏所有那些古怪老派的礼节，比现代的随意更合我口味，现代的随意令我反感。可这位善良的伍德豪斯老先生，我希望你听见了他在晚餐时对我说的那番殷勤话。哦！我都以为我亲爱的新郎要嫉妒死了。我猜他最喜欢我，他注意到我的裙子。你喜欢吗？赛琳娜选的——漂亮，我觉得，可我不知道是否装饰得太多了。我最讨厌过多的装饰——花里胡哨特别难看。我现在必须戴几件饰品，因为大家都希望我这么做。一个新娘，你知道，必须看上去像个新娘，而我天生的品位喜欢朴素；一件风格朴素的衣服绝对比花哨的衣服好看得多。但我绝对是少数人，我相信，似乎没多少人会看重朴素的衣着——都是华丽又花哨。我想把这些装饰加到我那件银白色的府绸裙上。你觉得会好看吗？"

所有人刚又聚集在客厅，韦斯顿先生就出现在他们的面前。他赶回去吃了晚饭，刚吃完就走到了哈特菲尔德。明白人几乎能肯定他会过来，所以不会吃惊——不过还是很令人高兴。伍德豪斯先生现在倒是乐意见他，可要是来得早了只会让他不快。约翰·奈特利默默地惊讶着——一个人在伦敦干了一天的活，本来可以安安静静待在家里，竟然再次出发，走了半英里的路去别人家，只为和一群人待到睡觉时间，在寒暄客套和吵吵闹闹中结束这一天，这样的情形让他很是吃惊。一个从早晨八点就开始忙碌的人，本该可以歇一歇；他说了那么多话，本来可以静一静；他见了那么多人，原本可以独自待着！——这样的人，放弃自己火炉旁的宁静独处，却在寒冷的四月夜晚，冒着雨夹雪又跑了出来！——他过来要是只为接回他的妻子，那倒算是有个理由；可他的到来不但不能结束聚会，反而要把聚会推迟。约翰·奈特利惊奇地看着他，然后耸耸肩说："即使是他，我也觉得难以置信。"

与此同时，韦斯顿先生完全不知道他激起的愤怒，而是像平时一样兴高采烈。他因为一整天都不在家，觉得自己理当拥有夸夸其谈的权利，于是和每个人愉快地交流着。他回答了妻子对他晚餐的询问，保证她仔细交待的事仆人一件也没忘记，谈到他在外面听到的消息，接着说起家里的事情。虽然这主要是说给韦斯顿太太听的，他毫不怀疑屋里的每个人都会很感兴趣。他递给她一封信，来自弗兰克，是写给她本人的；他在路上碰到这封信，就擅自拆开了。

"读吧，读吧，"他说，"会让你高兴的。只有几行字——用不了多久。念给爱玛听。"

两位女士一起读了信，他面带微笑坐在那儿，一直和她们说着话，声音稍微压低了一点，但人人都听得见。

"你瞧，他要来了。我认为是好消息。嗯，你怎么说？——我一直告诉你他很快会再来，不是吗？——安妮，我亲爱的，我不是总这么说，可你不愿相信我吗？——你瞧，下周到城里——我敢说最晚这个时间；因为**她**但凡要做什么都会像黑绅士[1]那样迫不及待；他们最有可能明天或星期六来。至于她的病，肯定完全不值一提。不过能让弗兰克回来，来到城里这么近的地方倒是件好事。他们真来了之后会住上很长时间，他有一半的时间都能

---

[1] 指代"魔鬼"的常用讽刺语，也可能暗指奴隶制与废奴运动。

和我们待在一起。这正是我想要的。嗯，不错的消息，是吗？你们读完了吗？爱玛都读了吧？收起来，收起来，我们换个时间好好聊一聊，可现在不行。我只用照例和别人随便说一声就好了。"

韦斯顿太太此时感到非常欣慰。她的神情和话语都对此毫不掩饰。她很高兴，她知道自己很高兴，知道她应该高兴。她的祝贺热烈又坦诚，可爱玛却无法那么流畅地说话。她有些忙着估量自己的感情，试着弄清她激动的程度，她的确认为自己很激动。

然而韦斯顿先生太过急切，也顾不得观察别人；太急于分享，也不愿听别人说，对她已经说出的话非常满意。他很快走到别处，打算和其他朋友分别说说满屋子的人肯定都已经听见的话，让他们也高兴高兴。

好在他认为人人开心是理所当然的事，否认他不会觉得伍德豪斯先生和奈特利先生特别开心。在韦斯顿太太和爱玛之后，他们最早得到了高兴的机会——他本想接着找费尔法克斯小姐，可她正和约翰·奈特利先生专心说话，所以不便打扰。此时他正巧站在埃尔顿太太身边，而她无事可做，于是他就和她重新聊起了这个话题。

第十八章

"我希望不久就能有幸向你介绍我的儿子。"韦斯顿先生说。

埃尔顿太太很乐意把这个希望当作对她的特别恭维，便十分优雅地微笑着。

"你听说过那个弗兰克·邱吉尔，我想，"他接着说，"知道他是我的儿子，虽然他不和我同姓。"

"哦！是的，我会很乐意结识他。我肯定埃尔顿先生会立刻去拜访他，我们两人都会非常高兴在牧师住宅见到他。"

"你真是太客气了——我相信弗兰克会特别高兴——他下周要来城里，最晚在这个时候。我们今天收到了一封信。我今天早上正好看到这封信，一见是我儿子的笔迹，我就自做主张地打开了——虽然信不是写给我的——是给韦斯顿太太的。她是主要通信人，告诉你吧。我几乎一封信也收不到。"

"所以你当真打开了写给她的信！哦！韦斯顿先生——（假装大笑）我必须对此表示抗议——这真是非常危险的先例！——我求你别让你的邻居们效仿。说真的，这种事如果发生在我身上，我们结了婚的女人一定得让你们尝尝厉害！——哦！韦斯顿先生，我真不敢相信你会这样！"

"对，我们男人都是坏家伙。你们必须自己当心，埃尔顿太太——这封信告诉我们——这是封短信——写得匆忙，只是通知我们一声——这封信告诉我们他们马上都会来到城里，为了邱吉尔太太——她一整个冬天身体都不好，觉得恩斯库姆对她来说太冷了——所以他们全都要马上动身到南方来。"

"是吗？——我想是从约克郡来。恩斯库姆在约克郡吧？"

"是的，离伦敦大约一百九十英里，很长的路程。"

"是的，说实话，特别长。比从梅普尔·格罗夫到伦敦还要多六十五英里。不过，韦斯顿先生，对于有钱人来说，距离又算得了什么？——要是你听说我的姐夫萨克林先生有时会怎样来来去去，你会很惊讶。你会几乎不敢相信我的话——他和布拉格先生会一周两次往返伦敦，用上四匹马。"

"从恩斯库姆过来的路程，麻烦在于，"韦斯顿先生说，"**据我们所知**，邱吉尔太太已经有一个星期没能离开沙发。弗兰克在上一封信中说，她抱怨自己虚弱得进不了暖房，只能靠他和他的舅舅搀扶着！这一点，你知道，说明她非常虚弱——可现在她又急着到城里来，只打算在路上住两晚——弗兰克就是这么写的。当然，娇弱的女士们体质很特别，埃尔顿太太。那一点你得承认。"

"不，说真的，我绝不会承认。我总是为我们女人说话。我的确会这样做。我告诉你——你会发现我会在那一点上坚决和你作对。我总是维护女人——相信我，要是你知道赛琳娜对于在旅店睡觉是什么感觉，你就不会奇怪邱吉尔太太为何要想方设法避免了。赛琳娜说这对她来说简直太可怕了——我相信我也染上了她的一点挑剔。她每次旅行都带上自己的床单，这是极好的防范。邱吉尔太太也这么做吗？"

"我敢说，其他挑剔的女士能做的事情，邱吉尔太太样样都会做。在这个国家，邱吉尔太太的挑剔无人能比——"

埃尔顿太太急忙打断道：

"哦！韦斯顿先生，别误会我。赛琳娜绝不是挑剔的女人，我向你保证。你可别这么想。"

"她不是吗？那她和邱吉尔太太就不是一类人，谁也没见过像她那样挑剔至极的女人。"

埃尔顿太太此时觉得她不该那么急着否认。

她根本不想让人觉得她姐姐**不**是个挑剔的女人，也许她还缺乏一些假装的勇气——在韦斯顿先生继续说话时她在想着怎样把话收回来。

"我不太喜欢邱吉尔太太，你也许猜得出来——不过这只是在我们之间说说。她很喜欢弗兰克，所以我不会说她的坏话。而且，她现在身体不好，但说实话**那一点**呀，按她自己的说法，始终如此。我不会对谁都这么说，埃尔顿太太，可邱吉尔太太生病的事我不太相信。"

"要是她真的病了，为何不去巴斯呢，韦斯顿先生？——去巴斯，或克利夫顿①？"

"她坚称恩斯库姆对她而言太冷了。实际上，我猜是因为她对恩斯库姆厌烦了。她这次待在那儿的时间比以往都要长，她想改变一下。那是个偏僻的地方。一个好地方，但是很偏僻。"

"啊——我敢说就像梅普尔·格罗夫。没有哪儿能比梅普尔·格罗夫更远离大路。到处都是大片的种植园！你似乎与世隔

————————————

① 在布里斯托尔西面的矿泉疗养地。

绝——彻底隐居——邱吉尔太太也许没有赛琳娜的身体或精神去享受那种隔绝。或者，也许她的内心不足以让她适应乡村生活。我总说女人的内心怎么充实也不为过——我很感激我自己的内心非常充实，可以完全不依赖社交。"

"弗兰克二月份来这儿住了两个星期。"

"我记得听说过。他下次再来会发现海伯里的社交圈里**增添**了一个人；也就是说，如果我能冒昧地称自己是个增添的话。可他也许还从未听说世界上有这样一个人呢。"

这句话显而易见是在讨人恭维，谁都看得出来。韦斯顿先生马上客客气气地大声叫道：

"亲爱的太太！除了你自己，谁也想不到这样的事。没听说过你！——我相信在韦斯顿太太最近的信里，说的几乎全都是埃尔顿太太。"

他已经尽了责任，可以再转回来谈他的儿子了。

"当弗兰克离开我们时，"他又说，"我们很不确定什么时候能再见到他，所以今天的消息让人格外高兴。这完全出乎意料。也就是说，**我**一直确信他很快会回到这里，我肯定会出现一些有利因素——可是没人相信我。他和韦斯顿太太都特别沮丧，说着'他怎么能来呢？怎么相信他的舅舅舅母能同意让他再来'之类的话——我总是相信会发生某件对我们有利的事，你瞧这就发生了。我从自己的人生中发现，埃尔顿太太，要是事情一个月不顺利，下个月一定会好转。"

"说得很对，韦斯顿先生，完全正确。这正是在场的某位绅士追求我的那段日子里，我对他说过的话。当时进展不太顺利，没他希望的那么快，他简直绝望了，声称按照这个速度，许门的藏红色长袍①直到**五月**才能披在我们身上。哦！我费了多少努力才驱散了那些悲观的念头，让他振作起来啊！马车——我们对马车的事很失望——我记得一天早晨，他几乎绝望地过来找我。"

她因为一阵轻微的咳嗽停了下来，韦斯顿先生立刻抓住机会说了下去。

"你提到了五月。就在五月，邱吉尔太太要听人要求，或是自己要求，去一个比恩斯库姆更暖和的地方——简而言之，要去伦敦住些日子，这样很可能整个春天弗兰克都能常常拜访我们——正是一年中我们最想挑选的季节：白天的时间几乎最长，天气温和舒适，总让人想出去，怎么运动也不嫌热。他上次来时，我们想尽量玩得开心些，可天总是下雨潮湿，阴沉沉的。你知道，二月一直是那样，我们想做的事情连一半也做不到。现在时间正好。我们能痛痛快快地玩一玩了。我们不确定什么时候能见面，就一直盼着他今天来或明天来，随时都会来。埃尔顿太太，不知道这样的期待，会不会比他已经来到家里更让我们高兴。我觉得是这样。我认为这种心情最让人欢欣鼓舞。我希望你会喜欢我的儿子，不过千万别指望见到个天才。大家都觉得他是个不错的年轻人，但别以为会是个天才。韦斯顿太太特别偏爱他，你知道这让我非常满意。她觉得谁也比不上他。"

"韦斯顿先生，我向你保证，我几乎毫不怀疑我会喜欢他。我已经听了那么多对弗兰克·邱吉尔先生的赞扬——同时，说句公道话，

---

① 许门（Hymen）是神话故事中的婚姻之神，"披上藏红色长袍"指代结婚的日子。

我是个总喜欢自己做判断的人，绝不会盲目被人左右。我要提醒你，我见到你儿子时，就会做出我的评价——我可不会奉承人。"

韦斯顿先生在沉思。

"我希望，"他随即说道，"我没有对可怜的邱吉尔太太过于苛刻。如果她病了，我会后悔错怪了她；可她性格中的某些方面让我很难在说到她时保持足够的克制。埃尔顿太太，你一定不会不知道我和这个家庭的关系，或是受到过怎样的对待。就我俩私下说说，所有的错都在她。是她怂恿的。要不是因为她，弗兰克的母亲绝不会被欺侮。邱吉尔先生是傲慢，但他的傲慢和他妻子相比根本不值一提：他是那种沉默、无礼、有点绅士感觉的傲慢，不会伤害任何人，只会弄得他自己有点无可奈何，惹人讨厌。可是她的傲慢嚣张又无礼！更让人忍无可忍的是，她没什么门第血统可以炫耀。他娶她的时候，她什么也不是，只勉强算得上绅士的女儿；然而自从嫁入了邱吉尔家，她就趾高气扬，不可一世：不过我跟你说，她本人也就是个暴发户。"

"想想吧！唉，那真是太让人恼火了！我最讨厌暴发户。在梅普尔·格罗夫我就对那种人讨厌透顶，因为那儿有一家人特别装腔作势，把我的姐姐姐夫气坏了！你对邱吉尔太太的描述，让我马上想起了他们。那家人姓塔普曼，最近才搬到那儿，有一大堆身份低微的亲戚，却自以为了不起，还想和名门世家平起平坐呢。他们顶多在韦斯特宅邸住了一年半，谁也不知道他们从哪儿来的钱。他们来自伯明翰①，你知道那个地方挣不了多少钱。对

---

① 十九世纪早期英国的商业与制造业中心，此处讽刺了埃尔顿太太的无知。

于伯明翰可不能有多少指望。我总说那个名字听起来就让人难受：不过关于塔普曼一家就没什么确切消息了，虽然我告诉你有很多事情都令人生疑。但是看他们的样子，显然他们甚至都觉得和我的姐夫萨克林不相上下，而我姐夫不过碰巧是他们最近的邻居而已。简直糟糕透顶。萨克林先生在梅普尔·格罗夫住了十一年，房子是他父亲买的——至少我相信是这样——我几乎能肯定老萨克林是在去世前买下这座房子的。"

他们的谈话被打断了。茶点端了上来，韦斯顿先生已经说完所有想说的话，很快借机溜走了。

用完茶点，韦斯顿先生和太太，还有埃尔顿先生坐下陪伍德豪斯先生打牌。剩下的五个人都自己行事，爱玛怀疑他们能否好好相处，因为奈特利先生似乎很不想说话；埃尔顿太太想要引人注意，可谁也不愿注意她，于是她只能独自烦躁，一言不发。

约翰·奈特利先生倒是比他哥哥更愿意说话。他第二天一早就要走了，很快他开口说道：

"嗯，爱玛，我想对于两个男孩我没什么要说的；你有你姐姐的信，里面肯定把所有事情都交代得清清楚楚。我想说的简短得多，可能也不是一个意思；我只说这两句话：别把他们宠坏了，别总给他们吃药。"

"我很希望让你们两个都满意，"爱玛说，"我会尽量让他们开心，这对伊萨贝拉就够了；要想开心，就不能太宠，也不能多吃药。"

"你要是觉得他们烦人，就把他们送回家。"

"那倒很有可能。你是这样想的，对吗？"

"我想我能明白他们对你父亲来说也许太吵闹——甚至会成为你的负担，要是你的拜访活动像最近这样不断增加的话。"

"增加？"

"当然。你一定知道过去半年来你的生活方式改变了很多。"

"改变？不，我真不知道。"

"毫无疑问你现在的社交比以前多得多。就看看这次吧。我只来这儿一天，你就摆起了宴席！——这样的事情以前什么时候发生过？你的邻居越来越多，你也会和他们多打交道。不久前，写给伊萨贝拉的每一封信都说到令人兴奋的新鲜事，去柯尔先生家赴宴，在克朗举办舞会。光是兰德尔斯给你的社交带来的变化，已经非常大了。"

"是的，"他的哥哥马上说道，"就是兰德尔斯带来了全部的变化。"

"很好——至于兰德尔斯，我猜今后的影响不会比之前小。爱玛，我认为亨利和约翰的确有时候可能碍事。真要是这样，我只请求你送他们回家。"

"不，"奈特利先生叫道，"那没有必要。送他们到当维尔吧。我肯定有空。"

"说实话，"爱玛嚷道，"你真让我觉得好笑！我想知道在我参加过的无数次约会中，有哪一次你不在场，为何要认为我会没时间照顾孩子们。我的这些了不起的聚会——到底是什么？去柯尔家吃了一次饭——说起要开个舞会，结果根本没开成。我能理解你——（向约翰·奈特利先生点点头）——你运气不错，一下子在这儿遇见那么多朋友，让你高兴得没法不注意。可是你，

（转向奈特利先生）你知道我难得离开哈特菲尔德两个小时，凭什么认为我会一次次纵情玩乐，我真是无法想象。至于我亲爱的孩子们，如果爱玛姨妈没时间照顾他们，跟着奈特利伯伯也好不了多少。她要是有一个小时不在家，他就会出去五个小时——就算他在家，那也不是在读书，就是在算账。"

奈特利先生似乎想努力忍住笑；这时埃尔顿太太和他说起话来，让他毫无困难地做到了。

第三卷

第一章

短暂的静心思考，足以让爱玛明白她听到弗兰克·邱吉尔的消息后，究竟是怎样的激动。很快她就相信她完全不是为自己感到担心或尴尬，而是为了他。她本人的爱恋之情已经消失殆尽，根本不值得去想——但如果他作为两人中无疑爱得更深的那个人，要是依然带着从前的热情回到她的身边，那会令人非常苦恼。如果两个月的分离还不能使他冷静，她将面临着危险与麻烦——他和她自己都必须谨慎行事。她不想再次纠缠于这份感情，因此一定不能对他做出任何鼓励。

她希望能够阻止他明明白白地求爱。那样会痛苦地结束他们现在的交情！——可是，她忍不住有点期盼一件决定性的事情。她感觉似乎这个春天一定会发生一场危机，一件要事，一件改变她目前平静安宁状态的大事情。

虽然比韦斯顿先生预想的时间长一些，但没过多久，爱玛就能对弗兰克·邱吉尔的感情做出一些判断。恩斯库姆一家没像预料的那么早来到城里，可是邱吉尔不久后就到了海伯里。他骑了两个小时的马，已经算是尽力而为。然而当他从兰德尔斯直奔哈特菲尔德后，爱玛就能用她敏锐的目光迅速判断他的感情，决定她必须如何应对。他们极其友好地见了面。毫无疑问他特别高兴见到她。不过她几乎立刻察觉他不如以前那么在乎她，也不像从前那样情意绵绵。她仔细观察着他。显然他的爱意减少了。离别，或许是明白了她的淡漠，便带来了这般自然而然又令人满意的结果。

他兴高采烈，和以前一样爱说爱笑，似乎很高兴谈起之前的拜访，回忆曾经的故事：他也并非不激动。她没有从他的平静中读出他相对而言的变化。他并不平静；他显然情绪激动；他看起来有些不安。他虽然很活泼，但似乎这种活泼并不使他自己满意。不过他只待了一刻钟，就匆忙离开去拜访海伯里的其他朋友，这足以让她确定对这件事的想法。"他过来时在街上遇见了一群老朋友——他没有停下，没有停下来说上一句话——可他还是有些自负地认为要是他不去拜访，他们会感到失望。虽然他很想在哈特菲尔德多待一会儿，但他必须马上就走。"

她毫不怀疑他爱意的减少——可是他激动的情绪和匆忙的离开，似乎都不像是完美的结局。她宁愿相信这意味着他害怕她让他再次动心，所以谨慎地决定不和她长时间地待在一起。

这是弗兰克·邱吉尔十天中的唯一来访。他一直想来，一直打算来——但总是来不了。他的舅母无法忍受他的离开。他本人在兰德尔斯就是那样说的。如果他出于真心，如果他真的想来，只能推测邱吉尔太太虽然搬到伦敦，但丝毫没有改善她的任性和神经质。她病得很重，那是肯定的；他在兰德尔斯宣称自己完全相信这一点。虽然他毫不怀疑有许多幻想的成分，不过回头想想，他的确发现她的身体状况比半年前更差。他相信只要悉心照顾，合理用药，病总能治好，也不认为她会没几年可活。可不管他的父亲怎么怀疑，他都不肯说她的病痛完全是空想的结果，或是她的身体还和从前一样强壮。

很快，伦敦似乎并不适合她。她无法忍受那儿的噪音，她的神经始终备受刺激和折磨。十天后，她的外甥写给兰德尔斯的信中说计划有变。他们要立刻搬到里士满①。有人向邱吉尔太太推荐了那儿一位有名的医生，或是她自己想去那儿。他们在最中意的地方找了一所家具齐全的房子，期待这样能对她大有裨益。

爱玛听说弗兰克在信中兴高采烈地提起这个安排，似乎特别满意能有两个月的时间和许多亲爱的朋友们住得这么近——因为房子租了五月和六月。她听说他满怀信心地写道他能常常和他们在一起了，几乎只要想在一起，就能够在一起。

爱玛看出韦斯顿先生是怎样领会这些喜悦前景的。他认为给他们带来的所有幸福，她是真正的源泉。她希望并非如此。两个月一定能证明这一点。

韦斯顿先生本人的快乐毋庸置疑。他很高兴。这正是他所期待的情形。现在，弗兰克真的来到了他们身边。九英里对一个年轻人算得了什么？——不过骑一个小时的马而已。他随时都能过来。住在里士满和住在伦敦简直天差地别，是一直能见到他和始终见不到他的区别。十六英里——不，十八英里——到曼彻斯特街②有整整十八英里——是很大的障碍。就算他能离开，一整天都得花在来回奔波上。他住在伦敦没什么好处，和住在恩斯库姆差不多，不过里士满正是方便来往的距离。比住得再近一点还要好！

---

① 坐落于伦敦西南部，距离伦敦八英里，当时的皇宫建于此处。
② 位于伦敦繁华地带。

这次搬家立刻明确了一个好处——克朗旅店的舞会。舞会在此之前没有被忘记，只是大家很快只得承认根本定不下日子。然而现在，完全没有问题，所有的准备继续进行。邱吉尔一家刚搬到里士满弗兰克就写来一封短信，说他的舅母已经因为这个变化感觉好多了，他确信随时能来和他们一起待上二十四小时，这也诱使他们定了个尽早的日子。

韦斯顿先生的舞会即将成为现实。海伯里的年轻人与幸福之间只隔了几天的距离。

伍德豪斯先生不去参加。一年中的这段时间他会感觉舒服些。五月在任何方面都比二月好。已经约好让贝茨太太晚上来哈特菲尔德，也通知了詹姆士。他满心期待当亲爱的爱玛不在家时，亲爱的小亨利和小约翰别给他们带来任何烦心事。

第二章

没有发生任何不幸的事情再次阻碍舞会。这一天越来越近，这一天到来了。经过整个上午的焦急盼望，弗兰克·邱吉尔带着满满的自信，在晚餐前赶到兰德尔斯，一切平安无事。

他和爱玛之间还没见过第二次面。这次见面是在克朗的舞厅里——但总比在人群中的普通相见要好。韦斯顿先生特意恳求她在他们过去后尽快到达，以便能在其他所有宾客到来之前，听她说说舞厅的布置是否得体，是否舒适。她无法拒绝，因此必须和那位年轻人一起安静地待上一段时间。她要去接哈丽特，她们早早赶到了克朗，兰德尔斯一行人正好在她们前面。

弗兰克·邱吉尔似乎已经在张望；虽然他没说什么，但他的眼睛表明他打算度过一个愉快的夜晚。他们一起四处走走，确保一切都安排妥当。几分钟后又来了一辆马车，爱玛刚听见声音时不禁非常惊讶。"太早了吧！"她正要叫出声来，但很快发现这是位老朋友的一家子，他们和她本人一样，是特地来帮韦斯顿先生提提意见的；紧接着又来了一辆亲戚家的马车，他们也得到了同样热切的恳求，早早赶来做同一件事。看上去，很快一半的客人都会聚在一起，来做准备工作了。

爱玛发现韦斯顿先生不只相信她的品位，觉得像他这样拥有众多密友和知己的人，能成为他的最爱和密友也不是什么特别让人自负的事。她喜欢他的开朗，但若是他的开朗稍有收敛，会使他的品格更加高尚——与人为善，而非人人皆友，这才是一个人应有的样子——她能想象出那样的人。

一大群人走来走去，四处看着，再次赞叹着。接着因为无事可做，便在火炉旁围成个半圆形，在开始其他的话题前，用各自的方式说着虽然是**五月**，但晚上生个火炉依然会令人愉快。

爱玛发现这些私人顾问的数量没有再多一些，倒也不是韦斯顿先生的过错。他们都在贝茨太太家的门前停下，请她们一同乘马车，可是那位姨妈和外甥女要搭埃尔顿夫妇的马车过来。

弗兰克站在她的身旁，但不够沉着；他有些焦躁不安，说明他心神不宁。他东张西望，他向门口走去，他在听着其他马车的声音——他迫不及待地想要开始舞会，或是害怕一直在她身边。

他们说起了埃尔顿太太。"我想她很快就会来了，"他说，"我对见到她很好奇，我听到了太多关于她的消息。我想用不了多久，她就会来了。"

听见了马车声。他立即走过去，但又折回来说：

"我忘了我不认识她。我从没见过埃尔顿先生或太太。我没有必要赶在前面。"

埃尔顿先生和太太出现了，接着是一阵微笑与寒暄。

"可是贝茨小姐和费尔法克斯小姐呢？"韦斯顿先生四处看了看说，"我们以为你们会带她们来呢。"

只是个小错误而已。立刻打发马车去接她们。爱玛很想知道弗兰克对埃尔顿太太的第一印象会怎样，他对她刻意优雅的服饰与和蔼可亲的微笑感觉如何。他在相互介绍后给了她适当的关注，很快就形成了自己的看法。

几分钟后马车回来了——有人说在下雨——"我去找找雨伞，先生，"弗兰克对他的父亲说，"可不能忘了贝茨小姐，"他说着就走了。韦斯顿先生跟在后面，可是埃尔顿太太拦住他，说起对他儿子的看法，让他高兴高兴。她开始得太快，虽然这位年轻人走得一点也不慢，还是听见了这些话。

"真是个不错的年轻人，韦斯顿先生。你知道，我坦率地和你说过要做出自己的评价；我很高兴地说我对他特别满意——相信我。我从不恭维。我认为他是个非常英俊的年轻人，他的风度正是我喜欢和赞赏的样子——实实在在的绅士，一点也不自负或傲慢。你知道我最不喜欢傲慢——对此讨厌透顶。在梅普尔·格罗夫谁也受不了那样。我和萨克林先生都无法容忍，我们有时对此说话毫不客气！赛琳娜的脾气好得不像话，比我们能忍耐得多。"

在她谈着他的儿子时，韦斯顿先生认真地听着；不过当她说到梅普尔·格罗夫时，他想起要去照料刚刚到来的女士们，便满脸笑容地匆忙离开了。

埃尔顿太太转向韦斯顿太太："我肯定这是我们的马车带着贝茨小姐和简过来了。我们的车夫和马儿最快了！——我相信我们的马车比谁家的都快——用自家的马车去接一位朋友真是太让人高兴了！——我知道你好心要派你的马车去，可下次就用不着了。你尽管相信我一直会照顾**她们**的。"

贝茨小姐和费尔法克斯小姐由两位先生陪着走进屋里，埃尔顿太太似乎觉得她和韦斯顿太太一样有责任接待她们。她的姿态和动作，任何一个像爱玛这样观察着的人都会明白。然而她的话，每个人的话，很快就被贝茨小姐滔滔不绝的话语淹没了。她边说边往里走，直到几分钟后被领到火炉旁坐下时才停了下来。马车门刚打开，就听见她的声音：

"你们真是太好了！——一点没下雨。没什么大不了。我不在乎我自己。鞋子厚着呢。简说——哇！——（她刚进屋）哇！这太棒了！——这真是好极了！——设计特别完美。什么也不缺。想都想不到——这么亮堂！——简，简，看呀！——你看见什么了？哦！韦斯顿先生，你一定有阿拉丁的神灯。好心的斯托克斯太太该认不出自己的屋子了。我进来时看见了她，她站在门口。'哦！斯托克斯太太，'我说——但我没时间说别的了。"这时韦斯顿太太走了过来——"太好了，我谢谢你，太太。我希望你一切都好。听到你的话我很高兴。真担心你会头痛呢！——见你一直来这儿，知道你得遇上多少麻烦。听说你很好，真让人高兴。啊！亲爱的埃尔顿太太，非常感谢你的马车！——来的正是时候。我和简早就准备好了。一点也没让马儿停留。马车太舒服了——哦！我们当然也要为这件事谢谢你，韦斯顿太太。埃尔顿太太特别好心地给简写了个便条，否则我们就乘你的马车了——不过一天中有两个人提出要帮忙！——这样的邻居上哪儿去找。我对我的母亲说，'说真的，太太——。'谢谢，我的母亲非常好。去伍德豪斯先生家了。我让她带上了她的披肩——因为晚上还不暖和——她崭新的大披肩——迪克逊太太的结婚礼物——她能想到我的母亲真是太好心了！在韦默斯买的，你知道——迪克逊先生挑的。简说还有另外三条，他们还犹豫了一会儿。坎贝尔上校更喜欢一条橄榄绿的。我亲爱的简，你肯定你的脚没有湿吗？——只有一点点，可我真是担心——不过弗兰克·邱吉尔先生真是太——还让你走在毯子上面——我永远忘不了他有多体贴——哦！弗兰克·邱吉尔先生，我必须告诉你我母亲的眼镜再也没有出过问题，铆钉再也没掉过。我的母亲常常说你脾气好。不是吗，简？——啊！是伍德豪斯小姐——亲爱的伍德豪斯小姐，你好吗？——很好我谢谢你，好得很。这简直是在仙境里聚会啊！——变化太大了！——我知道我不能恭维（得意洋洋地瞅着爱玛）——那样会很粗鲁——不过说真的，伍德豪斯小姐，你的确看起来——你喜欢简的头发吗？——你最会评判了——她自己弄的。她太会梳头发了！——我想伦敦的发型师都做不了——啊！我肯定是休斯医生——还有休斯太太。一定得和休斯医生与太太说个话——你们好吗？你们好吗？——很好，我谢谢你。真让人高兴，不是吗？——亲爱的理查德先生在哪儿？——哦！他在那儿。别打扰他。他正忙着和年轻小姐们说话呢。你好吗，理查德先生？——那天你骑马穿过城里时我看见你了——奥特韦太太，天哪！——还有好心的奥特韦先生，奥特韦小姐和卡洛琳小姐——这么多的朋友们！——还有乔治先生和阿瑟先生！——你好吗？你们都好吗？——很好，我很谢谢你们。从没这么好过——我是不是又听见马车声了？——会是谁呢？——很可能是尊贵的柯尔一家——说真的，能在这样的朋友们中间真是太棒了！多旺的火炉啊！——我快热死了。不用咖啡，我谢谢你，因为我从来不喝咖啡——给我来杯茶吧，先生，顺便说一句——不急——哦！来了。一切都这么棒！"

弗兰克·邱吉尔又回到爱玛的身边。贝茨小姐刚安静下来，爱玛就不由自主地听见了埃尔顿太太和费尔法克斯小姐的对话，她们站在她身后不远的地方——弗兰克在沉思。他是否也在听，她不能确定。埃尔顿太太好好夸赞了简的衣服和样子，简也安静得体地接受了夸奖。埃尔顿太太显然自己也想得到夸奖，说道："你觉得我的裙子怎么样？——花边好看吗？——赖特给我做的头发好不好？"还问了一堆这样的问题，都得到了耐心礼貌的回答。埃尔顿太太又说道：

"总的来说谁都不会比我更不讲究衣服——可是在这种情况下，既然每个人的眼睛都看着我，也为了向韦斯顿太太表示敬意——我毫不怀疑她主要是为了我才举办这个舞会的——我不想比别人穿得寒碜。这个屋子里除了我，几乎没有珍珠——所以是由弗兰克·邱吉尔领舞，我想——我们得看看我俩的风格是否一致——弗兰克·邱吉尔当然是个出色的年轻人。我非常喜欢他。"

这时弗兰克忽然兴致勃勃地说起话来，爱玛只能认为他听见了对他的赞美，不想听到更多——两位女士的声音被淹没了一会儿，直到另一阵沉默把埃尔顿太太的声音再次清晰地传来——埃尔顿先生刚刚加入了她们，他的妻子叫道：

"哦！你终于找到我们了，是吗，见我们独自在这儿？——我正告诉简，我想你会很想听听我们在说什么。"

"简！"弗兰克·邱吉尔重复了一遍，满脸惊讶与不悦，"太随意了——不过我想费尔法克斯小姐不喜欢这样。"

"你觉得埃尔顿太太怎么样？"爱玛悄声问道。

"一点也不好。"

"你真是不懂感恩。"

"不懂感恩！你是什么意思？"他从皱眉变成微笑，"不，别告诉我——我不想知道你的意思——我的父亲在哪儿？——我们什么时候开始跳舞？"

爱玛几乎理解不了他，他的情绪似乎很古怪。他走出去找他的父亲，但很快就和韦斯顿先生与太太一起回来了。他找到了他们，发现有点小麻烦，必须和爱玛说清楚。韦斯顿先生和太太刚刚想起他们必须请埃尔顿太太领舞，她肯定盼着这件事，而这违背了她们想给爱玛这份殊荣的全部心愿——爱玛坚忍地听着这个不幸的消息。

"我们怎么给她找个合适的舞伴呢？"韦斯顿先生说，"她会认为弗兰克应该请她跳舞。"

弗兰克急忙转向爱玛，说已经和她有约在先；他夸耀自己最看重约定，他的父亲看上去十分满意——接下来似乎韦斯顿太太想让**他**本人陪埃尔顿太太一起跳舞，其他人只用帮忙劝说，很快这件事就定了下来——韦斯顿先生和埃尔顿太太领着舞列，弗兰克·邱吉尔先生和伍德豪斯小姐跟在后面。爱玛必须屈居埃尔顿太太之后，虽然她一直认为这场舞会是特意为她开的。这几乎足以让她考虑结婚了。

埃尔顿太太这次无疑享受了特权，完全满足了虚荣心；因为她虽然原先想和弗兰克·邱吉尔一起领舞，但换个舞伴没给她带来损失。韦斯顿先生也许比他儿子更好呢——不过尽管有了这点小挫折，爱玛还是开心地笑着，很高兴地看到舞列排了那么长，感觉她能尽情地玩个痛快——奈特利先生不去跳舞比其他任何事更让她烦恼——他在那儿，站在旁观者中间，他不该在那儿；他应该在跳舞——而不是把自己和那些丈夫、父亲和打惠斯特牌的人混在一起，那些打牌的人在牌准备好之前还假装对跳舞感兴趣呢——他看上去多年轻啊！——也许他在任何地方，都不如在他站的地方更能显出他的优势。他高大、结实、挺拔的身材，置于一群弯腰驼背上了年纪的人中间，爱玛觉得一定能引起每个人的注意。除了她自己的舞伴，整个舞列中所有的年轻人谁也比不上他——他走近了几步，那几步足以证明他多有绅士风度，要是他不怕麻烦，他跳起舞来该是多么自然优雅——她每次迎上他的目光，都要强迫他微笑，可总的来说他看上去很严肃。她希望他能更加喜欢舞会，也能更喜欢弗兰克·邱吉尔——他似乎常常观察着她。她不能自以为是地认为他在欣赏她的舞姿，不过要是他批评她的行为，她一点也不害怕。在她和她的舞伴之间没有任何调情挑逗。他们更像是轻松自在的朋友而不是恋人。弗兰克·邱吉尔不像从前那么在乎她，那是毫无疑问的。

舞会进行得很愉快。韦斯顿太太费尽了心思，她没完没了的努力没有白费。似乎人人都很开心；通常在舞会结束前，难得有人夸奖舞会令人愉快，可这次舞会刚开始人们就已经夸个不停。这场舞会倒没有发生什么非常重要和值得记载的事情。不过，有一件事让爱玛有些在意——晚餐前的最后两支舞开始了，哈丽特没有舞伴——是唯一一坐着的年轻小姐——跳舞的男女人数到现在为止一直相同，怎么会忽然空出一个人，真是奇怪！——不过爱玛很快就不奇怪了，她看见埃尔顿先生在附近闲逛。只要能够避免，他就不会邀请哈丽特跳舞：她肯定他不愿意——她想他随时都会溜进牌室里。

　　然而，溜走可不是他的计划。他走到屋子里不跳舞的人坐着的地方，和他们说话，在他们面前走来走去，好像要显示他的自由，以及他想继续自由的决心。他不会忘记有时直接走到史密斯小姐的面前，或和她身边的人说话——爱玛看见了。她还没开始跳舞；她正走向舞列的末端，这才有闲暇四处看看，她只稍微转转头就看到了一切。当她走到舞列中间时，那些人都到了她的身后，她不好再看；然而埃尔顿先生离得太近，所以她听见了他当时和韦斯顿太太说的话，每个字都听得清清楚楚；她也注意到正好站在她前面的他的妻子不仅听着，甚至用意味深长的眼神鼓励着他——好心又温柔的韦斯顿太太离开座位来到他的身边说："你不跳舞吗，埃尔顿先生？"他马上答道："我很乐意，韦斯顿太太，如果你愿意和我跳舞。"

　　"我！——哦！不——我会给你找个比我好的舞伴。我不会跳舞。"

　　"要是吉尔伯特太太想跳舞，"他说，"我会非常乐意，毫无疑问——因为，虽然我已经开始觉得自己是个结了婚的老男人，我跳舞的日子已经一去不复返，但我依然随时都非常乐意和吉尔伯特太太那样的老朋友一起跳舞。"

　　"吉尔伯特太太不想跳舞，不过那儿有位年轻小姐没有舞伴，我很希望她也能跳舞——是史密斯小姐。""史密斯小姐！——哦！——我没注意——你真是太好了——假如我不是个结了婚的老男人就好了——可我跳舞的日子已经过去了，韦斯顿太太。请你原谅我。其他任何事我都会乐意效劳——但我已经不跳舞了。"

韦斯顿太太没再多说，爱玛能够想象她回到座位时有多么惊讶，多么难堪。这就是埃尔顿先生！和蔼可亲、乐于助人、温文尔雅的埃尔顿先生——她朝四周看了看，他走到奈特利先生身旁，打算和他好好说说话，同时和他的妻子交换着幸灾乐祸的笑容。

她不想再看。她的心火辣辣的，她担心自己的脸也会一样滚烫。

过了一会儿，她看见一幅令人愉快的景象——奈特利先生领着哈丽特进了舞列！——此时此刻，她从未那么惊讶过，也难得那么高兴。她欣喜若狂、满心感激，为了哈丽特也为了她自己，而且特别想要感谢他。虽然隔得太远无法说话，当她和他目光相遇时，她的表情足以传递她内心的想法。

果然正如她所料，他的舞跳得非常好。若不是因为之前的痛苦情形，要不是哈丽特快乐的脸庞表明她满心陶醉、无比荣幸，否则她真会显得太过幸运了。她没有浪费这个好机会，她跳得比之前更高，转到了舞池中央，始终笑容满面。

埃尔顿先生已经躲进了牌室，看上去（爱玛相信）很愚蠢。她相信他还不像他的妻子那样冷酷无情，虽然已经和她越来越像——**她**说出了她的感受，确保她的舞伴能够听见。

"奈特利同情那个可怜的小史密斯小姐！——心肠真好，天哪。"

要吃晚餐了。大家动作起来。也许从那时起，大家就能一刻不停地听见贝茨小姐说话，直到她坐在桌前拿起餐勺。

"简，简，我亲爱的简，你在哪儿？——这是你的披肩。韦斯顿太太求你披上披肩。她说她担心走廊里有风，虽然能做的都做了——钉上了一扇门——挂上了很多毯子——我亲爱的，你一定得披上。邱吉尔先生，哦！你真是太好了！你披得多好啊！——太感谢了！舞跳得真好！——是的，我亲爱的，我跑回家了，我说过要回去，帮我的母亲上床睡觉再回来，没人注意到——我走时一句话都没说，正如我告诉你的那样。祖母很好，和伍德豪斯先生过了一个愉快的夜晚，说了很多话，还下了十五子棋——她走之前茶点已经在楼下准备好，有饼干烤苹果和葡萄酒；她掷骰子的运气有时特别好；她问了很多关于你的问题，你玩得开不开心，有哪些舞伴。'哦！'我说，'我不会抢在简的前面告诉你；我走时她在和乔治·奥特韦先生跳舞；她明天会很乐意从头至尾告诉你：她的第一个舞伴是埃尔顿先生，我不知道谁会下一个请她，也许是威廉·考克斯先生。'我亲爱的先生，你真是太好了——还有谁你会不愿意帮忙呢？——我倒不是走不动。先生，你太好心了。说实话，一只手挽着简，另一只手挽着我！——等一下，等一下，我们退后一点，埃尔顿太太在走呢。亲爱的埃尔顿太太，她看上去多优雅啊！——多么漂亮的蕾丝！——现在我们都跟在她的后面。真是今晚的王后！——嗯，我们来到走廊了。两个台阶，简，注意两个台阶。哦！不，只有一个。哎，我以为有两个呢。真奇怪！我肯定有两个，结果只有一个。我从没见过这么舒适考究的地方——到处都是蜡烛——我和你说了你的祖母，简——有一点小小的失望——烤苹果和饼干也都不错，你知道；不过开始上了一道美味的杂碎炖芦笋，可是好心的伍德豪斯先生认为芦笋没煮熟，让人端了下去。祖母最爱吃杂碎炖芦笋——所以非常失望，可我们约好了对谁都不要说，免得让亲爱的伍德豪斯小姐听见，她会很在意的！——哎呀，真是太棒了！我太惊讶了！想都想不到！——这么优雅，这么奢华！——我还没见过这样的场面，自从——嗯，我们该坐在哪儿呢？我们坐在哪儿？哪儿都行，只要简吹不到风。**我**坐哪儿都不要紧。哦！你想让我们坐在这边？——嗯，当然，邱吉尔先生——只是看上去太好了——不过听你的。在这间屋子里你指的地方肯定没错。亲爱的简，我们怎么能为祖母记住一半的菜肴呢？还有汤！天哪！我不该这么快就忍不住了，可是闻起来实在太香，我忍不住要开始了。"

爱玛晚餐后才有机会和奈特利先生说话。不过，当他们都再次来到舞厅时，她用无法抗拒的眼神请他过来听她的感谢。他激动地批评了埃尔顿先生的行为，那是不可原谅的粗鲁，埃尔顿太太的神情也得到了应有的责备。

"他们不只想伤害哈丽特，"他说，"爱玛，他们为何要与你作对？"

他带着领悟的微笑看着爱玛，见她没有回答，又说道："**她**不该对你生气。我想，不管他会怎样——对于那个猜测，你当然不说话；不过承认吧，爱玛，你的确想过让他娶哈丽特。"

"是的，"爱玛答道，"所以他们不肯原谅我。"

他摇了摇头，然而他的脸上浮现了宠溺的微笑，只说道：

"我不责备你。我让你自己去想想。"

"你能放心让我去想这种谄媚的人吗？难道我的虚荣心曾经告诉我犯错了吗？"

"不是你的虚荣心，而是你的认真劲——如果一个领你走错了路，我相信另一个会告诉你的。"

"我承认自己对埃尔顿先生的想法完全错了。他有些心胸狭窄，你发现了，而我却没有：而且我一心以为他爱上了哈丽特。因为那一连串荒唐的错误！"

"既然你能这样坦诚地承认自己的错误，我也为你说句公道话：你帮他选择的人，比他为自己选择的好得多——哈丽特·史密斯有些一流的品质，而埃尔顿太太完全没有。一个朴实、单纯、天真的女孩——任何有理智有品位的男人都应该选择她，而不是埃尔顿太太那样的女人。我发现哈丽特比我想象的更好交流。"

爱玛非常满意——这时韦斯顿先生嚷嚷着叫大家重新开始跳舞，打断了他们的话。

"来吧，伍德豪斯小姐，奥特韦小姐，费尔法克斯小姐，你们在做什么呢？来吧，爱玛，给你的同伴们做个榜样吧。个个都懒洋洋的！全都在迷迷糊糊！"

"我准备好了，"爱玛说，"随时等待邀请。"

"你想和谁跳舞？"奈特利先生说。

她犹豫了一下，答道："和你，如果你愿意邀请我。"

"你愿意吗？"他说着伸出了手。

"我当然愿意。你已经证明你会跳舞，而且你知道，我们并不是真正的兄妹，一起跳舞没什么不合适。"

"兄妹！不，当然不是。"

第三章

　　和奈特利先生的简短交流让爱玛非常愉快。这是舞会最美好的回忆之一，她第二天早晨去草坪上散步时还在尽情地品味——她特别高兴他们对埃尔顿夫妇达成了很好的共识，他们对丈夫和妻子的看法都如此相似；他对哈丽特的称赞，为她做出的让步，都令人极其满意。埃尔顿夫妇的无礼，有几分钟差点毁了她晚上剩下的时光，却给她带来了最大的满意；她期待着另一个美好结果——治愈哈丽特的痴迷——从她们离开舞厅哈丽特说起那件事的样子看来，她有很大的希望。似乎她的眼睛忽然张开，能够看清埃尔顿先生并非她想象的那样高人一等。狂热已经褪去，爱玛不必担心再有什么害人的殷勤让她心跳加速。她相信埃尔顿夫妇是出于恶意，还会对她刻意怠慢，也许哈丽特还需要一些这样的刺激——哈丽特恢复理智，弗兰克·邱吉尔没有爱得太深，奈特利先生不想和她争执，即将到来的夏天该是多么愉快！

　　她今天早上见不到弗兰克·邱吉尔先生。他已经告诉她因为中午必须赶回家，他无法在哈特菲尔德做愉快的停留。她不觉得遗憾。

　　理清了所有的事情，从头到尾思考一番，确保一切妥帖得当后，她神清气爽地准备进屋，去照看两个孩子和他们的外祖父。这时大铁门被推开，两个她从没想过会在一起的人走了进来——

弗兰克·邱吉尔，哈丽特靠在他的胳膊上——真是哈丽特！——她马上感到发生了什么不寻常的事。哈丽特苍白惊恐，他努力让她振作起来——铁门和前门间隔不到二十码①——他们三个很快进了门厅，哈丽特立刻倒在椅子上晕了过去。

年轻的小姐晕了过去，总得让她清醒过来；问题须得回答，惊讶总要解释。这样的事情趣味盎然，但悬念不会持续很久。几分钟后爱玛就明白了事情的全部经过。

史密斯小姐和戈达德太太的另一个住宿生，也参加了舞会的比克顿小姐一同出门，走在里士满路上。这条大路显然人来人往，足够安全，却让她们受了惊吓——走过海伯里大约半英里路后有个急转弯，道路两旁都被榆树遮蔽，有很长的一段路非常偏僻。两位年轻小姐走了一会儿，忽然发现在离她们不远的地方，路边的一大片草地上有一群吉普赛人②。一个望风的男孩来到她们身边乞讨，比克顿小姐非常惊慌。她尖叫一声，让哈丽特跟着她，跑上了一段陡峭的堤岸，跳过顶上的一小道树篱，抄近路拼命跑回了海伯里。然而可怜的哈丽特无法跟上。她在跳舞后脚就一直抽筋，刚想爬上堤岸又抽筋了，彻底没了力气——在这种情况下，她惊恐不已，只能待在原地。

要是两位年轻小姐勇敢一些，那些游民会怎样表现，这不得而知；不过此番样子，实在让人难以抵制攻击她们的诱惑。哈丽特很快遭到五六个孩子的围攻，领头的是个壮实的女人和一个大

---

① 原文为"yard"。一码等于 36 英寸或 91.44 厘米。
② 指因为战争、社会变革等原因而无家可归，流浪在外的穷人。从书中描述可以看出吉普赛人的无害、无助与胆怯，体现了奥斯汀对他们的同情。

男孩，都吵吵闹闹，虽然没有出言不逊，看上去也粗鲁无礼——她越来越害怕，立刻答应给他们钱。她拿出钱包，给了他们一个先令，请求他们别再多要，也别欺负她——接着她能走路了，虽然走得很慢，但也在慢慢离开——可是她的惊恐和钱包太过诱惑，那群人都跟着她，或者说围着她，继续向她要钱。

弗兰克·邱吉尔正是在这种情况下发现了她，她哆哆嗦嗦谈着条件，他们大吵大闹粗野无礼。万幸的是，他离开海伯里之前受了点耽搁，让他得以在这紧要关头赶来救她。早晨天气宜人，让他忍不住想要步行，他把马留在离海伯里一两英里的另一条路上等他——碰巧前一天晚上他向贝茨小姐借了把剪刀，又忘了还给她，只得在她家门前停下，进去了几分钟，所以他比原先打算的晚了一些。因为是走路，他一直到了那群人身边才被他们看见。那个女人和孩子给哈丽特带来的恐惧，这时轮到他们自己来体会，他把他们彻底吓倒了。哈丽特急得一把抓住他，几乎说不出话来，勉强有力气走到了哈特菲尔德，就再也支撑不住。是他想到带她来哈特菲尔德的：他没有想过别的地方。

这就是全部经过——有他的话，还有哈丽特一旦醒来能够开口时说的内容——见她还好，他不敢再做停留，因为多次耽搁，他一分钟也不能再等。爱玛答应告诉戈达德太太放心她的安全，通知奈特利先生附近有这样一群人。于是他出发了，带着爱玛为她的朋友和她自己表达的感激与祝福。

这样一场奇遇——一位英俊的小伙子和一个可爱的姑娘就这样走到了一起，即使最冷漠的心灵和最冷静的大脑，也难免不去想想会有什么特别的意思。至少爱玛是这样想的。如果一个语言学家、语法学家、甚至数学家能看见她的经历，目睹他俩一同出现，听了他们的叙述，难道不会觉得这番经历已经让他们彼此产生特殊的好感了吗？——要是像她这样的幻想家，就会更加急不可耐地猜测预想了！——尤其当她的心里已经有了一些期待时。

这真是一件非同寻常的事！在她的记忆里，这种事情从未发生在当地的任何一位年轻小姐身上；没有邂逅，也没有这般惊吓——可如今，这件事就发生在这个人的身上，就在这一时刻，而那个人恰好路过去解救她！——这实在太不同寻常了！——爱玛还知道，两人此时都处于有利的心理状态下，这就更让她惊诧。他正想克制对她本人的爱慕，而她刚从对埃尔顿先生的迷恋中恢复。仿佛所有的因素结合在一起，预示着最为有趣的结果。这件事不可能不使他们两情相悦。

在他们交谈的几分钟里，当时哈丽特尚未清醒，他说起她一把抓住他的胳膊，她的恐惧，她的天真，还有她的热切，这都让他觉得好笑又开心。到最后，哈丽特自己说完了事情经过，他用最激烈的言辞，对比克顿小姐愚蠢又可恶的行为表示了愤慨。然而，凡事都要顺其自然，无需推波，也不用助澜。爱玛不会有任何举动，也不会暗示。不，她已经受够了多管闲事。做个计划没什么坏处，只是个被动的计划。最多只算个心愿而已。她绝不会再多做一步。

爱玛起初决心不让父亲知道发生了什么——她知道会带来怎样的焦虑和惊恐；但她很快就发觉根本隐瞒不住。半个小时内消息就传遍了海伯里。这个消息让最爱说话的人津津乐道，不管年轻人还是下等人；本地所有的年轻人和仆人们很快都愉快地谈起了这个可怕的消息。昨晚的舞会似乎因为吉普赛人被抛在了脑后。可怜的伍德豪斯先生坐在那儿瑟瑟发抖，正如爱玛预料的那样，非要让她们承诺绝不再走过灌木林才肯罢休。令他满意的是，这一天其余的时间很多人来问候他和伍德豪斯小姐（因为他的邻居们知道他喜欢被问候），还有史密斯小姐，他也能愉快地回答他们的身体都不太好——这话虽然不大准确，因为她的身体非常好，哈丽特也差不多，可是爱玛没有干涉。作为这样一个人的女儿，她总的来说身体都不好，虽然她几乎没生过病。要是他不为她编出些病来，那他也不知该怎么说起她了。

吉普赛人没有等待正义的判决，他们匆忙逃走了。海伯里的年轻小姐们也许又能安全地散步，直到下次恐慌的开始。整件事情很快变得无足轻重，除了对爱玛和她的小外甥们——这件事依然占据着她的想象力，小亨利和小约翰每晚都要听哈丽特和吉普赛人的故事，要是她的讲述和前面有任何细微差异，他们都会不依不饶地帮她纠正。

第四章

　　这次冒险后没过几天，一天早晨哈丽特来找爱玛，手里拿着个小包裹。她坐下后犹豫了一会儿，便这样说道：

　　"伍德豪斯小姐——如果你有空——我想告诉你一些事——算是一种坦白——然后，你知道，就结束了。"

　　爱玛非常惊讶，不过求她快说。哈丽特说话时的样子很严肃，和她的话语一样，爱玛等待着某件非同寻常的事情。

　　"这是我的责任，也的确是我的心愿，"她接着说道，"在这个话题上对你毫无保留。**一方面**我很高兴完全变了一个人，这点应该让你知道，也好让你满意。我不想多说——我为自己曾经的消沉羞愧不已，我相信你能理解我。"

　　"是的，"爱玛说，"我希望如此。"

　　"我怎么可以那么久地想入非非呢！……"哈丽特激动地叫道，"简直像是疯了！我现在觉得他一点也没有特别的地方——我不在乎是否遇见他——只是在那两个人中我更不想见他——说真的我愿意绕很远的路躲开他——不过至少我不羡慕他的妻子；我已经做到既不仰慕她也不嫉妒她：我相信她很迷人，还有别的方面，可我觉得她脾气很坏也令人讨厌——我永远忘不了她那天晚上的神情！——但我向你保证，伍德豪斯小姐，我不希望她倒霉——不，就让他们从此幸福地在一起吧，这再也不会让我感到痛苦。为了让你相信我说的是实话，我现在准备毁掉——我早就该毁掉的东西——我根本就不该保留——我其实很清楚（说话时脸红了）——不过，我现在要把这些全都毁掉——我特别希望在你面前做这件事，这样你就能看出我已经变得多么理智。你猜不出这个包裹里是什么吗？"她有些害羞地说。

"完全不知道——他给过你什么吗？"

"不——我不能称之为礼物，但这些东西我一直非常珍惜。"

她把包裹递到她的面前，爱玛看见上面有**"最珍贵的宝贝"**几个字，她产生了强烈的好奇心。哈丽特打开包裹，她急不可耐地望着。一大堆的银纸包裹着一个很小的滕布里奇盒①，哈丽特打开盒子：里面衬着非常柔软的棉花。可是，除了棉花，爱玛只看见一小块橡皮膏。

"现在，"哈丽特说，"你**一定**想起来了。"

"不，我真的想不起来。"

"天啊！我们最后一次就在这间屋子里见面时用过这个橡皮膏，我真不敢相信你竟然忘了！——就在我喉咙痛的几天前——约翰·奈特利先生和太太不久就来了——我想正是那个晚上——你不记得他用你的新铅笔刀把手指割破了，你让他用橡皮膏吗？——不过，因为你自己没有，知道我有，就让我给他。我把我的拿出来给他剪了一块，可那块太大，他剪小了一点，把剩下的拿在手里玩了一会儿又还给了我。于是我，我就莫名其妙地，忍不住把它珍藏起来——我把它放在一边再也不用它，有时拿出

---

① 由英国肯德郡的滕布里奇韦尔斯出产的精美礼品盒。

来看着高兴一下。"

"我最亲爱的哈丽特!"爱玛叫道,她捂着脸跳了起来,"你真让我羞愧得无地自容。记得吗?啊,我现在全都记起来了;全部,除了你留下这个纪念物——在此之前我对那一无所知——不过割破手指,我让他用橡皮膏,说我自己没有! ——哦! 我的罪过,我的罪过! ——我的口袋里一直有很多! ——我的一个无聊的把戏! ——我真该从今往后永远为此羞愧——嗯——(再次坐下)——继续吧——还有什么?"

"你自己身上真的有吗? 说实话我一点都没怀疑,你装得太像了。"

"所以你果真为了他把这块橡皮膏放起来了!"爱玛说,她不再羞愧,只觉得好奇又可笑。她心中暗想:"天啊! 我什么时候能想到把弗兰克·邱吉尔玩过的橡皮膏放在棉花里呀! 这我怎么也做不到。"

"瞧,"哈丽特又转向她的盒子,接着说,"这儿有个更宝贵的东西。我说它**一直以来**更加宝贵,因为这个东西曾经真正属于他,而橡皮膏从来没有。"

爱玛急于看到这件更珍贵的宝贝。是个旧铅笔头——没有铅芯的那部分。

"这个真是他的,"哈丽特说,"你不记得那天早上了? ——不,你肯定不记得了。可是那天早上——我忘了到底是哪一天——也许是星期二或星期三的**那个晚上**,他想在他的小本子上记点东西,关于云杉啤酒。奈特利先生在和他说关于酿云杉啤酒的事,他想写下来。可当他拿出他的铅笔后,上面只有一点点铅芯，很快就被削掉，没法写字了。你借给他一支，这支笔没有用，被丢在了桌上。但我一直盯着它，一到我敢动手时我就把它拿过来，从此再也没和它分开。"

"我确实记得，"爱玛叫道，"我记得清清楚楚——说起云杉啤酒——哦！是的——我和奈特利先生都说我们喜欢，埃尔顿先生似乎下决心也要学会喜欢它。我记得很清楚——等等，奈特利先生就站在这儿，对不对？我记得他就站在这儿。"

"啊！我不知道。我想不起来——真是很奇怪，但我想不起来了——埃尔顿先生坐在这儿，我记得，大概是我现在的位置。"

"嗯，接着说。"

"哦！就这么多。我没别的给你看或是要对你说了——只是我现在准备把这些东西都扔进火里，我希望你看着我做这件事。"

"我可怜的亲爱的哈丽特，你真的从珍藏这些东西中得到快乐了吗？"

"是的，既然我是个傻瓜！——不过我现在对此很羞愧，希望我能像烧掉它们那样轻松地把它们忘记。你知道，在他结婚后我还留着这些纪念品很不对。我明白——可我下不了决心与它们分开。"

"可是哈丽特，真有必要把橡皮膏烧掉吗？——那个旧笔头我没什么好说，不过橡皮膏也许能派上用场。"

"烧掉我会更痛快，"哈丽特答道，"我看着它很难受。我必须把一切都处理掉——去吧，结束了，感谢上帝！埃尔顿先生到此为止。"

"那么，"爱玛想，"什么时候开始邱吉尔先生呢？"

很快她就有理由相信已经开始了，而且不禁住希望虽然那个吉普赛人没有**算命**，但也许能给哈丽特带来好运——那次惊吓过了两个星期后，她们进行了一次长谈，而且完全在无意中开始的。爱玛当时没想到这一点，这就让她得到的信息显得更加宝贵。她只是在琐碎的闲聊中说："好了，哈丽特，不管你什么时候结婚，我都会给一些建议"——就没有多想。短暂的沉默后，她听见哈丽特用很严肃的口吻说："我永远都不会结婚。"

于是爱玛抬起头，立刻看出是怎样的情形。她在心里斗争了一番，想着该不该忽略这件事，答道：

"永远不结婚！——这是一个新决定。"

"不过，这个决定我永远也不会改变。"

又是一阵短暂的犹豫。"我希望这不是因为——我希望这不是为了埃尔顿先生。"

"埃尔顿先生，天啊！"哈丽特气愤地叫道，"哦！不"爱玛勉强听到这句话，"比埃尔顿先生好得多！"

她又花了更长的时间去思考。她还应该继续吗？——她该不该就此放手，仿佛什么也不怀疑？——如果她这样，哈丽特也许会认为她太冷漠，或是生气了；或许她要是完全沉默，只会让哈丽特逼着她听太多的话；她不想和从前那样毫无保留，但打定主意要经常坦诚地聊聊希望与机会——她相信让她一次把想说的说出来，想知道的弄明白，会更加明智。开诚布公总是最好的办法。她之前已经决定过对于这样的问题该说到什么地步；凭借她本人公正明智的大脑迅速做出判断，对双方都更安全——她打定了主意，于是说：

"哈丽特，我不想假装怀疑你的意思。你的决定，或者说你希望永远不结婚，源自这样的想法，因为你喜欢的人比你的身份高得太多，不会想到你。对不对？"

"哦！伍德豪斯小姐，你要相信我不会自以为是到认为——我真的没那么疯狂——可是对我来说远远地仰慕他已经很满足——怀着感激、惊讶与崇拜的感情，想着他比世界上的所有人都高贵得多，这样很合适，尤其对于我。"

"我对你一点也不惊讶，哈丽特。他给你帮的忙足以温暖你的心。"

"帮忙！哦！那是无以言表的恩惠！——一想到这点，想到我当时的全部感受——当我看着他走来——他高贵的样子——还有我之前的悲惨。如此的变化！刹那间如此的变化！从极度的痛苦到极度的幸福！"

"这非常自然。这自然而然，也值得敬佩——是的，我认为值得敬佩，满怀感激地做出这么好的选择——可我不敢保证那份感情是否会带来幸运。我不建议你放任感情，哈丽特。也许对你来说，最好在能够做到时克制自己的感情：无论如何别让自己迷失，除非你相信他也喜欢你。注意观察他。以他的行为引导你的感情。我现在提醒你，因为我以后绝不会再和你提起这个话题。我决心不再干涉。从今往后我都对此事一无所知。让我们绝不提起任何名字。我们曾经犯了很大的错误，现在需要谨慎——毫无疑问，他比你地位更高，似乎有着实实在在的反对与障碍；可是哈丽特，更神奇的事情也发生过，还有差异更大的婚姻。不过你要当心。我不想让你太乐观；然而，不管结果如何，请相信你有勇气想到**他**，说明你很有品位，我将永远珍视这一点。"

哈丽特顺从又感激地默默亲吻了她的手。爱玛坚信这份感情对她的朋友绝无坏处。这会提升她的心智，使她变得高雅——必能将她从堕落的危险中拯救出来。

第五章

在计划、期望和默许中，哈特菲尔德迎来了六月。总的来说对于海伯里，这并未带来实质的变化。埃尔顿夫妇依然谈论着萨克林一家的来访，以及将要乘坐他们的四轮四座大马车；简·费尔法克斯还在她的外婆家；因为坎贝尔一家又推迟了从爱尔兰回来的时间，定在八月而不是仲夏，她可能还要在这儿待上整整两个月。不过她至少得挫败埃尔顿太太为她进行的活动，别让自己不情不愿地匆忙接受一个称心的职位。

奈特利先生，因为他本人最清楚的原因，无疑很早就不喜欢弗兰克·邱吉尔，而且越来越不喜欢他。他开始怀疑他在追求爱玛的同时还别有所求。爱玛是他的目标，这似乎毋庸置疑。一切都表明了这一点。他本人的殷勤，他父亲的暗示，他继母小心的沉默，一切都很统一。言语、行为、谨慎、不谨慎，都说明了一件事。不过虽然许多事情都表明他钟情于爱玛，爱玛本人又把他配给了哈丽特，奈特利先生却开始怀疑他在有意和简·费尔法克斯调情。他无法理解；可是他们之间似乎有些心照不宣的迹象——至少奈特利先生这样认为——一旦观察到他心生爱慕的迹象后，他无法说服自己这毫无意义，虽然他不愿像爱玛那样错误地幻想。最初产生怀疑时**她**不在场。他和兰德尔斯一家人，还有简一同在埃尔顿夫妇家吃饭；他看见伍德豪斯小姐的爱慕者望着费尔法克斯小姐，还不止看了一眼，这似乎有些不合时宜。他再次和他们一起时，他忍不住想起自己看到了什么；他也免不了观察，除非这种观察像是库珀于暮色中在火炉旁：

"我自己创造了看见的景象。"①

这让他更加怀疑在弗兰克·邱吉尔和简之间，存在着某种私下的喜爱，甚至私下的默契。

　　一天他吃过晚饭，像往常一样走到哈特菲尔德，打算在那儿度过晚上的时光。爱玛和哈丽特准备去散步，他加入了她们。回来时他们遇见一大群人，那些人和他们自己一样，认为既然天看起来要下雨，最好早点出去走走，有韦斯顿先生太太和他们的儿子，贝茨小姐和她的外甥女，他们碰巧遇上了。所有人一起走着，到了哈特菲尔德的大门时，爱玛知道这样的来访一定会让她的父亲高兴，就劝他们都进去陪他喝点茶。兰德尔斯一家人立刻同意，贝茨小姐发表了一番没人听的长篇大论，也觉得可以接受亲爱的伍德豪斯小姐的盛情邀请。

　　他们走进庭院时，佩里先生骑着马路过。先生们就说起了他的马。

　　"顺便问一下，"弗兰克·邱吉尔立刻对韦斯顿太太说，"佩里先生要装配马车的计划进行得怎样了？"

　　韦斯顿太太有些吃惊地说："我不知道他有过这样的计划。"

---

① 节选自威廉·库珀（1731—1800）的《任务》（1785）。

"不对，我听你说的。你三个月前写信告诉了我。"

"我？不可能!"

"你真的写了。我记得清清楚楚。你说那件事很快会做。佩里太太告诉过谁，还对此非常高兴。这多亏了**她的**劝说，因为她觉得他在坏天气里出门对身体很不好。现在你想起来了吧?"

"说实话，我在此之前从没听说过。"

"从没？真的从来没有？——天哪！这是怎么回事？——那我一定是梦见的——可我对此深信不疑——史密斯小姐，你走起路来好像有点累。你一定很高兴到了家。"

"这是这么回事？——这是怎么回事?"韦斯顿先生叫道，"关于佩里和他的马车？佩里打算配上马车了，弗兰克？我很高兴他能买得起。你听他本人说的，是吗?"

"不，先生，"他的儿子笑着答道，"我似乎没有从谁那儿听到过——真奇怪！——我的确相信韦斯顿太太在许多星期前写到恩斯库姆的信中提过，包括所有这些细节——可既然她声称从未听说过，这当然一定是个梦。我很爱做梦。我不在这儿时会梦见海伯里的每一个人——在梦见了我特别的朋友们之后，我就开始梦见佩里先生和太太了。"

"不过这真奇怪，"他的父亲说，"你会梦见在恩斯库姆不大会想到的人，还和现实这么有关联。佩里装上马车！他的妻子因为关心他的身体而劝他装——我毫不怀疑这件事情某个时候会发生，只是稍微早了点。有时梦见的东西会这么有可能发生！另一些梦，却荒唐得不得了！不过弗兰克，你的梦当然表明你不在这儿时总想着海伯里。爱玛，你也爱做梦，是吗?"

爱玛没有听见。她赶在客人之前去告诉她的父亲准备迎接客人，没有听到韦斯顿先生暗示的话语。

"哎呀，说实话，"贝茨小姐叫道，她前两分钟都在努力让人听她说话，"这件事真要让我说，毫无疑问弗兰克·邱吉尔先生也许——我不是说他没梦见——我肯定人有时会做世界上最奇怪的梦——可要是问我，我必须承认春天时的确有过这个想法，因为佩里太太本人对我母亲说过，柯尔夫妇和我们都知道——但这件事没公开，其他人都不知道，只是考虑过三天。佩里太太急着想让他有辆马车，一天早晨她激动地来找我母亲，因为她觉得已经说服他了。简，你不记得我们回家后祖母告诉我们了吗？我不记得我们去哪儿了——很可能是兰德尔斯；是的，我想是兰德尔斯。佩里太太总是特别喜欢我母亲——说真的我不知道谁会不喜欢——所以她悄悄地告诉了她；当然她不反对她告诉我们，只是别传出去：从那天起到现在，我没对任何人说起过。当然，我不敢说我从来没暗示过，因为我知道自己有时会不小心说漏嘴。我喜欢说话，你知道；我的话很多；我有时会说出不该说的事。我不像简，我希望能和她一样。我敢保证**她**从来没有透露过一点消息。她在哪儿？——哦！就在后面。清楚地记得佩里太太来过——真是奇怪的梦！"

他们正要走近门厅。奈特利先生比贝茨小姐先瞥了一眼简。从弗兰克的脸上，他觉得看见了故作镇定或一笑了之的尴尬，便不由自主地转向她；可她在后面，忙着整理她的围巾。韦斯顿先生已经走了进去。另外两位先生等在门前让她过去。奈特利先生怀疑弗兰克·邱吉尔决心迎上她的目光——他似乎在热切地注视着她——可即使这样也没有用——简从他们中间穿过进了大厅，谁也没有看。

没时间再做评论或解释。做梦的事情只能接受，奈特利先生只得和其他人坐在一个新式的大圆桌旁。这张桌子由爱玛弄到哈特菲尔德，也只有爱玛才能把它放在那儿并说服她的父亲，用来取代他用了四十年，每天两餐挤满饭菜的小折叠桌。茶点时间过得很愉快，似乎谁也不急着走。

"伍德豪斯小姐，"弗兰克·邱吉尔看了看在他身后，他坐下就能够着的桌子说，"你的外甥们把他们的字母——他们那盒字母带走了吗？本来是放在这儿的。在哪儿？今天晚上阴沉沉的，更像冬天而不是夏天。有一天上午我们玩那些字母玩得很开心。我想再给你们出出难题。"

爱玛很喜欢这个想法。她拿出盒子，不久桌上就撒满了字母，似乎只有他们两人最感兴趣。他们很快摆出单词让对方猜，或让任何想猜的人来猜。这个安安静静的游戏特别适合伍德豪斯先生，韦斯顿先生偶尔介绍的吵闹游戏常常让他心烦意乱。现在他开心地坐在那儿，慈爱忧伤地哀叹着"可怜的小男孩们"都走了，或是拿起手边散落的字母，深情地说爱玛的写得多漂亮。

弗兰克·邱吉尔在费尔法克斯小姐面前摆了一个单词。她稍微扫了一眼，便思考起来。弗兰克在爱玛身边，简在他们对面——奈特利先生的位置能看见他们每个人。他想尽量多看看，却又装出漫不经心的样子。词被猜中了，简微微一笑把它推到一边。要是她打算立刻把它混进别的字母，再也看不见，她本来可以望着桌上而不是望着对面。她没有把它们混起来。哈丽特对每个新词都有兴趣却一个也猜不着，直接拿了过来冥思苦想。她坐在奈特利先生旁边，便向他求助。这个词是"过错①"；当哈丽特兴高采烈地宣布时，简的脸红了，这就给了这个词原先看不出的意思。奈特利先生把它与梦相联，可他无法弄清是怎么回事。他最喜欢的人怎么会彻底失去了敏感与审慎呢？他担心她一定与此相关。他似乎在每个节点都看到了虚伪和狡诈。这些字母不过是献殷勤和耍诡计的工具。这是个孩子的游戏，却被选来掩盖弗兰克·邱吉尔更深奥的把戏。

他非常愤怒地继续观察着他，也带着极大的担心与怀疑观察着他的两位蒙在鼓里的同伴。他见他给爱玛准备了一个短词，伴着狡黠又故作郑重的神情把它放在她的面前。他看到爱玛很快猜了出来，觉得非常有趣，虽然她认为这样做该受责备，因为她说："胡闹！真不应该！"他看见弗兰克瞥了一眼简，听他说道："我该把这给她——是不是？"又清晰地听见爱玛大笑着表示强烈反对："不，不，你绝对不能；你真的不该给。"

然而，他还是这么做了。这个爱献殷勤的年轻人似乎爱慕却无情，有心取悦又不愿讨好，直接把这个词递给了费尔法克斯小姐，一本正经很有礼貌地请求她仔细想想。奈特利先生对这个单词无比好奇，抓住一切可能的机会瞥向那个词，很快看出是"**迪克逊**"。简·费尔法克斯似乎与他同时猜出，她当然理解这五个如此排列的字母更深层的含义与更高超的智慧。她显然不高兴，抬起头来发现自己被注视着，脸红得他从来没见过，只说："我

----

① 原文为"blunder"。

不知道还能猜名字"，便生气地把字母推开，似乎决心再也不猜别的词了。她把脸从捉弄她的人那儿转开，看着她的姨妈。

"啊，一点不错，我亲爱的，"虽然简一言未发，她的姨妈却叫道，"我正想也这么说呢。我们真该走了。天快黑了，祖母要找我们了。我亲爱的先生，你真是太好了。我们真得告辞了。"

简动作敏捷，证明她像她姨妈预想的那样急着回家。她立即起身想离开桌子，可是许多人也都在起身，她走不了。奈特利先生觉得他看见另一组字母①被急切地推到她的面前，她却看也没看就推开了。接着她就找她的披肩——弗兰克先生也在找——天色变暗，屋里乱成一团。他们是怎样分开的，奈特利先生也不知道。

其他人都走后他还留在哈特菲尔德，满脑子都是他刚才的所见。他专心想着这件事，当爱玛拿来蜡烛让他能更好地观察时，他必须——是的，他当然必须，作为一个朋友——一个焦急的朋友——给爱玛一些暗示，问她几个问题。他不能看着她处于如此危险的境地而不设法保护她。这是他的责任。

"请问，爱玛，"他说，"我能否问一问，给你和费尔法克斯小姐的最后一个单词，究竟为何那么好笑，又那样令人难过？我看到了那个词，很奇怪它为何能让一个人觉得那样有趣，而让另一个感到痛苦不安呢？"

爱玛非常困惑。她实在无法给他真正的解释，因为虽然她的疑虑根本没有打消，她也的确因为泄露了这些疑惑而感到羞愧。

---

① 根据奥斯汀的家庭传统，应该是"原谅"（pardon）一词。

"哦！"她显然很尴尬地叫道，"这都没有意义，只是我们之间的玩笑而已。"

"这个玩笑，"他严肃地答道，"似乎仅限于你和邱吉尔先生之间。"

他原本期待她会再次说话，她却没有。她宁愿忙什么也不想说话。他疑惑地坐了一会儿，脑海中闪现出各种坏念头。干涉——徒劳的干涉。爱玛的困惑，众所周知的亲密关系，似乎表明她已经心有所属。然而他还是要说。他对她负有责任，宁愿冒险卷入不受欢迎的干涉，也不能让她受到伤害；他宁愿遇到任何麻烦，也绝不愿在将来回忆起对这个缘由的疏忽。

"我亲爱的爱玛，"他最终诚恳和蔼地说，"你认为你完全清楚，我们谈起的这位先生与小姐之间交情有多深吗？"

"弗兰克·邱吉尔先生和费尔法克斯小姐之间？哦！是的，非常清楚——你为何怀疑这一点？"

"你从来没在任何时候，有过任何理由认为他爱慕她，或是她爱慕他吗？"

"从来没有，从来没有！"爱玛热切坦诚地叫道，"这个念头我从来没有想到过。你怎么会这样想呢？"

"我最近想象着自己看见了他们之间相互爱慕的迹象——某些意味深长的表情，我相信他们并不打算让人知道。"

"哦！你太让我感到可笑了。我很高兴见你允许自己胡思乱想——可是这样不行——很抱歉你刚刚开始我就要打断你——但这真的不行。他们之间没有爱慕，你尽可放心。你看到的那些情况，是由一些特殊的原因引起——那是完全不同的感情——这的确无法解释——许多荒唐的成分——不过能够告诉你的，完全合乎情理的那部分是，他们是世界上最不可能彼此爱慕的两个人。也就是说，**我相信**对她来说一定是这样，也能**保证**他同样如此。我还能保证这位先生对她没有动心。"

她说话时的信心使奈特利先生犹豫，她话语中的得意令他无语。她兴致勃勃，本想多说一会儿，听他细述各种疑惑，描绘每个神情，以及让她特别感兴趣的各种情况在哪儿发生，怎样发生，而他却没有她的兴致。他发觉自己起不了作用，恼怒得说不出话来。体弱的伍德豪斯先生在一年中的每个夜晚都要升起火炉，为了不被烤得火冒三丈，他很快起身匆匆告辞，走回冰冷孤独的当维尔庄园。

第六章

　　海伯里的人们早就一直听说萨克林先生和太太即将来访，却只得屈辱地接受他们在秋天前不可能到来的消息。眼下没有了这类新鲜事来丰富人们的精神生活。每天的消息分享中，人们不再只是讨论萨克林夫妇的来访，而是回到了别的话题，比如邱吉尔太太的最新进展，似乎她的健康每天都有新状况。还有韦斯顿太太，人们希望她最终①能因为一个孩子的到来而更加幸福，她所有的邻居们也随着这一天的临近越来越高兴。

　　埃尔顿太太非常失望。这可是许多享乐与炫耀的推迟。她的介绍和推荐全都得等待，每个计划好的聚会依然只能说说而已。这是她一开始的想法——但她略加思考便觉得没有必要事事推延。虽然萨克林一家不能来，为何他们不能游览博克斯山②呢？可以秋天再和他们一起去，于是决定了他们应该去博克斯山。要进行这样一次聚会的消息传开了很久：甚至让另一个人动了心。爱玛从没去过博克斯山，她想看看那个大家都认为值得一去的地方，她和韦斯顿先生已经定好找个风和日丽的早晨坐马车去。只能再挑两三个人和他们一起，安静、朴实、优雅地前往，比起埃

---

① 原文为"eventually"。人们对韦斯顿太太即将生孩子的喜悦与担忧暗示了19世纪英国生育的高风险。
② 萨里郡内的自然风景区，是当时郊游、野餐、观光的好去处。

尔顿和萨克林那些人喧闹的准备、铺张的吃喝、招摇的出游，那可好得多了。

他们对此达成了很好的共识，所以当爱玛听韦斯顿先生说他向埃尔顿太太提议，既然她的姐姐姐夫未能赴约，他们两群人应该合并起来一同前往，埃尔顿太太立刻同意，所以只要她不反对就能定下，她不禁感到惊讶，也有些不愉快。既然她只会因为非常不喜欢埃尔顿太太而反对，韦斯顿先生一定早就很清楚，所以不值得再提出这个理由——提起这一点难免要责备他，会让他的妻子伤心。于是，她只得同意这个她原先想方设法要避免的安排。这样甚至会让她被当成和埃尔顿太太一伙，真是丢脸！她非常恼怒。虽然表面上忍耐顺从，她却满腹委屈，心里狠狠责备韦斯顿先生那没有分寸、不可理喻的好脾气。

"我很高兴你赞成我的做法，"他轻松地说，"不过我想你会同意。这样的计划要是人太少，一点意思也没有。人再怎么多也不为过。人多了肯定好玩。毕竟她是个好脾气的女人。谁也没法抛下她。"

爱玛嘴上一句也没反对，心里却一点都不同意。

现在是六月中旬，天气晴朗。埃尔顿太太迫不及待地定下日子，和韦斯顿先生说好要准备鸽肉饼和冷羊肉，这时一匹跛了腿的马将一切变成了悲哀的未知数。也许要过几个星期，或者短短几天，才能再用这匹马；不过无法贸然继续准备，只能沮丧地停滞着。埃尔顿太太的内心不足以应付这番打击。

"这难道不让人心烦意乱吗？奈特利，"她叫道，"这么好的出行天气！——这些耽搁和失望太讨厌了。我们该怎么办呢？一年的时间都会这样过去，什么也做不了。相信我，去年还没到这个时候，我们一群人已经从梅普尔·格罗夫到金斯韦斯顿痛痛快快地玩了一场。"

"你最好去当维尔玩一玩，"奈特利先生答道，"那样用不着马车。来吧，尝尝我的草莓。很快就要成熟了。"

如果说奈特利先生开始时并不认真，他也只能认真下去，因为他的建议被欣然接受。"哦！这太让我喜欢了。"话语开心，神情更是兴奋。当维尔的草莓圃很有名，似乎是很好的邀请理由，但用不着理由；白菜地也足以吸引这位女士，她只想去个地方而已。她一次次地承诺会来——多得让他无法怀疑——她对这个亲密度的证明非常满意，决定将此看作特别的恭维。

"你放心吧，"她说，"我一定会来。定下日子，我就来了。你会允许我带上简·费尔法克斯吧？"

"我定不了日子，"他说，"我还要邀请其他一些人和你见面，得先和他们谈谈。"

"哦！那就交给我吧。只用全权委托我就行——你知道我是女恩主啊。这是我的聚会。我会带朋友来的。"

"我希望你会带上埃尔顿，"他说，"但我不会麻烦你做其他邀请。"

"哦！瞧你多狡猾。可是想想吧——你不用担心把权力委托给*我*。我不是待字闺中的年轻小姐。结了婚的女人，你知道，是可以放心托付的。这是我的聚会。都交给我吧。我来邀请你的客人。"

"不，"他冷静地答道，"在这个世界上，我只会允许一个结了婚的女人随心所欲地邀请客人来当维尔，那个人就是——"

"韦斯顿太太，我猜。"埃尔顿太太打断道，一副懊恼的样子。

"不——奈特利太太——在她出现之前，我会自己安排这些事。"

"啊！你真是个怪人！"她叫道，因为没有人比她更受看重很是满意。"你真幽默，想说什么就说什么。真是个幽默家。那么，我会把简带来——简和她的姨妈——其他人我留给你。我完全不反对见哈特菲尔德一家人。不必顾虑。我知道你喜欢他们。"

"要是我能做主，你当然会见到他们；我回家的路上会拜访贝茨小姐。"

"那大可不必，我每天都能见到简——但随你便。不过一个上午的活动，奈特利，你知道是很简单的事情。我会戴一顶大帽子，胳膊上挎着我的小篮子。看——也许用这个篮子系上粉红丝带。再简单不过了，你看。简也会有个同样的篮子。不用讲究形式或排场——就像个吉普赛聚会。我们会在花园走一走，自己摘草莓，坐在树下——不管你想弄些别的什么，都要在户外——在树荫下放一张桌子。一切尽可能简单自然。难道你不这样想吗?"

"不完全。我对简单自然的想法是将桌子放在餐厅里。先生女士们带着仆人和装备，我觉得最简单自然的招待方式是在屋里用餐。当你在园子里吃厌了草莓后，屋里会有冷肉。"

"好吧——随你便，只是别太铺张。顺便问一下，我或是我的管家能帮你们提提意见吗? 一定别客气，奈特利。要是你想让我和霍奇斯太太谈一谈，或是查看些什么……"

"我完全不想，我谢谢你。"

"那么——如果有任何困难，我的管家可是非常聪明的。"

"我向你保证，我的管家认为她本人足够聪明，一定会拒绝任何人的帮助。"

"我希望我们能有毛驴。我们可以都骑驴过来，简，贝茨小姐，我——还有我亲爱的新郎走在旁边。我一定要叫他买头毛驴。我觉得这是乡村生活的必需品；因为，就算一个女人内心充实，也不可能一直被关在家里——要是走远路，你知道——夏天有尘土，冬天有泥泞。"

"在当维尔和海伯里之间你哪样也见不到。当维尔路从不泥泞，现在完全是干的。不过要是你喜欢，就骑驴来吧。你可以向柯尔太太借。我希望一切都能尽可能符合你的品位。"

"我相信你会的。我当然要为你说句公道话，我的好朋友。我知道，在那古怪的冷淡生硬的态度下，你有着一颗最温暖的心。正如我对埃先生所说，你是个十足的幽默家——是的，相信我，奈特利，我完全感觉到你在整个计划中对我的关注。你想到了最能令我高兴的好办法。"

奈特利先生还有一个不在树荫下摆桌子的理由。他希望说服伍德豪斯先生和爱玛来参加聚会；他知道让他们当中任何一位坐在外面吃东西，都必定会让伍德豪斯先生生病。绝不能以上午驾车到当维尔游玩一两个小时为由，诱使他离开家并陷入痛苦。

他得到了真心诚意的邀请。不会有意想不到的可怕经历来责备他的轻信。他的确同意了。他已经两年没来当维尔。"某个天气特别好的早晨，他，爱玛，还有哈丽特，当然能过去；他可以和韦斯顿太太安安静静地坐着，亲爱的女孩们在花园里散步。他想现在是中午，天气不会潮湿。他特别想再去看看老房子，很乐意见见埃尔顿先生太太和其他所有邻居——他觉得没有任何理由反对他，爱玛和哈丽特在某个天气非常好的早晨过去。他认为奈特利先生邀请他们真是很不错——很体贴，也很明智——比在外面吃饭好多了——他不喜欢在外面吃饭。"

奈特利先生能得到每个人的欣然同意真是幸运。他的邀请处处都受到了热烈的欢迎，似乎和埃尔顿太太一样，他们都把这个计划当成对他们自己的特别恭维——爱玛和哈丽特都非常期待玩得开心；韦斯顿先生未经邀请，就承诺要是可能就把弗兰克叫来参加；他想以此证明他的赞成与感激，其实大可不必——奈特利先生只好说他很乐意见到他；韦斯顿先生毫不耽搁赶紧写信，想方设法劝他过来。

与此同时，跛腿的马儿恢复得特别快，大家再次愉快地想着博克斯山的出游。最后当维尔定在一天，博克斯山在第二天——看来，天公很是作美。

在一个临近仲夏之日，正午时分阳光明媚，伍德豪斯先生安安稳稳地坐在他的马车上，开着一扇窗，去参加这次户外聚会。他被安顿在庄园里最舒适的一个房间，特意为他整个上午都生了火，他开心自在地坐着，准备心满意足地谈谈他的成就，建议每个人过来坐下，别热坏了——韦斯顿太太似乎故意走过去说累了，一直陪他坐着，等其他人都被邀请或说服着走出户外后，始终耐心地听他说话给他安慰。

爱玛已经很久没来庄园，她满意地看到父亲被舒适地安顿下来，于是高高兴兴地离开了他，四处看看。她急于以更加细致的观察唤醒或更正她的记忆，她和她的家人向来都对房子和庭院很感兴趣。

四下望去，想着自己和现在，以及很有可能的未来主人之间的关系，她感到由衷的骄傲与满足。她看着这座房子体面的规模与风格，它适当、宜人、独特的位置，地势较低，浓荫遮蔽——宽阔的花园一直延伸到草场，一条小溪穿流而过。庄园因为从前不在乎视野，几乎看不到这些风景——庄园周围一排排一列列的树木成林，没有因为时尚与奢华被连根拔起——房子比哈特菲尔德大，完全不同，占地面积很广，不规则地延伸开来，有许多舒适的房间，其中一两间装饰得很漂亮——这正是应有的样子，看上去和从前一样——爱玛对此愈发感到敬重，这是个真正的绅士家庭，在血统和意识上毫无瑕疵——约翰·奈特利脾气上有些缺点，可伊萨贝拉在这门亲事中却无可指摘。她自家的亲人、名声与地位绝不会让人脸红。这番感觉令人愉快，她边走边沉浸在这些想法中，直到必须和其他人一起聚集在草莓圃——所有人都到了，除了弗兰克·邱吉尔，人们随时等着他从里士满过来。埃尔顿太太用上了使她高兴的全部装束，她的大帽子和她的篮子，随时准备带领大家摘草莓、吃草莓和谈论草莓，现在只能想着草莓、说着草莓——"英格兰最好的水果——每个人的最爱——总是有益健康——这些是最好的草莓圃和最好的品种——为自己采摘真是愉快——真正享受它们的唯一办法——早晨无疑是最好的时间——从来不会疲倦——每一种都很好——麝香莓好得多——没法相提并论——别的简直不能吃——麝香莓很稀罕——辣椒莓很受喜爱——白木莓味道最好——伦敦的草莓价格——布里斯托尔盛产草莓——梅普尔·格罗夫——培育——什么时候翻整草莓圃——园丁的想法完全不同——没有大致规则——园丁绝不改变自己的做法——美味的水果——只是太腻，不宜多吃——不如樱桃——醋栗更清爽——采草莓的唯一缺点是要蹲着——刺眼的阳光——累死了——再也受不了了——必须到树荫下坐坐。"

那就是半个小时的全部谈话内容——只被韦斯顿太太打断了一次，她因为挂念继子走出来，问他来了没有——她有些不安——她有点担心他的马。

勉强找到了树荫下的位置，现在爱玛只能旁听埃尔顿太太和简·费尔法克斯的谈话——一个职位，一个最理想的职位，是她们谈论的话题。埃尔顿太太那天早上得到消息，她欣喜若狂。不是在萨克林太太家，也不是布拉格太太家，可是从财富和排场上只比这两家差一点点：是布拉格太太的一个表亲，萨克林太太的熟人，在梅普尔·格罗夫很有名的一位女士。愉悦、迷人、高贵、上流、圈子、血统、地位、一切的一切——埃尔顿太太急不可耐地想立刻把这件事定下来——在她这一方，她热情洋溢、积极主动、得意洋洋——她绝不接受她朋友的反对，虽然费尔法克斯小姐不断向她保证她目前不想接受任何职位，重复着她曾经说过的同样动机——然而埃尔顿太太坚持要求让她写一封接受信，明天就寄出去——简是怎么能够忍受这一切的，这让爱玛很吃惊——她的确看上去很恼火，她的确话语尖刻——最后，她带着对她而言不同寻常的坚定，建议走一走——"他们不该散散步吗？奈特利先生不愿意带他们去看看花园吗？——整个园子？——她想看看所有的地方。"——她朋友的执拗似乎让她忍无可忍。

天气很热。人们零零散散地在花园里走了一会儿，难得会有三个人走到一起。他们不知不觉一个接一个地来到一条短而宽的路上，路的两旁长着欧椴树，有着诱人的树荫。这条路穿过花园，又延伸了从此处到小河的距离，似乎是这块宜人场地的尽头——那儿什么也没有，只能看见尽头有个低低的石墙和高高的柱子，它们立在那里似乎让人觉得那是房子的入口，然而房子根本不在那儿。以这种方式作为结束，品味值得商榷，但路的本身很迷人，尽头的景致也非常漂亮——一个宽阔的斜坡，几乎在斜坡的脚下坐落着庄园，越是接近地面，就越陡峭；距离大约半英里的地方忽然出现一片壮丽的堤岸，绿荫浓密——堤岸的脚下，在一个地势宜人绿树如茵的地方，是阿比-米尔农场，前面是草场，小河在近旁划出一条漂亮的弧线。

这是迷人的风景——既悦目又赏心。英式的草场、英式的耕作、英式的惬意，在明媚的阳光下望去，一点也不感到压抑。

走着走着，爱玛和韦斯顿先生发现其他人都聚在了一起。朝那儿看去，她立刻见到奈特利先生与哈丽特脱离了人群，安静地领着路。奈特利先生和哈丽特！——多么奇怪的窃窃私语，不过她很高兴见到他们——曾几何时，他会不屑于和她同行，毫不客气地从她身边走开。现在他们似乎在愉快地交谈着。曾经爱玛也会不愿看见哈丽特来到一个很容易对阿比-米尔农场产生好感的地方，可是现在她并不担心。让她看到这所有繁茂旖旎景致的延续，肥沃的草场、遍地的羊群、盛开的兰花①、袅袅升起的炊烟，没有任何危险。她在围墙边和他们走到一起，发现他们在热烈交谈而非四处张望。他在和哈丽特说着农业模式方面的问题，他对爱玛微微一笑，仿佛在说："这是我自己关心的事。我有权谈论这些话题，别怀疑我在为罗伯特·马丁做媒。"——她没有怀疑他。这个故事太过久远——罗伯特·马丁也许已经不再想着哈丽特——他们在这条路上又转了几圈——树荫最令人心旷神怡，爱玛觉得这是一天中最愉快的时光。

接着进入屋里，每个人都要进去吃些东西——人人都坐下来忙碌着，弗兰克·邱吉尔依然没有到来。韦斯顿太太张望着，却一无所获。他的父亲不肯承认他在担心，还嘲笑她的恐惧，可她忍不住希望他没有骑他的那匹黑马。他说过要来，语气特别肯定。"他的舅母已经好多了，他毫不怀疑能来到他们这儿。"——然而，邱吉尔太太的情况，正如他们都想提醒她的那样，可能发生突然的变化，也许会让她的外甥对最深信不疑的事情感到失望——最后，韦斯顿太太在劝说下终于相信，或只是说道，一定是因为邱吉尔太太的阻止他才会来不了——在考虑这个问题时爱玛看了看哈丽特；她表现得很好，没有流露出任何感情。

冷餐结束，一群人准备再出去看看没有见到的风景，古老的庄园鱼池；也许走到明天就要收割的苜蓿地，或者，无论如何，享受先热后凉的乐趣——伍德豪斯先生已经在花园的高处稍稍转过，甚至不肯想象河边的湿气，不愿再走；他的女儿坚持陪他留

---

① 兰花春天绽放，不可能与草莓的成熟在同一时间。奥斯汀在此处犯了个常识性错误，据说因此受到了她的三哥爱德华的嘲笑。

下，这样韦斯顿太太或许能在她丈夫的劝说下离开，得到一些她的精神似乎需要的运动和变化。

奈特利先生尽他所能，热情地招待伍德豪斯先生。柜中所有的家庭收藏品、版画书、满抽屉的奖章、浮雕、珊瑚、贝壳，他都为这个老朋友准备好，帮他消磨早晨的时间。所有的善意都得到了完美的回报，伍德豪斯先生玩得非常开心。韦斯顿太太把这些都拿给他看，现在他想再全部拿给爱玛看——幸好他除了对看到的东西毫无品位可言，在其他方面并不像个孩子，因为他动作迟缓，一成不变，有条不紊——不过，在他开始看第二遍之前，爱玛走进门厅，想用一点自由的时间看看房子的入口和园子的规划——她还没走到那儿，简·费尔法克斯就出现了，她迅速从花园走进来，看似想要逃避——她完全没料到会这么快遇见爱玛，先是吓了一跳，不过伍德豪斯小姐正是她想找的人。

"你能否帮帮我，"她说，"等人们想到我时，就说我已经回家了？——我现在就走——我的姨妈想不到现在有多晚，我们已经出来多久了——可我肯定外婆需要我们，我决定马上就走——我没有对任何人说起。这只会增加麻烦，让人不愉快。一些人去了池塘，一些去了欧椴路。他们全部回来前不会想到我；等他们发现时，你能好心地告诉他们我已经走了吗？"

"当然，如果你希望如此——可你不会独自走到海伯里吧？"

"我会的——那有什么关系？——我走得很快。我二十分钟就能到家。"

"可是太远了，真的，还独自一人行走。让我父亲的仆人陪你一起走吧——让我来安排马车。五分钟就能到。"

"谢谢，谢谢——可是千万别这样——我宁愿走路——**我**怎么会害怕独自步行呢？——我可是很快就要保护别人了。"

她说得很激动，爱玛很动情地答道："那也不是让你现在暴露于危险中的理由。我必须叫上马车。即使这么热的天气也是一种危险——你已经很疲惫了。"

"是的，"她答道，"我是疲惫，但不是那种疲惫——走路会让我振作起来——伍德豪斯小姐，我们都能时常体会心力交瘁的滋味。我承认，我已经筋疲力尽了。你能给我的最大帮助，就是让我按照自己的想法去做，在必要时只说声我已经离开了。"

爱玛无法再反对。她全都懂了；她理解她的心情，催她立刻离开这所房子，带着朋友的热情看着她安然离去。她临别时的表情充满感激——她的离别话语："哦，伍德豪斯小姐，有时能够独自一人真是莫大的安慰！"——这话似乎是从一个不堪重负的内心中爆发出来的，表达了几分她一直以来的忍耐，甚至对于那些最爱她的人。

"这样的家，真的！这样的姨妈！"爱玛再次转进门厅时说，"我的确同情你。你越是能感性地流露出合情合理的恐惧，我就越喜欢你。"

简离开还不到一刻钟，他们刚看了一些圣马可广场和威尼斯的风景，弗兰克·邱吉尔就进了房间。爱玛没有想他，她已经忘了想他——可她还是很高兴见到他。韦斯顿太太这下能放心了。那匹黑马毫无过错，说原因在于邱吉尔太太的**那些人**是正确的。他被一阵暂时的病情加重耽搁了；一次神经性发作，持续了几个小时——他几乎已经彻底放弃过来的想法，直到很晚的时候——

要是他能知道骑马过来有多热，弄得多么晚，他是怎样匆匆忙忙，他相信他根本就不可能过来。太热了，他从来没有这样热过——几乎希望还是待在家里——没什么能比天热更难受了——他能忍受任何程度的寒冷和其他不适，但炎热让人无法忍受——他坐下来，尽量离伍德豪斯先生火炉的余烬远一点，一副很可怜的样子。

"你马上就能凉快下来，只要你坐着不动。"爱玛说。

"我刚凉快下来就得再回去，否则他们不会原谅我——不过这一点在我来的时候已经说好了！我猜你们很快就得走，所有人都要散了。我来的时候遇见了**一位**——在这种天气里的疯狂行为！——彻底的疯狂！"

爱玛听着，看着，很快发现弗兰克·邱吉尔的状态也许最好用"情绪不佳"这个富有表现力的词来形容。有些人热了总会心情烦躁。也许这就是他的体质；她知道吃点东西喝些什么常常能治好这种偶尔的抱怨，她建议他去吃些东西；他可以在餐厅找到各种丰盛的食物——她好心地为他指了指门。

"不——他不该吃东西。他不饿，这只会让他更热。"不过，两分钟后他对自己发了慈悲，咕哝着云杉啤酒走开了。爱玛再次一心一意地照顾她的父亲，暗想：

"我很高兴我不爱他了。我不会喜欢一个只因炎热的早晨就马上心烦意乱的男人。哈丽特的性情温柔随和，她不会在意的。"

他走了很久，足够美美地吃上一顿，回来后好多了——变得冷静下来——也彬彬有礼，像他应有的样子——他拉来一张椅子，表达了对他们所做事情的兴趣，还合情合理地表示了来得太晚的遗憾。他情绪不高，但似乎在努力提起兴致；最后，他心平气和地说起了废话。他们正在看着瑞士的风景。

"我的舅母身体一好，我就去国外，"他说，"不去看一些这样的地方，我永远不会安心。你会时不时收到我的素描——我的游记——或是我的诗。我想做点什么引起注意。"

"那倒可能——但不是凭着瑞士的素描。你永远不会去瑞士。你的舅舅舅母永远不会让你离开英格兰。"

"也可以劝说他们一起去。医生也许会让她去温暖的地方。我很希望我们一起去国外。我向你保证我有这个想法。今天早上，我强烈地感觉到我会很快出国。我应该去旅游。我厌倦了无所事事。我想要改变。我在说实话，伍德豪斯小姐，不管你那双富有洞察力的眼睛怎样猜测——我厌倦了英格兰——明天就想走，要是我能做到的话。"

"你厌倦了财富与溺爱。你就不能为自己找点困难，满意地留下来吗？"

"我厌倦了财富与溺爱？你完全错了。我不认为自己富有或是受宠。我其实事事都受挫折。我根本不觉得自己是个幸运的人。"

"但你不像刚来的时候那么可怜了。再去多吃一些多喝一点，你就能变好。再吃一块冷肉，再喝一杯兑水的马德拉白葡萄酒，就能让你和我们其他人大致一样了。"

"不——我不想动。我要坐在你身边。你是我最好的解药。"

"我们明天去博克斯山——你也和我们一起吧。那不是瑞士，但对一个如此渴望变化的年轻人总有些帮助。你会留下，和我们一起去吧?"

"不，当然不会；我会趁着晚上的凉爽回家。"

"但你会趁着明天早晨的凉爽再来。"

"不——那不值得。如果我来了，我会情绪不好。"

"那就待在里士满吧。"

"要是那样，我会情绪更糟。想着你们都在那儿，而我去不了，我无法忍受。"

"那些是你必须自己解决的问题。自己选择想要多坏的情绪吧。我不再勉强你。"

这时其他人回来了，很快都聚在一起。一些人见到弗兰克·邱吉尔非常高兴；另一些人对此无动于衷；不过在解释后，大家普遍对费尔法克斯小姐的离去感到沮丧不安。这个话题以大家都该走了作为结束，在为明天的计划做了最终的简短安排后，他们分了手。弗兰克·邱吉尔本来就不想把自己排除在外，现在更不情愿，所以他对爱玛的临别话语是：

"好吧——要是**你**希望我留下来，和大家一起，我就留下。"

她微笑着表示赞成；除非里士满召唤，他明晚之前不会回去。

第七章

去博克斯山那天的天气非常好，而其他所有外部情况，如安排、装备、准时等，都有利于进行一场愉快的聚会。韦斯顿先生全权负责，在哈特菲尔德和牧师住宅之间稳妥地安排着，每个人都很高兴。爱玛和哈丽特一起去，贝茨小姐和她的外甥女乘埃尔顿夫妇的马车，先生们骑着马。韦斯顿太太还是陪着伍德豪斯先生。只要到达后玩得开心，其他什么也不缺。在快乐的期盼中走了七英里的路，每个人刚到达时都赞叹不已，然而总的来说这一天有些欠缺。人们懒洋洋的，没有兴致，也不融洽，这些都无法克服。人们太过分散。埃尔顿夫妇走在一起；奈特利先生照顾贝茨小姐和简；爱玛与哈丽特则属于弗兰克·邱吉尔。韦斯顿先生想让他们更加融洽，却无济于事。起初看似随意的分组，却从未真正改变过。说实话，埃尔顿先生和太太并非不愿和大家一起，也尽量显得随和；可是在山上的整整两个小时中，似乎其他几组执意要分开，不论怎样的美景，多好的冷餐，或是快乐的韦斯顿先生，都无法改变。

起初，爱玛觉得无聊至极。她从未见过弗兰克·邱吉尔如此沉默乏味。他没有哪句话值得听——两眼视而不见——赞叹得不知所云——听她说话却根本听不进去。既然他这么无趣，哈丽特也同样无趣，这倒不足为奇；两人都让人难以忍受。

等他们都坐了下来，情况有所好转。爱玛感觉好多了，因为弗兰克·邱吉尔变得健谈有了兴致，把她当成他的首要目标。每一个引人注目的殷勤，都献给了她。让她开心、令她喜爱，似乎是他关注的全部内容——爱玛很高兴能够活跃起来，毫不在意被他奉承，也兴高采烈、无拘无束，给了他许多友好的鼓励，接受着他的殷勤。他们刚开始交往，关系最热烈的时候她也这样做过，可是这些她现在看来都毫无意义，虽然旁观的大多数人一定觉得似乎只有"调情"一词才能恰当地形容他们的行为。"弗兰克·邱吉尔先生和伍德豪斯小姐一起肆意调情。"他们使自己得到了那番评价——一位女士在给梅普尔·格罗夫的信中写道，另一位小姐写在信中寄往了爱尔兰。倒不是因为爱玛果真幸福得轻率放肆，其实是因为她感觉不如期待的那么开心。她笑是因为她失望，虽然她喜欢他的殷勤，认为他所有的行为，无论在友情、爱慕，或是嬉戏方面都审慎明智，却无法再次赢得她的心。她依然打算和他做朋友。

　　"我太感谢你了，"他说，"因为你叫我今天来！——要不是因为你，我一定会错过这次聚会的所有乐趣。我本来下定决心要离开的。"

　　"是的，你当时情绪很不好。我不明白怎么回事，只能想到因为你错过了最好的草莓。我不该对你那么好。可你那么谦卑。你一个劲地求我命令你来。"

　　"别说我情绪不好。我是累坏了。天热得我受不了。"

　　"今天更热。"

　　"我没觉得。我今天非常舒服。"

"你舒服是因为得到了指令。"

"你的指令？——是的。"

"也许我想要你这么说，但我是指自控力。昨天你多少有些超越界限，没有控制好自己；不过今天你又回归正常了——因为我不能一直和你在一起，最好能相信你的脾气可以受你自己的控制，而不是我的控制。"

"那是一回事。没有动机我不会有自控力。不管你是否说话你都在命令我。你永远会和我在一起。你永远和我在一起。"

"从昨天下午三点开始。我永远的影响只能从那时开始，否则你之前不会那么不高兴。"

"昨天下午三点！那是你的日期。我认为我最早是在二月见到了你。"

"你的殷勤真让人无语。不过（压低她的声音）——除了我们谁也不说话，为了让七个沉默的人开心，我们实在说了太多的废话。"

"我没有说过让我羞愧的话，"他兴致勃勃、放肆无礼地答道，"我最早在二月见到你。就让山上的每个人能听见吧。让我的声音从一边传到米克勒姆，从另一边传到多金。我第一次见到你是在二月。"然后低声说："我们的同伴们简直无聊透顶。我们该做些什么让他们活跃起来呢？怎样的胡闹都可以。他们会说话的。女士们先生们，我奉伍德豪斯小姐的命令（她无论在哪儿都是主宰）说，她想知道你们都在想些什么。"

一些人笑了，愉快地做了回答。贝茨小姐说了很多；埃尔顿太太想到由伍德豪斯小姐主宰，气鼓鼓的；奈特利先生的回答最为清晰。

"伍德豪斯小姐确信她想知道我们都怎么想吗？"

"哦！不，不，"爱玛叫道，她尽量满不在乎地笑着，"绝对不是。我根本不想为刚才的事自讨苦吃。说说你们想法以外的其他任何事吧。我没说所有人。也许有一两个人（瞥向韦斯顿先生和哈丽特），他们的想法我不害怕知道。"

"这种事情，"埃尔顿太太使劲叫道，"**我**就不认为自己有权过问。虽然，也许，作为聚会的**监护人**——**我**从来不属于任何圈子——游览活动——年轻小姐——结婚的女人——"

她的咕哝主要说给她的丈夫听，他也咕哝着答道：

"非常正确，我亲爱的，非常正确。的确如此，确实这样——从没听说过——可是有些小姐什么都能说。最好当成笑话不要在意。每个人都知道**你**应该得到的尊重。"

"这样不行，"弗兰克悄声对爱玛说，"大部分人都被冒犯了。我再说些话让他们听。女士们先生们——我奉伍德豪斯小姐的命令说，她放弃知道你们每个人都在想什么的权利，只想让你们每个人说些很好玩的事。你们有七个人，再加上我（她很高兴地说，我已经很逗人开心了），她只想让你们每个人说一件绝妙的事，无论散文还是诗歌，原创还是复述——或两件比较有趣的事——或三件非常无聊的事，她保证对所有的事情开怀大笑。"

"哦！很好，"贝茨小姐叫道，"那我就不用担心了。'三件非常无聊的事。'那正好适合我，你知道。我只要一开口，肯定能说出三件无聊的事，对不对？（很开心地四下看看，指望每个人的赞同）——你们不觉得我能做到吗？"

爱玛忍不住了。

"啊！小姐，但也许有一个困难。很抱歉——可你会有个数量限制——一次只能三个。"

贝茨小姐被她一本正经的样子蒙住了，没有立刻领会她的意思。可一旦醒悟过来，她不会发火，然而一阵轻微的脸红表明这会使她痛苦。

"啊！——好的——当然。是的，我明白她的意思（转向奈特利先生），我会尽量不说话。我一定让自己很令人讨厌了，否则她不会对一个老朋友说这样的话。"

"我喜欢你的计划，"韦斯顿先生叫道，"同意，同意。我会尽力而为。我来说个谜语。来个谜语怎么样？"

"恐怕低级了，先生，很低级，"他的儿子答道，"不过我们可以容忍——尤其对于任何带队的人。"

"不，不，"爱玛说，"不算低级。韦斯顿先生的谜语会让他和他身边的同伴过关。来吧，先生，请说给我们听听。"

"我自己也在怀疑是否很有趣，"韦斯顿先生说，"因为这太符合实际，不过是这样的——在所有的字母中，有哪两个表示完美？"

"哪两个字母！——表示完美！我肯定不知道。"

"啊！你永远猜不到。你，（对着爱玛）我肯定，永远猜不到——我来告诉你——M 和 A——Em——ma①——你明白了吗？"

---

① 爱玛的英文名为"Emma"，从音和形上可以由这两个字母拼出。

她既明白又满意。这也许是个很普通的谜语，可是爱玛哈哈大笑，非常开心——弗兰克和哈丽特也一样——似乎其他人并没有这样的感受。有些人看似觉得难以置信，奈特利先生严肃地说：

"这正说明我们缺乏了那种绝妙的东西，韦斯顿先生本人表现不错；可他一定把别人都难倒了。**完美**不该来得这么快。"

"哦！至于我自己，我得说放过我吧，"埃尔顿太太说，"我实在做不到——我一点也不喜欢这种事。有人曾经送给我用我的名字写的离合诗，我一点也不喜欢。我知道是谁写的。一个讨厌的小丑！——你知道我指谁（对着她的丈夫点点头）。这种事情在圣诞节还不错，当大家都围着火炉时；可在我看来，在夏天进行乡间旅游时很别扭。伍德豪斯小姐一定要原谅我。我不会说俏皮话逗乐每个人。我不想假装是个聪明人。我有自己的活泼之处与活泼方式，但我真的必须能自己决定什么时候说话，什么时候该管住嘴。放过我们吧，如果你愿意，邱吉尔先生。放过埃先生，奈特利，简，和我自己。我们说不出绝妙的话——绝对不是我们。"

"是的，是的，请放过**我**，"她的丈夫接着说道，带着不屑的神情，"**我**说不出能让伍德豪斯小姐开心的话，或是其他任何年轻小姐。一个结了婚的老男人——简直一无是处。我们走走吧，奥古斯塔？"

"我非常乐意。在一个地方待这么久我简直厌烦透了。来吧，简，挽住我的另一只手。"

可是简拒绝了，于是丈夫和妻子离开了。"幸福的一对！"他们刚走到听不见的地方，弗兰克·邱吉尔就说道，"他们实在太般配了！——真幸运——只因为在公共场所结识就这样结了婚！——我想，他们只在巴斯认识了几个星期！真是异常幸运！——因为想在巴斯或任何公共场所真正了解别人——那简直不可能，什么也了解不到。只有当女人在自己的家里，在她们自己的熟人中，就像平常生活中那样，你才能做出判断。没有那一点，全都是猜测和运气——总的来说都是坏运气。多少男人因为短暂的相识而定情，再用后半生悔恨不已。"

费尔法克斯小姐本来难得说话，除了对自己人，现在却开了口：

"这些事情的确会发生，毫无疑问。"她因为一阵咳嗽停了下来。弗兰克·邱吉尔转向她听着。

"你在说话。"他严肃地说。她恢复了声音。

"我只是想说，虽然这样不幸的事有时的确会发生在男人和女人身上，我想一定不常发生。可能有仓促草率的恋情——但总的来说事后还有时间弥补。我的理解是，只有意志薄弱、优柔寡断的人（他们的幸福永远取决于运气），才会让一段不幸的相识变成麻烦，或是终身的痛苦。"

他没有回答。他只是看着，谦虚地鞠了一躬。很快，他用活泼的语调说：

"唉，我对自己的判断力太没信心，所以不管我什么时候结婚，我希望有人能为我挑选个妻子。你愿意吗？（转向爱玛）你愿意为我选个妻子吗？我肯定会喜欢你帮我挑选的任何人。你撮合了我的家，你知道，（微笑地看着他父亲）为我找一个人吧。

我不着急。收养她，教育她。"

"让她像我一样。"

"务必如此，要是你能做到的话。"

"很好。我接受这个任务。你将拥有一位迷人的妻子。"

"她一定得非常活泼，有淡褐色的眼睛。其他我都不在意。我想去国外待两年——等我回来后，我会向你要我的妻子。记住了。"

爱玛绝不会忘记。这个委托正合她的心意。难道哈丽特不正是他描述的那个人吗？除了淡褐色的眼睛，也许两年时间就能变成他想要的样子。也许他甚至此刻就在想着哈丽特，谁知道呢？提到教育她，似乎就暗示这一点。

"现在，姨妈，"简对她的姨妈说，"我们能去找埃尔顿太太吗？"

"如果你愿意，我亲爱的。我非常乐意。我准备好了。我本来就想和她一起走，不过这样也行。我们很快就能赶上她。她在那儿——不，是别人。那是乘爱尔兰马车①游览的一位小姐，一点都不像她——唉，我敢说——"

她们走了，奈特利先生很快也跟着走了。只有韦斯顿先生、他的儿子、爱玛和哈丽特留在那儿，这个年轻人的情绪现在高涨到几乎令人不快的地步。甚至连爱玛最后也厌倦了他的奉承与说笑，宁愿自己是在和其他任何人默默地一起走，或是独自坐着，无人打扰，静静地看着下面美丽的景色。看到仆人出来找他们，

---

① 经济状况不好的人家使用的旧式马车。

告知马车已经准备好，真是令人愉快。即使离开前忙乱的收拾与准备，埃尔顿太太一心想要**她**的马车排在最前面，她都愉快地忍受了，因为能够安安静静地坐车回家，结束这很令人生疑的愉快一天。这么多格格不入的人凑在一起，她希望永远不再被诱惑着参加这样的活动。

等待马车时，她发现奈特利先生在她身旁。他四下看着，仿佛在确认附近没有人，然后说道：

"爱玛，我必须再像从前那样对你说话：也许这个特权并非受你允许，而是要你忍受，但我必须使用。我不能看着你做了错事而不做规劝。你怎能对贝茨小姐这样无情？你这么聪明，怎会对这般性格、年龄和境遇的女人如此无理？——爱玛，我没想到会这样。"

爱玛想了想，脸红了，感到愧疚，却又想一笑而过。

"不，我怎么能忍住不说那些话呢？——谁也忍不住。没那么糟糕。她肯定没听懂我的话。"

"我向你保证她听懂了。她明白了你的全部意思。她之后一直谈论这件事。我希望你能听听她是怎么说的——多么坦率，多么宽厚。我希望你能听见她夸赞你的忍耐，还能对她那么关心，你和你的父亲始终对她多么关照，而和她做伴是如此令人厌烦。"

"哦！"爱玛叫道，"我知道世界上再也没有比她更好的人了：可你必须承认，善良与荒唐最为不幸地混合在她的身上。"

"是混合了，"他说，"我承认。假如她很富有，我能允许你偶尔多看她的可笑之处，少看她的优点。如果她是个有钱的女人，我可以听任无伤大雅的荒唐行为，我不会因为任何冒昧举动与你争执。要是她和你处境相同——可是，爱玛，想想实际情况远非如此。她很穷，她出身富裕，却落魄于此；若是能活到晚年，很可能会更加潦倒。她的境遇让你必须同情她。这件事做得实在糟糕！你，她从你是个婴儿时就认识你，看着你长大，曾经能得到她的关注还是你的荣幸，可你现在却轻率冒失，凭着一时的傲气，嘲笑她，羞辱她——还当着她外甥女的面——在其他人面前，他们当中的许多人（肯定有**一些**）会完全按照**你**的样子对待她——这对你并不愉快，爱玛——对我也绝不愉快；可是我必须，我要——我要在我能做到时告诉你真相。我为可以给你真诚的建议，证明我是你的朋友感到欣慰，相信你在将来的什么时候，能够比现在更加公正地看待我的做法。"

他们边说边向马车走去，准备好了。她还没能说话，他就送她进了马车。他误解了她扭过头不说话时的感受。只是因为她对自己的愤怒、羞愧和深深的担忧。她说不出话来，进了马车后，她往后一靠，难过不已——接着又责备自己没有道别，没有感谢，分别时显然闷闷不乐。她看着外面急于用声音和手势表现出不同，可是太晚了。他转过身，马儿跑了起来。她还在往后看，但已经没有用。马车似乎跑得飞快，很快他们就到了半山腰，一切都被远远抛在身后。她懊恼得无以复加——几乎无法掩饰。她有生以来从未如此激动羞愧和伤心过。她受到了极大的打击。无法否认他这番话的真实性。她的内心深有感触。她怎么可以对贝茨小姐如此无情，这样残酷！她怎么可以给她看重的人们留下那么糟糕的印象！他离开时没听见一句感激赞同和友好的话，该有多难过！

时间没能让她平静。她想得越多，似乎只会感受越深。她从来没有这么沮丧过，幸好不用说话。身边只有哈丽特，她似乎兴致不高、筋疲力尽，很愿意沉默不语。回家的路上，爱玛感觉自己几乎一路流着眼泪，却丝毫不想抑制，任凭泪水汹涌。

第八章

令人懊恼的博克斯山出游整晚都萦绕在爱玛的脑海里。其他人会怎么想，她不得而知。他们在不同的家中，以不同的方式，也许会愉快地回顾着这段经历；可在她看来，这个早晨被彻底虚度，这件事与她经历的任何事相比，当时没得到丝毫合理的快乐，回忆起来更觉厌恶。与之相比，和她父亲下一整晚的十五子棋都是幸福。**那样做**，确实有着真正的快乐，因为她放弃了二十四小时中最美好的几个小时，只为他的安适；感觉虽然她配不上他如此的疼爱与信赖，她的行为总的来说不会受到任何严厉指责。作为女儿，她希望自己并非没有孝心。她希望永远不会有人对她说，"你怎么能对你的父亲如此无情？——我必须，我要在我能够做到时告诉你真相。"贝茨小姐绝不会再次——不，永远不会！如果未来的关心能抵消过去的错误，她也许能期待得到原谅。她常常犯错，她的良心这样告诉她；犯错，也许更多在想法而不是行为上；轻蔑、无礼。然而，不该再这样下去。爱玛真心诚意地感到懊悔，打算第二天去拜访贝茨小姐，在她看来，这应该成为正常、平等的友好交往的开始。

第二天到了她依然信心坚定，很早出去，以免被什么事情耽搁。她想，她也并非不可能在路上遇见奈特利先生；或者，也许他会在她拜访时走进来。她并不反对。对于她理智真诚的忏悔行为，她不会感到羞愧。她走在路上时，眼睛朝当维尔望着，但没有看见他。

"太太小姐们都在家。"这样的话以前从未让她高兴过。曾经在进入走廊，走上楼梯时，她从未想过让人快乐，只是履行义务，也没想要得到快乐，只会在后来的取笑中找些乐子。

她走近时里面一阵忙乱，有许多走动和说话声。她听见贝茨小姐的声音，有事要尽快做。女仆看似惊慌又尴尬，希望她不介意稍等片刻，却又迅速领她进了屋。姨妈和外甥女似乎都逃进了隔壁房间。她清楚地瞥见了简，看上去病得很重。在门被关上前，她听见贝茨小姐说："那么，我亲爱的，我就**说**你病了躺在床上，我肯定你病得不轻。"

可怜的贝茨老太太和往常一样客气谦恭，看样子似乎不大明白发生了什么。

"恐怕简的身体不太好，"她说，"可我不知道，她们**告诉**我她很好。我的女儿马上就会来，伍德豪斯小姐。我希望你能找到个椅子。要是海蒂没走就好了。我什么也做不了——你有椅子吗，小姐？坐在喜欢的地方吗？我肯定她马上就来。"

爱玛真心希望她会来。她有些担心贝茨小姐想避开她。不过贝茨小姐很快来了——"非常高兴，非常感激"——可是爱玛的良心告诉她，她不像以前那样兴高采烈、滔滔不绝——神情举止都不太自然。她希望对费尔法克斯小姐的真诚问候，也许能唤回昔日的感觉。这一招似乎立刻见效。

"啊！伍德豪斯小姐，你真是太好了！——我猜你已经听到——过来想让我们高兴。这看上去并不像是高兴的事情，真的，对我来说——（眨下一两滴眼泪）——不过要和她分开真让我们痛苦，她在这儿已经住了这么久，刚才还头痛得厉害，一整个上午都在写信——那么长的信，你知道，要写给坎贝尔上校和迪克逊太太。'我亲爱的，'我说，'你会弄瞎眼睛的'——因为她的眼里不停地流着泪。难怪，这也难怪。这么大的变化，虽然她已经非常幸运——这么好的境遇，我想没有哪个年轻小姐初次出去就能找到这样好的职位——别以为我们有了这样难以置信的好境遇还不懂得感恩，伍德豪斯小姐——（再次抹去眼泪）——可是，可怜的好孩子！如果你看到了她的头痛得有多厉害。你知道，人要是在病痛折磨中，就算得到幸运也无法感到应有的高兴。她的心情低落极了。看着她，谁也想不到她得了这样的职位，心里有多开心、多高兴。你要原谅她没有过来——她没法——她进了自己的房间——我想让她躺在床上。'我亲爱的，'我说，'我会说你病了躺在床上，'然而，她并不是这样；她在房间里走来走去。不过，既然她已经写了信，她说她很快会好的。她非常难过不能见你，伍德豪斯小姐，但你会好心地原谅她的。让你等在外面——我真惭愧——可不知怎么有点小小的忙乱——因为碰巧我们没听见敲门声，直到你上了楼梯，我们不知道有谁会来。'只是柯尔太太，'我说，'肯定没错。谁也不会这么早来。''那么，'她说，'迟早都要忍受，不妨就现在吧。'可接着帕蒂进来，说是你。'哦！'我说，'是伍德豪斯小姐：我肯定你想见她。'——'我谁也见不了，'她说。她站起身来，想要走，那就是我们让你等待的原因——我们非常抱歉，也很惭愧。'如果你一定要走，我亲爱的，'我说，'你就走吧，我就说你病了躺在床上。'"

爱玛非常诚恳地关心着她。很久以来她在心里对简越来越善意;看到她现在的痛苦,打消了她曾经所有的狭隘猜疑,让她只觉得同情;想起过去既不公正又不温柔的感情,她不得不承认简也许在无法忍受与她相见时,能自然而然地决定见柯尔太太或其他可靠的朋友。她带着深深的遗憾与牵挂,动情地说出了她的心里话——真心希望她听贝茨小姐所说,现在已经决定的职位,能最大可能地对她有利,让她生活舒适。"这一定对她们所有人都是煎熬。她本以为要等到坎贝尔上校回来之后呢。"

"你真好!"贝茨小姐答道,"不过你总是这么好心。"

"总是"一词让她难以承受。为了打破她可怕的感激,爱玛直接问道:

"我能否问一问,费尔法克斯小姐要去哪儿?"

"去一个斯莫尔里奇太太家——迷人的女人——非常高贵——帮她照看三个小女孩——讨人喜欢的孩子们。再没有比这更舒适的职位了。真要有更好的,也许,是萨克林太太本人的家里,还有布拉格太太家。不过斯莫尔里奇太太和两家都很熟,就住在附近——离梅普尔·格罗夫只有四英里。简只会离梅普尔·格罗夫四英里。"

"埃尔顿太太,我猜,就是那个费尔法克斯小姐应该感谢——"

"是的,我们好心的埃尔顿太太。最不屈不挠、真心诚意的朋友。她不肯接受拒绝。她不让简说'不',因为简第一次听说时(那是前天,就是我们在当维尔的那个早上),她几乎打定主意不接受这个职位，因为你提到的原因；正如你所说，她决心不等坎贝尔上校回来就不做决定，什么也不能诱使她接受任何职位——于是她一遍遍地告诉埃尔顿太太——说真的我根本想不到她会改变主意！——可那位好心的埃尔顿太太，她总是那么有眼光，比我看得更远。不是每个人都能像她那样好心地坚持着，拒绝接受简的回复；她斩钉截铁地说，她不会像简希望的那样，昨天绝不会写那样的拒绝信；她愿意等——然后，果然昨天晚上就决定了简应该去。真让我惊讶！我想都想不到！——简走到埃尔顿太太身边，立刻告诉她，她认真考虑了斯莫尔里奇太太家的各种有利条件，已经下定决心接受这个职位——在完全决定以前，我什么也不知道。"

"你们那天晚上和埃尔顿太太在一起？"

"是的，我们所有人，埃尔顿太太要我们去的。在山上就定了下来，就在我们和奈特利先生散步时。'你们**必须都**要晚上和我们在一起，'她说，'我一定要让你们**全都**来。'"

"奈特利先生也去了，是吗？"

"不，奈特利先生没有。他开始就拒绝了，虽然我以为他会去，因为埃尔顿太太宣称她不会让他走，可他还是没有去——不过我的母亲、简、还有我都去了，我们过了一个很愉快的晚上。这么好心的朋友，你知道，伍德豪斯小姐，我们一定总会觉得令人愉快，虽然似乎每个人都因为上午的聚会非常疲倦。即使高兴，你知道，也令人疲倦——我不能说有谁看上去特别开心。但是，**我**会一直认为这是很愉快的聚会，对把我包括在内的好心的朋友们非常感激。"

"我猜虽然你没有注意，费尔法克斯小姐一整天都在下决心。"

"我想她是这样的。"

"不管这一天什么时候到来，对于她和她所有的朋友一定很不愉快——不过我希望她的职位能尽量减轻所有的不快——我是说，关于这个家庭的性情与生活方式。"

"谢谢，亲爱的伍德豪斯小姐。是的，的确，一切都能保证她开心满意。在埃尔顿太太的所有熟人当中，除了萨克林家和布拉格家，谁也没有这样的育儿室，又大又优雅。斯莫尔里奇太太是最讨人喜欢的女人！——生活气派得几乎比得上梅普尔·格罗夫——至于孩子，除了小萨克林和小布拉格们，去哪儿也找不到那么优雅可爱的孩子们。简会得到非常友好的对待与看重！——只会感到开心，开心的生活——还有她的薪水！——我实在不敢向你说出她的薪水，伍德豪斯小姐。即使是你，虽然你已经习惯了大笔财富，也很难相信会给简这样的年轻小姐付这么高的薪水。"

"啊！小姐，"爱玛叫道，"要是别的孩子也像我记忆中自己小时候的样子，我会认为即使五倍于我听过的最高薪水，也是来之不易。"

"你的想法真高贵。"

"费尔法克斯小姐什么时候离开你们？"

"很快，很快，真的；那是最糟糕的。两周之内。斯莫尔里奇太太特别着急。我可怜的母亲不知该怎样承受这件事情。于是，我想让她别想这件事，对她说，好了妈妈，让我们再也别想了。"

"她的朋友们都会因为失去她而遗憾；要是发现她在他们回去之前就找好了职位，难道坎贝尔上校和太太不会很难过吗？"

"是的，简说她肯定他们会难过。可是，既然有了这样的职位，让她觉得自己没理由拒绝。当她最初告诉我她已经和埃尔顿太太说好，埃尔顿太太又同时过来祝贺我时，我真的惊讶不已！那是在吃茶点前——不，不会在茶点前，因为我们正准备去打牌——不过是在茶点前，因为我记得自己想着——哦！不，现在我想起来了，现在我明白了。茶点前发生了一件事情，但不是那件事。埃尔顿先生在吃茶点前被叫出屋子，老约翰·阿布迪的儿子想和他说话。可怜的老约翰，我非常敬重他，他给我可怜的父亲做了二十七年的书记员。现在，可怜的老人，他卧床不起，得了严重的风湿性痛风关节炎——我今天一定要去看他，我肯定简也会去，要是她今天能出去的话。可怜的老约翰的儿子来和埃尔顿先生说起了教区救济①。他自己还不错，你知道，在克朗当领班，做马夫之类的差使，可他如果得不到帮助依然养不起他的父亲。于是，当埃尔顿先生回来后，他告诉我们马夫约翰和他说的事，接着又说起马车被派到兰德尔斯，送弗兰克先生去里士满。那是茶点前发生的事情。简是在茶点后和埃尔顿太太说的。"

爱玛想说她对于这些一无所知，可贝茨小姐几乎没给她说话的时间。尽管贝茨小姐没想到爱玛会对弗兰克·邱吉尔先生离开的细节毫不知情，她还是接着全都说了一遍，其实无关紧要。

---

① 英国的教区从 16 世纪开始就向教民征税，部分税收用于救济穷人。

埃尔顿先生从马夫那儿得到的消息，既有马夫本人的信息又有兰德尔斯仆人们的话，说在他们一行人从博克斯山回来后不久，从里士满来了一位送信人——信是谁写的，并不出乎意料；邱吉尔先生给他的外甥写来一封短信，大致说邱吉尔太太的情况还不错，只是希望他最晚在第二天一早能够回去。可是弗兰克·邱吉尔先生已经决定马上回家，一刻也不等，他的马似乎有点感冒，汤姆立即被派到克朗叫马车，那位马夫站在外面看着马车过去，马儿跑得很快，但车子很稳。

这一切既不令人惊讶又很无趣，之所以能够引起爱玛的注意，只因为它和已经占据她想法的问题相关联。邱吉尔太太在这个世界上的重要性，与简·费尔法克斯相比，令她震惊；一个不可一世，另一个微不足道——她坐在那儿思考着女人的不同命运，完全没注意她的眼睛在看着什么，直到被贝茨小姐的话唤醒。

"啊，我知道你在想什么了，是钢琴。那该怎么处理呢？的确如此。可怜的简刚才还说到此事——'你必须走，'她说，'你和我必须分开。你在这儿一点用处也没有——不过，让它留下吧，'她说，'在坎贝尔上校回来前把它放在家里。我会告诉他，他会为我安排，他会帮我解决所有的困难。'——我相信直到今天，她还不知道这究竟是他的礼物还是他女儿送的。"

此时爱玛不得不想到钢琴，想起她曾经无端的幻想与猜测；她很不高兴，不久就让自己相信她拜访的时间已经足够长了。她再次真心诚意地把所有能说的祝福又说了一遍，便告辞了。

第九章

爱玛在回家的路上一直沉思着，没有被打断，不过刚进客厅，她就看见了一定能唤醒她的人。奈特利先生和哈丽特在她出去时来了，和她的父亲坐在一起——奈特利先生马上起身，以显然比平时严肃很多的神情说：

"我不愿没看见你就走，可我没时间了，所以必须马上离开。我去伦敦，同约翰和伊萨贝拉一起住几天。你有没有让我带的东西或捎的话，除了谁也带不去的'爱'以外？"

"什么也没有。可这是突然的计划吗？"

"是的——其实——我已经想了一段时间。"

爱玛确信他还没原谅她，他看上去和平时的他很不一样。不过她想，时间会让他知道他们应该再次做朋友。当他站在那儿，似乎想走却没走的时候——她的父亲开始了他的提问。

"嗯，我亲爱的，你平安地去了那儿？——你觉得我喜爱的老朋友和她的女儿怎么样？——我想她们一定很感谢你去看她们了。亲爱的爱玛去看望了贝茨太太和小姐，奈特利先生，我之前告诉过你。她一直很关心她们。"

如此不公正的赞美使爱玛红了脸；她意味深长地微笑着摇摇头，看着奈特利先生——他似乎立刻对她产生了好感，仿佛他的眼睛从她那儿得到了事实，她所有的善意情感都被他捕捉并看重——他满心赞赏地注视着她。她得意洋洋——过了不久更是如此，因为他做出一个超乎寻常的小小的友好举动——他拉起她的手——是不是她自己先有动作，她也说不清——也许，她宁愿主动伸出手——不过他抓住她的手，握紧，几乎无疑要放到自己的唇边——这时，不知因为什么想法，他忽然放了——他为何会这么顾忌，他为何在即将做到时改变主意，她无法理解——她想，他要是没停下来，那才更正确——然而，他的意图明确无疑；究竟是因为他总的来说很少献殷勤，还是因为别的情况，她都觉得他这样的做法再自然不过——他就是这样，有着如此简单，却又如此高贵的天性——她不禁再次心满意足地回忆起这个动作。这说明他们已经完全和好——随后他立刻离开他们——很快就走了。他一向思维敏捷，做事既不犹豫又不拖沓，可是这次他似乎走得比平时更突然。

爱玛不后悔去看望贝茨小姐，但希望她能早十分钟离开——要是能和奈特利先生谈谈简·费尔法克斯的境遇，肯定是一大乐事。她也不遗憾他要去布伦斯威克广场，因为她知道他去那儿会多么愉快——然而要是时机更好一些——能早点让她知道，就会更让人高兴——不过，分开时他们已经完全和好了；她不会弄错他神情的含义，以及他未完成的殷勤——这些都为了让她相信她已经彻底重获他的好感——她发现他和他们坐了半个小时。真遗憾她没能早点回来！

奈特利先生要去伦敦，走得这么急，还骑马去，她知道这些都会很糟糕。为了转移她父亲的注意力，让他别想这些令人不快的事，爱玛和他说了简·费尔法克斯的情况，得到了她期待的结果。这非常有效地控制了他的情绪——令他感兴趣，却又不使他心烦。他早就认定简·费尔法克斯应该出去做家庭教师，所以能高高兴兴地谈起此事，然而奈特利先生去伦敦却是个意外打击。

"我亲爱的，我很高兴，真的，得知她能有这么舒适的境遇。埃尔顿太太性情好又讨人喜欢，我敢说她的熟人一定错不了。我希望那儿天气干燥，那家人能好好照顾她的身体。这应该是最要紧的事，可怜的泰勒小姐和我在一起时，我肯定总是那样做的。你知道，我亲爱的，她将跟着那位新结识的太太，就像泰勒小姐跟着我们一样。我希望她有一点能做得更好些，不要在那个家里住了很久后被诱惑着离开。"

第二天从里士满传来消息，其他一切都被抛在了脑后。一封快信到达兰德尔斯，宣布了邱吉尔太太的死讯！虽然她的外甥没有特别理由就为了她匆忙赶回，她在他回去后却没有活过三十六个小时。突然出现了一种前所未有的新病变，短暂的挣扎后她就咽了气。伟大的邱吉尔太太去世了。

这件事得到了理所当然的反应。人人都有一些肃穆和悲伤；对逝者的柔情，对活着的朋友们的关心；到了适当的时候，便好奇她将被葬在哪里。戈德史密斯告诉我们，如果一个可爱的女人堕落到干了傻事①，她只能一死了之；要是她堕落到令人讨厌的地步，也同样推荐以此方式洗清恶名。邱吉尔太太已经被不喜欢了至少二十五年，如今却能让人以宽容怜悯的心情谈起。有一件事她完全有了道理。以前从来没人承认她病得很重。这件事说明她并非胡思乱想，也并非总是因为自私而无病呻吟。

---

① 选自戈德史密斯的《威克菲尔德的牧师》。

"可怜的邱吉尔太太！她一定受了很多苦：谁也想不到她受了多少苦——不断的病痛会使她脾气暴躁。真是一件伤心事——太令人震惊了——虽然她有许多缺点，可邱吉尔先生没了她该怎么办呢？邱吉尔先生的损失真是太大了。邱吉尔先生永远都将无法恢复。"——即使韦斯顿先生也摇摇头，神情庄重地说："啊！可怜的女人，谁能想得到呢！"并决定尽量把丧服做得漂亮些。他的妻子坐在一旁叹息着，带着真实而坚定的同情与善意，絮絮叨叨地说个不停。两人最先想到的是这件事情将如何影响弗兰克。这也是爱玛最早想到的事。邱吉尔太太的性格，她丈夫的悲伤——她带着敬畏与同情很快想到这两点——接着又轻松地想着弗兰克也许会受到怎样的影响，怎么受益，怎样获得自由。她忽然看出所有可能的好处。现在，对哈丽特·史密斯的爱慕不会再有障碍。没有了妻子的邱吉尔先生，谁也不怕他。他是个脾气随和、听人摆布的人，能在外甥的劝说下做任何事。她只用期盼这位外甥能心生爱恋，因为虽然爱玛对此事一片好心，她依然无法确定他已经有了这份情意。

哈丽特在此情形下表现得非常好，很有自制力。不管她可能感觉到怎样的希望，她丝毫没有流露出来。爱玛很满意，认为她的性格已经变得坚强，并避免以任何暗示破坏这种状态。于是，她们带着共同的克制谈起了邱吉尔太太之死。

兰德尔斯收到了弗兰克的几封短信，传达了与他们的处境计划直接相关的一些要事。邱吉尔先生的状态比预想的好。在约克郡举行的葬礼结束后，他们先去了温莎①的一位老朋友家，邱吉

---

① 位于伯克郡，在伦敦西面泰晤士河的南岸。

尔先生过去十年一直承诺要去拜访他。目前无法为哈丽特做任何事，爱玛唯一能做的，就是祝福她有美好的未来。

更迫切的事情是向简·费尔法克斯表示关心。当哈丽特的前景出现光明时，她的好景却即将结束。她已经接受职位，对于海伯里的任何一位想表达好意的人，这都刻不容缓——至于爱玛，这已经成为她的首要心愿。她为她过去的冷淡后悔不已，她好几个月来一直怠慢的那个人，现在却成了她最想关心与同情的对象。她想为她做些什么，想对和她之间的友情表示珍惜，证明她的尊重与关心。她决心说服她来哈特菲尔德过一天。她写了张便条劝说她。这个邀请被拒绝了，她捎了个口信。"费尔法克斯小姐身体不好，无法写信。"佩里先生当天早晨去哈特菲尔德拜访时说，看来她的身体状况太差，无法接受邀请。虽然她本人不同意，他自己却认为她头痛得那么厉害，有些神经性发烧，让他怀疑她能否按照说好的时间去斯莫尔里奇太太家。她的身体似乎彻底垮了——毫无胃口——虽然没有特别令人担忧的症状，完全没有她的家人一直担心的肺病迹象，佩里先生还是为她担心。他认为她承受的负担实在太重，她自己也感觉到了，却不愿承认。她的精神似乎已经无法支撑。他不得不说，她现在的家对于一个有神经性疾病的人没有好处——总是困在一个房间里——他倒希望能不是这样——她好心的姨妈虽然是他的老朋友，他也得承认她并非是对那种病人最好的陪伴。她的关心与照顾无可置疑，事实上，只是好得过了分。他非常担心这对费尔法克斯小姐的坏处比好处多。爱玛无比忧虑地听着，越来越为她难过，急切地环顾四周，想找出能对她有用的办法。带她离开她的姨妈——不管只有一小时还是两小时，让她换换空气换个地方，好好地说说话，即使一两个小时，也许会对她有好处。第二天早上她又写了信，用她能想到的最深情的语言，说她愿意在简说出的任何时间乘马车来拜访她——提到她有佩里先生的明确意见，认为这样的做法对他的病人有好处。答复只在一张简短的便笺里：

　　"费尔法克斯小姐谨表敬意与感激，但尚不能做任何运动。"

　　爱玛认为她的信应当得到更好的回复，但也不可能和信上的文字进行争执。那颤抖不均的字体显然说明她身体不适，爱玛只想着该怎样做才能最快打消她不愿见人或不肯接受帮助的想法。于是，虽然收到这番答复，她还是叫上马车去了贝茨小姐家，希望这样能说服简和她在一起——然而没有用——贝茨小姐来到马车的门前，满心感激，竭力赞成透透气也许大有好处——她费尽口舌——却毫无用处。贝茨小姐无可奈何地回来了，简无论怎样都说服不了，只要提到出去，似乎就让她变得更糟糕——爱玛希望能见见她，试试自己的影响。可是，当她几乎正想暗示她的心愿时，贝茨太太看似已经向她的外甥女保证绝不让伍德豪斯小姐进去。"真的，说实话，可怜的亲爱的简无法忍受见任何人——谁也不见——当然，埃尔顿太太不能不见——柯尔太太坚持要来——佩里太太也说了很多——不过，除了她们，简真的谁也没法见。"

　　爱玛不想同埃尔顿太太、佩里太太和柯尔太太归为一类，她们哪儿都想挤进去。她也不觉得自己有任何优先权——于是她顺从了，只是再次向贝茨小姐询问了她外甥女的胃口和饮食，很希望能够帮得上忙。那个话题让贝茨小姐很不开心，说了许多话。简几乎什么也不吃——佩里先生建议吃些有营养的食物，可是她们能做的所有东西（谁也没有这么好的邻居）都不合她的口味。

爱玛一回到家，就马上让她的管家看看储存的食物，一些质量非常上乘的竹芋被立刻送给贝茨小姐，还附了一封最友好的便笺。半小时后竹芋被退回，附上贝茨小姐的千恩万谢，可"要是不退回来亲爱的简就不会满意，这是她不能收的东西——而且，她坚持让她说，她什么也不缺"。

当爱玛后来听说有人看到简在离海伯里有些距离的草地上漫步，就在那个她说自己无法运动，断然拒绝乘她马车出去的那个下午，她就确信无疑了——把每件事都放在一起——说明简已经下定决心绝不接受她的好意。她很难过，非常难过。如此恼怒的情绪、不一致的行为、不均衡的力量让她更觉同情，她的心为这种状态感到悲伤。想到她的真情几乎没得到认可，她被当成那么不值得结交的朋友，她感到屈辱：不过她能聊以自慰的是，她的想法是善意的。她能对自己说，要是奈特利先生能够知道她想帮助简·费尔法克斯的所有努力，甚至能看透她的内心，这一次，他也会觉得她无可指摘。

第十章

一天早上，大约在邱吉尔太太去世十天后，爱玛被叫到楼下见韦斯顿先生，他"待不到五分钟，特别想和她谈谈"。他在大厅门口见到她，刚用正常的语调向她问了好，就立刻压低声音不让她父亲听见，说道：

"你今天早上什么时候能来一趟兰德尔斯吗？——来吧，要是可以的话。韦斯顿太太想见你。她一定要见你。"

"她不舒服吗？"

"不，不，完全没有——只是有点激动。她原本可以坐马车来看你，不过她必须和你**单独**见面，你知道——（朝她父亲点点头）——嗯！——你能来吗？"

"当然。如果你愿意，现在就去。不可能拒绝你这样的问题。可到底有什么事？——她真的没有生病吗？"

"放心吧——但是别再问了。你会知道一切的。最不可思议的事情！不过，嘘，嘘！"

要猜出这一切是怎么回事，甚至连爱玛也做不到。他的神情似乎宣布了某件真正重要的大事情；不过，既然她的朋友身体无恙，她尽量不要感到不安。她和她的父亲说现在就去散步，很快和韦斯顿先生一起走出家门，快步走向兰德尔斯。

"现在，"爱玛说，他们已经远远走出了大门，"好了韦斯顿先生，一定要让我知道发生了什么事。"

"不，不，"他严肃地答道，"别问我。我向我妻子保证了全都让她说。她能更好地告知你这个消息。别不耐烦，爱玛，很快就能知道了。"

"告诉我吧，"爱玛叫道，她惊恐地站住了，"天啊！韦斯顿先生，马上告诉我——布伦斯威克广场出事了。我知道是这样。告诉我，我要求你现在就告诉我发生了什么事。"

"不，你真的错了。"

"韦斯顿先生，别拿我开玩笑——想想我有多少最亲爱的朋友们正在布伦斯威克广场吧。是他们当中的哪一个？——我以神圣的名义要求你，别试着隐瞒。"

"我发誓，爱玛。"

"发誓！——为何不以你的名誉担保！——为何不凭你的名誉说，这和他们当中的任何人都没有关系？天啊！——到底要**告知**我什么消息，能够和那一家的任何人都没有关系呢？"

"以我的名誉发誓，"他很严肃地说，"肯定没关系。这和任何一个姓奈特利的人都没有丝毫的关系。"

"我错了，"他继续说道，"说要**告知**你消息。我不该用这个词。事实上，这和你无关——只和我有关——也就是说，我们希望如此——嗯！——简而言之，我亲爱的爱玛，没必要对此那么不安。我没有说不是件令人不快的事——但有可能更糟糕——要是快点走，我们马上就能到兰德尔斯了。"

爱玛看出她必须等待，现在这并不困难。于是她没有再提问题，只是发挥了她自己的想象力，很快就想到可能与钱有关——

一些事情忽然暴露，对于家庭来说让人很不愉快——是由里士满最近发生的事引起的。她的想象力非常活跃。也许有半打私生子——可怜的弗兰克失去了继承权！——这个想法虽然很不受欢迎，但绝不会让她痛苦，只会激起一些兴致勃勃的好奇心。

"那位骑马的先生是谁？"在他们前进时她说——她说这话更是为了帮助韦斯顿先生保守秘密，而不是因为其他问题。

"我不知道——是一个奥特韦——不是弗兰克——那不是弗兰克，我向你保证。你见不到他。他此时正在去温莎的路上。"

"那么你的儿子和你在一起了？"

"哦！是的——你不知道吗？——好吧，好吧，别在意。"

有一会儿他沉默着，接着又用更谨慎更严肃的语气说：

"是的，弗兰克今天早上来过，只是向我们问个好。"

他们匆匆前行，很快到了兰德尔斯。"喂，我亲爱的，"进屋时韦斯顿先生说道，"我把她带来了，现在我希望你很快会好起来。我留你们在一起。拖延也没有用。我不会走远，如果你需要我。"爱玛清楚地听见他在离开房间时又压低了声音说道："我说话算数。她完全不知道。"

韦斯顿太太的脸色很不好，看上去非常沮丧不安，这让爱玛感到更加忧虑。她们刚能单独在一起，她就急切地说：

"怎么了我亲爱的朋友？我看得出发生了一件非常令人不快的事情——一定要直接告诉我什么事。我一路走来提心吊胆。我们都厌恶提心吊胆。别让我继续这样下去。说出你的痛苦会对你有好处，不管那将是什么。"

"你真的不知道吗？"韦斯顿太太用颤抖的声音说，"你就不能，我亲爱的爱玛——你就不能猜猜你会听到什么吗？"

"我是猜了，只能猜出这和弗兰克·邱吉尔先生有关。"

"你猜对了。是和他有关，我直接告诉你吧，"（她又做起了针线活，似乎决意不抬头。）"他就在今天早上来到这里，为了一件特别意想不到的事情。我们惊讶得说不出话来。他过来告诉他父亲一件事——宣称他爱上了——"

爱玛无法呼吸。她先是想到她自己，然后想到了哈丽特。

"不仅是爱上，真的，"韦斯顿太太继续说道，"还订了婚，真的订了婚——你会说什么，爱玛——所有人会怎么说，当得知弗兰克·邱吉尔和费尔法克斯小姐订了婚——不，他们早就订婚了！"

爱玛惊讶地跳了起来——然后惊恐地叫道：

"简·费尔法克斯！——天啊！你不是认真的吧？你该不是这个意思？"

"你完全可以惊讶，"韦斯顿太太答道，依然避开她的眼睛，急着继续说下去，好让爱玛有时间平静下来，"你完全可以惊讶，可情况甚至是这样的。自从十月，他们就正式订了婚——在韦默斯结成的婚约，谁也不知道。除了他们自己，没有人知道——无论坎贝尔一家，还是她的家人，或是他的家庭都不知道——真是太令人惊讶了，虽然完全相信这个事实，但这实在让我难以置信。我简直不敢相信——我还以为我了解他呢。"

爱玛几乎没听见她的话——她的脑子里只有两个想法——她本人之前和他关于费尔法克斯小姐的谈话，还有可怜的哈丽特——有一段时间她只能惊叫着，想得到肯定，一遍又一遍的肯定。

"好吧,"她最后说道,努力镇定下来,"这样的情况我必须思考至少半天,才能明白是怎么回事。什么!——整个冬天都和她订婚了——在他们两人来到海伯里之前?"

"自从十月就订了婚——秘密订的婚——爱玛,这让我很受伤。也同样让他的父亲受伤。他有一些行为我们无法原谅。"

爱玛思索了一下,然后答道:"我不想假装不明白你的意思。我会尽量让你放心,让你相信他对我的殷勤没有带来你所担心的结果。"

韦斯顿太太抬起头来不敢相信,可是爱玛的神情和她的话语一样坚定。

"为了让你更能相信我的夸口,我此时的完全不在意,"她又说,"我会再告诉你,在我们相识的最初阶段,我的确喜欢他,我很想爱上他——不,是爱上了他——不过这是怎么结束的,也许是个奇迹。然而幸运的是,它的确结束了。我真的有一段时间,至少在过去的三个月里,对他毫不在意。你可以相信我,韦斯顿太太。这是简单的事实。"

韦斯顿太太含着喜悦的泪水亲吻她,在能说出话时,向爱玛保证这番声明对她的好处,胜过世界上的其他一切。

"韦斯顿先生会几乎和我一样如释重负,"她说,"对于这件事我们特别难过。我们真心希望你们也许能彼此相爱——我们曾经相信是那样的——想想我们为了你会有怎样的感受。"

"我逃脱了。我竟然能够逃脱,这也许是让你和我自己都感到欢喜的奇迹。但这并不能为**他**开脱,韦斯顿太太;我必须说,我认为他完全应当受到责备。他有什么权利在有了感情并且订婚之后来到我们中间，举止却**那么**自由随意？他有什么权利在属于另一个人时却努力取悦别人，他一定这样做了——他有什么权利像他所做的那样，挑选其中一位年轻小姐，不断向她献上殷勤？——他知道他可能会惹出多大的祸害吗？——他怎么知道他不会让我爱上他？——真是错误，大错特错。"

"从他说过的一些话看来，我亲爱的爱玛，我宁愿认为——"

"**她**怎么能够忍受这样的行为！亲眼看着却能保持镇定！就这样旁观着，当他在她的面前不断向另一个女人献殷勤，还能不愤怒——这样的平静，我既不能理解，也不会敬佩。"

"他们之间有误会，爱玛，他说得很明白。他没有时间过多解释。他只在这儿待了十五分钟，特别焦躁不安，甚至不能好好利用他在这儿的时间——可他明确地说他们之间有误会。实际上，目前的紧张局面似乎就因为这点而产生，那些误会很可能来自他不得体的行为。"

"不得体！哦！韦斯顿太太——这个责备太过冷静。远远、远远不止不得体！——这让我瞧不起他，我说不出怎样让我瞧不起他。太不像男人应有的样子了！——正直诚实、坚持真理和原则、蔑视伎俩与卑鄙，这些是男人在生活的每件事中都应该表现出的品质，而他完全不是这样。"

"不，亲爱的爱玛，现在我必须为他说几句话。因为他虽然在这件事上犯了错，可我认识他这么久，我敢保证他有很多、很多的好品质。而且——"

"天啊！"爱玛叫道，没听她说话，"还有斯莫尔里奇太太！

简差点去做了家庭教师！他这么不近人情，究竟是什么意思？居然让她去找个职位——甚至逼她想出这样的行为。"

"他一点都不知道，爱玛。在这件事上我能说他完全没有责任。这是她独自做出的决定，没和他商量——至少没用一种能让他相信的方式与他沟通——我听他说了，直到昨天他对她的计划毫不知情。他忽然得知，我不清楚是怎样知道的，不过有一些信件和消息——因为他发现了她正在做的事，知道了她的打算，这才让他下定决心立刻行动，向他的舅舅坦白了一切，完全指望他的仁慈，简而言之，结束了隐藏这么久的痛苦状态。"

爱玛开始认真听了。

"我很快会收到他的来信，"韦斯顿太太接着说道，"他分开时告诉我他很快会写信，他说话的样子似乎在保证会告诉我许多现在不能说的细节。所以，让我们等待这封信吧。也许能让我们大大地宽恕他。也许能让许多现在无法理解的事情变得明白易懂，可以原谅。让我们不要苛刻，我们不要匆忙指责他。让我们耐心一点。我必须爱他。现在我对于一件事，一件实实在在的事情感到满意，我真诚地希望一切都能有好的结果，也情愿期待如此。他们两人一定在这种保守秘密，遮遮掩掩的情况下受了很多苦。"

"**他**受的苦，"爱玛冷冷地说，"似乎没给他带来多少伤害。那么，邱吉尔先生是什么态度？"

"完全支持他的外甥——几乎毫无困难地同意了他。想想过去的一周给这个家庭带来了多大的变化！要是可怜的邱吉尔太太活着，我想连一点希望，一个机会，一丝可能都没有——可是她的遗体刚刚躺进家庭墓穴，她的丈夫就在劝说下做出了完全违背她意愿的事情。这是何等的幸事，让不当的影响消失在坟墓中！——他几乎不经劝说就同意了。"

"啊！"爱玛想，"要是换成哈丽特，他也会这样的。"

"这件事昨晚定了下来，弗兰克今天一早就带来了消息。他在海伯里停留了一下，我猜，去贝茨小姐家待了一会儿——然后来到这里。不过他特别急着赶回他舅舅那儿，现在他的舅舅比任何时候都更需要他，所以，正如我对你所说，他只能和我们待一刻钟——他非常激动——特别激动，真的——激动得让他和我从前见过的样子完全判若两人——除了所有别的事情，他从没想过她的身体会变得这么差——他看上去的确非常难受。"

"你真的相信他们之间的事情一直是完全保密的吗？——坎贝尔夫妇、迪克逊夫妇，他们谁也不知道订婚的事吗？"

提起迪克逊的名字，爱玛忍不住有些脸红。

"没有，谁也不知道。他肯定地说世界上只有他们两个人知道这件事。"

"好吧，"爱玛说，"我想我们会逐渐接受这些想法，我祝他们幸福。但我永远都会认为这种做法非常恶劣。这如果不是虚伪和欺骗——刺探与背叛，那会是什么呢？——以坦率单纯的样子来到我们中间，却秘密地串通在一起评判我们所有人！——我们在整个冬天和春天都被彻底愚弄，以为所有人都同样诚实正直，而我们中间的两个人却可能坐在那儿，交流、比较、议论着我们从未想让他们两人都听到的情感和话语——要他们听见关于彼此不太友好的话，也只能自作自受。"

"那一点我完全放心，"韦斯顿太太说，"我相信我对他们说过关于对方的话，没有什么是他们不愿听到的。"

"你很幸运——你唯一的错误只让我听见了，那时你幻想我们的一位朋友爱上了那位小姐。"

"是的。但我对费尔法克斯小姐从来都有着极高的评价，我不管犯什么错，都不可能说她的坏话。至于说他不好，那绝对不可能。"

这时韦斯顿先生出现在窗户外面，显然是在张望。他的妻子用眼神示意他进来，在他过来时又说道："现在，我亲爱的爱玛，让我请求你不论话语还是神情都能让他彻底放心，也让他对这门亲事感到满意。让我们尽量往好处想——说真的，这几乎可以说在一切方面都对她有利。这不是称心如意的亲事，但如果邱吉尔先生不觉得，我们又何必在意？这也许对他来说是件幸事，对弗兰克，我是说，因为他竟然爱上了一位性情沉稳、很有理智的小姐，我一直都认为她是这样的人——虽然她做了一件很大的错事，我还是愿意这样看待她。即使那个错误，在她的境遇下是多么情有可原啊！"

"的确，当然！"爱玛动情地说，"如果一个女人能够因为自私被原谅，那就是因为处于简·费尔法克斯这样的境遇——那种情形下，几乎可以说'世界不属于她们，世界的规则也不是她们的。①'"

她在韦斯顿先生进来时迎接了他，微笑着叫道：

---

① 选自莎士比亚的《罗密欧与朱丽叶》，与原文中罗密欧的话语稍有出入。

"你对我玩个了很不错的把戏，说真的。我想，你是在用这种方式戏弄我的好奇心，锻炼我的猜测能力。可你真把我吓坏了。我以为你至少失去了一半的财产呢。现在，这件事不仅不需要安慰，反而值得庆贺——韦斯顿先生，我真心诚意地祝贺你，因为全英格兰最可爱最有才华的年轻小姐，就要成为你的儿媳了。"

他和他的妻子对视一两眼后，便相信一切都如这番话语一般妥帖顺利，这立刻让他的心情愉快起来。他的神情和声音恢复了平常的兴致：他真心诚意、满怀感激地握了握她的手，说起这件事的样子表明，他只需一点时间、一点劝说，就能认为这门亲事丝毫也不糟糕。他的同伴们只说着能为他们的鲁莽行为开脱，或是能平息他的反对的话。他们先是一起从头至尾讨论了这件事，在送爱玛回哈特菲尔德的路上，他又和爱玛重新讨论了一遍，于是他彻底想通了，几乎认为这是弗兰克能够做到的最令人满意的事了。

第十一章

"哈丽特，可怜的哈丽特！"正是在那些话语中，有着让爱玛无法摆脱的烦恼，包含了这件事对她而言真正的痛苦。弗兰克·邱吉尔对她的行为非常恶劣——在很多方面非常恶劣——然而**他的行为**却不如**她本人**的所为，让她对他如此愤怒。他将她带入了和哈丽特相关的窘境，这使他的冒犯最令人恼火——可怜的哈丽特！第二次被她的误解和恭维愚弄。奈特利先生很有先见之明地说过，他曾经说："爱玛，你根本不是哈丽特·史密斯的朋友。"——她担心自己只在做伤害她的事——当然她不会像上次那样，责备自己一手造成这样的恶作剧，不会认为这种情感本来不可能成为哈丽特的幻想。甚至在她想暗示这件事之前，哈丽特已经承认了她对弗兰克·邱吉尔的爱慕与喜欢；不过她对鼓励这种本可抑制的感情觉得很愧疚。也许她能阻止她沉迷并加深这样的情感。她本该有足够的影响力。现在她明白她本应加以阻止——她觉得自己凭借最不充分的理由就拿她朋友的幸福冒了险。常识本该让她告诉哈丽特，她不能让自己想着他，极有可能他丝毫没有在乎过她——"可是，说到常识，"她又想，"恐怕和我一点关系也没有。"

她对自己非常生气。要不是她也能对弗兰克·邱吉尔生气，那就太糟糕了——至于简·费尔法克斯，她至少现在不用为她担忧。哈丽特已经够她心烦了，她再也不用为简感到难过，她的困境和病痛当然源于同一个原因，肯定都已治愈——她卑微不幸的日子已经结束——她很快就会健康、幸福、顺利——爱玛现在知道为何她的关心受到了冷落。这个发现使许多小事变得明白。这无疑是因为嫉妒——在简的眼中她是个情敌，她能提出的任何帮助当然会遭到拒绝。乘哈特菲尔德的马车出去兜风简直像是受刑，来自哈特菲尔德储藏室的竹芋一定如同毒药。她全明白了。当她能够摆脱自私和不公正的愤怒情绪时，她承认简·费尔法克斯从她的被抛弃中既得不到升华也找不到快乐。然而可怜的哈丽特是如此令人难以释怀的指责！无法再为其他任何人留出同情心。爱玛悲哀地担心着第二次的失望会比第一次沉痛得多。想到这次的对象那么优越，应该如此；从这显然对哈丽特的内心更加强烈的影响，使她变得矜持自制看来，一定会的——可是，她必须尽快告知这个痛苦的事实。韦斯顿先生在分别时叮嘱她要保守秘密。"现在，整件事必须完全保密。邱吉尔先生强调了这一点，以此对他最近去世的妻子表示尊重；人人都觉得这只不过是应有的礼节。"爱玛答应了，不过哈丽特还是必须除外。这是她最重要的责任。

尽管很烦恼，她还是不禁觉得这简直荒唐可笑，因为她得重复刚才韦斯顿太太对她做过的事，在哈丽特面前履行同样痛苦又微妙的职责。刚才别人焦虑不安地向她宣布的消息，她马上要焦虑不安地向另一个人宣布。听到哈丽特的脚步和声音，她的心怦怦直跳。她想，当她走近兰德尔斯时，可怜的韦斯顿太太一定也是同样的感觉。要是宣布消息后的结果能一样就好了！不幸的是，在那一点上，完全没有可能。

"哎呀，伍德豪斯小姐，"哈丽特急忙走近屋子叫道，"这难道不是天底下最离奇的消息吗?"

"你是指什么消息?"爱玛答道，从神情和声音上，她猜不出哈丽特是否真的得到了些暗示。

"关于简·费尔法克斯。你听说过这么奇怪的事吗? 哦! 你不用害怕告诉我，因为韦斯顿先生已经亲口和我说了。我刚才遇见了他。他告诉我这本该是个大秘密，因此，除了你以外，我不会对任何人提起，不过他说你知道了。"

"韦斯顿先生告诉你什么了?"爱玛说，她依然很困惑。

"哦! 他什么都告诉我了。说简·费尔法克斯和弗兰克·邱吉尔先生要结婚了，他们已经秘密订婚很长时间。真是太奇怪了!"

这件事真的太奇怪了。哈丽特的行为极其古怪，爱玛不知该如何理解。她的性情似乎完全变了。她似乎打算对这一发现完全不表现出激动、失望、或是特别关心的样子。爱玛看着她，几乎说不出话来。

"你想到过吗，"哈丽特叫道，"他爱上了她? ——也许，你会想到——你（她说话时脸红了）能看透每个人的心;可是没有别人——"

"说实话，"爱玛说，"我开始怀疑我有没有这样的天分。你能否认真地问问我，哈丽特，我是否想到过他会爱上另一个女人——就在我即使算不上坦率，也是在委婉地鼓励你听从自己的感情时? ——我从来没有怀疑过弗兰克·邱吉尔先生毫不在乎简·费尔法克斯，直到一个小时前。你可以相信，要是我知道，我本该提醒你的。"

"我！"哈丽特红着脸叫道，满脸惊诧，"你为何要提醒我？你不会认为我喜欢弗兰克·邱吉尔先生吧？"

"我很高兴听到你对这个问题如此坚决，"爱玛微笑着答道，"可你不会有意否认在一段时间里——并非很早以前——你让我有理由认为你在乎他吧？"

"他！——没有，从来没有。亲爱的伍德豪斯小姐，你怎么能这样误解我呢？"她不满地转过身去。

"哈丽特！"爱玛停顿片刻后叫道，"你是什么意思？——天啊！——你是什么意思？——误解你！——那么我该认为？"

她无法再说下去——她发不出声音。她坐下来，惊恐万分地等待着哈丽特的回答。

哈丽特和她隔了一段距离，脸没有朝着她，没有立即说话。当她真正开口时，声音几乎和爱玛一样激动。

"我没有想到会这样，"她开口说道，"你竟然误解了我！我知道我们约好永远不提他的名字——可是想想他比别的所有人都高贵得多，我本以为不可能会想到其他任何人。弗兰克·邱吉尔先生，天啊！要是他和那一位在一起，我不知道谁会去看他。我希望我的品位不至于让我想着弗兰克·邱吉尔先生，他在那个人的面前简直不值一提。你竟然错得如此离谱，真让我惊讶！——我敢肯定，要不是相信你完全赞成，还有意鼓励我的爱慕之情，我一开始本来认为这个念头几乎太过放肆，竟然敢想到他。开始时，要不是你告诉我更神奇的事情也发生过，还有差异更大的婚姻（那些都是你的原话）——我本来不敢放肆——我本来不会认为有可能——可要是**你**，你一直和他那么熟悉——"

"哈丽特！"爱玛叫道，她果断地镇定下来——"让我们现在相互理解，不要再错下去。你是指——奈特利先生吗？"

"我当然是。我根本不可能想到别人——我还以为你知道。当我们谈论他时，已经说得明明白白了。"

"不见得，"爱玛强作镇定地答道，"因为你当时说过所有的话，在我看来是指另一个人。我几乎能肯定你**说出**了弗兰克·邱吉尔先生的名字。我肯定你说起过弗兰克·邱吉尔先生为你做的事，他从吉普赛人那儿保护了你。"

"哦！伍德豪斯小姐，你真健忘！"

"我亲爱的哈丽特，我完全记得你那次说话的内容。我告诉你我对你的感情不觉得奇怪；考虑到他为你做的事，这非常自然——你同意了，说起你自己在得到帮助时无比激动的心情，甚至提到看着他前来解救你时你的感受——这件事给我留下了深刻的印象。"

"哦，天啊，"哈丽特叫道，"现在我明白你的意思了，不过我当时在想着一件截然不同的事情。不是吉普赛人——我不是指弗兰克·邱吉尔先生。不！（加重了语气）我在想着一个更加珍贵的情景——想到了奈特利先生过来请我跳舞，当时埃尔顿先生拒绝和我站在一起，而屋子里没有别的舞伴。就是那个善意的行为，那就是高贵的善意与慷慨。正是那件事，让我开始觉得他比世界上的任何人都高贵得多。"

"天啊！"爱玛叫道，"这真是一个最不幸——最可悲的错误！——该怎么办呢?"

"要是你当时明白我的意思，就不会鼓励我了? 不过至少，我不会比原来可能的情况更糟糕，假如换成了另外一个人; 现在——这**是**可能的——"

"伍德豪斯小姐，"她又说道，"如果你觉得对于我或对于任何人来说，这两个人有很大的区别，我并不奇怪。你一定觉得一个相比于另一个，比我还要再高出五亿倍。但我希望，伍德豪斯小姐，假如——我是说假如——这看上去会很奇怪——可你知道那是你自己说的话，**更加**神奇的事也发生过，比弗兰克·邱吉尔先生和我之间差异**更大**的婚姻已经发生了。因此，似乎甚至像这样的事情，或许曾经也发生过——如果我真能那么幸运，幸运得无法言喻，关于——如果奈特利先生真的会——要是**他**不在意这些差距，我希望，亲爱的伍德豪斯小姐，你不会反对这件事或从中作梗。但我相信你实在太好了，不会那样做。"

哈丽特站在一扇窗户前。爱玛转身惊恐地看着她，急忙说:

"你觉得奈特利先生回报了你的爱慕之情吗?"

"是的，"哈丽特有些谦恭，但并不害怕地答道，"我必须说是这样。"

爱玛的目光马上缩了回去; 她一动不动，安安静静地坐在那儿沉思了几分钟。几分钟足以让她明白自己的内心。像她这样的头脑，一旦开始怀疑，会很快进展下去。她触及——她承认——她接受了所有的事实。为何哈丽特竟然爱上了奈特利先生，会比爱上弗兰克·邱吉尔糟糕得多? 为何哈丽特有一些得到感情回报的希望，会让这件事更为不幸? 一个念头像剑一般穿透了她: 奈特利先生谁也不能娶，只能和她自己结婚。

就在这同样的几分钟里，她自己的行为，连同她的内心，都呈现在她的眼前。她在前所未有的状态下，把一切看得清清楚楚。她对哈丽特的行为多么错误啊！她的行为是多么考虑不周、令人窘迫、荒唐无理、无情无义！是怎样的盲目，怎样的疯狂，引领着她一直前进！这件事给了她可怕的打击，她几乎想为此用尽世界上所有的恶名。虽然有了那么多过错，然而她依然保留了一些自尊心——自己要注意保持体面，同时对哈丽特完全公正——（没必要**同情**一个自认为被奈特利先生爱上的女孩——然而公正感要求她现在不该以冷淡的方式让哈丽特伤心），于是爱玛下定决心冷静地坐着，继续忍耐，甚至看上去很友好——的确，为了她自己的利益，她应该探究哈丽特究竟抱了多大的希望。她主动和哈丽特结成友谊并保持至今，而哈丽特没做任何辜负这份关心和喜爱的事——或是理应被那个从未给过她正确建议的人轻视——于是她从沉思中醒来，平复了情绪，再次转向哈丽特，用更加热情的语调重新开始了谈话。对于引起这件事的话题，关于简·费尔法克斯的美妙故事，已经完全被遗忘——两人都只想着奈特利先生和她们自己。

哈丽特一直站在那儿沉浸在幸福的遐想中，但很高兴被唤醒。在伍德豪斯小姐这样的裁判与朋友的鼓励下，她只需一点邀请，便怀着极大的，虽然有些颤抖的喜悦从头至尾讲述了她的希望——爱玛在提问和倾听时也在颤抖，她比哈丽特掩饰得好，但颤抖得同样强烈。她的声音没有发颤，但她的内心却忧虑不安。这样的自我发展，这样突然而至的威胁，这么突然的情感困惑必然会带来这般结果——她的内心怀着强烈的痛苦倾听着，但对哈丽特讲述的细节表现得非常耐心。不能期待哈丽特的讲述有条有理，或层次分明，或清清楚楚；可除去叙述中所有无力或赘述的部分，她话语中的内容让她心里一沉——尤其是那些她能证实的情况，她本人的记忆也说明奈特利先生对哈丽特的评价提高了很多。

自从那两次决定性的跳舞后，哈丽特注意到他态度的不同——爱玛知道他那次发现哈丽特比他想象的好得多。从那天晚上起，或至少在伍德豪斯小姐鼓励她想着他之后，哈丽特开始发现他和她说话比以前多得多，他对她的态度的确完全不同，既和蔼又可亲！——最近她越来越注意到这一点。当大家一起散步时，他常常过来和她一起走，还和她谈笑风生！——他似乎想和她熟悉起来。爱玛知道确实是这样。她也常常观察到这种变化，几乎就是这样——哈丽特重复了他说过的赞许和表扬的话——爱玛觉得这些和她所知的他对哈丽特的想法几乎一致。他表扬她不虚伪不做作，有单纯、诚实、慷慨的情感——她知道他看出了哈丽特的这些优点，他对她说过不止一次——哈丽特记忆中的许多事，她从他那儿得到的许多关注的小细节，一个眼神、一句话、从一把椅子挪到另一把椅子上、委婉的夸奖、暗示的喜爱，因为爱玛从未怀疑，所以从没注意。这样的事情也许能说上半个小时，爱玛曾经见过却没有在意，现在听来觉得很有道理。不过提起最近发生的两件事情，对哈丽特最有说服力的两件事，爱玛也不是没有亲眼看到——第一件事是在当维尔时，他和她离开众人在欧椴树路上散步，他们在爱玛来到前已经走了一段时间，他还煞费苦心地（她相信如此）把她从人群中拉到自己身旁——一开始，他就对她用从未有过的特别方式说着话，真是很特别的方式！——（哈丽特回想起来忍不住脸红）他似乎就要直接问她是不是心有所属——可她（伍德豪斯小姐）刚刚像是要走过来，他就改变了话题，开始谈起耕作——第二件事，是在他来哈特菲尔德的最后一个早晨，在爱玛结束拜访回家前，他已经坐在那儿和她说了将近半个小时的话——虽然他刚进来时说待不了五分钟——他和她说话时还告诉她，虽然他必须去伦敦，但他心里根本不想离开家，这远比（爱玛觉得）他对**她**承认的多得多。这件事表明他对哈丽特更加信任，让她深感痛苦。

对于以上两种情况中的第一点，她的确在稍微思考后，大胆提出了以下的问题："他会不会？——有没有可能，当你觉得他在询问你的感情状况时，他也许在指马丁先生——他也许在帮助马丁先生考虑这个问题？"可是哈丽特激动地否认了这个怀疑。

"马丁先生！绝对不会！——根本没提到马丁先生。我希望我现在能更明白事理，不会喜欢马丁先生，也不会被人怀疑如此。"

在哈丽特讲完她的证据后，她请求亲爱的伍德豪斯小姐，让她说说她是否很有理由感到希望。

"我一开始就不该冒昧地有这种想法，"她说，"要不是因为你。你告诉我注意观察他，以他的行为引导我的情感——于是我就这样做了。不过现在我似乎觉得我可能配得上他；假如他真能选择我，也不会是那么令人惊奇的事。"

这番话使爱玛感到痛苦，真是痛苦万分，她不得不竭尽全力才能答道：

"哈丽特，我只能冒昧地说，奈特利先生绝不会虚情假意，故意让任何女人高估他对自己的感情。"

如此令人满意的话几乎要让哈丽特对她的朋友顶礼膜拜了；这时传来爱玛父亲的脚步声，这才将她从哈丽特的如痴如醉中拯救出来，当时这会是对她的可怕惩罚。他穿过大厅走了过来。哈丽特激动得无法面对他。"她无法镇定下来——伍德豪斯先生会被吓坏的——她最好离开。"——她的朋友赶紧鼓励她，于是她从另一扇门出去了——她刚一离开，爱玛就情不自禁地脱口而出："哦，天啊！要是我从没见过她该多好！"

这一天剩下的时间，还有晚上，都没能让她想个明白——过去几小时扑面而来的混乱令她困惑不已。每一刻都有新的惊讶，每个惊讶都让她深感屈辱——该怎样理解这一切！怎样理解她一直以来的自我欺骗，以及受到的欺骗！——她自己头脑与内心的愚蠢和盲目！——她静静地坐着，她走来走去，她试着待在自己的房间里，她试着去灌木林——在任何地方，以任何姿势，她都能发觉自己的行为软弱无力；她极其羞愧承受着别人的所为；而她对自己的所为更让她羞愧不已；她痛苦万分，也许会发现这一天只是痛苦的开始。

她首先努力去理解，彻底理解她自己的内心。在照顾她父亲的每一个空闲时间，她每次不由自主地心不在焉时，都在想着那个问题。

奈特利成为她如此亲爱的人，究竟有多久了？因为现在一切都表明她爱上了他。他的影响，这种影响是何时开始的？——在很短一段时间里，她爱上了弗兰克·邱吉尔，他是什么时候接替那个位置的呢？——她回顾着往事；她比较着两个人——比较着自从她认识弗兰克·邱吉尔以来，她对他们始终的评价——因为她一定在什么时候比较过他们，有没有——哦！她有没有怀着幸福的感觉，想到做这样的比较——她发觉自己从来没有哪一次不觉得奈特利先生好得多，或是不认为奈特利先生对她的感情最为重要。她发现，在自我劝解、想入非非、做出相反的举动时，她完全处于幻想之中，根本不了解自己的内心——简而言之，她从来没有真正喜欢过弗兰克·邱吉尔。

这是第一轮思考的结论。这是她的第一个问题带来的自我认识，而且很快达到这样的认识——她满心悲伤，气愤不已；为她的每一种感情觉得羞愧，除了刚刚认识到的感情——她对奈特利先生的爱——她脑中的其他任何想法都令人恼怒。

带着令人无法容忍的自负，她相信自己明白每个人的内心秘密；带着不可饶恕的傲慢，她想安排每个人的命运。事实证明她完全错了；她并非一事无成——因为她惹出了祸害。她伤害了哈丽特，伤害了她自己，她非常担心会伤害奈特利先生——要是这样一桩最不般配的亲事能够成真，只能责备她带来了开始。至于他的感情，她必须相信只是在意识到哈丽特的感情后才产生的——即使并非这样，要不是因为她的愚蠢，他根本就不会认识哈丽特。

奈特利先生和哈丽特·史密斯！——这样的结合让任何亲事都毫不奇怪——弗兰克·邱吉尔和简·费尔法克斯的相爱也变得平平常常、陈旧老套、毫无新鲜感，根本引不起惊讶，看不出差距，不值得谈论与思考——奈特利先生与哈丽特·史密斯！——她升上云端！他一落千丈！——爱玛惊恐地想到这一定会让众人瞧不起他，她预想着随之而来对他的讥笑、嘲讽与戏弄；他弟弟的屈辱和鄙夷，给他自己带来的一千个麻烦——会这样吗？——不，这不可能。然而，并非完全不可能——让一个具备一流品质的男人被一个资质下乘的女人迷惑，这是一种新情况吗？一个也许忙得无暇追求的男人，成为对一个追求他的女人的奖赏，这件事新奇吗？——世界上任何不平等、不一致、不协调的事——或是由机会和境遇（作为第二原因①）引导人们的命运，这些从来没有发生过吗？

哦！她要是从来没有提携哈丽特就好了！要是哈丽特处于原来的境况，奈特利先生曾经说过哈丽特本该属于的位置该多好！——难道不是她，因为不可言述的愚蠢，阻止哈丽特嫁给那个出色的年轻人，而他本可以让她在属于自己的生活圈中感到幸福与体面吗？——一切都会平平安安；绝不会发生这一系列可怕的事情。

哈丽特竟然能自以为是地想到奈特利先生！——要不是确有把握，她怎么敢幻想自己被这样的男人选中！——可是哈丽特已经不像以前那样谦卑顾虑了——对于她在思想和境遇上的卑微，她似乎已经感觉不到——她曾经觉得埃尔顿先生娶她是纡尊降贵，现在对奈特利先生反而不大有这样的感觉——唉！这难道不也是她一手造成的吗？除了她，谁会费尽心思给哈丽特灌输这些

---

① 第一原因是"上帝"。

自尊自大的念头？——除了她本人，是谁教哈丽特想方设法提升自己，让她觉得完全有权进入上流社会？——如果哈丽特从谦卑变成自负，这也是由她造成的。

第十二章

如今面临着失去的威胁，而爱玛在此之前从未意识到，她的幸福在多大程度上取决于奈特利先生将她放在**第一位**，最关心她，也最喜爱她——她对此感到满意，觉得理所当然；她心安理得地享受着，只在害怕被取代的担忧中，发现这对于她重要得无法言喻——很久、很久以来，她就感觉自己被排在了第一位；因为他本身没有姐妹，只有伊萨贝拉的地位能够和她相比，她一直很清楚他对伊萨贝拉有多喜爱和看重。在过去的许多年她自己一直对他最为重要。她不配得到这些；她总是漫不经心、任性自负，忽略他的建议，甚至故意和他作对，对他的优点一半也看不见，因为他不认可她对自己错误狂妄的看法而与他争执——不过，因为家庭关系和习惯，以及他出色的品质，他还是爱着她，从她是个小女孩时就照看她，努力提高她，迫切地希望她做正确的事，从来没有任何人是这样的。虽然她有许多缺点，她知道自己受他喜爱；难道她不能说，很受喜爱吗？——然而，当希望因此自然而然地呈现在她的眼前，她却不敢纵容这些想法。哈丽特·史密斯也许不认为自己配不上奈特利先生独特、唯一和热烈的爱情。她不能这么想。她不能盲目地自以为他爱着**她**。她最近得到了一个他并不偏爱她的证据——她对贝茨小姐的行为令他多么震惊啊！在那个问题上，他是多么直截了当、言辞激烈地表达了自己的想法！——对于她的冒犯这不算太激烈——然而除了正直的是非感与善意的规劝外，要是他能有一丝柔情，这番指责还是太过激烈——她没有希望，不配得到希望，只能怀疑他是否对自己有那样的情感；可是有一个希望（有时轻微，有时强烈），哈丽特也许在自我欺骗，高估了他对**她**的感情——她必须希望如此，这是为了他——这样的结果她毫不在意，只要他一辈子不结婚。真的，只要她能相信那一点，相信他永远不会结婚，她就心满意足——就让他继续做着对她与对她父亲和从前一样的奈特利先生吧，对全世界都同样的奈特利先生；让当维尔和哈特菲尔德不要失去他们充满友谊和信任的珍贵交往，她的平静就能得到完全的保障——事实上，她不能结婚。那样她就不能报答父亲的恩情，表达对他的孝心。什么也不能把她和她的父亲分开。她不能结婚，即使奈特利先生向她求婚。

她一定在热切地期待着哈丽特的失望；她希望，等她能再次见到他们在一起时，至少能够弄清这件事有多大的可能——从今往后她会密切地观察他们。虽然她曾可悲地误会了她关注过的事情，她却不知该如何承认竟然会在这一点上受到了蒙蔽——他随时可能回来。很快就能有观察的机会——当她在想着一件事情时，这件事的发生速度会快得惊人。在此期间，她决定不见哈丽特——进一步讨论这个话题，对她们两人都没有好处，对这件事也没有好处——她决心不去相信，只要她还能怀疑，然而她没有权力反对哈丽特的信心。交谈只会令人恼火——于是她给她写信，言辞恳切却很坚决，请求她目前不要来哈特菲尔德；承认她相信最好避免对**一个话题**的任何更加推心置腹的讨论；希望她们可以几天之后再见面，除非有别人在场——她只是不想私下交流——她们也许应该当作忘记了昨天的谈话——哈丽特听从了，赞同她，并心怀感激。

这件事情刚刚安排好，就来了一位客人，把爱玛从她过去的二十四小时里，不论睡觉还是醒着都心心念念的问题中拉了出来——韦斯顿太太去拜访了她未来的儿媳，回家的路上来到哈特菲尔德，既是觉得有看望爱玛的责任，更是因为自己能开心地说说这次有趣会面中的种种细节。

韦斯顿先生陪她去了贝茨小姐家，很得体地表达了他的那份必不可少的关心；不过她说服费尔法克斯小姐和她一起出去兜了风，回来后有更多的话可以说，更多令她满意的内容。他们开始在贝茨太太屋子里坐着的一刻钟非常尴尬，没什么可说。

爱玛有一点好奇，在她的朋友讲述时尽量调动她的好奇心。韦斯顿太太出发去拜访时自己也觉得忐忑；原本希望现在不要去，只用给费尔法克斯小姐写封信，过段时间再做正式的拜访，否则这个婚约会人尽皆知；因为考虑到各种因素，她认为这样的拜访一定会让人谈论，然而韦斯顿先生不肯让步——韦斯顿先生的想法和她不同。他特别急于向费尔法克斯小姐和她的家人表示他的认可，不认为这会引起任何好奇。即使引起了，也没关系，因为"这样的事情，"他说，"总会传开的。"爱玛笑了，觉得韦斯顿先生这么说很有道理。简而言之，他们去了——那位小姐显然深感窘迫，困惑不安。她几乎说不出话，每个神情和动作都表明她为那件事感到多么尴尬痛苦。老太太安安静静、真心诚意的满足，她女儿的喜不自胜——她高兴得甚至不像往常那样健谈，这都是让人满意，又几乎令人感动的情景。她们两人的喜悦都非常可敬，每一种情感都那样无私；为简想了很多，为每个人想了很多，却几乎没有考虑她们自己，心中洋溢的都是善良的情意。费尔法克斯小姐最近的生病让韦斯顿太太有了邀请她出去兜风的好机会；她起初有些退缩，拒绝了邀请，但在劝说下同意了；在乘车时，韦斯顿太太温柔地鼓励她，让她不要那么窘迫不安，最终让她谈起了那个重要的话题。她为第一次接待他们时看似不礼貌的沉默向她道歉，热情地表达了她一直以来对她本人和韦斯顿先生的感激之情，这必然引出了话题。不过除了这些强烈的感情外，她们也谈了很多关于这场婚事的现在与未来。韦斯顿太太相信这样的谈话对她的同伴一定是莫大的安慰，让她自己发泄了心中压抑已久的所有想法，也对她在这个问题上说的所有话感到非常满意。

"谈到她在好几个月来的隐瞒中承受的痛苦，"韦斯顿太太接着说道，"她很坚忍。这是她说的话，'我不想说，自从订下婚约后我没有体会过幸福的时刻；但是我能说，我从来没有得到过片刻的安宁。'——爱玛，她说话时颤抖的嘴唇，证明了我内心的想法。"

"可怜的女孩！"爱玛说，"那么，她觉得她自己错了，因为她同意私订婚约？"

"是错了！我相信，没有谁愿意像她责备自己那样责备她。'结果是，'她说，'这让我始终处于痛苦之中，也应该如此。可是在经历了这个错误行为能够带来的所有惩罚后，依然不能减轻错误。痛苦无法赎罪。我永远不再无可指摘。我的行为已经违背了我所有的是非观；所有的幸运转机，我现在得到的仁慈对待，我的良心都在告诉我不该如此。''太太，'她又说，'别以为我得到了错误的教育。不要责怪将我养大、关心我的那些朋友，以为他们没有原则，错误全都由我一个人造成。我想让你知道，虽然现在的情形看似给了我全部的借口，我依然害怕告诉坎贝尔上校这件事。'"

"可怜的女孩！"爱玛又说，"我想，她当时太爱他了。一定只是因为她的爱恋，让她订下这个婚约。她的感情一定压倒了她的判断力。"

"是的，我毫不怀疑她非常爱他。"

"恐怕，"爱玛叹口气说，"我一定常常使她不高兴。"

"对于你，我亲爱的，那完全是无心的。不过她也许有些那样的想法，当提到他曾经暗示过我们的一些误会时。她让自己卷入这场不幸的一个自然结果是，"她说，"这使她变得**不可理喻**。想到她做了错事，让她的内心万分不安，也一定让她有些挑剔易怒——的确如此——使他无法忍受。'我没有体谅，'她说，'虽然我本该体谅他的脾气与兴致——他愉悦的兴致、那份快乐、性情中的那份淘气，我相信，在任何情况下始终令我心醉神迷，就像当初那样。'她接着又说起了你，说你在她生病时对她那么关心；她说话时的脸红告诉我，她想让我一有机会就感谢你——你为了她的每个心愿和每一次努力——我怎么感谢也不为过。她知道你从未在她本人那儿得到过应有的感谢。"

"要不是我知道她现在很幸福，"爱玛严肃地说，"虽然她在良心上依然会有所顾忌，她一定很幸福，否则我可承受不起这样的感谢——因为，哦！韦斯顿太太，要是我对费尔法克斯小姐做的好事和坏事能有个记录该多好！——算了，（她克制了自己，努力更加活泼）这些都应该被忘掉。你给我带来这些有趣的细节真是太好了。这些最能显示她的优点。我相信她的确很好——我希望她能非常幸福。财富都在他那一方很合适，因为我想美德都属于她。"

这样的结论韦斯顿太太可不会不做回答。她觉得弗兰克几乎样样都好。而且，她非常爱他，所以她的辩护特别诚恳。她说起很多的理由，还有至少同样程度的喜爱——然而为了让爱玛喜欢他，她说了太多的话；很快爱玛就想起布伦斯威克广场或是当维尔；她忘了要努力听她说话；当韦斯顿太太最后说道："我们还没收到我们急于收到的那封信，你知道，但我希望它会很快到来。"她不得不在回答前停顿了一下，最后只能随口作答，那时她还没想起他们如此焦急等待的是哪一封信。

"你还好吗，我的爱玛？"这是韦斯顿太太临别时的问题。"哦！非常好。你知道我一直很好。记得尽快告诉我那封信的内容。"

和韦斯顿太太的谈话让爱玛感觉更不愉快，因为这让她对费尔法克斯小姐更加看重，更加同情，也让她更加意识到过去对她的不公正。她对以前没能和她更亲近非常后悔，为自己肯定有过的嫉妒心脸红，在某种程度上，这就是原因。要是她按照奈特利先生曾经表达的心愿关心费尔法克斯小姐该多好，她本该得到这些；假如她试着多了解她，假如她能努力亲近，假如她能和她而不是和哈丽特做朋友，她一定完全可能免除现在的所有烦恼——

出身、才华、教养都说明一个应该做她的朋友，她该心怀感激地欢迎她；另一个——她算什么呢？——就算她们从来没有成为亲密朋友；就算她从未在这件重要事情上得到费尔法克斯小姐的信任——这非常有可能——然而，凭着也许得到的对她应有的了解，她一定不会胡乱猜疑她对迪克逊先生不得体的爱恋，她不仅自己愚蠢地异想天开，放在心上，还不可饶恕地告诉了别人；她非常担心由于弗兰克·邱吉尔的轻率或粗心，这个话题会给简敏感的内心带来实实在在的痛苦。自从简来到海伯里，围绕着她的各种痛苦之源中，她相信她自己一定是最糟糕的那个。她一定始终是她的对头。从来没有哪一次他们三个人都在一起时，她不在千百次地破坏简·费尔法克斯的安宁。也许在博克斯山上，她内心的痛苦使她无法再忍受。

哈特菲尔德的这个夜晚漫长又凄凉。天气平添了几分阴郁。一阵寒冷的暴风雨倏然而至，只能在树林和灌木林中看到一些七月的样子，而狂风正在摧残这些林木。漫长的白天，只会让人更长久地看到这些残酷的景象。

天气影响了伍德豪斯先生，他只能在女儿竭尽全力的不停照料下才勉强感到舒适，她以前从不需要付出今天一半的辛苦。这让她想起在韦斯顿太太的婚礼之夜，他们第一次孤独地面对面。可是奈特利先生在茶点后不久就走来了，驱散了所有忧愁的幻想。唉！那样的来访愉快地证明了哈特菲尔德的吸引力，也许这很快就会结束。她当时想起即将到来的孤寂冬天，结果是错误的；没有朋友抛弃他们，没有失去任何快乐——可她担心她现在的预想不会也被证明是个错误。如今她的前景有些令人担忧，这个念头无法被她彻底驱散——甚至看不到几分光明。如果在她的朋友中可能发生的事情都会发生，哈特菲尔德一定会变得冷冷清清，只剩她怀着幸福已经破灭的心情，逗她的父亲开心。

即将在兰德尔斯出生的孩子一定是比她更为亲密的关系；韦斯顿太太的心思与时间都会被他占据。他们也许会失去她；或许会在更大程度上失去她的丈夫——弗兰克·邱吉尔再也不会回到他们身边；费尔法克斯小姐，可以合理地猜想，她很快就不属于海伯里。他们会结婚，在恩斯库姆或附近定居下来。一切美好的事物都会消逝；假如除了失去这些，还要加上失去当维尔，他们能够得到的愉快理智的朋友还能剩下什么？奈特利先生再也不会来到这儿度过愉快的夜晚！——再也不会随时走进来，似乎愿意把他们的家当成自己的家！——这该如何承受？如果他为了哈丽特而抛开他们；如果从此以后就能认为，他发现和哈丽特做伴是他想要的一切，如果哈丽特被选中，排在第一位，成了最亲爱的人，他的朋友，在他看来具备所有美德的妻子，爱玛永远不会忘记这一切都是她自己带来的结果，还有什么能比这更让她难过呢？

想到这一步，她忍不住吃了一惊，发出一声沉重的叹息，甚至在房间里踱起步来——唯一能让她感到安慰或平静的，是她下定决心要好自为之。她希望不管在下一个冬天，还是在她生活中每一个未来的冬天，不管她的心情怎样低落，多么缺乏快乐，她都能变得更理智，更了解自己，让她在失去后少一些后悔。

第十三章

第二天的整个早晨天气都差不多。同样的孤独，同样的凄凉，似乎笼罩了哈特菲尔德——不过下午天气转晴，风变得柔和，云被吹走，太阳出来了，又回到了夏天。这样的改变，让爱玛迫不及待地决定立即出门。暴风雨后美妙的景色与气息，宁静、温暖、灿烂的大自然的感觉，这些从未如此吸引过她。她渴望这会慢慢给她带来平静。佩里先生吃饭不久就过来了，可以陪她的父亲一个小时，她立刻快步走到灌木林——她感觉精神振奋，不再那么焦虑，在那儿走了几圈，接着看见奈特利先生穿过花园门向她走来——这时她才知道他已经从伦敦回来了。她刚刚还在想着他，毫不怀疑他还在十六英里以外——她只能迅速调整状态。她必须镇定冷静。半分钟后他们来到一起，双方"你好吗"的问候都安静局促。她问候他们共同的朋友，他们一切都好——他什么时候离开他们的？——就在那天早晨。他回来的路上一定很潮湿——是的——她发现他想和她一起走走。"他刚才去餐厅看了看，因为那儿不需要他，他更想待在室外。"——她觉得他的神情和话语都不太愉快；她担心最可能的原因，也许是他已经和他的弟弟说出他的计划，对他们的反应感到受伤。

他们一起走着。他很沉默。她觉得他总是看着她，想看清她的脸，让她有些不自在。这个想法给她带来新的恐惧。也许他想和她说话，说他爱上了哈丽特，他可能想在看得出鼓励时再开口——她不认为，也无法认为自己能够开始那样的话题。他必须完全由自己做。可她无法忍受这种沉默。和他这样在一起，实在太不寻常。她想了想——下定决心——努力微笑着说：

"现在你回来了，你会听到一些消息，一定能让你吃惊。"

"是吗？"他看着她平静地说，"什么样的消息？"

"哦！世界上最好的消息——一场婚礼。"

停了一会儿，似乎要确定她不打算多说，他答道：

"如果你是指费尔法克斯小姐和弗兰克·邱吉尔，我已经听说了。"

"这怎么可能？"爱玛叫道，她红着脸看着他；因为在她说话时，她忽然想到他也许回来时已经去了戈达德太太那儿。

"今天早晨我收到韦斯顿先生关于教区事务的一封短信，末尾他简单提到发生了什么。"

爱玛松了一口气，能马上稍微平静些说：

"你也许不会像我们所有人那么惊讶，因为你已经有所怀疑——我没有忘记你曾经试着警告我——我希望我听进了你的话——可是——（她声音低沉，重重地叹了一口气）我似乎注定那么盲目。"

有一会儿谁也没说话，她想不到她的话会激起任何特别的兴趣，直到她发觉她的胳膊被他挽住，紧紧贴在他的胸口，听见他用非常深情的口吻低声说：

"时间，我最亲爱的爱玛，时间会治愈伤痛——你自己非凡的理智——你为你父亲付出的努力——我知道你不会允许你自己——"他再次紧紧挽住她的胳膊，接着用更不连贯、更加低沉的声音说："最热烈的友情——愤怒——可恶的恶棍!"——他用更响亮，更稳定的声音总结道："他很快就要走了。他们很快就要去到约克郡。我为**她**难过。她应该有更好的命运。"

爱玛明白他的意思。她为他的这般温柔体贴感到兴奋，刚从那阵喜悦中平静下来，就答道：

"你真是太好了——但你错了——我必须纠正你——我不需要那种同情。因为不知道发生了什么，导致我在他们面前的行为一定会让我永远感到羞愧。我极其愚蠢地被诱惑着说了许多话也做了许多事，很可能会让我得到令人不快的猜测，但我没其他理由遗憾不能早些得知这个秘密。"

"爱玛!"他热切地看着她叫道，"你真是这样吗?"——但他克制了自己——"不，不，我理解你——原谅我——我很高兴你竟然能说出这样的话——他绝不值得遗憾，真的! 我希望，用不了太久，你就能理智地认识到这一点——幸运的是你的感情没有陷得更深! ——我承认，从你的态度上，我永远无法弄清你的感情究竟有多深——我只能确定有些偏爱——一种我永远都相信他不配得到的偏爱——他是男人的耻辱——难道他将获得那位可爱的年轻小姐了吗? ——简，简，你会痛苦的。"

"奈特利先生，"爱玛说，她想活泼些，但真的很困惑，"我处于一个极不寻常的境况，我不能让你继续错下去。可是，也许，既然我的举止给人那样的印象，我也有同样多的理由羞于承认我从来没有爱上过我们说起的那个人，就像女人总是羞于承认自己爱上了谁一样——但我从未爱过他。"

他安安静静地听着。她希望他说话，可他就是不说。她想她必须多说一些才能得到他的宽恕，然而让她继续降低在他心中的位置真是难受。但她还是说了下去。

"对于我自己的行为，我没什么可说——我被他的殷勤诱惑，任凭自己做出高兴的样子——也许是老套的故事——常常会发生——在女人的身上发生过几百次。但对于我这样有**头脑**的人来说，更加不能让人原谅。许多情况导致了这样的诱惑。他是韦斯顿先生的儿子——他总是来这儿——我一直觉得他讨人喜欢——简而言之，（叹了口气）不管我巧妙地搬出多少理由，最终都归结到这一点——我的虚荣心得到了满足，我允许他向我献殷勤——我认为那些是习惯，是把戏，我不用当真——他这样对待我，但他没有伤害我。我从来没有爱过他。现在我能勉强理解他的行为了。他从来没想过爱我，只是用我来遮掩他和另一个人之间的关系——他的目的是蒙骗身边的所有人，我相信，没有人比我更加容易受到欺骗——可我**没有**受骗——那真是我的好运气——总之，我就这样安全地离开了他。"

她本来希望此处能有个回答——寥寥数语，说至少她的行为可以理解；可他沉默着，在她看来，陷入了沉思。最后，他勉强用正常的语调说：

"我从来没对弗兰克·邱吉尔产生过好感——但我想，也许我低估了他。我和他没什么交往——即使到现在我都没有低估他，他还是可能会变好——和那样的女人在一起他有机会——我没有必要希望他不好——她的幸福将与他的品行息息相关，为了她，我当然希望他好。"

"我毫不怀疑他们会幸福地在一起，"爱玛说，"我相信他们彼此真心相爱。"

"他是最幸运的人！"奈特利先生激动地答道，"这么年轻——才二十三岁——要是男人在这个时候选择妻子，通常选不好。在二十三岁时获得这样可贵的伴侣！人们尽可以猜测，那个人会将会拥有多么幸福的生活！——得到这样一位女人的爱——无私的爱情，因为简·费尔法克斯的性情保证了她的无私。一切都对他有利——平等的境遇——我是说，在相处的人、所有的习惯和举止这些重要方面。除了一点之外，他们完全平等——那一点是，既然她纯洁的心灵无可怀疑，这一定会提升他的幸福，而他的幸福就是她最想得到的好处——男人总想给女人一个比原来更好的家，他能做到，而她对他的感情毫无疑问。我想，那一定会是最幸福的人——弗兰克·邱吉尔的确是命运的宠儿。一切都最终对他有利——他在海边遇见一位小姐，得到她的爱慕，即使对她怠慢也没能使她厌倦——即使他和他所有的家人想从全世界为他找个完美的妻子，也找不到比她更好的——他的舅母是个妨碍——他的舅母死了——他只需开口说话——他的朋友们都很想促成他的幸福——他辜负了每个人——他们却都乐意原谅他——他真是个幸运的人！"

"你说话的样子像是羡慕他。"

"我的确羡慕他，爱玛。有一个方面他让我羡慕。"

爱玛不能说下去了。他们似乎再说半句就会提到哈丽特，而她立刻想尽量避开这个话题。她有了计划，她可以说说完全不同的事——布伦斯威克广场的孩子们。她只等呼吸平静就能说话，这时奈特利先生吓了她一跳，说道：

"你不想问我羡慕他什么——我看得出你下定决心不想好奇——你很明智——但**我**无法明智。爱玛，我必须告诉你一个你不想问的问题，虽然下一刻我也许就希望没有说过。"

"哦！那就别说了，不要说，"她急切地叫道，"花点时间，仔细想想，别轻易承诺。"

"谢谢。"他的语气非常羞愧，接下来只字未提。

爱玛无法忍受让他痛苦。他想向她说出心里话——也许想听听她的意见——不管付出多大的代价，她都要听。她能帮他下决心，让他接受自己的决定；她可以适当地赞美哈丽特，或者，说明他向来独立，让他摆脱犹豫不决的状态，那一定比让他这样的头脑陷入犹豫好受得多——他们走到了房子前。

"你要进去了，我想？"他说。

"不，"爱玛答道，他说话时依然沮丧的样子让她很坚定，"我还想转一圈。佩里先生还没走。"又走了几步，她接着说："我刚才很不礼貌地打断了你，奈特利先生。我担心，让你难过了——不过如果你想作为朋友，和我坦率地聊一聊，或是问我对你思考的某个问题的看法——作为朋友，真的，你可以要求我——我愿意听你想说的任何话。我会认真告诉你我的想法。"

"作为朋友！"奈特利先生重复道，"爱玛，恐怕那个词——不，我没有像——等等，是啊，我为何犹豫？——我已经走到这一步，无法再掩饰——爱玛，我接受你的想法——虽然有些出乎意料，但我接受，并且把自己当成你的朋友——那么，告诉我，我难道永远没有成功的机会了吗？"

他停住脚步，用热切的目光探求这个问题，他眼中的神情让她不知所措。

"我最亲爱的爱玛，"他说，"因为你永远都将是最亲爱的，不管现在的谈话结果如何，我亲爱的，最心爱的爱玛——马上告诉我。如果必须说'不'，你就说吧。"她真的说不出话来。"你沉默了，"他激动不已地叫道，"完全沉默！现在我不会再问了。"

这一刻爱玛激动得差点晕倒。此时她最强烈的感受，就是害怕从这个最美好的梦中醒来。

"我不善言辞，爱玛，"他很快又说道，语气非常真诚、坚定、带着明显的温柔，很令人信服，"要是我爱你少一些，我也许能够多说一些。不过你知道我是这样的人——你只能从我这儿听到实话——我责备过你、教训过你，全英格兰没有哪个女人能像你这样忍受下来——忍受我现在告诉你的事实吧，最亲爱的爱玛，就像你曾经能忍受的那样。也许，这种方式会不受欢迎。天知道，我是个多么冷漠的情人——但你理解我——是的，你知道，你理解我的感情——如果可能，也会回报这份感情。现在，我只想听一听，再次听到你的声音。"

当他说话时，爱玛的脑子忙个不停，虽然她的思想在高速运转，却还能够——一字不漏地——抓住并领悟了整个事情的全部真相，看出哈丽特的希望毫无根据，是个错误，一个幻觉，就像她自己有过的彻底的幻觉——他的心里根本没有哈丽特，他只想着她自己。她说的关于哈丽特的话都被当成了她自己的情感，她的激动、她的疑惑、她的犹豫、她的沮丧，全都被当作她本人的沮丧——现在她不仅有时间为这些想法欢欣鼓舞，也能够庆幸没有透露哈丽特的秘密，并下定决心不必透露，也不该透露——这是她能为她可怜的朋友所做的一切。因为虽然有某种侠义情怀，也许能促使她请求他将对自己的爱转移给哈丽特，说她在两个人中更值得看重——或是更加简单高尚地断然拒绝他，不给予任何理由，只因他不能两个人都娶，然而爱玛没有这种情怀。她同情哈丽特，感到痛苦又懊悔，但她绝对没有慷慨得丧失理智，反对一切可能或合理的事。她将她的朋友引入歧途，她将永远为此自责；可是她的看法与她的感情一样强烈，和从前一样强烈，认为这样的亲事对他而言极不般配，有失身份。她的道路明确，虽然不太平坦——在这番请求下，她说话了——她说了什么？——当然是她该说的话。女人总会这样——她说的话足以让他明白无需失望——并请他本人多说一些。有一会儿他**的确**失望了，他得到那样的告诫，让他谨言慎行，一时间让他万念俱灰——她以拒绝听他说话为开始——这个变化也许有些突然——她建议再转一圈，她重新提起被她结束的话题，真的有些不同寻常！——她知道这样做前后矛盾，可奈特利先生迁就了她，没让她多做解释。

很少，极少有任何人在吐露情感时会和盘托出，也难得不加一点掩饰，或完全不被误解。然而这件事，虽然行为上有些误解，感情上却没有，或许也没什么要紧——奈特利先生不会认为爱玛应该更加柔情蜜意，或应更加乐意接受他的真心。

事实上，他完全不知道他自己的影响。他跟着她走近灌木林，完全没有想要尝试。他来时急于知道她将如何承受弗兰克·邱吉尔订婚的消息，没有自私的想法，什么想法也没有，只是在她允许的情况下，努力安慰和开导她——其他的事情都在瞬间发生，只因他听到的内容即刻对他的感情产生的影响。他愉快地得知她完全不爱弗兰克·邱吉尔，知道她的心根本不属于他，这让他产生了希望，让他及时想到也许他自己能够得到她的爱——但那并不是当时的希望——他只是在他瞬间的热切征服了理智时，期待她说不反对他爱慕她——逐渐出现的更高希望使他更为心醉——他本想请求能允许他培养的感情，已经被他拥有！——在半个小时内，他从万念俱灰变成万般幸福，简直无法用别的字眼来形容。

她的变化也是一样——这半个小时让两人都难能可贵地确信自己被爱着，也消除了两人同样的无知、嫉妒与猜疑——在他这一方，他已经嫉妒了很久，从弗兰克·邱吉尔到来，甚至知道他要来时就开始了——他那时已经爱上爱玛，或是嫉妒弗兰克·邱吉尔，一种感情也许启发他产生了另一种感情。是他对弗兰克·邱吉尔的嫉妒使他离开了乡下——博克斯山的聚会已经让他决心离开。这样他就能避免再次目睹这样得到允许和鼓励的殷勤——他离开是为了学会冷漠——可是他去了错误的地方。他弟弟的家里充满天伦之乐，女人在家中着实令人愉悦，伊萨贝拉太像爱玛了——不同之处只在于她显然不及爱玛的方面，这些总能让另一位在他的眼前熠熠生辉，即使他能待得更久，他还是远远做不到——可他依然坚定地，一天天地住下去——直到今天早晨的邮件带来了简·费尔法克斯的消息——于是，他理所当然地感到高兴，不，是毫不顾忌的高兴，因为他从不相信弗兰克·邱吉尔配得上爱玛。他满怀深情地挂念她，为她担心不已，无法继续待在那儿。他冒着雨骑马回家，吃完饭立刻走过来，看看他最可爱最出色，虽然有缺点却依然完美的宝贝，该怎样承受这个发现。

　　他见她激动又沮丧——弗兰克·邱吉尔是个恶棍——他听见她宣称她从未爱过他。弗兰克·邱吉尔的人品并非无可救药——当他们回到屋里时，她已经是他自己的爱玛，牵了手，许下了誓言。如果那时他能想起弗兰克·邱吉尔，也许会认为他是个很不错的人。

第十四章

爱玛回屋后和她出去时的心情简直天壤之别！——她原本只敢期待稍稍缓解痛苦——她现在幸福得激动不安，她相信等激动过后，她还会感到更加幸福。

他们坐下喝茶——同样的人围着同一张桌子——他们这样聚在一起有过多少次了！——她的目光多少次落在草坪上同样的灌木林中，观察着夕阳西下带来的同样美丽景致！——却从未这样激动过，从未有过这样的感觉。她好不容易才勉强恢复常态，做这个屋子里尽心的女主人，甚至做个尽心的女儿。

可怜的伍德豪斯先生一点都没料到，他真心诚意地欢迎着，焦急地盼望他别因为骑马而感冒的那个人，在胸中酝酿着怎样的计划——他若是能看透那颗心，就不会关心他的肺。但他完全想象不出即将到来的不幸，根本没有察觉两个人的神情举止有任何异样，只是舒舒服服地为他们重复着从佩里先生那儿得知的所有消息，心满意足地说个不停，毫不怀疑他们也许会告诉他怎样的话。

只要奈特利先生依然和他们在一起，爱玛就兴奋不已；可他走了以后，她开始有些平静克制——在无眠的夜晚，这是那样的晚上应该付出的代价，她发现一两个需要考虑的严重问题，甚至让她觉得幸福也打了折扣。她的父亲——还有哈丽特。她独自一人时，必然会感到对两个人沉甸甸的责任；怎样尽力守护他们的舒适生活，这是个问题。关于她的父亲，问题很快有了答案。她几乎不知道奈特利先生会有怎样的要求，可她在自己的心里短暂权衡后，便郑重决定永远不离开她的父亲——她觉得那是个罪恶的想法，甚至还为此伤心哭泣。只要他还活着，就只能是订婚。然而，她又得意地想到，除了将她带走的危险外，这也许能让他过得更舒适。怎样最好地安排哈丽特，是个更加困难的决定——如何为她免除不必要的痛苦，如何尽力为她做出补偿，怎样别似乎成了她的情敌？——在这些问题上，她极其困惑也非常沮丧——她为此在心里一遍遍地狠狠责备自己，又深感懊悔——最后，她只能决定继续避免与她见面，只通过写信做必要的交流。要是现在能让她离开海伯里一段时间，那就再好不过——她又纵容自己想了个计划——问题基本解决，也许邀请她去布伦斯威克广场倒是可行——伊萨贝拉本来就喜欢哈丽特，在伦敦住上几个星期对她一定是个消遣——她想以哈丽特的天性，一定能从街道、商店和孩子们带来的新奇与变化中得到好处——无论如何，总能证明她本人的关心与好意，她也理当得到这些。暂时的分开，逃避他们都必须再次来到一起的可恶日子。

她早早起床，给哈丽特写了信。这件事让她满心担忧，几乎心情悲伤，所以当奈特利先生早餐后就步行到哈特菲尔德时，他来得一点也不算早。她偷得半个小时的空闲，和他又去老地方转了一圈，不管在行动上还是心理上，这对于帮她恢复昨晚的幸福感都很有必要。

他离开她不久，根本没有久到让她产生丝毫考虑别人的念头，这时从兰德尔斯来了一封信——一封厚厚的信——她猜到信里一定写了什么，觉得没必要读——现在她已经完全宽恕了弗兰克·邱吉尔；她不想得到解释，只想考虑自己的问题——至于读懂他写的任何内容，她觉得自己肯定做不到——不过，总得费力读完。她拆开了信，不出所料——是韦斯顿太太写给她本人的便笺，附上弗兰克写给韦斯顿太太的信。

亲爱的爱玛，我万分喜悦地转给你这封信。我知道你一定能公正地对待它，几乎毫不怀疑能让你满意——我想我们再也不会对写信人产生实质的分歧，但我不想长篇大论地耽搁你——我们都很好——这封信治愈了我最近感到的所有小小的不安——我不太喜欢你星期二时的样子，可那天早晨的天气很不好。虽然你永远不会承认受了天气的影响，我想人人都能感到东北风的滋味——星期二下午和昨天上午的暴风雨让我很担心你亲爱的父亲，不过昨晚从佩里先生那儿得知他没有因此生病，我就放心了。

你永远的

安·韦

【致韦斯顿太太】

温莎·七月

我亲爱的太太：

　　如果我昨天的话说得很清楚，您会等待这封信；但不管是否等待，我知道您会公正宽容地读它——您太善良了，我相信甚至需要您所有的善良才能宽恕我曾经的一些行为——可我已经被一个更有理由怨恨我的人原谅。写信时我的勇气在增加。好运的人很难谦卑。我已经成功得到两个人的宽恕，这也许会让我陷入过分自信的危险，认为您和您的任何有理由对我生气的朋友们也会宽恕我——你们一定要设法理解我刚到兰德尔斯时的真正处境，你们一定要把我当成一个必须想方设法保守秘密的人。那是事实。我是否有权将自己置于需要如此隐瞒的境遇中，那是另一个问题。我不想在此讨论。是什么诱惑我认为有此权利，就请各位提问者去看看海伯里的一座砖房，下面的框格窗和上面的窗扉。我不敢公开向她求爱；我当时在恩斯库姆的困难处境一定尽人皆知，无须赘述；在韦默斯分手前，我幸运地说服了、诱惑了世界上最正直的女人发了慈悲，秘密与我订了婚——要是她拒绝，我会发疯的——当然您会说，你这样做有什么希望？——你在期待着什么？——是一切的一切——时间、机会、境遇、缓慢的影响、突然的爆发、执着与疲倦、健康和疾病。所有美好的前景都在我的面前，得到她忠贞不渝并保持通信的承诺后，我最初的幸福有了保障。如果您需要进一步的解释，亲爱的太太，我作为您丈夫的儿子，有幸继承了永远保持希望的性情，这是继承房屋田地无可比拟的价值——那么，想象我是在这样的情况下第一次来到兰德尔斯——这一点我知道自己错了，我应该早些前来拜访。您只需回忆就能知道我是在费尔法克斯小姐到海伯里后才来的。因为您是被怠慢的人，您会立刻原谅我。但我必须得到我父亲的怜悯，我想让他知道，在没能来到他家中的所有日子里，我都失去了认识您的幸福。在我和您一起度过的非常愉快的两个星期中，我希望，我的表现无可指责，除了在一点上。现在我要谈谈主要问题，在我属于你们的那段日子里，我的行为中唯一要紧的方面，它使我焦虑，让我渴望做出解释。我怀着最深的敬意和最热烈的友谊提起伍德豪斯小姐，我的父亲也许认为我还应该加上最深切的愧疚——他昨天随口说出的话表明了他的想法，我承认我理应得到那些责备——我相信，我对伍德豪斯小姐的行为有些过火——为了隐瞒对我来说至关重要的事，我忍不住过多利用了我们之间一开始就形成的亲密关系——我无法否认伍德豪斯小姐看似成了我的目标——但我肯定您会相信我的话，要是我不能确信她对我无动于衷，我就不会因为任何自私的想法而继续下去——虽然伍德豪斯小姐和蔼可亲，惹人喜爱，我始终认为她不会爱上任何人。我不仅相信她根本不会爱上我，也希望如此——她轻松、友好、活泼愉快地接受我的殷勤，正合我的心意。我们似乎彼此明白。从我们相互的处境看，那些殷勤她似乎理所应得，也让人感觉如此——伍德豪斯小姐是否在那两个星期结束前真正了解我，我不敢说——当我去向她告别时，我记得我几乎向她吐露了实情，我想她之后不会不产生怀疑。可我确信从此以后她看出了端倪，至少有所察觉——她也许没有猜出全部，但她的机智一定让她探出了几分。这一点我毫不怀疑。您会发现，这个话题无论在何时公开，都不会让她完全大吃一惊。她经常给我这样的暗示。我记得舞会时她告诉我，我应该为埃尔顿太太对费尔法克斯小姐的关心而感谢她——我希望您和我的父亲能了解我对她行为的经过，以大大减轻在你们眼中的过错。虽然你们认为我对伍德豪斯小姐犯下了罪过，我却不应该从任何一方得到如此指责。原谅我吧，到了适当的时候，为我获得那位爱玛·伍德豪斯小姐的原谅与祝福。我对她充满兄长的情意，渴望她能像我本人一样得到深沉而幸福的爱情——无论我在那两个星期说过或做过什么奇怪的事，您现在已经明白缘由。我的心在海伯里，我要做的是尽可能常常过来却不会引起怀疑。如果您记得任何怪事，就都往正确的方向想吧——那架被议论纷纷的钢琴，我认为只需说明，费小姐完全不知道订钢琴的事，但凡能够选择，也不会允许我送给她——我亲爱的太太，整个订婚过程中她心思的细密程度，远非我所能表达清楚。我热切地希望，您很快能彻底了解她——没有任何语言能够描述她。她必须由自己告诉你她是怎样——但不是通过语言，因为从来没有任何人会像她那样刻意贬低她自己的优点——写这封信的时间比我预料的更久，在我开始写信后，我已经收到她的来信——她说她的身体很好；可是因为她从不抱怨，我不敢指望如此。我想知道您认为她看上去怎样。我知道您很快会去看她；她十分害怕您的来访。也许您已经去过。不要耽搁，让我听听您的想法吧，我迫不及待想听到一千个细节。想想我在兰德尔斯只待了那么短短几分钟，看起来多么困惑，多么疯狂：我现在也好不了多少，依然疯狂，不是因为幸福，就是因为痛苦。想起我得到的善意与恩惠，她的出色与忍耐，我舅舅的慷慨，我就喜得发狂；可当我回忆起给她带来的所有不安，我是多么不值得被原谅，我又气得发疯。我多想再次见到她！——可我一定不能现在提出。我的舅舅对我太好，不能过多要求——这封长长的信我还要继续写下去。您还没听见您应该听到的全部。昨天我无法讲述细节；然而这件事发生得突然，某种程度上在此时忽然出现很不合时宜，需要加以解释。因为虽然上月 26 日发生的那件事①，如您所说，立即为我展开了最幸福的前景，我也不该过早地贸然采取措施，但因为情况特殊，我一刻也不能耽搁。我本该避免仓促行事，她也会以加倍的坚强与涵养体谅我的每个顾虑——可我没有选择。她匆忙和那个女人订下契约——此时，我亲爱的太太，我必须立刻打住，回想发生的事情，并冷静下来——我在乡间散了步，我希望我现在已经足够理智，能好好写完后面的信——事实上，回忆过去我感到无地自容，我的行为令我羞耻。现在我能承认，我对伍小姐的行为，因为让费小姐不高兴，极应受到责备。**她**不赞成，这就足够了——她认为我想隐瞒真相的理由并不充分——她不高兴；我觉得她不讲道理：我认为她在一

---

① 指邱吉尔太太的去世。

千种情况下，毫无必要地顾虑重重，小心翼翼：我甚至觉得她冷淡。可她始终是正确的。要是我能听从她的想法，把我的情绪克制在她认为合适的范围内，我本来可以避免我经历过的最大悲伤——我们争吵了——您记得在当维尔的那天上午吗？——**在那儿**，所有小小的不满变成了一场危机。我来晚了，我遇见她独自走回家，想陪她一起走，可她决不允许。她断然拒绝了我，我当时认为毫无道理。不过现在，我只觉得那是自然而然，一如既往地小心谨慎。不久前，为了向世人掩盖我们的婚约，我还在令人讨厌地向另一个女人献殷勤，下一刻她能同意也许会使所有的谨慎前功尽弃的建议吗？——要是有人看见我们一起从当维尔走到海伯里，一定会怀疑真相——可是，我太疯狂了，满心愤怒——我怀疑她的真情。第二天在博克斯山上，我更加怀疑。当时，她被我的行为激怒，我那样无耻又无礼地冷落她，似乎明显对伍小姐情有独钟，那样的行为任何理智的女人都不可能忍受，她用我完全能听懂的话说出了她的怨恨——简而言之，我亲爱的太太，这场争吵她毫无过错，是我令人憎恶。当天晚上我回到里士满，虽然我本来可以和你们待到第二天早上，只因为我实在对她太生气。即使在那时，我还是傻得没有打算及时与她和好。可我受了伤害，被她的冷淡伤害，于是我离开了，并决心让她主动示好——您没有一起去博克斯山，我将永远为此感到庆幸。要是您看见我在那儿的行为，恐怕永远不会对我再有好感。这使她立刻下定决心：她一旦发现我真的离开了兰德尔斯，就接受了那个爱管闲事的埃尔顿太太的提议。顺便说一下，她一直以来对待她的方式，让我愤恨不已。我不能和一个宽容忍耐的人争吵，她总是那样对待我。否则，我会大声抗议那个女人得到的宽容——"简"，真不像话！——您会发现，我至今还没有放肆到那样叫她，即使对你说话。那么想想吧，听着埃尔顿夫妇如此粗鲁地一再重复着她的名字，他们那么厚颜无耻，自以为高高在上，我是怎样忍受了这一切。给我一些耐心，我很快就会结束——她接受了那份工作，决心与我一刀两断，第二天给我写信说我们永远不会再相见——**她感觉我们的婚约成了彼此悔恨痛苦的根源：她解除了婚约**——这封信就是在我可怜的舅母去世的那天早上收到的。我一个小时内就写完回信，可因为我当时心烦意乱，许多事一下子落在我的身上，我的回信没有和其他的许多信件一起寄出，而是被锁进了我的写字桌。我相信自己已经写得够多，虽然只有几行字，但足以令她满意，依然毫不担忧——我很失望没有很快再收到她的回信：可我为她想了理由，又太忙碌，而且——我能否加上一点？——因为想法太过乐观而强词夺理——我们搬到了温莎，两天后我收到了她的包裹，我所有的信件都被退回！里面还有她写的几行字，说我对她的上一封信只字未回，令她万分惊讶。另外，既然对这个问题的沉默不可能被误解，而且双方最好都能尽快结束其他安排，她现在就通过安全稳妥的方式，把我所有的信都寄来，要求我要是不能立刻寄出她的信，务必在一周之内寄到海伯里，过了那段时间，我可以把信寄到——总之，在布里斯托尔附近，斯莫尔里奇先生的完整地址，赫然出现在我的面前。我知道那个名字、那个地方，我立刻明白她在做什么。这完全符合我知道她拥有的果断性格。她在上一封信中对此事完全保密，正说明她是多么急切，又是多么谨慎。她绝不想看似在要挟我——想想我有多震惊。想想我在发现自己的过错前，是怎样痛骂邮局的疏忽——该怎么办？——只有一件事——我必须和我的舅舅谈一谈。没有他的批准我无法期待再让她听我说话——我开口了，情形对我有利。最近发生的事情令他心软，让他不再骄傲，他比我预想的更早接受并完全同意了这件事。可怜的人！他深深叹了口气，最后说，他祝愿我从婚姻中得到的幸福，能与他所得到的一样多——我觉得会是不同类型的幸福——我承受了多少才敢向他坦白，在悬而未决时多么忧心忡忡，您会因此同情我吗？——不，在我没有来到海伯里，没看见我让她病得多重之前，不要同情我。在我看到那张苍白憔悴的脸之前，不要同情我——我知道她们早餐吃得晚，那天我来到海伯里，相信很可能会看见她独自一人——我没有失望，最终我也没有对我的旅行目的感到失望。我必须苦口婆心地劝她打消许多很不合理、很不公正的不满，但我做到了。我们和好了，比以前更加相爱，爱得更深，我们之间再也不会发生任何不快。现在，我亲爱的太太，我该让您走了，可我最后还要说几句。我想一千遍，几千遍地感谢您一直以来对我的好意，一万遍地感谢您对她的悉心关怀——如果您认为我有些配不上这样的幸福，我完全同意您的看法——伍小姐说我是幸运之子。我希望她是对的——在一个方面，我的幸运毋庸置疑，那就是我能称自己为——

您感恩的、亲爱的儿子
弗·邱·韦斯顿·邱吉尔

第十五章

这封信一定能打动爱玛的心。虽然她开始根本不想读信，却只能像韦斯顿太太预言的那样公正地对待它。她一看到自己的名字，就觉得难以抗拒；与她相关的每一行文字都十分有趣，几乎每一行都令她欢喜；在这种魅力消失后，她还是因为自然而然又喜欢上写信的人，以及在当时任何关于爱情的描述都会对她产生的强烈吸引，继续读下去。她一口气读完了信，虽然不可能不认为他犯了错，但他的错误比以前减轻了——而且他承受了痛苦，又感到歉疚——他对韦斯顿太太如此感激，那样深爱着费尔法克斯小姐，她自己又这么幸福，因此她绝不会苛求于他。要是他能走进屋子，她一定会像从前那样热情地与他握手。

她对这封信大加赞赏，所以当奈特利先生再来时，她想让他也读一读。她的确相信韦斯顿太太希望她能告诉别人，尤其对一个人，比如认为他的行为很有过错的奈特利先生。

"我很愿意看一看，"他说，"可似乎太长了。我晚上会把它带回家。"

但那可不行。韦斯顿先生晚上要来拜访，她必须把信还给他。

"我宁愿和你说话，"他答道，"不过既然是有关公正的事，那就应该做。"

他开始读信——但几乎立刻停下来说："要是几个月前让我看这位先生写给他继母的信，爱玛，我可不会这样漫不经心。"

他继续看了一些，默默念着，然后微笑着说："哼！一开始就是漂亮的恭维话：不过这是他的风格。一个人的风格不该成为另一个人的规则。我们不必苛刻。"

"我总是自然而然地，"他随即又说，"在阅读时说出我的看法。这样做，我就觉得在你身边。这样不会太浪费时间：但如果你不喜欢——"

"完全没有。我希望这样。"

奈特利先生更加欣然地继续读信。

"他在戏谑，"他说，"关于诱惑的事。他知道他错了，说不出合理的解释——糟糕——他不该定下婚约——'他父亲的性情'——可是，这样说对他的父亲并不公平。韦斯顿先生乐观的天性对于他正直高尚的品格是件好事，不过韦斯顿先生没费什么力气就得到了现在的所有幸福——完全正确，他是在费尔法克斯小姐到这儿后才来的。"

"我没有忘记，"爱玛说，"你非常肯定地说过他要是愿意，本该可以早点过来。你很大度地不提此事——可你说的一点没错。"

"我当时的看法并非完全公正，爱玛——不过，我想——要是你和此事无关——我还是会不相信他。"

读到伍德豪斯小姐那部分时，他忍不住将和她相关的部分全都大声读了出来，微笑着，看看她，摇摇头，说上一两句赞成或不赞成的话，或是仅仅因为话题而表达一下爱意。然而，经过一番认真思考，他严肃地这样总结道：

"很糟糕——虽然还可能更糟糕——玩着极其危险的把戏。他能逃脱责任真该感激不尽——他怎么能评判他本人对你的行为——总是因为他自己的想法而无视事实，除了他本人的方便其他都不考虑——幻想着你弄清了他的秘密。这再自然不过了！——他自己的心里满是诡计，当然会这样看待别人——神神秘秘，耍尽手段——让人无法琢磨！我的爱玛，这一切岂不是更能说明，在我们彼此之间的所有交往中，诚实与真心有多么美好吗？"

爱玛表示同意，因为想到哈丽特的事情而红了脸，她无法对此给予真心的解释。

"你最好接着读。"她说。

他读了下去，但很快又停下来说："钢琴！唉！那是太过年轻的人干出的傻事，因为太年轻，才不会考虑这件事带来的麻烦是否超过了快乐。幼稚的做法，真是这样！——一个男人想给一个女人爱情的信物，明知她不想要，明知道她但凡能够阻止就不会让他送这架钢琴，他却偏要送，我真是无法理解。"

接着，他没再停顿又读了一些。弗兰克·邱吉尔承认自己行为可耻最先让他边读边多说了几句。

"我完全同意你，先生，"他这样说，"你的行为非常可耻。你没有哪句话比这句更诚实。"读完紧接着关于他们之间分歧的根本原因，他坚持与简·费尔法克斯的是非观作对，他停顿了更久，说道："这非常糟糕——他引诱她为了他本人的利益，将她自己置于极其尴尬与不安的境地，他的首要目标本该是避免让她承受不必要的痛苦——为了保持通信，她需要克服的困难一定比他多得多。即使她有不合理的顾虑，他也应该加以尊重；可她的顾虑全都合情合理。我们必须留意她的一个过错，记得她同意婚约是一件错事，才能忍受她竟然会受到这般惩罚。"

爱玛知道他现在要说起博克斯山的聚会，变得很不自在。她自己的行为实在太不得体！她深感羞愧，有些害怕他的下一个眼神。不过，他沉稳又专注地读完了，没做一点评价；只是稍微看了她一眼，就很快收回目光，以免让她痛苦——似乎关于博克斯山的记忆已经不复存在。

"关于我们的好朋友埃尔顿夫妇的关心体贴，没什么好说，"他又说道，"他的感情自然而然——什么！竟然决心和他一刀两断！——她感觉她们的婚约成了彼此悔恨痛苦的根源——她解除了婚约——这多能说明她对他行为的看法呀！——唉，他必定是个非常——"

"别，别，接着读——你会发现他有多痛苦。"

"我希望如此，"奈特利先生冷冷地答道，继续读信，"斯莫尔里奇！——这是什么意思？这到底怎么回事？"

"她已经约好给斯莫尔里奇太太家的孩子们当家庭教师——埃尔顿太太的一个好朋友——梅普尔·格罗夫的一位邻居。顺便说一句，我不知道埃尔顿太太会怎样承受这个失望。"

"别说话，我亲爱的爱玛，既然你想让我读信——即使谈埃尔顿太太也不行。只有一页了。我很快就能读完。这人写的什么信啊！"

"我希望你能怀着对他更仁慈的心读这封信。"

"哦，这儿是有感情——他看到她病了，似乎真的很难过——是的，我毫不怀疑他爱她。'比以前更加相爱，爱得更深'，我希望他能长久地感受到这次和好有多么可贵——他感谢的话说得真慷慨，成千上万的谢意。'我有些配不上这样的幸福'，好啦，那才是自知之明。'伍德豪斯小姐说我是幸运之子'——那是伍德豪斯小姐说过的话，是吗？结尾不错——那就是信的全部内容。幸运之子！你是那样称呼他的，对吗？"

"你似乎对他的信不像我这样满意；可你还是必须，至少我希望你必须因此对他的看法好一些。我希望这封信能让你对他的印象好一点。"

"是的，当然如此。他有很大的缺点，做事轻率和考虑不周的缺点。我很赞成他的观点，认为他可能不配得到这样的幸福。不过既然他无疑真心爱着费尔法克斯小姐，可能很快就会与她朝夕相处，我很乐意相信他的品性会变好，从她那儿得到他缺少的稳重与审慎。现在，让我和你谈谈别的事。此时我心里想着另一个人的利益，不能再多想弗兰克·邱吉尔。自从我今天早上离开你，爱玛，我一直在努力思考着一个问题。"

于是他说起了这个问题，是用清晰、自然、文雅的英语说出的。奈特利先生即使和他深爱的女人说话也是如此，谈到怎样能让她嫁给他，而不损害她父亲的幸福。爱玛一听此话便立刻答复"当她亲爱的父亲还活着时，根本不可能改变她的境况。她永远不会离开他。"不过，这个回答的一部分得到了赞同。对于她不能离开她父亲这一点，奈特利先生完全与她感同身受；至于不可能做出其他任何改变，他不能赞成，他已经对此深思熟虑。

起初，他想诱惑伍德豪斯先生和她一起搬到当维尔。他开始觉得可行，但凭他对伍德豪斯先生的了解，他不愿过久地欺骗自己；现在他承认自己相信这样的改变会危害她父亲的安适，甚至威胁他的生命，这一点绝不能冒险。让伍德豪斯先生离开哈特菲尔德！——不，他觉得不该做那种尝试。不过舍弃这一点而想出的另一个计划，他相信他最亲爱的爱玛会找不出任何问题：那就是，他应该搬到哈特菲尔德。只要她父亲的幸福，或者说他的生命——要求她继续以哈特菲尔德为家，这儿也应该成为他的家。

关于他们都搬到当维尔，爱玛自己已经短暂地考虑过。和他一样，她试想过这个方案又否决了，可是这样的替代方案她从来没有想到过。她感受到这能表达的所有深情。她认为如果离开当维尔，一定会牺牲他的许多自由时间与习惯；一直和她的父亲住在一起，不在他自己的房子里，一定有很多、很多的事情需要忍耐。她同意考虑，也建议他认真考虑，可他已经下定决心，再怎么考虑也不会改变他对这件事的心愿和想法。他让她放心，他已经对此做了长时间的冷静考虑。他整个早上都离开了威廉·拉金斯，只为能够独自思考。

"啊！还有一个问题没有考虑，"爱玛叫道，"我肯定威廉·拉金斯不会喜欢。你在征求我的同意前，必须得到他的同意。"

不过，她答应考虑此事；几乎答应要好好考虑，以便能发现这是个很好的计划。

令人惊奇的是，爱玛现在考虑了许许多多和当维尔庄园有关的问题，却从来没想过对她外甥亨利的伤害，她以前可是那么固执地看重他作为未来继承人的权利。她一定想到了可能给这个可怜的小男孩带来的不同，但只是淘气地会心一笑，发现了她强烈反对奈特利先生和简·费尔法克斯，或是和其他任何人结婚的真正原因。她曾经将此全都归结于作为妹妹和姨妈的亲切关怀，现在不禁感到好笑。

他的这个提议，他想结婚并住在哈特菲尔德的打算——她越考虑，就越开心。对他的坏处似乎在减少，对她自己的好处在增加，对他们共同的利益超过了所有的不利方面。在忧愁和沮丧时，能有这样一位伴侣多好啊！——随着时间的推移，所有那些责任与照料一定会让她感到愈加凄凉，有了这样的伴侣是多么幸福！

要不是因为哈丽特，她一定会幸福极了；可她自己的所有幸福似乎涉及并增加了她朋友的痛苦，她现在甚至必须被排除在哈特菲尔德之外。爱玛自己能安心享受的愉快的家庭聚会，只因善意的考虑，必须让哈丽特保持距离。她将是个彻底的失败者。爱玛不会哀叹因为少了她就影响了自己丝毫的幸福。在那样的聚会中，哈丽特只会是个沉重的负担。然而对于这个可怜的女孩本人，必须将她置于这般境地，让她承受不该承受的惩罚，似乎过于残酷。

当然，奈特利先生迟早会被遗忘，也就是说，被人取代，可是不能指望这样的事情会很快发生。奈特利先生本人无法做任何事情治愈她的痛苦——不像埃尔顿先生。奈特利先生总是这么宽厚、这么体贴，真正关心每一个人，永远都应该像现在这样受人敬重。而且期待哈丽特能够在一年之内爱上**三个**以上的男人，也实在有些过分。

第十六章

爱玛发现哈丽特和她本人一样想避免见面，于是大大地松了一口气。她们的书信来往已经够痛苦了。假如不得不见面，还会糟糕得多！

哈丽特几乎是以预料中的方式表达了自己的态度，没有责备，也没有明显感到被利用；可爱玛还是觉得她有些怨恨，是以她的风格表达了类似的情感，这让她更想与她分开——这也许只是她自己的想法，不过在那样的打击下，似乎只有天使才能做到毫无怨恨。

她毫不费力地得到了伊萨贝拉的邀请；她刚好有个充分的理由提出此事，用不着想什么借口——哈丽特的一颗牙齿有问题。她已经有一阵子很想去看牙医。约翰·奈特利太太很高兴能帮得上忙，任何关于身体健康的事情她都喜欢——虽然她对牙医的喜爱比不上对温菲尔德先生，她还是热心地想要照顾哈丽特。在和她姐姐做好安排后，爱玛向她的朋友提议，发现她很好说服——哈丽特会去，得到了至少两个星期的邀请，她将乘坐伍德豪斯先生的马车去——一切安排妥当，全部完成，哈丽特平安到达了布伦斯威克广场。

现在，爱玛能够真正享受奈特利先生的来访了。现在她能真正幸福地说话与倾听，不会被任何不公、愧疚与其他特别痛苦的感情所影响。这段时间以来，只要想起身边有一颗心多么失望，那个时候，在不远处，那颗被她引入歧途的心正承受着怎样的痛苦，她就心神不宁。

哈丽特在戈达德太太家和在伦敦的不同，也许爱玛在感觉上的差异有些不合情理。可是想到她在伦敦，爱玛总能想起有许多令她好奇让她可做的事情，一定能帮她逃避过去，忘却痛苦。

她不愿立即用其他任何烦恼取代哈丽特给她的烦恼。她得说明一件事，只有**她**才能做得到——向她的父亲坦白她已经订婚，可她现在根本不想做——她决定在韦斯顿太太平安分娩后再说出此事。这时不能给她心爱的人增添新的不安——到那个时间前，她本人也不会因为想到即将发生的事而难过——至少，她应该享受两个星期的轻松与安宁，让随后更加温暖，却更令人担忧的喜悦变得圆满。

她很快就决定在这个心情不错的日子抽出半天去拜访费尔法克斯小姐，既是责任也是乐趣——她应该去——她很想见她，她们如今相似的处境让彼此更有善意相待的理由。这将是**默契**的满足感，而知道两人相似的境况，一定会让她对简可能说的任何事更感兴趣。

她去了——她曾经有一次乘车过去却没能进门，自从去博克斯山的第二天早晨后就再也没进过这栋房子。当时可怜的简那样痛苦忧伤，让她满心同情，虽然她全然不知究竟是什么让她最感到痛苦——她担心自己依然不受欢迎，虽然知道简一定在家，还是决定等在走廊，并送上名片——她听见帕蒂报出她的名字，但没有听到上次可怜的贝茨小姐弄出的那些声响——不，她只立刻听见"请她上来"的答复——很快就在楼梯上遇到了简本人，她急着过来，仿佛用其他方式不足以表示欢迎——爱玛从未见她如此健康，如此可爱，如此迷人。她神清气爽，生机勃勃，热情洋溢；曾经在神情举止上缺乏的一切，现在全都具备——她伸出手走上前，低声却动情地说：

"你真是太好了，真的！——伍德豪斯小姐，我无法表达——我希望你能相信——原谅我竟说不出话来。"

爱玛很高兴，本想立刻开口说话，却因为听见客厅里埃尔顿太太的声音而赶紧停下，只得暂时将全部的友好祝福凝结于一阵非常、非常诚挚的握手之中。

贝茨太太和埃尔顿太太在一起。贝茨小姐出去了，这就解释了刚才的平静。爱玛宁愿埃尔顿太太在别处，但她心情很好，对谁都有耐心。埃尔顿太太异常客气地与她见面，她也希望此次邂逅对她们没有坏处。

她很快发觉自己看透了埃尔顿太太的想法，明白了她为何与自己一样心情愉快。她得知了费尔法克斯小姐的事，还以为自己知道了别人并不知情的秘密。爱玛立刻从她的表情中觉察出来。她向贝茨太太问好，看似在等待这位好心的老太太的答复时，只见她神神秘秘地折起一封她显然为费尔法克斯小姐大声朗读过的信，放回身边紫色镶金的手提袋里，意味深长地点头说道：

"我们可以改天读完，你知道。你和我之间不缺机会。事实上，你已经听见所有的重要内容。我只想向你说明斯太太接受了我们的歉意，没有生气。你看她的信写得多愉快。哦！她是个可爱的人儿！你要是去了，一定会喜欢她——但是别再多言。让我

们不要多说——谨慎行事——嘘!——你记得那几行——我现在忘记那首诗了:

因为倘若与女士相关,
你知道,其他的一切都得让位。[①]

现在我说,我亲爱的,在**我们**的情况下,对**女士**来说,读吧——别出声!对明智的人说的话——我的兴致很高,不是吗?不过我想让你对斯太太的事放心——**我**的话,你知道,已经让她心平气和了。"

接着,当爱玛只是扭头看贝茨太太织东西时,她又悄声说:

"你知道,我没有提起**名字**——哦!不,像国家大臣一样谨慎。我处理得极其妥当。"

爱玛毫不怀疑。这显然是在炫耀,一有机会就要重复说起。她们一起稍稍谈了谈好天气和韦斯顿太太的好状态,她忽然听见埃尔顿太太对她说,

"伍德豪斯小姐,你不觉得我们这位可爱的小朋友已经恢复得非常好了吗?——你不认为她的恢复是对佩里最好的赞赏吗?——(此时她意味深长地向简瞥了一眼)说实话,佩里竟然用这么短的时间让她恢复了健康!——哦!要是你和我一样,见过她病得最重时的样子就好了!"——当贝茨太太和爱玛说着什

---

① 选自英国诗人约翰·盖伊(1685—1732)的《兔子与朋友》,这是他的《寓言》(1727)中最受欢迎的作品,埃尔顿太太的引用与原文稍有出入。因为原文是关于公牛和母牛之间的爱,所以这个引用很不恰当。

么时，她又低声说，"我们不说佩里可能得到了什么**帮助**，只字不提从温莎来的某位年轻医师——哦！不，一切都是佩里的功劳。"

"自从博克斯山的聚会后，伍德豪斯小姐，"她随即又说，"我几乎不曾有幸遇见你。很愉快的聚会，可我还是觉得缺了什么。事情似乎并不——也就是说，有些人的兴致似乎并不高——至少在我看来是这样，但我也许错了。不过，我觉得这至少让人还想再去一回。要是好天气还能继续，你们两个觉得我们召集同样的人，再去博克斯山玩一趟怎么样？——必须是同样的人，完全相同的人，**一个**也不例外。"

不久后贝茨小姐进来了，爱玛不禁因为她对自己说话时的困惑分了神，她想这是因为她不知该说些什么，又急不可耐地什么都想说。

"谢谢，亲爱的伍德豪斯小姐，你实在太好心了——我无法说——是的，的确，我非常明白——最亲爱的简的前途——也就是，我不是说——不过她已经恢复得特别好——伍德豪斯先生怎么样？——我真高兴——我什么也做不了——你看我们几个多么开心地在一起——是的，的确——可爱的年轻人！——也就是说——那么友好，我是指好心的佩里先生！——那么关心简！"——从她对埃尔顿太太的来访表现出的非常高兴，感激不尽的欣喜之情看来，爱玛猜测牧师一家曾对简表示过一些愤恨，现在已经宽厚地化解了——在几句让人无法猜出的真正耳语之后，埃尔顿太太高声说道：

"是的，我来了，我的好朋友。我在这儿待得太久，要是换在别处我肯定会觉得应该为此道歉。可实际上，我在等待我的夫君和主人。他答应过来找我，并向你们问好。"

"什么？我们将有幸欢迎埃尔顿先生的光临？——真是太赏脸了！因为我知道先生们不喜欢上午来访，埃尔顿先生又那么忙。"

"说真的是这样，贝茨小姐——他的确从早忙到晚——人们总是没完没了地来找他，不是这个借口，就是那个理由——地方官、监督员和教堂理事们都想听他的意见。他们似乎没有他就什么都做不了——'说实话，埃先生，'我常说，'幸好是你不是我——要是有你一半的事情，我的绘画和钢琴还不知会变成怎样。'——已经够糟糕了，因为我对这两件事荒废到了不可原谅的地步——我相信我已经两个星期没碰过一个琴键——不过，他正要过来，你放心：是的，的确，特意来拜访你们所有人。"她抬起手遮住嘴不让爱玛听见："是来祝贺的，你知道——哦！是的，这必不可少。"

贝茨小姐四处看看，真是满心欢喜！

"他答应一旦能从奈特利那儿脱身就来找我，可他正和奈特利关在屋里专心讨论呢——埃先生是奈特利的得力助手。"

爱玛根本笑不出来，只是说："埃尔顿先生是走到当维尔的吗？——他会走得很热。"

"哦！不，是在克朗的聚会，一次常规聚会。韦斯顿和柯尔也会在那儿。不过人们总会只说那些领头的人——我猜埃先生和奈特利凡事都我行我素。"

"你没弄错日子吗？"爱玛说，"我几乎肯定克朗的聚会明天才能开始——奈特利先生昨天在哈特菲尔德，说了那是星期六。"

"哦！不，聚会当然是在今天，"她唐突地答道，意思是埃尔顿太太绝不可能弄错——"我的确相信，"她又说道，"这是最麻烦的教区。我们在梅普尔·格罗夫从没听说过这样的事。"

"你那儿的教区很小。"简说。

"说真的，我亲爱的，我不知道，因为我从没听说过这样的话题。"

"不过学校那么小就能证明，我听你说过，由你姐姐和布拉格太太资助，是唯一的学校，不到二十五个孩子。"

"啊！你真聪明，那很正确。你真会动脑子！我说，简，要是你和我能够并成一人，该有多完美的性格。我的活泼和你的稳重会带来完美——然而，并非我贸然暗示，**某人**也许还觉得**你**不够完美——不过嘘！——请你什么也别再说。"

这样的警告似乎没有必要。简正想说话，但不是对埃尔顿太太，而是对伍德豪斯小姐说，后者看得清清楚楚。在礼貌允许的前提下表示对她的关注，这样的心愿显而易见，虽然常常只能用一个眼神来传递。

埃尔顿先生来了。他的太太用一番兴致勃勃的俏皮话问候他。

"干得漂亮，先生，说真的。把我送到这儿，成为我朋友们的累赘，比你说好要来的时间晚这么多！——不过你知道你应对的人有多么温顺。你知道在我的夫君和主人到来前我动都不会动——我已经在这儿坐了一个小时，为这些年轻的小姐们做了一个真心服从丈夫的榜样——因为你知道，谁能说清她们多快就会需要这种品质呢?"

埃尔顿先生又热又累,似乎这番俏皮话全都白说了。他必须向其他女士们礼貌问候,但随后的话题是哀叹自己受了多少热,白白走了那么多路。

"我走到当维尔,"他说,"却找不到奈特利。真奇怪! 真是莫名其妙! 我早晨给他送了便条,得到他的回复,他一点钟前当然应该在家里。"

"当维尔!"他的妻子叫道,"我亲爱的埃先生,你没有去当维尔! ——你是指克朗,你是从克朗聚会过来的。"

"不,不,那是明天。我今天特别想见奈特利,就为了那件事——早上简直热死了! ——我还穿过了田地(用苦不堪言的语气说),弄得更加遭罪。然后发现他不在家! 我告诉你我一点也不高兴。既没有道歉,也没留口信。管家声称她根本不知道我会去——真是奇怪! ——谁也不知道他去了哪儿。也许是哈特菲尔德,也许是阿比-米尔,也许在他的树林里——伍德豪斯小姐,这不像是我们的朋友奈特利! ——你能解释吗?"

爱玛觉得好笑,她断定这的确非常奇怪,但她一个字也没法为他解释。

"我无法想象,"埃尔顿太太说(感到作为一个妻子应有的愤慨),"我无法想象他竟然对你做那样的事! 在所有人当中,你是最不该被忘记的那个人! ——我亲爱的埃先生,他一定给你留了口信,我肯定他留了——即使是奈特利,也不该那么奇怪——是他的仆人忘记了。没错,肯定如此:很可能是当维尔的仆人们,我观察过很多次,他们全都笨手笨脚,丢三落四——我说什么也不会让他家的哈利那种人打理我们的餐具柜。至于霍奇斯太太，赖特根本瞧不起她——她答应给赖特一张收条，却一直没送去。"

"在我快走到房子时，"埃尔顿先生又说道，"我遇见了威廉·拉金斯，他对我说，我在家里肯定找不到他的主人，可我不相信他——威廉看上去心情很不好。他说他不知道他的主人最近怎么了，可他几乎听不见他说话。威廉想要什么和我无关，但**我**今天必须见到奈特利，这真的非常重要。因此，我竟然冒着酷暑走了那么多路却白费力气，实在太让人讨厌了。"

爱玛觉得她最好马上回家。此时他一定在那儿等着她。也许还能免得奈特利先生继续惹恼埃尔顿先生，即便不是威廉·拉金斯。

离开时，她很高兴地看见费尔法克斯小姐一定要送她出门，甚至和她走到楼下。这给了她机会，而她立刻抓住这机会说，

"也许，我没有机会反倒更好。要不是有别的朋友在场，我可能会忍不住说起一件事，问一些问题，信口说出一些不太得体的话——我觉得我肯定会失礼。"

"哦！"简红着脸，有些迟疑地叫道，爱玛觉得她这个样子比平时的冷静优雅可爱得多——"不必担心。我只担心我会让你厌烦。你能对我表示关心，实在让我高兴不已——说真的，伍德豪斯小姐（说话时冷静了些），令我倍感安慰的是，我知道自己做了错事，很大的错事，得知我的这些朋友们，对我的好感最值得我看重的朋友们，没有对我讨厌到——我没时间说出一半的心里话。我一直想要道歉，找些理由，很想做些什么。我觉得我应该那样做。然而，不幸的是——简而言之，要是你在心里不能原谅

我的朋友——"

"哦！你太多虑了，真的，"爱玛抓住她的手激动地叫道，"你不欠我任何道歉。你也许能认为需要你道歉的每个人都非常满意，非常高兴，甚至——"

"你真好，可我知道我是怎样对待你的——那么冷淡，那么虚伪！——我总是在演戏——那是一种欺骗的生活！——我知道我一定惹你厌烦。"

"请别再多说。我觉得所有的歉意应该来自于我。让我们立刻彼此原谅吧。我们无论如何都必须尽快做到，我想我们的感情不容迟疑。但愿你从温莎得到了好消息？"

"很好的消息。"

"我想，下一个消息会是，我们将要失去你——就在我刚刚了解你的时候。"

"哦！至于那个，当然还不能考虑。在坎贝尔上校和太太叫我过去之前，我会待在这里。"

"也许，什么都还没定下来，"爱玛微笑着答道，"不过，对不起，这必须要考虑。"

简也微笑着答道：

"你说的很对，已经在考虑了。我向你承认，（我知道你不会说出去，）目前，我们在恩斯库姆陪邱吉尔先生一起住的事情，已经定了下来。至少，必须守三个月的重孝；不过等结束之后，我想就没什么可等了。"

"谢谢你，谢谢你——这正是我想确认的——哦！要是你早点知道我多么喜欢一切都明确坦诚，那该多好！——再见，再见。"

第十七章

　　韦斯顿太太平安分娩，她所有的朋友都为之高兴。对爱玛来说，如果说除了平安，还有什么能让她更加满意，那就是得知她的朋友成了一个小女孩的母亲。爱玛一心想要个韦斯顿小姐。她不会承认这是因为她今后想为她做媒，让她嫁给伊萨贝拉的哪个儿子，可她深信女儿对于父亲和母亲都最合适。当韦斯顿先生老了以后，将是对他很大的安慰——即使韦斯顿先生十年以后也会变老——在他的火炉边始终有个不离开家的孩子①，用她的嬉戏、调皮、任性和幻想让他的身边充满生机。还有韦斯顿太太——谁也不会怀疑女儿最适合她。要是一个这么会调教女孩的人，不能再次发挥自己的才能，那也真是可惜。

　　"她已经有了优势，你知道，在我身上实践过，"她继续说道，"就像在德·让利夫人写的《阿黛莱德和西奥多》②里，达尔曼男爵夫人用道斯达利女伯爵做了实践。我们如今应该能看到，她用更完美的方案教育她自己的小阿黛莱德。"

　　"也就是说，"奈特利先生答道，"她会对她比对你更娇宠，还认为一点都没宠她。这将是唯一的区别。"

　　"可怜的孩子！"爱玛叫道，"那样的话，她会变成什么

---

① 当时男孩通常被送到寄宿学校，而女孩一般在家接受教育。
② 法国作家 Mme de Genlis（1746—1830）创作的小说，1783 年出现英译本。

样子？"

"不会太差——和成千上万的孩子一样。她小时候会惹人嫌，长大后将自己改正。我已经一点都不讨厌被宠坏的孩子了，我最亲爱的爱玛。我所有的幸福都归功于**你**，要是对他们苛求，岂不是太忘恩负义了？"

爱玛笑着答道："可我得到了你的努力帮助，才能抵消别人对我的娇宠。没有这一点，我怀疑我自己的理智能否让我改正。"

"你吗？——我毫不怀疑。自然给了你理智——泰勒小姐给了你原则。你一定会很好。我的干涉既可能带来好处，也可能带来坏处。你可以自然而然地说，他有什么权利教训我？——我担心你也会很自然地感到这样做使你很不愉快。我不认为我给你带来了什么好处。好处都是对于我自己，把你当成我最能温柔以待的人。我只要想起这一点，就忍不住会宠爱你，包括你的缺点和一切。凭着想象出你许多的错误，至少从你十三岁开始，我就已经爱上了你。"

"我肯定你对我有帮助，"爱玛叫道，"我常常得到你好的影响——比我当时愿意承认的还要多。我很肯定你对我有好处。如果可怜的小安娜·韦斯顿也被宠坏了，你要是能像当初对我一样对待她，将是最大的仁慈，但别在她十三岁时爱上她。"

"当你是个小女孩时，你常常带着你那调皮的神情对我说：'奈特利先生，我想做这个或那个，爸爸说我可以，或是我得到了泰勒小姐的允许'——你知道，那件事我不赞成。在那种情况下，我的干涉不是让你有点不快，而是给你双重的不愉快。"

"我当时有多可爱呀！难怪你竟会如此深情地记住我的话。"

"'奈特利先生',你总是这样叫我,'奈特利先生,'从习惯来说,听起来没那么正式——但还是正式。我想让你对我换个称呼,可我不知该叫什么。"

"我记得有一次叫你'乔治',在我心情不错的某个时候,大约十年前。我那样做是因为我觉得会惹恼你,不过,因为你没反对,我就没有再叫过。"

"那你现在不能叫我'乔治'吗?"

"不可能!除了'奈特利先生',其他我什么也叫不出。我甚至无法答应按照埃尔顿太太优雅简练的方式,叫你奈先生——不过我会答应,"她马上又红着脸笑着说,"我答应叫你一次教名。我不说什么时候,但也许你能猜到在哪儿——就在 N 和 M① 无论是好是坏,都将缔结姻缘的那座房子里。"

爱玛很难过她不能更公开公正地对待一个重要问题,要是能有他的见识,也许可以做到;如果当初听从他的建议,她也不会犯下她作为女人最大的傻事——任性地与哈丽特·史密斯亲密交往。可是这个话题太敏感——她说不出口——他俩之间很少提起哈丽特。这一点,在他那一方,也许只是因为没想到她;然而爱玛更愿将此归结于敏感,也怀疑从某些事看来,她们的友情正在消失。她自己也意识到,要是在其他任何情况下分开,她们一定会更多地写信,她的消息不该像现在这样,完全来自于伊萨贝拉的来信。他也许会注意到这一点。必须向他隐瞒的痛苦,丝毫不亚于让哈丽特伤心的痛苦。

---

① N 和 M 指代结婚的男女双方,而这两个字母与奈特利先生和爱玛的姓名形成了有趣的谐音。

不出所料，伊萨贝拉写了一封详细介绍她客人的信。她刚到时，她以为她心情不好，这在当时显得自然而然，因为她要去看牙医。不过，这件事情结束后，她似乎没发现哈丽特和她以前认识的她有什么不同——当然，伊萨贝拉不太善于观察，可要是哈丽特不能和孩子们一起玩，也逃不过她的眼睛。爱玛能够非常愉快地感到安心，满怀希望，因为哈丽特还能多住一阵子，她的两个星期也许会变成至少一个月。约翰·奈特利先生和太太八月过来，于是邀请她住到和他们一起回来。

"约翰甚至没有提到你的朋友，"奈特利先生说，"如果你想看看，这是他的回复。"

这是约翰对哥哥结婚打算的回复。爱玛急切地接过信，迫不及待地想知道他会怎么说，完全不因为她的朋友没被提起而不感兴趣。

"约翰是以兄弟的身份感受我的幸福，"奈特利先生又说，"不过他一点都不会恭维人。虽然我很清楚，他也对你怀着兄长般的深情，可他太不擅长花言巧语，所以换作任何其他年轻女子，都会认为对她的赞美过于冷淡。但我不怕让你看看他写了什么。"

"他的信像是理智的人所写，"爱玛读完信后答道，"我敬佩他的真诚。显然他认为这个婚约完全对我有好处，他对我将来能够无愧于你的深情并非不抱希望，而你觉得我已经做到了。要是他换个方式说任何话，我都不会相信他。"

"我的爱玛，他不是这个意思。他只是说——"

"我和他对两人的评价差异很小，"她带着有些严肃的笑容打断道，"也许，比他认为的小得多，假如我们能够毫不客套，毫无保留地谈论这个话题。"

"爱玛，我亲爱的爱玛——"

"哦!"她更加兴高采烈地叫道，"要是你觉得你的弟弟对我不公平，就等我亲爱的父亲得知这个秘密后，听听他的想法吧。相信我，他绝对不会对**你**公平。他会认为这件事带来的所有幸福，所有好处，全都属于你；所有的优点都在我这边。但愿我不会立刻沦为他口中'可怜的爱玛'——对于受了委屈的好人，他温柔的同情只能到达这一步了。"

"啊!"他叫道，"我希望你的父亲能有约翰一半好说服，认为我们非常般配，能够幸福地生活在一起。约翰的信中有一处让我觉得很有趣——你注意到了吗？——他说，我的消息没让他感到太惊讶，他其实料到会听见这样的消息。"

"要是我了解你的弟弟，他只是想说料到你打算结婚。他根本没有想到我。他对那一点毫无准备。"

"是的，是的——可他竟能那样看透我的感情，还是让我觉得有趣。他凭什么做出的判断？——我没意识到我这次的情绪与说话和往常有任何不同，能让他想到我会结婚——不过我想，是有不同。我相信那天我和他们在一起时有些不同。我肯定没像以前那样和孩子们玩得那么多。我记得一天晚上可怜的男孩们说'伯伯现在好像总是很累'。"

到了必须进一步传开消息的时候了，听听别人会怎样接受。韦斯顿太太刚刚恢复得不错，能够招待伍德豪斯先生时，爱玛就想着她应该委婉地说起此事，决定先在家里宣布，再去兰德尔斯——可是该怎样最终告诉她的父亲啊！——她原本打算自己说，趁奈特利先生不在时；否则到了她实在失去勇气时，就只能推延下去；可奈特利先生就在那个时候过来了，顺着她的开头往下说——她只好开口说话，并开开心心地说下去。她自己一定不能用忧伤的语气，让他更加相信对他是个伤心事。她一定不能看似认为这是一件不幸的事情——她鼓起所有的勇气，先让他准备听到一件意想不到的事，接着，在几句话后便说道，如果能得到他的同意和许可——她相信这毫无困难，因为这样的安排会提升所有人的幸福——她和奈特利先生打算结婚，这就意味着哈特菲尔德会多一个人与他们朝夕相伴。她知道除了他的女儿和韦斯顿太太，他是这个世界上他最喜爱的人。

可怜的人儿！——这件事一开始令他大为震惊，他真心诚意地想劝她放弃。他一再提醒她，她总是说永远不会结婚，还向她保证对她来说一辈子独身要好得多，又说起可怜的伊萨贝拉和可怜的泰勒小姐——然而没有用。爱玛深情地缠着他，笑着说必须这样；他不能把她和伊萨贝拉与韦斯顿太太相提并论，她们因为结婚而离开了哈特菲尔德，这的确是令人伤心的变化；可她不会离开哈特菲尔德，她将永远在那儿；她只会给家中的人数和舒适带来更好的变化；她确信有奈特利先生在身边，他会幸福得多，只要他能接受这个想法——他不是特别喜欢奈特利先生吗？——她相信他不会否认这一点——遇到事情，除了奈特利先生，他还想找谁商量过？——谁能对他这么有用，总愿为他写信，乐意帮助他？有谁能这么开朗，这么体贴，这么喜爱他？他不是希望他一直在身边吗？——是的，一点没错。奈特利先生来得再勤也不嫌多，他会很高兴每天见到他——然而他们的确每天都能见到他——为何不这样继续下去呢？

伍德豪斯先生一时还无法接受。然而最大的困难已被克服，想法已经说出，时间和不断的反复一定能解决剩下的问题——在爱玛的请求和保证后，奈特利先生接着又说，他对她深情的赞美甚至让这个话题有些令人欢迎，很快他就习惯一有合适的机会，就听着两个人对他的劝说——他们得到了伊萨贝拉的全力相助，她写了不少由衷赞许的信。韦斯顿太太第一次见面，就本着最成人之美的想法考虑这个问题——首先，事已决定；其次，这是件好事——她完全想到这两点对于说服伍德豪斯先生同样重要——大家一致同意应该如此，每个能影响他的人都向他保证这是为了他的幸福。他自己在心里也几乎能够接受，于是想着等到什么时候——也许一两年后——他们真要结婚也未必是多大的坏事。

韦斯顿太太在劝说他时丝毫没有假装，全都是真心实意——当爱玛最初告诉她时，她特别惊讶，从来没有这么惊讶过。不过她看出这件事只会增加所有人的幸福，便毫不犹豫地尽力劝说他——她非常尊重奈特利先生，甚至认为他配得上她最亲爱的爱玛；这是在任何方面都那么得体、那么般配、那么完美的婚姻；在一个方面，最重要的一个方面，真是异常合适，格外幸运，现在看来，似乎爱玛不可能稳妥地爱上别的任何人，她甚至觉得自己实在太傻，竟然没能早点想到，并早些期待这件事——有身份的男人，有几个会愿意在向爱玛求婚后，放弃自己的家住进哈特菲尔德！除了奈特利先生，谁能了解并忍受伍德豪斯先生，竟然愿意做出那样的安排！——在她的丈夫和她自己想让弗兰克和爱玛结婚的计划中，总是感到如何解决可怜的伍德豪斯先生的问题有多么困难。怎样安排恩斯库姆和哈特菲尔德的要求，一直是个障碍——韦斯顿先生不像她那么在意——可即使他在结束这个话题时也只能说——"那些问题自然能解决，年轻人总会想出办法。"而现在，不用将任何事交给对未来的胡思乱想。一切都合情合理，开诚布公，平等以待。谁也不用做出牺牲。这本身是最能带来幸福的美满婚姻，没有一个真正的，合理的困难能够阻挠或推迟它。

韦斯顿太太膝上放着孩子，就这样浮想联翩，真是世界上最幸福的女人。如果说还有什么能让她更加幸福，那就是发现小宝宝的第一套帽子很快要戴不上了。

这个消息无论传到哪儿都会引起惊讶。韦斯顿先生惊讶了五分钟，然而他思维敏捷，五分钟足以让他理解——他看出这门亲事的种种好处，和他的妻子一样坚定地为此感到高兴。不过很快他就觉得不足为奇，一个小时后，他几乎相信自己早就料到会这样。

"我想这应该是个秘密，"他说，"这些事情永远是个秘密，直到发现人人都已经知道。只在我能够说出时才会告诉我——我不知简有没有猜到。"

第二天早上他去了海伯里，心满意足地说出那件事。他告诉她这个消息。她不就像一个女儿，他的大女儿吗？——他必须告诉她。因为贝茨小姐在场，当然会传给柯尔太太，佩里太太，埃尔顿太太，一刻也不耽搁。两位当事人完全料到了这一点。他们计算着从兰德尔斯得知消息开始，多久能够传遍海伯里，也十分明智地想到，自己会成为许多家庭在晚上的时间惊讶讨论的话题。

　　总的来说，这桩婚事很受赞赏。有人认为他最幸运，也有人认为幸运在她。一些人建议他们都搬到当维尔，把哈特菲尔德留给约翰·奈特利；另一些会预言他们的仆人也许会闹矛盾；不过大致看来，没有人提出严重的反对，除了在一户人家，牧师住宅里——在那儿，没有任何满意之情来化解惊讶。埃尔顿先生和他妻子相比，毫不关心这件事，他只希望"现在这位年轻的小姐满足了她的自尊心"，认为"她一直想方设法得到奈特利"，对于住在哈特菲尔德的问题，只是大胆地宣称："他肯，我可不愿意！"——然而埃尔顿太太特别心烦意乱——"可怜的奈特利！可怜的家伙！——对他来说真是件伤心事——她无比担心，因为他虽然很古怪，却依然有一千个优点——他怎么能够这样被欺骗？——根本没觉得他爱上了谁——一点也没有——可怜的奈特利！——这就结束了和他所有的愉快交往——不管他们什么时候邀请他，他都会多么愉快地来和他们一起吃饭呀！可现在一切都结束了——可怜的家伙！——再也不会为**她**安排去当维尔的游玩。哦！不，会有一个奈特利太太给所有的事情泼冷水——太令人讨厌了！但她一点都不后悔那天对管家的责备——令人震惊的安排，住在一起！永远不可能。她知道在梅普尔·格罗夫有一家人尝试过，结果没过三个月就不得不分开。"

第十八章

时光荏苒。再过几天，来自伦敦的一群人即将到达，这是令人惊恐的变化。一天早晨爱玛正在想着，想到这会让她多么焦虑多么悲伤，这时奈特利先生走进来，伤心的念头被搁在了一边。开心地聊了几句后他沉默了，接着，他用更加严肃的口吻说：

"我有一些事情要告诉你，爱玛，一些消息。"

"好消息还是坏消息？"她连忙问道，抬头看着他的脸。

"我不知道应该算什么。"

"哦！我肯定是好消息——我从你的表情看出来了。你在努力忍住笑。"

"恐怕，"他一本正经地说道，"我很担心，我亲爱的爱玛，你听到后不会笑。"

"真的吗？可是为什么？——我无法想象任何能让你高兴令你开心的事，会不让我也感到高兴和开心。"

"只有一件事，"他答道，"我希望只有一件事，我们两人会想法不同。"他停了一下，又微笑着，望着她的脸，"你没有想到什么吗？——你不记得了？——哈丽特·史密斯。"

听到这个名字她满脸通红，感觉有些害怕，虽然她不知在怕什么。

"你自己今天早上收到她的信了吗？"他叫道，"你收到了信，我肯定，你什么都知道了。"

"不，我没有，我什么也不知道。请告诉我吧。"

"你准备听到最坏的消息，我看得出来——非常糟糕的消息。哈丽特·史密斯要和罗伯特·马丁结婚了。"

爱玛吓了一跳，似乎毫无准备——她的眼睛热切地注视着他，像是在说，"不，这不可能！"然而她的双唇紧闭着。

"是这样，真的，"奈特利先生又说道，"我听罗伯特·马丁本人对我说的。他半个小时前刚刚离开我。"

她依然带着无法言喻的惊讶望着他。

"你喜欢这样，我的爱玛，我一点也不担心——我希望我们的想法能够一致。不过迟早会一致的。你尽可相信，时间会改变我们当中一个或另一个人的想法。现在，我们不必过多讨论这个话题。"

"你误会我了，你真的误会了我，"她竭力说道，"并不是这件事现在让我不高兴，只是我无法相信。似乎完全不可能——你不会想说，哈丽特·史密斯已经接受了罗伯特·马丁吧？你不可能指他甚至再次向她求了婚——还没有是吗？你只想说，他打算求婚。"

"我的意思是他已经求了婚，"奈特利先生答道，他微笑着却又坚定地说，"并且被接受了。"

"天啊！"她叫道，"哎呀！"她转向针线篮，找个借口低下头，以掩饰她的脸上肯定已经透露出来，又是高兴又觉有趣的强烈感受，随即又说，"好吧，现在将一切都告诉我，让我明白是怎么回事。怎么做到的，在哪儿，什么时候？——让我知道全部。我从来没有这样惊讶过——但我向你保证，这没有让我不高兴——这——这怎么可能呢?"

"事情很简单。三天前他有事去城里，我让他负责帮我把一些文件送给约翰——他把这些文件送给了约翰，送到他的家里，并被邀请当天晚上和他们一起去阿斯特利剧场。他们打算带两个最大的男孩去阿斯特利。一行人包括我们的兄弟姐妹，亨利，约翰——还有史密斯小姐。我的朋友罗伯特无法抗拒。他们顺路叫上他，都玩得很开心，我的弟弟让他第二天去吃饭——他去了——在拜访时（据我的理解）他找了个机会和哈丽特说话，当然这些话没有白说——她接受了他，甚至让他得到了理应得到的幸福快乐。他昨天乘马车回到乡下，刚吃完早餐就来到我这儿，向我汇报他的进展，先是我的事情，接着是他自己的事。关于怎样，哪儿，何时的问题我只能说出这么多。你的朋友哈丽特在见到你时，会详详细细地说给你听——她会告诉你所有的细节，只有女人的语言才会让那些变得有趣——我们在交流时只说了一些重要问题——不过，我必须说，罗伯特·马丁不论从**他**的表现，还是在**我**看来，都充满爱意。他的确提到当时并非特意说这件事，离开阿斯特利的包厢时，我的弟弟照顾着约翰·奈特利太太和小约翰，他和史密斯小姐与亨利跟在后面。有一会儿人群太拥挤，让史密斯小姐很不好意思。"

他停了下来——爱玛不敢马上回答。只要说话，她一定会情不自禁地流露出她的狂喜。她必须等一等，否则他会认为她疯了。她的沉默令他不安，他仔细看着她，又说道:

"爱玛，我亲爱的，你说过这件事现在不会让你不高兴，可我担心这让你感到了意想不到的痛苦。他的境遇不算好——但你必须想到这令你的朋友满意。而且我保证，在你多了解他以后，你对他的看法会越来越好。他的理智与原则会让你高兴——关于这个人本身，你的朋友找不到比他更好的人。我会尽力改变他的地位，我向你保证，这总可以了吧，爱玛——你笑我离不开威廉·拉金斯，可我也同样离不开罗伯特·马丁啊。"

他希望她抬起头笑一笑。现在她已经能控制自己别笑得太过分——她这么做了——并且高兴地答道：

"你不必煞费苦心地让我接受这桩婚事。我认为哈丽特能这样非常好。**她的**家庭也许比**他的**更差。就人品而言，毫无疑问是这样的。我沉默只是因为我惊讶，非常惊讶。你无法想象这件事来得有多突然！我是多么毫无准备！——因为我有理由相信她最近多么坚决地不喜欢他，比以前更不喜欢他。"

"你应该最了解你的朋友，"奈特利先生答道，"不过我想说她是个性情温柔、心地善良的女孩，不太会非常、非常坚决地讨厌一个曾经说他爱她的年轻人。"

爱玛忍不住大笑着说道："说真的，我相信你和我一样了解她——可是，奈特利先生，你能完全相信她彻彻底底地**接受**他了吗？我想她也许迟早会的——可是她已经做到了吗？——你不会误解他了吧？——你们都在谈论别的事情，谈生意，牛羊集会，或是新播种机①——会不会这么多问题把你弄糊涂了，让你误会了他的意思？——他能确定的不是哈丽特要嫁给他——而是某头

①　当时处于英国的工业革命时期，奈特利先生的农场积极将先进科技运用于农业生产中。

良种的公牛有多高多大?"

此时爱玛强烈感到奈特利先生和罗伯特·马丁在相貌风度上的反差,她清楚地记得最近发生在哈丽特身上的事,她说的那些话还清晰地响在耳边,说得斩钉截铁:"不,我希望我能明白事理,不会想着罗伯特·马丁。"她真心希望这个消息在某种程度上不太可靠。不会有别的可能。

"你敢这么说?"奈特利先生叫道,"你敢认为我是那样的大傻瓜,竟然弄不清别人在说什么? ——你应该得到什么①?"

"哦!我总是应该得到最好的对待,因为我从来无法忍受其他。因此,你必须给我一个简单直接的回答。你确信你知道马丁先生和哈丽特现在的关系吗?"

"我很确信,"他明确地答道,"他告诉我她已经答应了他。他的话语毫不含糊,毫无疑问,我想我能向你证明一定是这样。他问我他现在该怎么做。他除了能向戈达德太太询问她亲戚朋友的情况,找不到别人。除了让他去找戈达德太太,我还能有更合适的建议吗?我告诉他我不能。于是他说,他会尽量今天见到她。"

"我非常满意,"爱玛带着最灿烂的笑容说,"我真心祝他们幸福。"

"自从我们上次谈到这个话题后,你的变化非常大。"

"我希望如此——因为那时我是个傻瓜。"

"我也改变了,因为我现在很愿意把哈丽特所有的好品质都

_____

① 原文"What do you deserve?"本来是奈特利先生的假意威胁,表示"你该得到怎样的惩罚",爱玛则巧妙地以"我总是应该得到最好的对待"真心夸赞了奈特利先生。

归功于你。为了你，为了罗伯特·马丁（我始终有理由相信他一直爱着她），我费了些心思熟悉她。我和她说了许多话。你一定看见我那样做了。说真的，有时我觉得你在怀疑，我是因为可怜的马丁的请求才那么做的，其实并非如此。不过，我通过所有的观察，相信她是个单纯可爱的女孩，很有理智，非常有原则，将她的幸福寄托于温馨实在的家庭生活——我毫不怀疑在很大程度上，她应该为了这些感谢你。"

"我！"爱玛摇着头叫道，"啊！可怜的哈丽特！"

不过她克制了自己，静静地接受了对她稍有些言过其实的赞美。

不久她的父亲走进来，结束了他们的谈话。她不觉得遗憾。她想独自待一会儿。她的心情激动又诧异，使她无法冷静下来。她想跳舞，想唱歌，想大喊大叫。要是不能走一走，自言自语地说说话，大笑着思考一番，她什么事也做不了。

她父亲过来是为了宣布詹姆士出去备马，准备开始每天一次的兰德尔斯之行。于是，她立即得到一个消失的理由。

她的喜悦、感激和无比的快乐可想而知。担心哈丽特未来的唯一苦恼，唯一能够抑制她心情的因素就这样消除了，她真有可能幸福得无法安心——她还想要什么？什么也不想，只想让自己越来越配得上他，他的想法与见识比她本人强得多。什么也不想，只求过去的傻事带来的教训，能让她在未来学会谦虚和谨慎。

虽然她很认真，非常认真地心怀感激，也认真地下定决心，可她会忍不住大笑一阵，有时就在思考的时候。她必须为这样的结局大笑！五个星期以来令人沮丧的失望竟然这样结束！这样的一颗心——这样的哈丽特！

她能回头真让人高兴——一切都让人高兴。能够认识罗伯特·马丁特别让人高兴。

在她深深感到的无比幸福中，最重要的是想到很快不用再向奈特利先生隐瞒什么。她最讨厌的这种掩饰、含糊、神秘，也许不久就能结束。现在她能期待着与他彻底地相互信任，她的性情最欢迎这样的职责。

她欢天喜地地随着她的父亲一同出发，并非一直在听，但始终同意他说的话。不论说话还是沉默，都任凭他愉快地相信他每天必须去兰德尔斯，否则可怜的韦斯顿太太会感到失望。

他们到了——韦斯顿太太独自在客厅里——刚刚说了孩子的情况，伍德豪斯先生因为过来而得到了他想要的感谢，这时他们就透过百叶窗，看见走到窗外的两个身影。

"是弗兰克和费尔法克斯小姐，"韦斯顿太太说，"我正想告诉你们，今天上午见到他过来，我们又惊又喜。他待到明天，费尔法克斯小姐同意白天和我们在一起——我想他们正要进来。"

他们很快进了屋子。爱玛非常高兴见到他——不过也有几分尴尬——两人都有一些难堪的回忆。他们微笑着欣然相见，可都有些不自在，开始几乎没有说话。他们再次坐下，彼此无语，爱玛不禁怀疑她一直以来想再次见到弗兰克·邱吉尔，看到他和简在一起，如今这有没有给她带来那份快乐。然而在韦斯顿先生来了之后，当小宝宝被抱了过来，就不再缺乏话题或生机——也让弗兰克·邱吉尔有勇气和机会靠近她说：

"我必须感谢你，伍德豪斯小姐，谢谢你在韦斯顿太太的一封信中好心原谅我的话。我希望时间没有让你不那么愿意原谅我。我希望你没有收回你当时说的话。"

"不，绝不会，"爱玛兴高采烈地说道，"完全没有。我非常高兴见到你，和你握手——当面向你贺喜。"

他由衷地感谢她，随后认真地说了一会儿他的感激与幸福。

"她的气色很好吧？"他转身看着简说，"比任何时候都要好是吗？——你看我的父亲和韦斯顿太太多么宠爱她。"

可是他的兴致很快又变高了，提起坎贝尔夫妇很快就要回来，他带着充满笑意的眼神，说出了迪克逊的名字——爱玛脸红了，不让他在她的面前说起这个名字。

"我每次想到这件事，"她叫道，"都会羞愧不已。"

"羞愧的是我，"他答道，"或者说应该是我。可是你会没有怀疑过吗？——我是说后来。开始时，我知道，你没有怀疑。"

"我从来没有丝毫的怀疑，我向你保证。"

"那似乎很令人惊奇。有一次我差一点——我希望我做了——那样会更好。不过虽然我总做错事，那些都是很**糟糕**的错事，没给我带来任何好处——要是我能打破保密的约定，告诉你一切，也许错误就没那么严重了。"

"如今这不值得后悔。"爱玛说。

"我有点希望，"他又说道，"能说服我的舅舅来拜访兰德尔斯，他想见见她。等坎贝尔夫妇回来后，我们会在伦敦见到他们，我相信会继续待在那儿，直到我们也许带她去北方——可是现在，我离她那么远——这难道不让人难过吗，伍德豪斯小姐？——直到今天早上，我们才在和好后第一次见面。你不同情我吗？"

爱玛非常诚恳地表达了她的同情，他忽然有了一个愉快的想法，叫道：

"啊！顺便说一下，"他压低声音，看似一本正经的样子——"我希望奈特利先生还好吧？"他停下来——她红着脸笑了——"我知道你看了我的信，我想你也许记得我对你的祝福。让我也祝贺你吧——我向你保证，我怀着最强烈的兴趣和最满意的心情听到这个消息——他是一个我不敢贸然称赞的人。"

爱玛很高兴，只希望他以同样的方式说下去。然而下一刻他的心里只想着他自己的事和他自己的简，接着说道：

"你见过这样的皮肤吗？——那么光滑！那么细腻！——可并不是真正的白皙——不能说她白皙。这是一种非常与众不同的肤色，配上她的黑睫毛和黑头发——特别出众的肤色！这种皮肤显得那么淑女——仅仅肤色就够美了。"

"我一直羡慕她的肤色，"爱玛调皮地答道，"可是我会不记得你曾经挑剔她太苍白吗？——当我们最早谈论她的时候——你忘记了吗？"

"哦！不——我真是个冒失鬼！——我怎么竟敢——"

可他想到这儿开怀大笑，爱玛忍不住说：

"我的确怀疑你在当时令人困惑的处境下，从愚弄我们所有人当中得到了很多快乐——我肯定你是那样的——我相信那对你是个安慰。"

"哦！不，不，不，你怎能那样怀疑我呢？——那时我是最可怜的人。"

"没有可怜到不会取乐的地步。我肯定那对你来说非常好玩，让你觉得欺骗了我们所有人——也许我更愿意这样怀疑，因为，说实话，要是处在相同的境遇，我自己可能也会觉得很有趣。我想我们两个有点相似。"

他鞠了一躬。

"如果不是性情，"她很快又说道，带着深有感触的神情，"我们的命运有些相像，命运似乎公平地将我们和比我们自己好很多的人联系在一起。"

"是的，是的，"他激动地答道，"不，对你来说不是那样。没有人比你更好，可对我来说太正确了——她是个完美的天使。看着她。她的一举一动不都是个天使吗？看看她脖颈的转动。看着她的眼睛，当她抬眼望着我的父亲时——你会很高兴地听到（低下头，严肃地轻声说）我的舅舅打算把我舅母所有的珠宝都给她。准备全部重新镶嵌。我决定留一些作为头饰。配上她的黑头发，岂不是很美吗？"

"的确非常美。"爱玛答道。她说得如此真心，让他满心感激地叫道：

"再次见到你我真高兴！看到你如此容光焕发！——我无论如何也不愿错过今天的见面。要是你没能过来，我一定会去哈特菲尔德拜访你。"

其他人在说着孩子，韦斯顿太太说起前一天晚上宝贝看上去有些不舒服，让她担心了一阵子。她相信自己有点傻，可是的确让她受了惊吓，她几乎下一分钟就要请佩里医生了。也许她应该感到羞愧，不过韦斯顿先生几乎和她本人一样不安——好在十分钟后，孩子又完全没事了。这就是她的讲述，让伍德豪斯先生特别感兴趣，极力夸赞她想到要请佩里，只是遗憾她没有那么做。"要是孩子看上去有一丁点不好，即使只有一小会儿，她都应该请来佩里。她怎么担心也不为过，怎么请佩里都不算多。也许他很遗憾自己昨天晚上没有过来，因为虽然孩子现在看上去挺好，就情形而言很好，可要是请了佩里，可能还会更好。"

弗兰克·邱吉尔听见那个名字。

"佩里！"他对爱玛说，说话时想要迎上费尔法克斯小姐的眼睛。"我的朋友佩里先生！他们在说佩里先生什么呢？——他今天早上来了吗？——他现在怎么出门？——他装好马车了吗？"

爱玛立刻想起来，明白了他的意思。当她跟着笑起来时，从简的神情看，她显然也听到了他的话，只是装作没听见。

"我做的那么奇怪的梦！"他叫道，"我每次想到都会笑——她听到我们说话了，她听见我们了，伍德豪斯小姐。我从她的脸颊，她的微笑，从她徒劳地想要皱眉的样子看出来了。看着她。难道你没看出，此时，她自己的那封信，告诉我那件事的信，正从她的眼前闪过——所有的过错都出现在她的眼前——虽然她在假装听别人说话，却什么也听不进去。"

简忍不住大笑了一阵子，转向他时她笑意犹存，用尴尬、低沉又坚定的声音说：

"你能够如此承受这样的回忆，真让我吃惊！——它们有时**会**闯入脑海中——可你怎么能够**追求**它们！"

他答了很多话，很有趣味。不过在这番争执中，爱玛的感情主要在简这一边。离开兰德尔斯时，她自然而然地比较了两个男人，觉得虽然很高兴见到弗兰克·邱吉尔，也真心看重他以及和他的友谊，可她从来没有比现在更能意识到奈特利先生极其高贵的品质。她兴致勃勃地想着他的好，在这最令人愉快的一天里，她从这番比较中得到了一天中最大的幸福。

第十九章

如果爱玛有时还在为哈丽特担心，偶尔怀疑她是否可能真的不再爱恋奈特利先生，的确能够心甘情愿地接受另一个人，她很快就不必因为总想着这些不确定的事而难过了。短短几天后这群人就从伦敦过来，她刚刚单独和哈丽特一起待了一个小时，就变得非常满意——虽然也不可思议！——罗伯特·马丁已经完全取代了奈特利先生，变成她幸福观的全部内容。

哈丽特有点沮丧——最初的确看上去有些呆头呆脑。可一旦承认她曾经自以为是、不明事理、自欺欺人，她的痛苦和困惑似乎就随着这些话消失殆尽，让她丝毫不在意过去，只对现在和未来满心欢喜。至于朋友的赞同，爱玛见到她时毫无保留地向她祝贺，立刻消除了她在这方面的全部担忧——哈丽特喜悦地详细叙述了在阿斯特利的每个细节和第二天的用餐，她能开心不已、滔滔不绝地讲下去。然而那些细节说明了什么？——事实上，爱玛现在能够承认，哈丽特一直爱着罗伯特·马丁，他也始终爱着她，因此让她难以抗拒——要不是这样，爱玛肯定永远都觉得不可思议。

不过，这件事特别令人喜悦，每天都给她新的理由感到高兴——哈丽特的身世弄清了。她原来是个商人的女儿，足以供她继续保持原来的舒适生活，他因为人品正派，才会总想掩饰——

这就是爱玛一直认定的绅士血统！——也许，他的血统和许多绅士一样纯正：不过，她当时想为奈特利先生——或邱吉尔先生——或甚至埃尔顿先生准备的是怎样姻缘啊！——私生女的污点，如果没有身份和财富来粉饰，的确是个污点。

那位父亲没有提出异议，年轻人受到了款待，一切本该如此：罗伯特·马丁如今被介绍给哈特菲尔德。当爱玛和他熟悉后，她完全承认他看上去理智可靠，内心也是如此，对她的小朋友最为合适。她毫不怀疑哈丽特和任何一个好脾气的人在一起都会幸福；不过和他在一起，住在他的家里，还能期待更多，她会安全稳定并得到提升。她将被置于爱她的人中间，他们比她本人更理智；既能与世无争、平平安安，又能忙忙碌碌、高高兴兴。她永远不会陷入诱惑，诱惑也不会来找她。她将会体面幸福；爱玛承认她是世界上最幸运的人，能够引起这样一个人坚定而不懈的爱情——或者她如果不是最幸运，也仅次于她自己。

哈丽特必然会因为马丁一家而越来越少地来到哈特菲尔德，这没什么可遗憾——她和爱玛的亲密关系必将消失，她们的友谊必然会变成一种更冷静的好感。幸运的是，应该做的、必须做的，似乎都已经开始，以最缓慢最自然的方式。

在九月结束前，爱玛陪着哈丽特进了教堂，满心喜悦地看着她的手被交给罗伯特·马丁。任何回忆，即使和站在他们面前的埃尔顿先生有关的回忆，都没能影响她的心情——也许，说实话，那时她几乎没看见埃尔顿先生，只当他是要给她下一个祝福的牧师——罗伯特·马丁和哈丽特·史密斯，三对情人中最后订婚的一对，却最先结了婚。

简·费尔法克斯已经离开了海伯里，回到她心爱的坎贝尔上校舒适的家中——邱吉尔先生一家也在城里，他们只在等待十一月。

爱玛和奈特利先生至今只敢把婚期定在中间的月份——他们决定应该趁着约翰和伊萨贝拉还在哈特菲尔德时完成婚礼，能给他们两个星期的空闲去一趟海边，那就是计划——约翰和伊萨贝拉，还有其他所有的朋友都表示赞成。可是伍德豪斯先生——怎样才能诱使伍德豪斯先生同意呢？——他，至今为止只要提起他们的婚礼，都会认为是一件遥远的事情。

第一次谈到这个话题时，他痛苦不堪，让他们几乎觉得没有希望——不过，第二次提起时，痛苦少了些——他开始认为事已至此，他无法阻拦——朝着内心认同的方向迈出了非常可喜的一步。可是，他依然不高兴。不，他实在太不高兴，让他的女儿失去了信心。她无法忍受见他伤心，让他幻想着自己被冷落。虽然在两位奈特利先生的保证下，她几乎感到放心，他们说一旦婚礼结束，他很快就会不再难过，可她还是犹豫——她不能继续下去。

在这番悬而未决的情况下，他们得到了帮助，不是因为伍德豪斯先生的脑子忽然开窍，或是他的神经系统发生了任何神奇的变化，而是因为同样的系统出现了另一种变化——一天晚上，韦斯顿太太家禽舍里的火鸡全部被偷走——显然是个足智多谋的人干的。附近别的家禽舍也遭了殃——偷窃和**破门而入**一样令伍德豪斯先生恐惧——他非常不安。要不是想到有他女婿的保护，以后的每天晚上都得担惊受怕。两位奈特利先生的强壮、果断和镇定给了他最大的依靠。只要有一个人来保护他和他的家，哈特菲尔德就是安全的——可是约翰·奈特利先生到了十一月的第一个周末，就必须再次回到伦敦。

此番苦恼的结果是，父亲更加主动，也更加开心地同意了女儿的婚事，当时她连想都不敢想。她能定下自己的婚期了——在罗伯特·马丁夫妇结婚不到一个月后，埃尔顿先生又被请来，把奈特利先生和伍德豪斯小姐结为夫妻。

这场婚礼和别的婚礼很相似，人们既不讲究服饰，也不懂得排场。埃尔顿太太听完她丈夫的详细介绍后，认为真是太过寒酸，比她自己的婚礼差得很远——"那么少的白缎子，那么小的蕾丝面纱，实在太可怜！——赛琳娜要是听说了，一定会目瞪口呆。"——不过，虽然有这些不足，见证了这场婚礼的一小群真正的朋友，他们的祝福、希望、信心和预言，都在这场幸福美满的婚姻中全部得以实现。